TUDO
VALEU A PENA

Revisão e Editoração Eletrônica:
João Carlos de Pinho

Direção de Arte:
Luiz Antonio Gasparetto

Capa:
Kátia Cabello

1ª edição
9ª impressão
Novembro • 2003
10.000 exemplares

Publicação, Distribuição
Impressão e Acabamento:
CENTRO DE ESTUDOS
VIDA & CONSCIÊNCIA EDITORA LTDA.

Rua Agostinho Gomes, 2312
Ipiranga • CEP 04206-001
São Paulo • SP • Brasil
Fone / Fax: (11) 6161-2739 / 6161-2670
E-mail: grafica@vidaeconsciencia.com.br
Site: www.vidaeconsciencia.com.br

Zibia Gasparetto
ditado por Lucius

TUDO
VALEU A PENA

Prólogo

A tarde ia morrendo lentamente e os últimos raios solares coloriam o céu, oferecendo seu cotidiano de força e beleza. Marilda, perdida em seus pensamentos íntimos, levantou os olhos e contemplou o horizonte sem ver o soberbo espetáculo que a natureza lhe oferecia.

Fazia vinte anos que ela regressara da Terra carregando o peso da desilusão e da dor, acreditando nunca mais poder encontrar a paz. Entretanto, naquele recanto bonito aonde fora levada por mãos amigas, acolhedoras, fora aos poucos recuperando o equilíbrio.

Agora fora aconselhada a voltar. Essa possibilidade a fizera recordar todo o drama de sua última passagem pela Terra, e ela estremecia de receio, de preocupação.

Uma jovem de rara beleza, trazendo na face doce expressão, aproximou-se e colocou delicadamente a mão em seu braço.

Marilda levantou os olhos. Vendo-a, sorriu e perguntou:

— O que foi, Vera?

— Vim lhe dizer que, haja o que houver, eu a estimo muito e sempre ficarei a seu lado.

— Mesmo quando eu partir e me esquecer de tudo?

— Mesmo assim. Saiba que nunca a abandonarei.

Marilda suspirou fundo e assentiu levemente com a cabeça:

— Eu sei.

— Então não se angustie. Vai dar tudo certo.

Marilda segurou as mãos dela, puxando-a para que se sentasse no banco a seu lado.

Olhou em volta, aspirando o perfume delicado das flores ao redor, e disse comovida:

— Este jardim é um paraíso. Reparou como é lindo?

— Sim. Nossa cidade é uma bênção. Todos os dias agradeço poder viver aqui.

— Tenho medo de voltar. Aqui encontrei a paz, o esquecimento, a compreensão.

— Estar aqui é apenas uma pausa, um descanso breve. A vida não pára e não há como escapar do progresso.

— Não sei... Gostaria de ficar mais um tempo. Não acho que esteja pronta para os desafios do mundo.

— Se você está sendo convocada, é porque tem condições de vencer.

— Eu parecia estar bem. Acreditei que havia conseguido vencer meus desafios. Porém, quando Mário me chamou e disse que estava na hora de voltar, toda a calma foi por água abaixo. A insegurança, o receio, o nervosismo tomou conta de mim. Por isso não creio que esteja em condições de reencarnar.

— Mário é um mestre e sabe o que diz.

— Se eu estivesse pronta, não teria me sentido tão temerosa.

— O que está sentindo é natural. Acontece com a maioria das pessoas que precisam voltar. Já sabe os detalhes?

— Amanhã terei uma sessão com Mário para discutirmos isso. As lembranças do passado aparecem com intensidade, me angustiando. Muitas coisas não resolvidas ficaram para trás. Meu Deus! Como enfrentar tudo de novo? Onde encontrar forças para vencer onde fracassei? As emoções tumultuadas voltaram. E os outros, como me receberão depois de tudo?

Vera apertou as mãos da amiga que conservava entre as suas, tentando confortá-la. Sussurrou baixinho:

— Não se deixe envolver pelo medo. Confie em Deus. Ele não a faria voltar para um novo fracasso. Está programando sua vitória.

— Ah! Se eu pudesse acreditar nisso... Mas Mercedes ainda me odeia. Tenho sentido seus pensamentos e pedido a Deus que ela me esqueça. Ela reencarnou há mais de vinte anos, mas esse tempo não foi suficiente para apagar o passado. Sinto que a vida vai nos colocar novamente frente a frente. Depois, não sei se Ronaldo chegou a saber a verdade.

— Tem tido notícias dele?

— Sim. Ele voltou há mais de cinco anos e não se lembra de nosso drama. Por outro lado, o espírito de Mercedes, quando seu corpo descansa, percorre o astral à minha procura, emanando ondas de rancor.

— Mas ela nunca a encontrou.

— Não pode vir aqui. Mas sinto seu pensamento atormentado. Quanto a Ronaldo, estou certa de que iremos nos unir novamente. Nosso amor foi muito forte; nossa atração, irresistível. Percebo que a vida nos separou mas continuamos ligados.

— Acredite em mim: ele sabe a verdade, por isso a perdoou. Depois, vocês sofreram, mudaram, aprenderam. Ele não será mais aquele marido ciumento e agressivo de outros tempos, e você há muito deixou a ambição e a vaidade. Agora, se a vida os reunir, será para restaurar o amor verdadeiro. Você vai ter a chance de refazer sua vida e encontrar a felicidade.

Marilda abanou a cabeça negativamente.

— Não sei. Ele reencarnou em uma família rica e eu talvez não tenha a mesma sorte. Isso, no entanto, é o de menos; o que mais temo é não conseguir perdoar Mercedes.

— Tenho certeza de que conseguirá. Prometo que estarei sempre a seu lado para ajudá-la.

— Obrigada, querida. Seu apoio me conforta e tranqüiliza.

A escuridão descera de todo e Vera levantou-se dizendo:

— A noite está bonita. Vamos andar um pouco.

As duas abraçadas caminharam pelo jardim, sentindo o perfume delicioso das flores, olhando o céu estrelado onde a lua brilhava solidária.

Elas não viram que alguém as acompanhava olhando-as com carinho, derramando sobre elas uma chuva de luz. Era um homem cujos olhos de um azul muito profundo, rosto delicado, cabelos dourados a lhe caírem pelos ombros, caminhava com leveza enquanto dizia:

— Vá, minha querida. Nós acompanharemos sua trajetória e esperaremos sua volta com o mesmo amor.

Depois, vendo-as entrar no prédio onde residiam, ele as abençoou e depois se elevou do chão, perdendo-se na escuridão da noite.

1

Marilda estugou o passo, olhando rapidamente para o relógio. Não podia se atrasar. Tinha muito serviço para entregar e não queria chegar tarde em casa naquela noite.

Parou no ponto de ônibus, olhando ansiosa para a curva da rua. Nada de o coletivo aparecer. A condução estava cada dia pior. Se ao menos chegasse logo! A maleta que carregava estava pesada e ela a pousou na calçada, encostando-a na perna para segurança.

Cinco minutos depois o ônibus finalmente parou no ponto e ela subiu, acomodando-se no banco de trás com a valise no colo. O veículo estava cheio, mas ela não se importou, pois ia descer no ponto final. A loja onde ia entregar a mercadoria era distante, por isso acomodou-se o melhor que pôde.

Com o balanço do ônibus, de vez em quando um dos passageiros debruçava-se sobre ela tentando equilibrar-se em pé.

Marilda não se importava. Estava acostumada. Contava dezessete anos e desde os doze fazia entrega das mercadorias da mãe nas lojas da periferia. Era graças a isso que elas se sustentavam. Enquanto o pai viveu, elas tiveram vida confortável.

Elói era um advogado familiar importante e muito bem relacionado. Usufruía de sucesso profissional. Quando se casou com Rosana, montou uma bela casa, na qual nada faltava. Marilda nasceu em meio ao conforto e ao amor dos pais. Sua mãe desejava ter outros filhos, mas, devido a um problema após o parto de Marilda, não pôde mais.

A menina foi criada com luxo e freqüentou um dos melhores colégios de São Paulo. Entretanto, quando ela estava na primeira série ginasial, Elói foi acometido de um mal súbito e faleceu. Começou então para elas uma vida bem diferente. Apesar de haver ganhado muito dinheiro, Elói não deixou bens para a família, apenas uma conta bancária com saldo suficiente para Rosana manter durante seis meses o padrão a que estavam habituadas.

Atordoada com a viuvez, ela viu o dinheiro ir desaparecendo da conta. Chegou o dia em que, apavorada, tomou ciência de que o que lhe restava não daria para cobrir as despesas do próximo mês.

A família do marido, apesar de possuir bom patrimônio em imóveis, não tinha renda suficiente para sustentá-las. No entanto, mesmo que tivessem, Rosana não queria viver à custa deles. Estava decidida a trabalhar para manter a filha. Apesar de haver estudado em bons colégios, não tinha profissão nem experiência de trabalho. O que fazer?

Saiu à procura de emprego, mas logo percebeu que, sem prática, o salário que lhe ofereceriam seria muito baixo, e ela foi forçada a desistir.

As freiras do Colégio São José, onde Rosana estudara, haviam lhe ensinado vários trabalhos manuais. Decidiu tentar produzir alguma coisa para vender.

Chamou a filha e colocou-a a par do que estava acontecendo, dizendo que dali em diante teriam de trabalhar e economizar para se manter. Marilda tentou confortar a mãe mostrando-se cooperativa e otimista.

A primeira providência era diminuir as despesas para poder dispor de algum dinheiro com o qual pudessem iniciar. Rosana alugou uma casa pequena em um bairro modesto, procurou um colégio público nas proximidades para Marilda, vendeu grande parte da mobília e dos utensílios domésticos.

A partir daí a vida das duas modificou-se radicalmente. Rosana confeccionara alguns trabalhos e saíra oferecendo-os às lojas. As primeiras tentativas não deram certo, até que ela teve a idéia de fazer roupas para crianças, o que, além de gastar pouco material, permitia que ela usasse seu bom gosto, criando modelos bonitos e práticos. Então começaram os pedidos.

Marilda cuidava das tarefas domésticas e ainda encontrava tempo para entregar as encomendas. Havia terminado o colegial e Rosana desejava que ela cursasse a universidade. Entretanto, Marilda desejava começar a trabalhar em algum escritório. Tinha uma amiga que havia conseguido emprego de escriturária e estava muito contente com o salário.

Apesar de Rosana fazer o que podia para comprar tudo que Marilda precisava, esta se sentia constrangida por ver a mãe trabalhar tanto. Se arrumasse um emprego, além de ajudar em casa, teria algum dinheiro para as despesas pessoais.

Por isso estava com pressa. Angelina dissera-lhe que no escritório estavam admitindo mais duas moças e ficara de ir à sua casa às sete para ensiná-la a responder o teste e conseguir uma vaga.

Marilda não podia perder a oportunidade. Olhou novamente o relógio: passava das quatro e meia. Teria tempo de chegar em casa no horário?

Finalmente deixou a mercadoria na loja, recebeu o vale assinado e algum dinheiro da venda anterior. Tomou o ônibus de volta, colocando a valise vazia no colo.

No meio do trajeto, um rapaz sentou-se a seu lado, mas Marilda não prestou atenção. Olhava pela janela pensando em seus projetos, imaginando o que faria com o dinheiro quando pudesse trabalhar.

De repente, uma freada brusca fez a valise cair de seu colo e ela se assustou. Imediatamente o rapaz a apanhou, devolvendo-a. Marilda o fixou. Sentiu-se acanhada por haver se assustado tanto.

Ele era claro, cabelos castanhos, magro, olhos cor de mel. Sorriu e ela o achou bonito, agradável. Sorriu também, tentando justificar-se.

— Obrigada. Eu estava distraída e me assustei.

— É natural. — Ele fez ligeira pausa e continuou: — Você mora por aqui?

— Não. Estou de passagem.

— Então é isso. Eu tomo sempre este ônibus e nunca a encontrei. Meu nome é Ronaldo.

Ele estendeu a mão, que ela apertou dizendo:

— Marilda.

Foram conversando sobre assuntos gerais e quando chegaram ao centro da cidade ele desceu primeiro e estendeu a mão para ajudá-la.

— A conversa está muito agradável. Aceitaria tomar um sorvete, um refrigerante, comer alguma coisa?

— Obrigada, mas preciso ir para casa. É tarde.

— Algum encontro especial?

Marilda sacudiu a cabeça negativamente, movimentando graciosamente os sedosos cabelos que lhe caíam pelos ombros.

— Uma amiga vai em casa às sete. Estou procurando emprego e ela está me ajudando.

— Ainda é cedo. Acho que teremos tempo pelo menos de tomar alguma coisa.

— Você é muito gentil, mas preciso ir. Moro longe, tenho de tomar outro ônibus, e nesta hora a fila deve estar longa.

— Nesse caso, eu a acompanho e espero seu ônibus chegar. Posso?

— Bem, se isso não o atrasar.

— Não, ainda é cedo. Estou indo para a escola. Faço curso noturno.

Conversando, eles se dirigiram para o ponto do ônibus, e realmente a fila estava grande.

Ele comentou:

— Ainda bem que está grande. Assim vai demorar bastante.

Marilda sorriu:

— Tenho pressa de chegar. Está contra mim?

— Nada disso. Estou a meu favor. Não posso negar que me sinto atraído por você. Gostaria de vê-la novamente.

Apanhou um papel no bolso, anotou o telefone e entregou-o a ela.

— Espero que você me telefone o mais breve possível. Agora quero o seu.

— Não tenho telefone.

Eles continuaram conversando e, quando o ônibus chegou, ao invés de despedir-se Ronaldo subiu com ela, sentando-se a seu lado.

— Você não vai perder sua aula? Eu moro quase no fim da linha.

— Não importa. Amanhã algum colega me passa as matérias. Não posso perder você.

Ela sorriu e seus olhos brilharam.

Quando se acomodaram, ela perguntou:

— Você costuma acompanhar todas as moças que encontra pelo caminho?

— É a primeira vez.

— Vou fazer de conta que acredito.

— Estou dizendo a verdade. Pode crer. Não costumo perder aula. Estou no último ano.

— Que curso você faz?

— Direito.

— Não sabia que havia curso de direito à noite.

— Começou há pouco tempo. Quando iniciei o curso, eu estudava durante o dia. — Hesitou um pouco e continuou: — Quando decidi trabalhar, pensei em deixar a faculdade. Então abriu um curso noturno e pude continuar.

— Teria sido uma pena desistir.

— É. Mas fale-me de você. Se não trabalha, o que fazia naquele ônibus?

— Não tenho emprego, mas trabalho desde que meu pai morreu. Minha mãe tem uma pequena confecção e eu faço as entregas. E você, vive com a família?

— Não. Moro em uma pensão.

— Não tem família?

— Tenho, mas não vivo com eles.

Marilda mudou de assunto. Não desejava ser indiscreta. Quando ela desceu, ele a acompanhou até em casa.

— É aqui que moro — disse ela parando em frente à porta. Estendeu a mão e continuou: — Obrigada pela companhia, mas preciso entrar. Minha amiga já deve estar lá dentro. É muito importante para mim conseguir esse emprego. Ela vai me ensinar para eu poder passar no teste.

Ronaldo segurou a mão dela, que conservou entre as suas enquanto dizia:

— Está bem. Vou embora. Faço votos de que consiga o emprego. Telefone-me, por favor. Tem o número da empresa onde trabalho e o de minha casa. Prometa que vai ligar amanhã.

— Está bem. Eu ligo.

Num gesto carinhoso, Ronaldo levou a mão dela aos lábios, beijando-a delicadamente.

— Até amanhã.

Marilda estremeceu e respondeu:

— Até amanhã.

Ele se afastou e ela entrou em casa eufórica. Angelina já havia chegado e foi logo dizendo:

— Você demorou!

— Você disse sete horas, e são sete e cinco. A fila do ônibus estava grande.

Rosana, que entrou na sala, interveio:

— Já estava preocupada.

— Não parei em nenhum lugar. Foi o trânsito mesmo.

— Vamos tomar um lanche e depois vocês podem estudar.

Depois de comer, as duas amigas sentaram-se na mesa da sala e Angélica comentou:

— Aconteceu alguma coisa? Você está diferente, seus olhos estão brilhantes. O que foi?

— Fale baixo. Não quero que mamãe escute, senão ela fica preocupada.

— Bem que eu notei que havia alguma coisa. O que foi?

— Conheci um moço no ônibus e ele me acompanhou até aqui. Quer que eu lhe telefone amanhã.

— Puxa, que bom! Ele é bonito?

— Bonito? Não sei. É elegante, agradável. Quando ele me olha, não sei o que se passa, parece que já o conheço de algum lugar. Até perguntei, mas ele afirma que nunca nos vimos.

— Hmm... Pelo jeito, você gostou dele.

— Ainda é cedo para dizer. Não penso em namorar. Agora o que eu quero é arranjar um emprego. Tenho de subir na vida, ganhar dinheiro para minha mãe não ter de trabalhar tanto. A vista dela não anda boa, já está até usando óculos.

— Então vamos começar a estudar. Olhe, o que vai cair no teste é mais ou menos isto.

Ela abriu o caderno e mostrou uma folha de papel. As duas debruçaram-se sobre a mesa e começaram a estudar.

Ronaldo subiu no ônibus de volta pensativo, achando que talvez não tivesse feito bem em acompanhar Marilda. Ele havia decidido se dedicar aos estudos; não podia perder tempo com namoro. Mas lembrou-se do rosto dela e a atração que sentira voltou. Havia algo em Marilda que o atraía, fazendo-o esquecer-se de tudo o mais.

Onde teria visto aqueles olhos? Difícil dizer. Mas fitando-os emocionava-se, talvez porque estivesse sensibilizado devido às drásticas mudanças em sua vida.

Lembrou-se dos pais e sentiu o peito oprimido. Por que tivera de ser assim?

Remexeu-se inquieto no banco.

Filho de pais ricos, desfrutara de vida confortável freqüentando lugares de luxo, estudando em colégios requintados. Entretanto, não se sentia feliz.

Mercedes, sua mãe, bonita e requestada, dava grande importância à vida social, gastando seu tempo nos lugares da moda e nas festas de pessoas influentes, com as quais se relacionava prazerosamente. Alegava que precisavam preservar os valores tradicionais. Cultivava regras que julgava indispensáveis às pessoas classe A. Gostava de aparecer nas revistas importantes e ver seus dois filhos brilhar onde quer que fossem.

Romualdo, seu pai, herdara o nome tradicional e a fortuna de seu avô. Bacharelara-se, porém não exercia a profissão. Tinha um procurador que cuidava de seu dinheiro, dos inúmeros imóveis, aplicando os rendimentos que se multiplicavam a contento. Por isso ficava cada vez mais rico.

Seu sonho era ser famoso. Aventurara-se nas letras e publicara dois livros, mas os resultados não haviam sido animadores. Romualdo, porém, não desanimava. Mercedes o incentivava. Ela gostava de dizer que seu marido era escritor. Ele era um idealista, um filósofo sonhando com um mundo melhor. Assim, ele continuava tentando.

Rogério, irmão mais velho de Ronaldo, era o filho predileto do casal. Bonito, alegre, bem-disposto, tirava proveito da situação privilegiada da família, levando vida social intensa. Estava em todos os lugares onde estivesse acontecendo alguma coisa importante. Era fotografado constantemente.

Não gostava de estudar, porém viajara o mundo inteiro e falava muito bem. Matriculara-se em uma faculdade onde comparecia todos os dias, mas quase nunca assistia às aulas. Achava mais fácil manipular as pessoas passando algumas cédulas aqui e ali para conseguir o que queria. Costumava dizer:

— Para que serve o dinheiro se não puder nos poupar trabalho?

Vivia rodeado de amigos sempre dispostos a fazer o que ele pedia em troca de algum dinheiro.

Mercedes adorava o filho. Seus olhos brilhavam quando ele aparecia com aquele jeito descontraído, sempre muito elegante, contando as novidades. Quando ela queria inovar o visual, sempre lhe pedia opinião. Rogério tinha gosto requintado e ela confiava nele.

Ronaldo sempre fora o oposto. Discreto, introspectivo, preferia lugares calmos, a companhia de pessoas inteligentes, interessantes, sem se preocupar com as aparências ou com os sobrenomes.

Mercedes tinha horror às amizades do filho. Quando ele levava algum colega para casa, ela tratava logo de indagar a que família pertencia, onde morava. Quando não se tratava de pessoa de sua roda de relações, ela proibia o relacionamento.

Depois de passar por alguns vexames diante dos amigos, Ronaldo resolveu distanciar-se, preferindo relacionar-se fora de casa.

Ele não gostava das festas ruidosas, da maledicência, da inveja que notava em algumas pessoas. Não entendia como tanto os pais quanto o irmão podiam viver daquela forma fútil e falsa.

Notando a diferença entre os dois irmãos, Mercedes não se conformava. Comentava com o marido:

— Não sei a quem esse menino saiu. Em nossa família não há ninguém como ele. Por que não é como Rogério?

— Ronaldo nunca será alguém na vida — dizia Romualdo. — Vai ver que puxou o tio Zeca, que preferia a companhia dos negros à da corte. Foi o único que eu me lembro.

— Que horror. Isso foi no século passado. Você bem que podia levar esse menino a um psiquiatra.

— Já levei, não se lembra? Não adiantou nada.

Mercedes não se conformava. Ronaldo crescera ouvindo-a dizer que ele não sabia fazer nada, que nunca seria ninguém, que ele deveria ser como Rogério.

Muitas vezes, ouvindo-a falar assim, Ronaldo pensara em fugir de casa. Mas não teve coragem. Gostava de estudar e por isso mergulhava nos livros, tirando sempre boas notas. Entretanto, para os pais isso não significava muito, mas era uma forma de reação diante da maneira como era tratado.

Sentindo-se desvalorizado, Ronaldo afastara-se cada vez mais do convívio familiar. Mercedes, percebendo que ele não fazia como ela queria, acabou por desistir, porém continuava ostensiva e publicamente demonstrando sua preferência pelo filho mais velho.

Ronaldo sofria calado, mas não queria abdicar de sua maneira de ser. Esperava apenas a maioridade para sair de casa e poder viver a vida como ele queria, de preferência depois que se formasse na universidade.

Mas não lhe foi possível esperar. Nos últimos tempos soube que Rogério havia se envolvido em aventuras perigosas. Andava se relacionando com Marina, uma mulher casada cujo marido muito ciumento, apesar de pertencer a uma família importante, não era muito escrupuloso. Fora envolvido em escândalos ligados ao tráfico de drogas, mas ninguém conseguira provar nada contra ele. Havia muitos comentários em torno dele, homem sempre cercado por guarda-costas a pretexto de proteção por causa de sua fortuna.

Raul Guilherme Maciel casara com Marina havia sete anos. Vinte e cinco anos mais velho que ela, uma jovem bonita, alegre, descontraída, apaixonara-se à primeira vista. Sua primeira mulher, com a qual tivera uma filha, não freqüentava a sociedade. Foi uma mulher bonita mas diziam que era doente, por isso nunca acompanhava o marido. Raul nunca falava a respeito da mulher. Levava intensa vida social. Fazia apenas duas semanas que sua mulher havia falecido quando ele começou a cortejar Marina.

Ninguém comentou sua recente viuvez. Como Angélica nunca aparecia em público, esqueceram-se dela.

A princípio Marina resistiu alegando não acreditar em seu amor, mas ele passou a assediá-la de todas as formas, cobrindo-a de presentes caros, colocando sua fortuna a seus pés.

Por fim, ela aceitou. Casaram-se e Raul levou-a para morar em sua belíssima casa, e a cada dia ficava mais apaixonado. Apesar do ciúme que o atormentava, sentia-se realizado quando a via brilhar em sociedade, aparecendo cada vez mais bonita, mais elegante, destacando-se das demais. Desfilava orgulhoso a seu lado, sentindo-se mais envolvido, mais feliz.

Vendo-a desfilar com classe e finura por entre as pessoas da mais alta sociedade paulistana, ninguém suspeitaria de sua origem. Para isso ela rompera com a família que residia na periferia a pretexto de que eles não concordavam que ela se casasse com um homem mais velho.

A verdade, porém, é que Marina sentia vergonha de seus pais e não queria que ninguém os conhecesse.

Ronaldo, ao saber que Rogério estava se envolvendo com ela e que aquilo já estava sendo comentado à boca pequena, conversou com o irmão tentando alertá-lo para os perigos a que se expunha.

Rogério ouvira-o com um sorriso despreocupado, com pouca atenção, e tentou interrompê-lo.

— O que é isso, agora? Vai intrometer-se em minha vida? Sei o que estou fazendo.

— Não quero me intrometer, mas esse relacionamento é perigoso. Se o Dr. Raul descobre, você estará perdido.

— Ele é ciumento, mas não tenho medo. Sei como fazer as coisas. Depois, esse fato torna o caso mais atraente. O risco é o mais emocionante.

— Pense um pouco, Rogério. Ele vive rodeado de capangas, tem fama de mafioso. Não é pessoa confiável. Você pode se complicar.

— Pare com isso. Vá cuidar de sua vida. Eu gosto de Marina. Não estou disposto a aturar seu moralismo. Deixe-me em paz.

Percebendo que Rogério continuava com ela e notando que parecia cada dia mais apaixonado, procurou o pai e falou de sua preocupação, pedindo-lhe que interferisse.

Romualdo ouviu-o surpreendido e no fim comentou:

— O que é isso? Seu irmão sabe o que está fazendo. Qual é o jovem de nossa sociedade que nunca se relacionou com alguma mulher casada? Só você mesmo, com esse seu moralismo.

Ronaldo ainda tentou argumentar:

— Mas, pai, o marido dela é um homem perigoso. Rogério está correndo perigo. Já pensou se o Dr. Raul descobre?

— Raul é um homem moderno, de sociedade. Dá liberdade à mulher. Se descobrir, não vai fazer nada. Você está exagerando.

— Fala-se que ele é mafioso.

— Boatos, meu filho, boatos. Inveja, porque o homem é muito rico e é pessoa de sucesso.

— Quer dizer que não vai falar com Rogério?

Romualdo remexeu-se inquieto na poltrona.

— Claro que não. Sabe o que penso? Que você está com inveja de seu irmão. Coisa feia, isso. Por que você não cuida de sua vida e faz como ele?

Ronaldo baixou a cabeça e não respondeu. Era inútil fazer com que ele entendesse. Resolveu desistir.

Uma manhã viu a mãe conversando com Rogério tendo nas mãos um jornal. Eles riam. Mercedes dizia:

— Puxa, meu filho, que idéia! Só você mesmo para ter essa esperteza! Já pensou se ele percebesse que era você quem estava lá?

— Que nada, mãe. Marina fingiu muito bem. Você precisava ver. Ela teve ataques nervosos. Enquanto ele a socorria, pude escapar tranqüilamente pela janela e sair.

Mercedes ficou séria.

— Meu filho, que perigo! Também, ir à casa dela! Onde já se viu? Por que não se encontram em outro lugar?

— Ele estava fora e só voltaria dali há dois dias. Quando chegou, foi surpresa mesmo.

— Prometa que não irá mais à casa dela. É perigoso!

— Foi divino! Raul pensa que é esperto, mas nós somos mais.

— E os guarda-costas? Não viram você?

— Não. Só havia um e os criados dormiam. Entrei pelos fundos e ele não me viu. Foi muito excitante. Os outros só chegaram com Raul. Não perceberam nada. Ficaram do lado de fora. Raul entrou e bateu na porta do quarto chamando por ela. Peguei as roupas e saí para a varanda. Marina ganhava tempo dizendo que não podia abrir. Ele quis saber por quê. Então, ele chamou os três guardas para arrombar a porta. Ela gritava para que não fizessem aquilo porque estava correndo perigo. Àquela altura ela me fazia gestos para que eu saísse pelo jardim, pela porta dos fundos, da qual tenho chave. Depois que saí, ela abriu a porta, tendo antes aberto gavetas, escondido algumas jóias, e fez a cena. Além disso, fingiu que estava passando mal. Enquanto a socorriam, eu, que havia deixado o carro na rua de trás, estava a caminho de casa.

Ronaldo estava admirado. Como sua mãe podia achar graça em uma situação daquelas? Entrou na sala, apanhou o jornal e leu:

"*Casa do Dr. Raul Guilherme Maciel foi assaltada esta madrugada. O ladrão conseguiu fugir levando algumas jóias...*"

Ronaldo não se conteve:

— Espero que depois dessa você desista dessa loucura.

— Isso não é de sua conta — respondeu Rogério com raiva. — Você sempre desmancha prazeres. É incapaz de apreciar uma boa aventura.

Ronaldo olhou para a mãe esperando que ela interferisse. Como ela continuasse calada, ele respondeu:

— Você está desafiando a vida. Isso não vai dar bom resultado. Está na hora de pensar um pouco no que está fazendo.

— Está vendo, mãe? Ele agora quer me dar conselhos. Acha que vou tolerar? Quem você pensa que é? Um pobre-diabo que não consegue ser nada na vida apesar de ter nascido em uma família privilegiada. Recolha-se à sua insignificância, se não quer que eu perca a paciência.

Mercedes interveio:

— É isso mesmo, Ronaldo. Seu irmão tem razão. Ao invés de ficar despeitado com o sucesso dele, por que não trata de fazer alguma coisa por si? Até quando vamos ter de empurrar você para ver se vai para a frente?

Ronaldo empalideceu. Aquela situação era insustentável. Decidiu:

— Não se preocupe comigo, mãe. Daqui para a frente não os incomodarei mais. Nós pensamos de forma diferente e não adianta querer que nos entendamos. Vou embora hoje mesmo para cuidar de minha vida.

Mercedes surpreendeu-se e arriscou:

— Vai embora? Como pensa que vai viver? Acha que seu pai vai sustentar sua rebeldia lá fora?

— Não quero nada de vocês. Posso trabalhar.

— O que vai fazer? — ironizou Rogério. — Trabalhar em quê? Você nem está formado ainda.

— Darei um jeito.

Com o coração apertado, Ronaldo foi para o quarto e arrumou suas coisas. No fim da tarde, carregando as malas, deixou a casa dos pais.

Quando Romualdo chegou, Mercedes contou o que tinha acontecido e ele comentou:

— Ronaldo foi, mas volta. Vai precisar de dinheiro para viver. Enquanto estiver fora, não lhe darei nem um centavo.

Mercedes concordou:

— É bom mesmo. Ele precisa de uma lição. Vai voltar humilde e prestativo.

Mas Ronaldo não voltou. Foi para uma pensão modesta, arrumou um emprego em um escritório e manteve-se afastado da família. No trabalho, procurava fazer o máximo, aprendendo tudo que podia com os colegas. Desejava progredir, e para isso sabia que precisava se preparar muito bem. Simpático, sempre disposto ao trabalho, dotado de boa vontade e capricho, a cada dia se firmava mais na empresa em que trabalhava.

Vez por outra acompanhava nos jornais as notícias sociais. Seus pais nunca o procuraram naquele ano que estava fora, e ele também não os procurara. Haveria de mostrar a eles que era capaz de cuidar muito bem de sua vida.

Ronaldo desceu do ônibus e dirigiu-se para a faculdade. Apesar da disposição de não se envolver com ninguém, o rosto de Marilda não lhe saía do pensamento. De onde a conhecia?

Ela não era de sua roda de amizades. Entretanto, sua figura era-lhe familiar. Pensou em procurá-la no fim de semana. Desde que deixara a casa paterna, passava os fins de semana sozinho. Tinha facilidade para fazer amigos, porém ao invés dos almoços familiares para os quais era convidado, das festinhas de aniversário e dos passatempos dos clubes, preferia ir ao teatro, ao cinema, visitar museus e exposições de arte. Tinha gosto apurado, diferentemente dos companheiros de trabalho.

No início, aceitara alguns convites deles, mas descobriu que não se interessava por suas conversas, nem por seus entretenimentos. Conservando um bom relacionamento, mostrou seus verdadeiros interesses e, como os outros não compartilhavam de seus gostos, a situação acomodou-se com naturalidade.

A semana passou e Marilda não telefonou. Ronaldo sentiu-se um pouco decepcionado. Tentou conformar-se. Talvez fosse melhor assim. Ele não estava preparado para se apaixonar. Não podia desviar-se de seus objetivos. No fim do ano estaria formado, mas ainda teria de fazer carreira, o que não era fácil.

Mas à medida que o tempo passava ele sentia vontade de procurar Marilda. Talvez ela não fosse o que ele havia imaginado e a convivência com ela, ao invés de estreitar a amizade, pudesse fazer com que ele se desinteressasse.

Afinal, haviam conversado apenas meia hora, e as aparências enganam. Precisava encontrá-la de novo para certificar-se.

No sábado foi ao cinema, mas o filme não o agradou. Seu pensamento ia para o rosto jovem e bonito de Marilda. Então decidiu: no dia seguinte iria até a casa dela.

Passava das quatro da tarde do domingo quando Ronaldo desceu do ônibus perto da casa de Marilda. Passou em frente à casa e foi até o bar que ficava na esquina. Não teve coragem de tocar a campainha. Não conhecia a família e não desejava ser importuno.

As janelas estavam abertas. Ele pediu um guaraná e enquanto tomava não tirava os olhos da casa. Viu quando uma moça passou pelo bar, atravessou a rua e foi tocar a campainha da casa de Marilda.

Viu quando Marilda saiu no jardim e abriu o portão. Ele foi para a porta do bar. As duas olharam para ele, que as cumprimentou. Marilda fez-lhe sinal que esperasse. Entraram na casa. Depois de alguns minutos, saíram e caminharam até a esquina.

Ronaldo foi ter com elas.

— Pensei que você nunca fosse sair! — disse ele sorrindo.

— Eu não sabia que estava aqui! — respondeu ela. — Foi Angelina quem me avisou. Esta é minha amiga, que está me ajudando com o emprego.

— Obrigado, Angelina. Fez-me um grande favor.

— Eu moro logo ali. De minha casa eu o vi olhando para a casa dela e imaginei que você devia ser o rapaz que ela conheceu dias atrás. Por isso vim.

— Podia ter tocado a campainha — esclareceu Marilda.

— Não quis incomodar sua mãe. Depois, você poderia estar ocupada, afinal vim sem avisar. Você não tem telefone e não me ligou.

— Bem, vocês vão me dar licença — interrompeu Angelina. — Preciso ir. Tenho visitas em casa e minha mãe precisa de mim. Tchau. Prazer em conhecê-lo.

— Tchau. Obrigado pela ajuda.

Depois que ela se foi, Ronaldo convidou:

— Vamos dar uma volta? A tarde está tão bonita!

Marilda concordou e foram andando. Alguns quarteirões adiante havia uma praça com bancos e eles se sentaram. Havia crianças brincando, e eles procuraram um canto sossegado.

O imprevisto colocara um rubor no rosto de Marilda, tornando-a mais bonita. Ronaldo não se conteve:

— Todos estes dias fiquei esperando que me telefonasse.

Ela baixou a cabeça e confessou:

— Senti vontade, mas não tive coragem.

— Por quê? Eu estava esperando ansioso.

— Não sei... Na verdade não tenho o hábito de telefonar para rapazes. Não saberia o que dizer.

— Desejou mesmo falar comigo? Não está querendo ser gentil? Diga a verdade.

Marilda levantou os olhos para ele, dizendo séria:

— Quer saber mesmo? Tive medo.

— Medo? Por quê? Você não me conhece, mas garanto que sou pessoa de bem.

— Não é isso...

— O que é, então?

— É que sinto uma emoção muito forte quando penso em você, e tenho medo. Parece que já o conheço de algum lugar. Não sei explicar. E temo que você possa não sentir o mesmo. Não quero sofrer nem parecer que estou correndo atrás de você.

Ronaldo segurou a mão dela, apertando-a emocionado. Marilda continuou:

— Nunca senti isso antes. Tenho conhecido rapazes, até saído com alguns, mas nunca senti isso. Por isso não telefonei. Pensei que seria melhor não o encontrar de novo.

Ele levou a mão dela aos lábios, beijando-a com delicadeza. Marilda estremeceu quando ele disse:

— Aconteceu o mesmo comigo. Cheguei a desejar que não me telefonasse, com receio de me envolver. Mas não consegui conter o desejo de vê-la. Por isso vim. Tive vontade de saber se o que estava sentindo era real ou fruto de minha imaginação. Mas agora que estamos juntos, sabendo que você sente o mesmo por mim, acho que estamos envolvidos desde nosso primeiro encontro. Não vai dar mais para fugir.

— Não sei o que dizer. É a primeira vez que sinto isso.

— Eu também. Você precisa saber que nunca namorei sério. Aliás, não estava em meus planos, por enquanto, me prender. Tenho me esforçado para me manter e estudar. Pretendo fazer carreira, ser um bom profissional. Isso leva tempo e requer esforço. Depois, o que ganho mal dá para minhas despesas. E isso só vai mudar depois que eu me formar.

— Você não tem família?

— Tenho, mas não desejo ser-lhes pesado. Quero subir na vida com meu esforço. Em resumo, não posso contar com eles para nada. Por isso vivo longe deles e procuro abrir meu próprio caminho.

— Você está certo. Eu não gostaria de atrapalhar seus projetos.

— Eu tinha medo de me envolver, mas, já que estou envolvido, se me afastar de você será pior. Ontem fui ao cinema e não consegui prestar atenção ao filme. Seu rosto não saía de meu pensamento. Ao invés de me distrair, fiquei de mau humor. Acho que não há remédio — finalizou ele sorrindo.

Marilda também sorriu e seus olhos brilharam de emoção.

— Nesse caso, poderemos nos ver de vez em quando, sempre que não atrapalhar seus estudos.

— O que você gosta de fazer nos fins de semana?

— O que eu gosto, não posso fazer. Mas me conformo, porque minha mãe já trabalha muito e não quero que ela se sacrifique mais por mim.

Os dois continuaram conversando animadamente, esquecidos de tudo o mais, olhos nos olhos, descobrindo aos poucos o sentimento que aflorava, dando um colorido novo em suas vidas.

Romualdo chegou em casa preocupado. Logo que entrou, indagou à criada:

— Mercedes está em casa?

— Sim, senhor. Está no quarto.

Ele subiu as escadas e encontrou a mulher no sofá folheando uma revista. Vendo-o, ela levantou os olhos e perguntou, surpresa:

— Já em casa? Aconteceu alguma coisa?

A tarde estava no fim e, ao escurecer, ele costumava ir ao clube para conversar com os amigos, tomar aperitivos e fazer hora para o jantar.

— Uma notícia surpreendente. Leu os jornais da tarde?

— Não.

— Tentaram matar Raul Guilherme. Está no hospital, parece que em estado grave.

Mercedes levantou-se assustada:

— Não diga! A polícia sabe quem foi?

— Não. O quarto estava todo revirado e ele estava caído desmaiado. Levou dois tiros e perdeu muito sangue.

— E Marina?

— Aconteceu pouco antes do jantar. Marina não estava, havia ido visitar uma amiga doente. A criada ouviu ruídos, subiu, mas ficou do lado de fora com medo de entrar. Ouviu gemidos, então abriu a porta e o encontrou.

— Deve ter sido um assalto. Marina vive exibindo suas jóias.

— O jornal disse que não levaram nada. O delegado acredita que tenha sido alguma vingança.

— Será? Raul é tão amável com todas as pessoas! Um homem gentil, educado, instruído. Não deve ter inimigos. Só pode ser inveja por causa de seu dinheiro.

Romualdo fechou a porta, aproximou-se e sentou-se ao lado dela no sofá, dizendo baixinho:

— Estou preocupado com essa história de Rogério estar de caso com Marina.

Mercedes arqueou as sobrancelhas, em um gesto muito seu quando desejava entender melhor alguma coisa, e indagou:

— Por quê? Ele não tem nada a ver com isso.

— Não sei, não. Já pensou se Raul entrou no quarto e surpreendeu os dois juntos? Pode ter partido para a briga, puxado a arma. Nesse caso, Rogério poderia ter reagido para se defender.

Mercedes abanou a cabeça, dizendo admirada:

— Que fantasia é essa? Você anda lendo muitos romances de folhetim. De onde tirou essa idéia?

— Isso me ocorreu. Ultimamente tenho observado que ele tem facilitado muito. Fica ao lado dela publicamente, demonstra seu interesse. Todos comentam que ele está apaixonado por Marina. Raul pode ter desconfiado.

— Você mesmo disse que ela nem estava em casa. Depois, Rogério nunca teria a péssima idéia de tentar matá-lo.

— Não sei. Mas esta história está me angustiando. Mesmo que não tenha sido nada com ele, a polícia vai investigar, levantar os suspeitos. Pode descobrir a ligação de Rogério com Marina. Isso pode dar uma confusão dos diabos. Vou falar com ele. Precisa terminar esse caso o mais rápido possível.

— Talvez seja melhor mesmo. Estou cansada de ouvir falar nisso.

— Vou conversar com ele hoje mesmo. Sabe se virá para o jantar?

— Não sei. Não avisou nada.

— Seja como for, vou esperá-lo acordado. Alguma coisa me diz que esse assunto pode nos trazer problemas.

Mercedes deu de ombros:

— Não creio. Rogério sempre sabe o que faz.

Passava das duas quando finalmente Rogério entrou em casa. Havia bebido um pouco além da conta. Romualdo esperava-o na sala lendo. Vendo-o passar no hall, levantou-se e foi ter com ele:

— Finalmente chegou. Precisamos conversar.

— Agora? Estou morto de sono. Tive um dia cheio! Vamos deixar para amanhã. Preciso dormir.

— Não. Tem de ser agora. Fiquei esperando para isso.

Rogério olhou-o hesitante, depois disse:

— Não estou muito bem para conversas. Exagerei um pouco no uísque e estou um pouco atordoado.

— Você está bêbado, é isso que quer dizer.

— Não exagere, pai. Estou só um pouco alegre. Estive com alguns amigos. Conversa vai, conversa vem, de repente subiu, sabe como é isso...

— Eu sei. Aliás, ultimamente você tem exagerado um pouco.

— O que é isso, velho? Vai querer me controlar agora? Não sou mais criança, sei o que estou fazendo.

— Não tenho tanta certeza. Já soube o que aconteceu com o Dr. Raul Guilherme?

Rogério sobressaltou-se e respondeu:

— Não. O que foi?

— Tentaram matá-lo. Está internado em estado grave no hospital.

— Não diga! Como soube?

— Está no jornal da tarde. Seus amigos não comentaram nada com você?

— Não. Acho que eles não lêem jornal. Falamos de outras coisas. Foi para me dizer isso que esperou até agora?

— Foi. A polícia vai investigar. Já pensou se descobrem sua ligação com Marina? Você pode ser arrolado como suspeito.

Rogério olhou o pai com preocupação.

— Você acha?

— Acho, principalmente se não descobrirem quem foi. Esperei para dizer-lhe que está na hora de acabar com seu caso com Marina. Perdeu a graça e tornou-se perigoso.

Rogério fez um gesto evasivo.

— Não se preocupe. Sei como fazer as coisas. Está tudo sob meu controle. Não tenho nada com o ocorrido e não há o que temer. Agora vou dormir, que estou pregado. Meus olhos estão fechando sem que eu queira.

Romualdo concordou:

— Vá, filho, durma. Mas amanhã cedo, quando estiver sóbrio, conversaremos melhor.

Depois que Rogério subiu as escadas segurando-se para não cair, Romualdo deixou-se desabar na poltrona. Pela primeira vez começou a questionar se tudo estava bem como ele imaginava. Um filho fora de casa e o outro que era seu enlevo, sua admiração, enveredando por um caminho perigoso. Aquilo não podia continuar. Ele precisava reagir, fazer alguma coisa. No dia seguinte, conversaria com Rogério seriamente. Precisava ter certeza de que aquela impressão desagradável que sentira vendo-o chegar embriagado fora um momento passageiro e sem importância.

No dia seguinte, Romualdo levantou-se cedo. Apesar de tentar acalmar-se dizendo que aquele temor era infundado, que estava exagerando e nada de mau iria acontecer com o filho, não conseguira dormir. Revirara-se no leito, insone, e quando conseguiu pegar no sono teve um pesadelo terrível.

Sonhou que viu um vulto atacar Rogério com uma faca e ele tombara em uma poça de sangue. Acordara suando frio. Mercedes dormia tranqüila a seu lado.

"Foi um pesadelo!", pensou aliviado.

Mas a partir daquele momento não conseguiu mais pegar no sono. Eram sete horas e ele já estava na copa em busca do café. Depois de tomar uma xícara, foi para seu escritório e afundou-se em uma poltrona.

O que estava acontecendo com ele? Nunca fora dado a tragédias. Por que agora esse medo horrível? Seria um pressentimento?

Não, não podia ser. Não acreditava nessas coisas. Certamente ficara impressionado com o atentado que Raul sofrera. Não podia deixar-se dominar por aqueles pensamentos. Conhecia pessoas que haviam começado assim e se tornaram viciadas em remédios, com medo da própria sombra.

Ele não era um fraco, um ignorante. Era um homem instruído, com uma vida invejável. Tudo dera sempre certo para ele. Não seria agora que as coisas iriam mudar.

Sacudiu os ombros como que tentando jogar fora o peso daqueles pensamentos e resolveu: o melhor era escrever. Fazia uma semana que não se sentava para dar continuidade a seu romance. Os livros de contos que escrevera não haviam tido sucesso. Mercedes garantia que eram muito inteligentes e bem escritos, mas mesmo assim sugerira um romance.

— As pessoas adoram ler histórias longas. Esses escritores é que fazem sucesso. É isso que você deve fazer.

Ela sabia o que estava dizendo. Em sua casa havia muitos romances, que Mercedes comprava logo que eram lançados. Ele nunca os lera, mas ela se entretinha bastante.

Fazia um mês que ele iniciara o livro, lembrando-se de alguns fatos que seus pais contavam sobre amigos da família. Escolheu um e estava escrevendo o resumo da história para depois romanceá-la. Mas estava difícil, e nos últimos dias não tivera vontade de escrever. Não sentia inspiração. Havia lido biografias de autores famosos nas quais eles declaravam que para escrever precisavam aguardar o momento sagrado da inspiração. Quando isso acontecia, então era hora de escrever. O problema é que ele não sabia como se inspirar. Na verdade, preferia uma boa conversa com os amigos e outros entretenimentos. No entanto, não desistia. Não pretendia advogar; gostava de ser escritor. Depois, quando queria descansar um pouco sem que o incomodassem, fechava-se no escritório e pedia para não ser interrompido. Todos respeitavam.

Foi até a escrivaninha, apanhou o resumo que estava escrevendo, colocou sobre a mesa, sentou-se e começou a ler o que havia escrito, esforçando-se para concatenar as idéias.

Entretanto, tratava-se de um drama e ele logo imaginou que aquela tragédia em que havia adultério, morte, poderia acontecer com Rogério. Largou os papéis novamente angustiado. Por que preferia um drama a uma comédia?

Mercedes dissera-lhe que as pessoas preferem as histórias tristes, cheias de crueldade e sofrimento. Devia ser verdade, porque tanto nos jornais quanto na televisão todos davam prioridade às tragédias.

Levantou-se e dirigiu-se à copa, onde encontrou Mercedes tomando café.

— Você madrugou! Aconteceu alguma coisa?

Ele se sentou ao lado dela e respondeu:

— Tive uma noite de cão. No pouco que dormi, tive um pesadelo horrível. Estou indisposto, angustiado...

— Ficou impressionado com aquele caso de ontem. É melhor não pensar mais nisso. Está fazendo um cavalo de batalha sem razão.

— Fiquei esperando Rogério e não gostei do que vi.

Ela se sobressaltou:

— O que foi que você viu?

— Ele chegou bêbado. Não gosto de ver meus filhos nesse estado. É humilhante.

— Que exagero! Quem na juventude não tomou um ou outro porre? Você mesmo já teve seus momentos.

— Raros, por sinal. Não precisa me lembrar deles.

— Rogério bebe socialmente. Não é um viciado.

— Ele mal se sustinha nas pernas. Com o tempo, pode vir a viciar.

— Deus nos livre! Vire essa boca para lá! Que idéia faz de nosso filho! Ele é um rapaz de classe, fino, instruído, bem-educado. Ele sabe o que está fazendo.

— Espero que você esteja certa, afinal não consegui conversar com ele. Pelo jeito, Rogério vai acordar tarde, como tem feito nos últimos tempos.

— Deixe de implicar com o menino. Está falando como Ronaldo, percebeu?

Romualdo mordeu os lábios e calou-se. Mercedes tinha razão. Estava se deixando levar por excesso de zelo que não se justificava. O melhor era esquecer o assunto e pronto.

— Acho que estou exagerando mesmo. Você tem razão: vamos esquecer este desagradável assunto.

Apanhou a xícara e serviu-se de café com leite, pão, queijo e manteiga. A vida era maravilhosa e ele não podia se preocupar à toa.

Passava da uma quando Rogério se levantou. Barbeou-se, tomou um banho e desceu para o almoço bem arrumado e perfumado, como sempre.

Vendo-o, Romualdo esqueceu a preocupação da véspera. Seu filho continuava bem-posto e tudo estava muito bem. Por isso, durante o almoço não tocou no assunto. Quando foram tomar o café na sala de estar, Rogério tornou:

— O que aconteceu com Raul Guilherme? Tenho uma vaga idéia de que você me falou alguma coisa sobre ele ontem à noite.

— Ele sofreu um atentado. Está muito mal no hospital.

Rogério deu de ombros e comentou:

— Isso teria de acontecer um dia. Ele tem muitos inimigos.

Romualdo olhou em volta e, vendo que Mercedes não estava presente, disse baixinho:

— Seria bom que você acabasse seu caso com Marina. Sabe como é, a polícia está investigando; se descobrirem sua ligação com ela, podem nos trazer problemas.

— Você acha?

— Acho. Depois, já faz tempo que você está mantendo isso. Não é prudente. Sabe como as mulheres se enrabicham. Pode ser difícil acabar.

Rogério olhou sério o pai e ficou pensativo por alguns instantes. Depois disse:

— Você pode ter razão. Vou pensar seriamente nisso.

Romualdo sorriu satisfeito.

— Isso mesmo, meu filho. Livre-se dela enquanto pode.

A postura do filho tranqüilizou-o completamente. Por isso resolveu descansar um pouco. Foi para o quarto e deitou-se. Satisfeito, planejou dormir até a hora de ir ao clube encontrar os amigos.

Depois que o pai se retirou, Rogério passou a mão nos cabelos e sua expressão modificou-se. Ele sentia que precisava acabar seu relacionamento com Marina, porém a cada dia se sentia mais preso aos encantos dela.

Entrara naquela aventura atraído pela beleza dela, pela situação de perigo, como um divertido passatempo. Contudo, ela se mostrara imprevisível. Cada dia inventava uma forma de interessá-lo. Quando pensava que ela estava apaixonada, revelava-se fria, evitava-o, dificultava os encontros, mostrava-se esquiva. Isso acendia mais o interesse dele, habituado a ser paparicado pelas mulheres.

Algumas vezes estava amorosa, submissa, outras exigente, indiferente, altiva, intocável. Depois de três anos de ligação, reconhecia que estava apaixonado. Quando não estavam juntos, pensava nela todo o tempo. Não conseguia interessar-se por outra mulher. Custava a conter-se diante das pessoas, principalmente do marido de Marina.

O caso estava sendo muito comentado e era de admirar que Raul ainda não o soubesse. A prudência mandava-o recuar, deixar Marina, acabar com aquela dependência, mas quando ela aparecia ele esquecia seus propósitos e corria atrás de novos encontros.

Não se sentia preocupado com as investigações da polícia. Fazia votos de que Raul não resistisse aos ferimentos e morresse, deixando o caminho livre para ele.

Resolveu ligar para Marina e informar-se do estado de Raul.

— Dona Marina não está.

— Sabe quando estará de volta?

— Não. Foi ao hospital e não disse quando voltaria.

— Gostaria de saber do estado de saúde do Dr. Raul Guilherme.

— Continua na mesma, Sr. Rogério.

A criada conhecia sua voz. Ele respondeu explicando:

— Meus pais estão preocupados com o que lhe aconteceu e pediram para eu ligar. Obrigado.

Sentiu vontade de ir ao hospital, mas conteve-se. A polícia estava vigiando e ele não queria levantar suspeitas. O jeito era ligar mais tarde. Depois do que acontecera com Raul, Marina afastara-se da vida social e ele não teria como a encontrar.

Marina sempre se dizia apaixonada pelo marido, aparecendo em toda parte no papel de mulher dedicada, mas ele sabia que ela não amava o marido. Fingia por conveniência ou até por medo. Raul era muito ciumento e tornava-se violento quando se zangava.

Talvez por isso ela mentisse até para Rogério, porque dizia amar o marido e nunca ter a intenção de deixá-lo.

— Você diz isso, mas eu não acredito. Se o amasse, não estaria na cama comigo agora.

Ao que ela respondeu:

— Há muitas formas de amor. Eu gosto de todas e sempre tiro de cada uma o que me pode dar.

De vez em quando ele pensava que o melhor seria desligar-se dela. Marina era volúvel, e, quanto mais ele se interessava, mais ela se mostrava livre, disposta a viver sua vida como lhe aprouvesse, sem compromissos ou responsabilidades.

Ela nunca lhe escondera esse seu lado nem lhe pedira nada. Rogério estava sendo atraído exatamente por causa disso. Nunca se sentira seguro com Marina. Tinha a sensação de que ela sempre escorregava por entre seus dedos, sem que pudesse segurá-la.

Cada encontro poderia ser o último, cada momento poderia ser definitivo, cada conversa poderia ser o adeus.

Ao pensar nisso, estremeceu. Não estava preparado para deixá-la. Talvez seu pai estivesse certo: melhor seria acabar com aquela angústia, tentar interessar-se por outras coisas. Reconhecia que nos últimos tempos só fazia sentido o que se relacionava com Marina.

Sacudiu a cabeça como para afastar os pensamentos desagradáveis e decidiu sair, encontrar os amigos, procurar distração.

Foi ao clube e se reuniu com alguns conhecidos. Os comentários eram todos sobre o atentado contra Raul. Olhavam para Rogério com malícia, e houve até um deles que chegou a comentar:

— Quem será que deu esses tiros? Talvez um amante apaixonado pela bela Marina!

Ao que outro aduziu:

— Por que não? Assim o caminho ficaria livre para ele, inclusive com uma bela fortuna. Dizem que Raul e Marina são casados com comunhão de bens...

Rogério fingiu não entender e comentou:

— Cuidado com o que dizem. O Dr. Raul Guilherme é ciumento. Está ferido mas vivo. Se ele os escuta, pode querer defender a honra de sua mulher.

— Está com medo?

— Eu?! Por que teria?

— Por nada. É que tem sido visto sempre ao lado da mulher dele. Dizem até que está apaixonado...

— Melhor não brincar com essas coisas. Marina é minha amiga, mas entre nós não há nada, apenas uma boa amizade.

Eles riram e Rogério fingiu-se despreocupado, sorrindo e cumprimentando algumas moças que estavam do lado, acabando por ir conversar com elas. Sentiu que para acabar com aqueles comentários precisava mostrar-se interessado por outras mulheres e assim desviar a atenção deles. Foi recebido por elas com alegria e, satisfeito, achou que seu jogo estava dando certo.

Ficou por lá algumas horas conversando, mostrando-se alegre, divertido, calmo. Contudo, assim que saiu do clube, sua fisionomia tornou-se sombria, angustiada.

Apesar do esforço, Marina não lhe saíra do pensamento. O tempo todo desejou sair dali, procurá-la, saber o que estava acontecendo.

Passava da meia-noite quando chegou em casa. Foi direto para seu quarto e apanhou o telefone. Discou e estremeceu ao ouvir a voz de Marina:

— Alô.

— Marina, sou eu. Não nos falamos depois do que aconteceu com seu marido. Como vão as coisas?

— Mal. Cheguei há pouco do hospital. Estou arrasada.

— Apesar de tudo, precisa manter a calma.

— Se ele morrer, não sei o que farei da vida. Sinto que não posso viver sem ele.

Apesar das circunstâncias, Rogério sentiu que ela estava sendo sincera. Não teve coragem para dizer o que sentia.

— Ele é forte e saudável. Vai reagir, melhorar, você vai ver.

— Os médicos não garantem nada. Dizem que é preciso esperar. Não suporto mais esta agonia. Estou a ponto de estourar.

— Se quiser, irei até aí para confortá-la.

— Estou cansada. Vou tomar um tranqüilizante e tentar dormir. Amanhã bem cedo quero voltar ao hospital.

— Não gosto de vê-la sofrendo assim. Gostaria de ajudá-la de alguma forma. Se houver alguma coisa que eu possa fazer...

— O que desejo você não pode me dar. Vou desligar agora e tentar dormir.

— Está bem. Lembre-se de que estou a seu lado para o que der e vier. Se precisar, não hesite em chamar-me, a qualquer hora.

— Boa noite.

Ela desligou e ele se sentou na cama pensativo. Marina era desconcertante. Não conseguia entender. Se amava o marido, por que o traía? Rogério sabia que ele não fora o primeiro amante dela depois do casamento. Às vezes, desconfiava até que não era o único.

Se tivesse juízo, esqueceria de vez aquela mulher. No dia seguinte, voltaria a freqüentar as rodas sociais em busca de um novo interesse. Nos últimos tempos havia se mostrado muito interessado em Marina. Não era seu costume. Talvez por isso ela o estivesse tratando com displicência.

Para esquecer uma paixão, nada como procurar outra. Talvez com isso ela até mostrasse mais interesse. Estava habituado a ser valorizado pelas mulheres. Marina teria de reconhecer isso.

Nessa disposição, preparou-se para dormir. Deitou-se, mas, apesar das decisões que tomara, ficou revirando-se na cama, custou a pegar no sono. Adormeceu, mas foi perturbado por um pesadelo no qual Marina aparecia com rosto modificado, cheio de ódio, dizendo que o desprezava e que ele era culpado pela morte de Raul.

Acordou suando frio. Levantou-se, foi à copa e tomou um copo de água repetindo para si mesmo que aquilo fora apenas um pesadelo. Apesar disso, voltou ao quarto e não conseguiu mais dormir. Cochilava e, ao invés de cair no sono, estremecia e acordava assustado, como se alguém o estivesse pressionando.

Cansado, finalmente adormeceu quando o dia já estava clareando.

3

Marilda levantou-se cedo e arrumou-se com cuidado. Finalmente havia conseguido o emprego no escritório da seguradora onde Angelina trabalhava.

Desejava apresentar-se bem arrumada. Sua mãe havia confeccionado algumas roupas e ela se olhava no espelho satisfeita. Estava elegante porém discreta, como convinha em um ambiente de trabalho.

Estava terminando de tomar seu café quando Angelina chegou para buscá-la.

— O que você acha? Estou bem? — disse Marilda dando uma volta para a amiga observar.

— Está ótima. Vamos indo, que não podemos nos atrasar.

As duas saíram sob o olhar comovido e amoroso de Rosana. A filha era sua fortuna. Lamentava que ela não fosse para a faculdade. Reconhecia que, com seus minguados recursos, seria muito difícil mantê-la estudando.

Às vezes se perguntava por que seu marido morrera tão cedo, deixando-as ao desamparo. Ela não fora preparada para enfrentar a vida. Sua mãe a criara para o casamento, como era costume. Sabia tocar piano, costurar, aprendera um pouco de francês, espanhol, mas isso não lhe servira de nada.

Preocupava-se com o futuro da filha. Talvez fosse bom mesmo que ela começasse a trabalhar naquele escritório. O mundo estava mudando e Rosana preferia que Marilda tivesse uma profissão que lhe garantisse a sobrevivência.

Seu maior medo era morrer e deixar a filha sem sua proteção. Ela estava se encontrando com um rapaz, mostrava-se muito entusiasmada, mas Rosana não queria que ela se casasse cedo.

Depois, segundo ela lhe dissera, Ronaldo estudava e trabalhava para pagar os estudos. Certamente era pobre. Não que ela fosse interesseira, porém preferia que, quando Marilda se casasse, ficasse com o futuro garantido. Temia que lhe acontecesse o mesmo que ocorrera a ela.

Passava das sete quando Marilda voltou do trabalho. Vendo-a, Rosana, que a esperara com ansiedade, perguntou:

— Então, como foi?

— Bem. Fiquei nervosa com medo de errar e estou com um pouco de dor de cabeça.

— Foi seu primeiro dia. É natural. Mas você é inteligente, aprende fácil. Não tenha medo.

— Foi o que Angelina disse. Gostei de meus colegas, que me receberam com simpatia. Estou resolvida a me esforçar para ficar no emprego. Agora vou tomar um banho. Ronaldo ficou de vir às oito; não quero me atrasar.

— Ele não tem aula hoje?

— Tem, mas disse que já fechou a matéria e pode faltar.

Rosana dissimulou a contrariedade. Marilda precisava descansar, dormir cedo. Não lhe agradava que o rapaz a visitasse em dia de semana. Mas quando meia hora depois a filha apareceu na sala olhos brilhantes, rosto corado, sorriso alegre, não teve coragem para comentar. O que mais queria era que Marilda se sentisse feliz. Apenas perguntou:

— A dor de cabeça passou?

— Sim. E o banho tirou todo o cansaço. Estou muito bem. São quase oito horas. Vou ver se Ronaldo já chegou.

— Vai jantar primeiro.

— Estou sem fome. Como qualquer coisa na volta.

— Nada disso. Não vai sair sem comer. Se ele chegou, vai ter de esperar.

Marilda foi até a varanda e olhou para o bar onde Ronaldo costumava esperá-la. Ele ainda não estava. Rosana apareceu na porta:

— Se não comer, não vai sair.

— Está bem, mãe. Pode deixar que eu mesma faço o prato.

Rosana olhou-a séria enquanto ela se servia. Como previra, ela colocou pouca comida no prato. Vendo o ar de censura da mãe, Marilda justificou-se:

— Eu disse que estou sem fome. Angelina me deu um chocolate. Não se preocupe, que estou alimentada.

Comeu depressa, lavou o prato e os talheres e colocou-os no escorredor. Depois escovou os dentes e retocou a pintura. Quando ia saindo, Rosana recomendou:

— Não volte tarde. Precisa acordar cedo amanhã.

Marilda concordou com a cabeça e saiu. Ronaldo já estava na porta do bar. Vendo-a no portão, aproximou-se beijando-a delicadamente na face. Depois dos cumprimentos, foram andando de mãos dadas pela calçada, conversando.

Ronaldo sentia que estava apaixonado. Nunca se interessara tanto por uma mulher. Durante o dia se surpreendia pensando nela, desejando que o tempo passasse logo para chegar o momento do reencontro.

O sorriso dela deixava-o de bem com a vida. O brilho de seus olhos tocava fundo dentro dele, fazendo-o pensar no futuro de maneira positiva.

Tendo abandonado as facilidades que sempre desfrutara com a família e resolvido se sustentar, Ronaldo passara por algumas dificuldades financeiras e por isso avaliava a situação de Marilda, admirando o esforço dela para ajudar a mãe nas despesas da casa.

Pensava em fazer carreira, melhorar as condições financeiras para poder oferecer a ela uma vida confortável. Teriam de esperar algum tempo, mas ele tinha certeza de que um dia conseguiria subir na vida.

Nunca lhe falara sobre sua família. Era-lhe penoso conversar a respeito. Apesar de haver cortado relações com os pais, muitas vezes sentia saudade. Reconhecia que os laços familiares eram fortes e profundos.

Apesar disso, não pensava em voltar a morar na casa dos pais. Mas no futuro, quando o tempo passasse e ele conseguisse vencer profissionalmente, gostaria de manter um relacionamento familiar amistoso. Tinha certeza de que, então, seria respeitado e poderia conviver melhor com eles.

Marilda falava animada, contando detalhes de seu primeiro dia de trabalho, e ele ouvia contente, dando uma opinião aqui ou ali, ao mesmo tempo apreciando as expressões de seu rosto lindo, a respiração leve que lhe entreabria os lábios bem-feitos, o menear de sua cabeça balançando os sedosos cabelos.

Sentaram-se na praça e Ronaldo abraçou-a, beijando-lhe os lábios várias vezes.

— Eu amo você! Estou apaixonado. Não consigo pensar em outra coisa o dia inteiro.

Ela estremeceu de prazer, dizendo baixinho:

— Eu também o amo. Você está em meus pensamentos em todos os momentos. Às vezes esse sentimento me assusta. Nós nos conhecemos há pouco tempo! Precisamos ir mais devagar. Não podemos mergulhar tão fundo em nossas emoções.

— Por que não? Somos livres e nada nos impede de sonharmos com o futuro.

— Esse é o ponto. Ainda é cedo para falarmos nisso. Você está estudando, eu começando a trabalhar. Minha mãe vive falando que sou muito nova para um relacionamento sério. Sei que ela está certa.

— Só que nós nos amamos. Aconteceu, e isso não tem hora. Tenho pensado muito em nosso futuro. Desejo me casar com você. Claro que teremos de esperar. No momento não tenho condições financeiras, mas estou bem empregado e com possibilidade de subir na empresa assim que me formar. Só há um obstáculo.

— Qual?

— Você descobrir que não me ama o suficiente e desistir.

— De minha parte, isso nunca vai acontecer.

— Nesse caso, do que tem medo? Se temos certeza de nossos sentimentos, vamos planejar nosso futuro.

— Prefiro não pensar. Vamos continuar namorando. Voltaremos ao assunto daqui a algum tempo.

— Não. Noto que sua mãe se preocupa quando você sai comigo. Ela não me conhece e teme pela sua segurança. Desejo falar com ela, namorar em casa. Quero que ela sinta quanto eu amo e respeito você. Depois, gostaria que ela sentisse que não vai perder você quando nos casarmos. Noto que ela sente ciúme. É natural. Afinal, ela só tem você.

— Sinto que ela tem medo disso mesmo.

— Eu e ela precisamos nos conhecer melhor, Marilda. Quero que ela sinta que vai ganhar um filho.

— Ela lutou muito para me criar e educar. Deu-me muito amor. Quando penso em me casar, sinto que terei muita dificuldade em separar-me dela.

— Não precisa. Ela poderá viver conosco. Por isso desejo me aproximar mais de vocês: para protegê-las, para nos tornarmos amigos de verdade.

— Falarei com ela. Talvez não aprove, mas prometo insistir. Reconheço que você está certo. Se ela gostar de você, concordará em morar conosco e tenho certeza de que seremos uma família feliz. Sinto que você também precisa de carinho. Vive longe dos seus e às vezes percebo um ressentimento em seus olhos quando se refere a seus pais.

— Um dia falaremos sobre minha família. Se sua mãe me aceitar, ficarei muito feliz.

Eles continuavam conversando, fazendo projetos para o futuro. Estavam esperançosos e felizes. Olhos nos olhos, mãos entrelaçadas, deixavam-se embalar pelo amor que sentiam no coração.

Rogério acordou assustado e levantou-se de um salto. Tivera um desagradável pesadelo. Sonhara que Raul entrara em seu quarto, com uma ferida sangrando no peito e uma arma na mão, e lhe dissera com raiva:

— Traidor! Você vai pagar por tudo que me fez!

Ele apontava a arma para sua cabeça e Rogério apavorado corria e escondia-se na outra sala. Fechava a porta, mas via que a janela estava aberta e ele entrava por ela antes que pudesse fechá-la. Depois, Raul fez mira e atirou. Ele ouviu um estrondo e acordou apavorado.

Apenas um pesadelo! Aliviado, notou que, apesar de haver pegado no sono, não se desligara da preocupação. Aquilo não podia continuar. Precisava fazer alguma coisa.

Sempre que tinha um problema, procurava enfrentá-lo. Por isso decidiu ir ao hospital visitar Raul. Sabia que as visitas estavam proibidas, mas, quem sabe, indo até lá ele pudesse falar com Marina e saber o que estava acontecendo de fato.

Os boatos eram muitos, e isso o irritava. Depois, a atitude dela, mostrando-se tão dedicada ao marido quando ele imaginava que ela não o amasse, despertava nele uma desagradável sensação de perda. Era como se ela de repente preferisse o marido e o deixasse de lado.

Ela sempre dizia que amava o marido mas que ele nunca acreditou nisso. Preferia pensar que era a ele, Rogério, que ela amava, uma vez que se entregava a ele traindo o marido. Uma mulher apaixonada jamais faria isso. Estava habituado a lidar com mulheres. Sabia que quando se apaixonam largam tudo pelo homem amado. São capazes dos maiores sacrifícios. Acabam ficando dependentes e passivas.

Marina não agia assim. Era diferente. Ele nunca encontrara ninguém como ela.

Ligou para a casa dela e a criada disse-lhe que Marina continuava no hospital ao lado do marido.

Na mesa do café, Rogério encontrou o pai, que o olhou admirado.

— Levantou cedo. O que aconteceu? Vai a algum lugar?

— Dormi mal esta noite. Tive um pesadelo horroroso, perdi o sono e decidi levantar.

— Sua mãe também não dormiu direito e acordou com dor de cabeça. Vou passar no clube para receber uma massagem. Quer ir também? É bom para relaxar.

— Não. Vou andar um pouco. Está um lindo dia, bom para caminhar.

Romualdo olhou-o surpreso. Rogério não era dado a caminhadas pela manhã. Não disse nada, no entanto, para não irritá-lo.

Mercedes entrou na copa dizendo:

— O que foi, filho? Você também não dormiu bem?

— Foi apenas um pesadelo — explicou ele.

— Pois eu passei uma noite infernal. Tinha impressão de que nossa casa estava sendo assaltada. Queria fechar as portas e janelas, e, por mais que eu tentasse, sempre uma ficava aberta.

Sobressaltado, Rogério perguntou:

— Você viu entrar alguém?

— Não vi ninguém. Apenas senti. O tempo todo eu sentia que havia uma pessoa ruim tentando entrar para nos fazer mal. Foi um horror.

Romualdo interveio:

— Vocês estão dando demasiada importância a um sonho ruim, um pesadelo. Vamos esquecer isso e falar de outras coisas. Têm tido notícias de Raul Guilherme?

Rogério sentiu um aperto no peito e olhou-os assustado:

— Você acha que esse assunto é mais leve? Ele está em coma no hospital, e não foi um pesadelo.

Romualdo admirou-se:

— Falei por falar. Assim como lembrei dele, poderia falar de qualquer outro. Eu queria apenas que vocês pensassem em outra coisa.

Mercedes olhou-o com ar de desaprovação.

— Se essa foi sua intenção, deveria ter escolhido algo melhor.

— Desculpe. Vocês hoje estão de mau humor. É melhor eu ir saindo. Não desejo estragar meu dia. Até mais tarde.

Ele saiu e Mercedes serviu-se de café com leite. Tomou um gole e, olhando para Rogério, que comia calado, comentou:

— Seu pai tem cada uma! Às vezes ele é tão inconveniente...

— Ele não fez por mal. É que esse atentado contra Raul me deixa nervoso.

— A mim também. Tem visto Marina?

— Não. Ela não arreda pé do hospital para nada.

— Ouvi dizer que está muito abalada. Custo a crer. Deve estar fazendo cena para a platéia. Sempre gostou de estar em evidência. Só que o papel de mulher apaixonada pelo marido não lhe cai bem. Sabendo o que ela faz, quem acreditaria nisso?

— O pior é que ela está abalada mesmo.

— Vai ver que é por medo. Já pensou se ele a apanha em uma das suas? — Vendo que Rogério a olhava irritado, continuou: — Desculpe. Não estou aludindo a seu envolvimento com ela. Seu pai me garantiu que isso já acabou. É verdade?

— É. Não tenho mais nada com ela. Já estou em outra.

— Ainda bem. Não esperava outra coisa de você. Sempre foi ajuizado e inteligente. Tinha certeza de que no momento certo saberia pular fora.

Rogério desviou o olhar e não respondeu. Concentrou-se em passar manteiga na torrada que tinha na mão e não voltou ao assunto.

Alguns minutos depois foi para o quarto e ligou para Marina. A criada repetiu a informação de que ela havia ido ao hospital.

Rogério entrou no carro disposto a ir até o hospital. Não agüentava mais a incerteza. Precisava ver Marina, saber como ela estava. Não podia continuar angustiado. Queria resolver de uma vez seu relacionamento com ela. Se notasse que Marina não estava fingindo tanta dedicação pelo marido e que amava Raul de verdade, faria tudo para esquecê-la. Nunca havia sofrido por uma mulher e não estava gostando do que sentia.

Talvez uma viagem para um lugar agradável, onde pudesse conhecer outras mulheres, fosse o remédio. Mas ele recordava-se dos momentos de encanto que haviam desfrutado juntos e sentia que não queria deixá-la.

No saguão do hospital ele perguntou em que andar ficava a UTI, e uma atendente indicou. Uma vez no andar, tentou encontrar Marina. Uma enfermeira que passava informou-lhe o número do quarto de Raul, mas advertiu:

— O senhor é parente dele?

— Um amigo.

— As visitas estão proibidas.

— Ele está melhor?

— Não sei informar. Se deseja saber o estado dele, é melhor perguntar ao médico. Ele lhe dará todas as informações.

— Está bem — concordou ele para despistá-la.

Não pretendia fazer nada disso. Queria ficar por ali para ver se Marina aparecia. Talvez estivesse no quarto com ele.

Foi andando pelo corredor, mas quando passou na porta do quarto de Raul viu que um policial tomava conta do lado de fora. Assustado, tratou de sair dali. Não queria despertar suspeitas. Estava decidido a esperá-la, por isso resolveu ir à lanchonete. Ficaria por ali e de vez em quando iria circular pelos corredores até que ela aparecesse.

Passava das duas quando finalmente Marina entrou na lanchonete. Ele logo notou que estava abatida, sem maquiagem. Suas olheiras mostravam que ela não havia dormido bem.

Rogério levantou-se e foi a seu encontro.

— O que está fazendo aqui? — indagou ela séria.

— Estava preocupado com você. Está abatida. Venha, vamos comer alguma coisa.

— Só quero um café.

— Nada disso. Precisa alimentar-se. Emagreceu.

— Não sinto vontade.

— Precisa reagir. Venha. Sente-se aqui.

— O pior é que ele não melhora. Não sai daquele estado horrível. Parece um morto-vivo. Não agüento vê-lo dessa forma.

— Calma. Você precisa ser forte. Se ficar doente, quem irá tratar dele quando melhorar?

Rogério disse isso mais para convencê-la a comer alguma coisa. Na verdade, para ele era indiferente Raul viver ou morrer.

— Está sozinha no hospital?

— Não quero ver ninguém. Não tenho vontade de fazer sala nesta hora. Só quero rezar e chorar.

As palavras dela o feriram fundo. Era verdade: ela amava mesmo o marido. Rogério não soube o que dizer. A garçonete apareceu e Marina não queria nada além do café, mas ele pediu assim mesmo. Sabia do que ela gostava.

Estava decepcionado, mas fez o possível para não demonstrá-lo. De que adiantaria? Ela estava arrasada. Não era o momento para tratar dos sentimentos deles. Apesar de irritado, disse com suavidade:

— Vim para lhe dar apoio. Eu sou seu amigo, farei o que puder para confortá-la. Subi na UTI para ver se a encontrava e vi um policial na porta do quarto de seu marido.

— Por isso não tenho sossego. Não consigo dormir. O delegado teme que eles tentem matá-lo novamente.

— Sabem quem são?

— Não. Suspeitam de algumas pessoas, mas não têm provas. Raul tem um temperamento firme. Às vezes é teimoso, durão. Por isso arranjou alguns inimigos.

Não era bem isso que Rogério sabia sobre Raul, mas não quis tocar no assunto. Comentava-se que a fortuna dele não provinha da empresa que ele possuía, mas sim do tráfico de drogas. Claro que esse era um negócio muito perigoso. E era bem provável que voltassem mesmo para acabar de vez com o serviço.

— Quando ele se recuperar, vai precisar tomar cuidado — comentou Rogério. — Eles podem dar um tempo até que todos esqueçam e depois, quando menos esperar, voltarão.

— É o que eu penso. Se ao menos ele me ouvisse! Várias vezes implorei para que deixasse alguns de seus negócios. Mas ele nunca me atendeu.

— Vamos, coma um sanduíche. Precisa ficar bem para cuidar dele quando sair da UTI.

Pegou um sanduíche e colocou na mão dela.

— Obrigada. Sempre achei que era um cavalheiro.

— Pode contar comigo para o que der e vier.

Ela comeu vagarosamente o sanduíche, bebeu o copo de leite, depois disse:

— Agora preciso ir. Vou ver se ele melhorou. Depois tentarei descansar um pouco. Esta noite não dormi nada.

— Nem eu. Seria melhor se você arranjasse um quarto no hospital. Já que quer ficar aqui, pelo menos poderá se deitar, descansar.

— Tentei fazer isso, mas o hospital está lotado. Tenho me recostado no sofá do corredor.

— Fale com o médico. Pode ser que ele consiga algo. Pelo menos ficará mais bem acomodada.

— Vou tentar. Obrigada por tudo — disse ela levantando-se.

— À noite telefonarei para sua casa. Se precisar de alguma coisa, procure-me. Sabe onde me encontrar.

Rogério saiu do hospital deprimido. Marina parecia outra mulher. Nada nela lembrava aquela que conhecia. Apesar de haver desempenhado o papel de amigo dedicado, por dentro fora difícil controlar a raiva, o ciúme, a decepção.

Bajulado pela família, pelas mulheres, invejado pelos amigos, ele não estava preparado para ser preterido. Era-lhe difícil aceitar que, para Marina, Raul estava em primeiro lugar.

"Tomara que ele morra!", pensou com raiva.

Um pouco chocado com o teor dos próprios pensamentos, concluiu:

— Afinal, o mundo não perderia grande coisa. É um homem vaidoso, desonesto, traficante de drogas. A sociedade ficaria livre dele; seria até um bem.

Isso, porém, não aconteceu. Raul resistiu aos ferimentos, saiu do coma e aos poucos foi se recuperando. Rogério acompanhou à distância sua convalescença, sem poder ver Marina, que não saía do lado do marido por nada. Rogério nem sequer podia telefonar para ela. A casa estava sob guarda policial, os telefones certamente grampeados, e ele não queria despertar suspeitas.

Algumas vezes pedia para o pai ligar e informar-se sobre a saúde de Raul, alegando que eram amigos e precisavam seguir as regras da boa educação. Romualdo concordava e ligava, deixando votos de pronto restabelecimento.

Rogério pensara em fazer uma viagem, tentar esquecer Marina, mas não se decidia. Diante dos amigos mostrava-se alegre, flertava, saía com belas mulheres, porém era apenas um papel que representava com dificuldade.

Por dentro sentia-se rejeitado, triste, abandonado e louco de saudade de Marina. Teve de reconhecer que estava amando aquela mulher e que seria muito difícil viver sem ela.

Apesar de reconhecer seus sentimentos, Rogério estava decidido a dissimular não só para afastar suspeitas sobre o atentado mas também para não demonstrar que Marina o colocara em segundo plano.

Por isso continuava circulando pelas rodas sociais, encontrando os amigos, fingindo uma tranqüilidade que não sentia, flertando com todas as garotas em evidência, como sempre fizera.

Por toda parte onde andava ouvia comentários sobre Marina, sua dedicação e amor ao marido. Ninguém imaginara que ela fosse capaz de tanta dedicação, o que era surpreendente para a maioria, habituada a vê-la como interesseira, fútil, egoísta.

Alguns que, por serem próximos do casal, haviam acompanhado mais de perto os acontecimentos, encarregavam-se de dizer que Raul, vendo a dedicação dela, havia modificado até sua forma de tratá-la, tornando-se carinhoso e mais atencioso do que sempre fora.

Havia até quem dissesse que o atentado servira para que o amor entre os dois se fortalecesse e que eles estavam vivendo uma segunda lua-de-mel.

Rogério ouvia tudo esforçando-se para controlar o nervosismo e não demonstrar o que ia em seu coração. Aquilo não podia continuar. Ele precisava ter um encontro com Marina, abraçá-la, beijá-la, sentir que ela ainda vibrava em seus braços com o mesmo calor de antes. Mas como, se Raul já estava em casa e ela não o deixava nem por um momento?

O medo de que o marido morresse teria feito com que ela o valorizasse mais, descobrisse que o amava de fato? Como seria dali para a frente, quando ele retomasse vida normal? Continuaria ela seu relacionamento com ele? Rogério não tinha certeza de nada. Essa insegurança o atormentava.

E se ela rompesse definitivamente? O que faria com o sentimento que carregava dentro de si? Como suportar a rejeição da única mulher que o interessava?

Cada vez mais tenso, Rogério recorria à bebida para relaxar. À noite ficava revirando na cama sem conseguir dormir. Quando isso acontecia, levantava-se e tomava mais algumas doses de gim. Então, atordoado e sem poder raciocinar com clareza, deitava-se e adormecia.

Acordava na manhã seguinte com a cabeça pesada, o corpo dolorido, como se houvesse passado a noite em claro.

Foi Romualdo quem notou primeiro que o filho não estava bem. Uma manhã, na mesa do café, disse-lhe preocupado:

— Você está com olheiras. Não se sente bem?

Rogério tentou dissimular:

— Estou ótimo.

— Não parece. Seu rosto está corado, mas seus olhos estão fundos. Acho melhor consultar o Dr. Alberto.

— Não tenho nada, pai. É que esta noite tive um pesadelo e dormi mal. Só isso.

— Por que não viaja um pouco para se distrair, conhecer novos amigos? De vez em quando é bom reciclar as amizades. Faz tempo que você não sai.

— Tenho pensado nisso. Vamos ver.

— É bom mesmo. Você é jovem e precisa aproveitar a vida.

Mercedes, que ouvira parte da conversa, interveio:

— Não precisa se preocupar, Romualdo. Rogério faz isso muito bem.

— Está certo. Mas a rotina, o tédio fazem mal. Tenho notado que Rogério tem exagerado um pouco na bebida. Isso não é bom.

Mercedes irritou-se:

— Deixe o menino em paz. Onde já se viu? Ele tem juízo e sabe o que faz. Não precisa de conselhos.

— Você pode me criticar, mas, que ele tem exagerado, tem.

— O que deu em você agora? Deve ser a idade. Nunca vi você fazer isso.

— É que antes ele era mais moderado.

Ela ia responder, porém Rogério considerou:

— Não discutam por minha causa. De fato, papai tem razão. Tenho exagerado um pouco. Mas fiquem tranqüilos, que não vai mais acontecer.

Os dois o olharam admirados. Ele não costumava ser tão cordato. Mas não comentaram nada. Rogério terminou o café e saiu. Precisava ocupar seu tempo para não correr atrás de Marina, que era o que sentia vontade de fazer mas sabia que não seria possível.

Resolveu ir ao clube ver se descobria alguma coisa para passar o tempo. Sabia que, fosse o que fosse que encontrasse lá, as horas iriam demorar muito a passar.

Ronaldo ficou olhando o convite de sua formatura na mão, pensando: mandaria um para os pais? Depois que saíra de casa, nunca mais voltara e, apesar de ter deixado seu endereço com a empregada, eles nunca o haviam procurado. Era por meio do encontro casual com alguns amigos comuns que Ronaldo obtinha notícias sobre eles. Algumas vezes cruzara com Rogério sem que parassem para conversar. Para ele estava claro que a família não se preocupava com seu bem-estar e talvez até estivesse vendo com certo alívio seu afastamento.

Revirou o convite nas mãos pensativo. Apesar da falta de entendimento, eles eram seus pais. Haviam-no sustentado e criado. Não seria ingratidão de sua parte deixar de lhes participar uma conquista tão importante em sua vida?

Por fim decidiu: mandaria o convite. Seria mais delicado entregá-lo pessoalmente, mas não sentia vontade de ir à casa paterna. Decidiu procurar o pai no luxuoso escritório de advocacia que ele montara ao bacharelar-se, onde comparecia algumas tardes por semana. Embora não advogasse, associara-se a outros profissionais de nome, dos quais usufruía prazerosamente a fama.

Naquela tarde Romualdo deveria estar no escritório. Ronaldo, após consultar o relógio, resolveu procurá-lo.

Romualdo encontrava-se sentado em sua sala conversando animadamente com um colega que lhe contava as peripécias de um caso difícil que havia vencido naqueles dias.

Quando a secretária ligou para avisar que Ronaldo desejava vê-lo,

Romualdo mandou-o esperar alguns minutos. Depois disse para o amigo com satisfação:

— É o filho pródigo que volta, com certeza para pedir ajuda. Eu sabia que um dia isso iria acontecer.

— Pai é para essas coisas — considerou o outro sorrindo. — Vou indo. Só passei para contar nosso sucesso. Tenho um cliente esperando em minha sala.

Depois que ele se foi, Romualdo adotou uma postura séria e pediu que Ronaldo entrasse.

— Como vai, pai?

— Muito bem. E você?

— Também. Mesmo distante, tenho me informado sobre nossa família. Sei que todos estão bem.

— Sente-se. Quer um café, alguma coisa para beber?

— Não, obrigado.

— Você preferiu me procurar no escritório. Devo deduzir que o assunto é profissional. Do que se trata?

— Estou me bacharelando e trouxe um convite da formatura. Apesar de nossos ocasionais desentendimentos, gostaria muito de contar com a presença de minha família nessa solenidade.

— Terminou o curso? Certamente veio procurar-me porque deseja um lugar aqui em nosso escritório para começar.

— Não, pai. Trabalho em uma empresa onde desejo fazer carreira. Trouxe-lhes o convite porque desejo compartilhar minha conquista com vocês, que me deram a vida e me criaram.

Romualdo emocionou-se. Levantou-se e aproximou-se do filho, dizendo comovido:

— Obrigado. Está me dando uma grande alegria. Quando saiu de casa, pensei que não fosse conseguir. Vejo que me enganei. Você sabia o que queria. Não duvido que consiga vencer na profissão. Se quiser vir trabalhar aqui, ficarei orgulhoso.

— Agradeço, mas não posso aceitar. Tenho alguns projetos que desejo levar adiante.

— Está certo. Sua mãe vai se surpreender quando lhe contar. Ela sempre achou que você não conseguiria se formar. — Sentou-se novamente, comentando alegre: — Você me deixou interessado. Que projetos são esses que tem em mente?

— Além do trabalho, penso em me casar, ter uma família.

— Está namorando?

— Sim. Mas não falemos nisso agora. Aqui está o convite. Espero vê-los lá.

— Iremos com certeza.

Ronaldo abraçou o pai e saiu. Romualdo apanhou o envelope, tirou o convite e leu. Aquela era uma surpresa boa. Afinal, tinha um filho formado. Rogério freqüentava a universidade mas não estudava. Quando demonstrava a Mercedes essa preocupação, ela respondia:

— Bobagem. Com o dinheiro que ele vai herdar, não precisa de mais nada. Depois, quando ele se cansar de ir à faculdade, compramos um diploma e pronto. Tudo ficará resolvido.

Quando ela repetia isso, ele ficava calado. Pela primeira vez esse pensamento o incomodou. Rogério era diferente do irmão. Despreocupado, alegre, não gostava de assumir nenhuma responsabilidade.

Era sempre Ronaldo quem tomava conta do irmão, reclamando de sua displicência. Entretanto, apesar de não contar com a mesada da família, ele conseguira manter-se e concluir os estudos. Rogério, sendo mais velho e com todas as facilidades de moço rico, não levava a sério os estudos.

Remexeu-se na cadeira inquieto. O bom senso lhe dizia que estava na hora de Rogério fazer alguma coisa útil na vida. Esperava que com o amadurecimento da idade ele se interessasse de fato por uma carreira. Mas não. Ele continuava vivendo como um adolescente, desfrutando da vida social, preocupando-se com a aparência, andando na moda, flertando, procurando ser o centro das atenções nas rodas que freqüentava.

Romualdo não o criticava por isso. Ele quando jovem havia feito o mesmo. Mas quando conheceu Mercedes apaixonou-se e assumiu as responsabilidades da família, além de gerir o patrimônio que herdara do pai. Com a idade de Rogério, já tinha os dois filhos.

Passou a mão pelos cabelos e levantou-se. Ele estava fantasiando. Rogério sempre fora mais inteligente e agradável do que Ronaldo. Tinha certeza de que, quando chegasse a hora de assumir sua vida, faria isso com facilidade. Não ia se preocupar com uma hipótese que nunca aconteceria.

Resolveu ir para casa sem passar no clube. Precisava contar a novidade a Mercedes.

Encontrou-a no quarto revisando o guarda-roupas. Vendo-o, disse admirada:

— Já em casa? O que tem? Está doente?

— Não. Tenho uma surpresa para você.

Ela se voltou curiosa e ele continuou:

— Ronaldo foi me visitar no escritório.

— Foi?

— Sim. Ele está nos convidando para sua formatura.

— Não acredito! Tem certeza de que ele está se formando?

Romualdo exibiu o convite, dizendo contente:

— Tenho. O nome dele aparece aqui. Pode ver.

Ela apanhou o convite, olhou-o e concluiu:

— É verdade! Por que não veio pessoalmente nos convidar?

— Estava acanhado de aparecer em casa. Mas disse que faz questão de nossa presença.

— Vai ver que ele agora quer sua ajuda para montar escritório.

— Foi o que pensei. Cheguei a oferecer-lhe um lugar em nosso escritório. Mas ele recusou. Disse que está bem empregado e tem outros planos. Pensa em se casar.

Mercedes sobressaltou-se:

— Casar? Com quem?

— Não disse.

— Hmm! Vai ver que não é de nosso meio. Aliás, ele está afastado da vida social. Espero que não pense em dar nosso nome a uma qualquer.

— Ronaldo sempre foi ajuizado.

— O quê? Agora você o defende? Ele foi teimoso, vivia criticando Rogério. Acho que tem inveja por Rogério ser mais inteligente, mais bonito, brilhar mais do que ele.

— Não diga isso, Mercedes. Ronaldo sempre foi um bom filho. Pode não ter o brilho de Rogério, mas nunca nos deu nenhum desgosto. Agora conseguiu bacharelar-se sem contar com nosso dinheiro. Ele tem mérito.

— Percebo a indireta. Está dizendo isso porque Rogério é mais velho e ainda não se formou.

— Ele não estuda. Está repetindo o ano pela quarta vez.

— Porque gosta do ambiente da faculdade e não quer sair. A hora que ele resolver, vai passar rapidinho.

— Não precisa se irritar.

— Só porque Ronaldo conseguiu se formar, você agora deu para criticar Rogério.

— Eu não disse isso.

— Mas pensou. Acha que não percebi? Chegou a insinuar que ele era melhor que Rogério, quando sabe que isso não é verdade.

— Chega! Não vamos mais discutir. Claro que fiquei sensibilizado. Afinal é o primeiro filho que se forma. E ele espera contar com nossa presença.

— Não sei se irei.

Romualdo olhou-a sério e respondeu:

— Pois eu vou. Estou ansioso para conhecer nossa futura nora. Com certeza ela estará lá.

— Você acha que ela irá?

— Claro. Se ele pensa em se casar, já está namorando. E, se está namorando, vai convidá-la. Você não está curiosa?

— Bem, pensando melhor, acho que irei. Também quero ver quem é.

Romualdo dissimulou a alegria. Tinha tocado no ponto fraco dela de propósito.

Decidiu convidar Rogério. Seria muito bom que aquele mal-entendido entre eles acabasse. Afinal eram adultos e civilizados.

— Rogério está em casa?

— Penso que sim.

— Vou falar com ele antes que saia. Gostaria que fosse conosco à formatura.

— Duvido que ele aceite.

— Seria bom acabar com essa animosidade dos dois. Entre pessoas educadas não pode haver desentendimentos.

— Ronaldo deveria ter vindo pedir desculpas a Rogério e convidá-lo.

— Vou falar com ele.

Romualdo foi bater na porta do quarto e Rogério abriu. Havia tomado banho e estava se vestindo.

— Papai! Aconteceu alguma coisa?

— Sim. Quero conversar com você.

Rogério estremeceu. Alguém teria feito algum comentário a respeito de Marina? Assim que o pai entrou, ele perguntou:

— O que foi? Alguma fofoca?

— Não, meu filho. Ronaldo foi ao escritório nos convidar para sua formatura. Disse que se sentirá muito feliz se você comparecer.

— Eu? Ele não me tolera.

— Bobagem. Ele espera contar com a família na solenidade.

— Então ele se formou! Agora que precisa de ajuda, procurou a família!

— Ele não pediu nada. Tem um bom emprego, pensa até em casar.

— Casar?! — Ele riu irônico. — É só o que um sujeito quadrado como ele poderia pensar. Eu sabia que ia dar nisso.

— Pois eu acho justo. Agora que se formou, é bom casar, ter família. Faz parte da vida. Eu também fiz isso.

— Está bem, pai. Você fez em outros tempos. Hoje poucas pessoas pensam assim.

— Você não deseja casar, ter filhos, formar um lar?

— Não, pai. Já tenho um lar. Não preciso de mais nada. Quero ser livre. Não desejo ter uma mulher controlando minha vida.

— O amor é uma coisa boa. Ninguém pode ficar a vida inteira mudando de companhia, sem uma relação estável. Veja eu e sua mãe: vivemos muito bem. Nunca nos arrependemos de haver casado.

Ele riu e considerou:

— Você diz isso, pai, mas tenho visto como você demora para voltar para casa todas as tardes e mamãe arranja pretextos para ficar fora de casa. Se sentissem prazer em estar juntos, seria diferente.

— É que em uma relação estável como a nossa não temos necessidade de ficar o tempo todo um ao lado do outro. Temos outros momentos nos quais fazemos o que nos dá prazer. Por isso vivemos bem juntos. Você vai conosco à formatura de seu irmão?

— Não. Essas solenidades são aborrecidas.

— Gostaria muito que nos acompanhasse. É hora de reunir a família, acabar com os mal-entendidos.

Rogério olhou o pai e disse sério:

— É inútil, pai. Nós não nos entendemos. Seria uma atitude falsa. É melhor eu não ir.

— Sua mãe vai, principalmente para conhecer a namorada de Ronaldo.

— Ele disse quem é?

— Não. Por isso ela quer vê-la. Certamente estará lá.

— Não tenho essa curiosidade. Não vou mesmo.

Romualdo deixou o quarto pensativo. O ar irônico e debochado do filho causou-lhe mal-estar. Procurou desviar os pensamentos desagradáveis.

Estava se preocupando à toa. Rogério era moço de princípios, recebera esmerada educação, gostava de divertir-se. Com o tempo, mudaria de pensar, assumiria uma família. Mercedes dizia sempre que ele estava destinado a brilhar onde quer que fosse.

Voltou à sala, e Mercedes, vendo-o, comentou:

— Ele recusou. Eu sabia que ele não iria.

— Eu gostaria que ele fosse. Seria bom para evitar comentários.

— Nós iremos. Quero conhecer a namorada de Ronaldo. Há muito ele deixou de freqüentar nossa roda. Receio que tenha escolhido mal. Disse que pretendia casar logo?

— Não. Está só namorando. Mencionou casamento para um futuro distante.

Mercedes suspirou pensativa. Se fosse Rogério que estivesse se formando e pensando em casar, ela ficaria feliz. Ele, sim, escolheria uma moça à altura do nome da família. Mas Ronaldo pensava diferente.

— Convide Ronaldo para vir aqui em casa — sugeriu ela. — Podemos oferecer um jantar a nossos amigos e celebrar.

Romualdo olhou-a agradavelmente surpreendido.

— Você faria isso? Essa seria uma forma de colocar tudo nos devidos lugares. Sinto vontade de reunir nossa família.

— Apesar de ter saído de casa, ele não nos esqueceu. Precisamos retribuir. Fale com ele, convide-o para jantar conosco. Programarei tudo.

Romualdo abraçou Mercedes, dizendo alegre:

— Você sempre foi uma boa mãe.

— Ele pode convidar a namorada e os amigos — respondeu ela, sorrindo.

Em seus olhos havia um brilho malicioso que o marido não notou. Quando ele se afastou, Mercedes sentou-se no sofá pensativa. Um jantar de gala seria mais do que suficiente para ela conhecer melhor a namorada de Ronaldo. Algo lhe dizia que ele não estava se envolvendo com uma pessoa de sua classe.

Rogério passou pela sala e Mercedes indagou:

— Vai sair?

— Vou ao clube. Combinei com alguns amigos.

— Poderia jantar conosco antes. Faz tempo que não conversamos.

— Outro dia, mamãe. Estou com pressa.

Ele beijou-lhe levemente a face e saiu. Na verdade, não tinha nenhum encontro marcado, mas não sentia vontade de conversar.

Não suportava mais a ausência de Marina, os comentários de como ela amava o marido, como se dedicara a ele. Tentara várias vezes conseguir contato com ela, mas estava difícil.

Se ao menos Marina lhe telefonasse... Ela havia se ausentado das rodas que freqüentavam. Nem vê-la ele conseguia. Ver-se preterido era-lhe insuportável.

Precisava fazer alguma coisa, mas o quê? Era desgastante ter de fingir diante das pessoas, mostrando-se alegre, despreocupado como sempre. Se antes dissimulava sua ligação íntima com Marina por causa do marido, agora, além disso, temia que viessem a descobrir que fora posto de lado. Isso lhe doía muito.

Foi ao clube e procurou os amigos para ver se descobria alguma coisa mais. A conversa fluiu animada e Rogério procurou interessar-se pelo assunto. Como sempre, comentavam as novidades.

Um deles chamou sua atenção:

— Olhe lá, Rogério. Está vendo aquelas duas moças sentadas naquele canto?

— Estou. Uma é Sônia; a outra não conheço.

O rapaz sorriu deliciado por poder dar a notícia de primeira mão:

— Trata-se de Ângela Maciel, filha do primeiro casamento do Dr. Raul Guilherme.

Rogério interessou-se:

— Não sabia que ele tinha uma filha.

— Quando a mulher ficou doente, o Dr. Raul mandou a menina para um colégio na Inglaterra. Era muito pequena, dizem que se acostumou lá e nunca quis voltar ao Brasil. Veio agora para visitar o pai por causa do atentado — concluiu, satisfeito por contar a novidade.

— Será que ele piorou?

— Qual nada! Está se recuperando muito bem. Sabe como é: vaso ruim não quebra. O homem tem uma sorte invejável. Além de ter uma mulher como Marina apaixonada, cuidando, tem sete fôlegos. Muita gente estava até preparando a roupa para o velório, mas tiveram de guardar de novo. Eu soube que ele está melhor.

— Nesse caso, por que será que a filha resolveu aparecer?

— Ainda não sei. Mas vamos descobrir. Sônia continua alimentando a esperança de um compromisso comigo.

— É uma moça muito bonita.

— Sônia?

— Não. Ângela. Gostaria de conhecê-la. Vamos cumprimentá-las.

Os dois se aproximaram. Sônia sorriu para eles. Estavam em uma mesa do bar tomando refrigerante.

Depois dos cumprimentos e das apresentações, eles foram convidados a sentar. Ângela era uma mulher muito bonita. Alta, esguia, olhos verdes, cabelos dourados naturalmente ondulados, boca bem-feita, demonstrava muita classe.

Usava roupas elegantes de cores alegres e delicadas que ressaltavam ainda mais sua pele amorenada e bem cuidada. Tinha trato e postura. Apesar de haver crescido longe do Brasil, Ângela falava português sem nenhum sotaque.

Enquanto conversavam, Rogério pensou que a vinda dela poderia ser providencial. Tornar-se seu amigo poderia abrir-lhe as portas da casa de Marina.

Empenhou-se em mostrar-se encantador, falando sobre assuntos leves e agradáveis. A certa altura, indagou:

— Veio para ficar?

— Ainda não sei. Sinto que foi bom ter voltado. Ficarei enquanto for prazeroso.

Sônia interveio:

— Ângela só faz o que gosta. Eu a admiro, porém não consigo fazer o mesmo. Não sei deixar de lado as obrigações sociais.

Ângela sorriu e respondeu:

— A vida em sociedade só vale a pena quando pode oferecer momentos agradáveis. Perde o sentido quando se torna obrigação.

— Há deveres que todos precisamos cumprir e nem sempre são agradáveis — disse Mário.

— Ir a um velório, por exemplo — brincou Rogério.

— Pois eu não vou — disse Ângela.

— Em minha família eu nunca poderia fazer isso — tornou Sônia.

— Meu pai é político e nos obriga a ir a todos os enterros que ele acha que vão melhorar sua imagem pública.

Os olhos de Ângela brilharam de maneira singular quando ela respondeu:

— Pois eu não iria ainda assim. Gosto de ser verdadeira. Não teria como dissimular meu desagrado comparecendo contra a vontade em algum lugar.

— É penoso, reconheço — concordou Sônia —, mas obedeço porque sei que ele tem razão. Nossa família é muito conhecida e todos precisamos cooperar para conservar uma boa imagem.

— Em Londres ninguém repara nessas coisas. Imaginei que viver aqui fosse como lá. Afinal, os tempos mudaram.

— Aqui temos mais tradição — disse Mário. — Cultivamos os nomes de família. Rogério, por exemplo, é filho de uma das melhores famílias da cidade. Isso tem um preço. Deve-se respeitar.

Ângela virou-se para Rogério olhando-o nos olhos e tornou:

— Esse deve ser um fardo pesado de carregar. Como é que você lida com isso?

Apanhado de surpresa, ele pensou um pouco antes de responder:

— Como posso. Nem sempre consigo sair ileso. Para ser sincero, há momentos em que a vida me parece muito sem graça.

— Você?! — reclamou Mário. — Tem uma vida maravilhosa: nome, dinheiro... sem falar nas mulheres que vivem suspirando ao seu redor.

— Há momentos em que essas coisas deixam de ser importantes, sinto-me entediado. Mas a vida é assim mesmo.

— Não é, não — respondeu Ângela. — A vida é maravilhosa, mas sempre responde ao que você lhe dá. Vocês se prendem às conveniências, às regras sociais, prestando-se a fazer coisas de que não gostam para manter as aparências, tentando agradar aos outros, e isso acaba com o prazer de viver. Na Bíblia está escrito que não podemos servir a dois senhores, a Deus e a Mamom. Quando vocês servem às conveniências, estão servindo a Mamom. Só estão servindo a Deus quando ouvem sua própria alma. Ela não foi criada à semelhança de Deus?

— Que horror, Ângela! Nunca pensei que você fosse herege. Que idéia! Já pensou se cada um fosse fazer o que deseja, o desastre que seria no mundo?

— Não seria pior do que já é. Ao contrário: não haveria tantas pessoas reprimidas, mentindo, tentando aparentar o que não são.

— Fariam toda sorte de besteiras — disse Mário, abanando a cabeça negativamente.

— Engana-se. Essa forma de pensar é que vem causando tantas confusões entre as pessoas. Todos se ocultam atrás do que lhes convém. Ninguém fala a verdade ou age com sinceridade. É por isso que a sociedade está neste caos. E isso só vai melhorar quando as pessoas, ao invés de cuidarem umas das outras tentando aparentar o que não são, assumirem a responsabilidade pela própria vida, cuidando de viver melhor, ser mais felizes.

Rogério ouvia pensativo. Entendia o que Ângela estava tentando dizer. Muitas vezes desejara ter nascido pobre, ser ignorante e não ter de fingir uma alegria que estava longe de sentir. No entanto, havia outros momentos em que se sentia orgulhoso de sua origem, de seu dinheiro, de seu poder.

Ângela olhou-o e perguntou:

— Você está calado. O que acha?

— Que não é fácil viver. — Vendo que os três o olhavam admirados, sorriu e brincou: — Principalmente quando complicamos as coisas. Nós somos muito complicados. Às vezes, nem eu me entendo.

Todos riram e continuaram conversando. Mas Rogério havia planejado estreitar a amizade com Ângela. Ela era a pessoa certa para ele aproximar-se de Marina sem despertar suspeitas.

Quando elas se levantaram para sair, os rapazes as acompanharam. Foram andando: Sônia e Mário na frente, Rogério e Ângela mais atrás.

— Esta tarde passou muito depressa — disse Rogério. — Sinto que temos ainda muito que conversar. Quer jantar comigo esta noite?

— Hoje não posso. Tenho um compromisso. Talvez outro dia.

— Amanhã, então?

— Está bem.

— Irei buscá-la às oito.

Despediram-se, e Rogério estava radiante. Finalmente havia conseguido uma forma de introduzir-se na casa de Marina. Precisava ser cauteloso. Ângela era inteligente, perspicaz. Se ela desconfiasse que estava sendo usada, ele não teria nenhuma chance.

Precisava mostrar-se muito interessado nela, mesmo porque, se Raul Guilherme percebesse alguma coisa, ele estaria perdido. O pai dela era um homem muito perigoso.

A partir da noite seguinte, Ângela e Rogério começaram a sair juntos. Ele se mostrava conversador, inteligente, alegre, e Ângela apreciava sua companhia.

Habituado ao trato social, mesmo se sentindo deprimido e triste, Rogério ao lado dela se transformava em um homem bem-humorado, atencioso, gentil.

Ângela tinha idéias próprias e apreciava uma boa conversa. Rogério, disposto a agradá-la, demonstrava interesse por tudo que ela dizia. Reconhecia que Ângela, além de bonita, era diferente de todas as mulheres que conhecia.

Muitas vezes surpreendia-se pensando em suas palavras, admirando-se de sua perspicácia.

Interessado em aproximar-se de Marina, oferecia-se para buscá-la em casa. Ela aceitava, mas nunca o convidava a entrar. Ela o esperava na janela e, vendo-o chegar, saía imediatamente.

Esse comportamento o intrigava. Uma noite chuvosa ele decidiu chegar mais cedo e tocou a campainha. A criada abriu e ele perguntou por Ângela.

Naquele momento, ela surgiu atrás da criada.

— Pode deixar. Eu atendo.

Quando a criada se afastou, ela cumprimentou Rogério e depois dos cumprimentos disse:

— Um momento, vou apanhar a bolsa e já volto.

— Está chovendo. Não me convida para entrar?

Ela hesitou um pouco, depois respondeu:

— Claro. Entre.

Apontou para um sofá na sala ao lado.

— Sente-se. Eu já volto. Só vou apanhar a bolsa.

Enquanto esperava, Rogério a custo continha a curiosidade. De onde estava, ele via duas outras salas luxuosamente mobiliadas e ouvia vozes vindas de lá, mas as pessoas estavam fora do alcance de seus olhos. Deveriam estar jantando.

Ângela voltou logo e ele considerou:

— Desculpe ter vindo mais cedo. Mas estava ansioso para vê-la.

Ângela olhou-o nos olhos e perguntou:

— Por quê?

Rogério sentiu-se um pouco ridículo. Com Ângela, era difícil representar o papel de romântico apaixonado. Ela era natural, franca, e isso o desarmava.

— Você ontem me disse algumas coisas que me fizeram pensar. Queria continuar o assunto.

— Combinamos sair com nossos amigos. Mas, se prefere conversar, poderemos ir a outro lugar.

— Está chovendo. Por que não ficamos aqui mesmo?

— Prefiro sair. Hoje fiquei em casa o dia todo. Vamos?

Embora desejasse ficar, Rogério não teve outro jeito senão acompanhá-la. Ficou intrigado. Ângela não convidava nenhum amigo para sua casa. Mário já havia lhe contado esse detalhe:

— Vai ver que é verdade o que dizem do Dr. Raul Guilherme — dissera ele. — É um homem misterioso. Até agora aquela história do atentado não ficou clara.

— Você acha mesmo que ele lida com drogas?

— Não sei. O povo fala muito. Mas ele anda sempre com guarda-costas. Tem muito dinheiro, e ninguém sabe bem o que ele faz.

— Ele é muito rico. E você sabe como é: os invejosos não suportam isso. Acho que é mentira o que dizem dele.

Rogério tinha suas desconfianças, mas não gostava que falassem dele, por causa de Marina e de seu relacionamento com ela.

Uma vez no carro, observando o ar pensativo de Rogério, Ângela indagou:

— Aconteceu alguma coisa? Você está tão calado!

Ele sorriu e respondeu:

— Tive impressão de que você não gostou de me ver em sua casa.

— Por que diz isso?

— Notei sua contrariedade e a pressa em sairmos.

Ela respirou fundo.

— Lamento que tenha notado. Prefiro estar com os amigos longe de minha casa.

— Sua família é muito exigente com suas amizades?

Ela colocou a mão no braço dele quando respondeu:

— Não se trata disso. Não é nada pessoal. O problema sou eu. Por razões que prefiro não mencionar, sinto-me melhor não levando meus amigos para dentro de minha casa.

— Desculpe, eu não sabia. Vamos esquecer esse assunto. A noite está apenas começando; vamos torná-la agradável.

Ela sorriu.

— Obrigada por compreender.

Rogério estava intrigado. Por que tanto mistério envolvendo Raul Guilherme? E Marina, por que não aparecia em sociedade como antes? Afinal, o marido já estava recuperado e não havia motivo para que ela continuasse ausente.

A saudade o infelicitava. Sonhava com Marina. Recordava-se de seus encontros sempre ardentes. Apesar de saber como Ângela pensava, Rogério insistia no relacionamento com ela. Um dia haveria de conseguir freqüentar aquela casa. Para isso, precisava fazer com que Ângela se apaixonasse por ele. Ela se mostrava interessada e ele tinha certeza de que conseguiria atraí-la. Era apenas uma questão de tempo.

Marilda apressou o passo. Queria estar em casa logo. Ronaldo havia combinado chegar mais cedo e ela ainda precisava se arrumar. O trânsito estava ruim, fazendo-a demorar mais que o habitual. Chegou em casa apenas alguns minutos antes da hora marcada.

— Mãe, estou atrasada. Se Ronaldo chegar, diga a ele que não me demoro.

Foi logo tomar banho e arrumou-se com capricho. Olhando-se no espelho, seus olhos brilhavam alegres. Estava muito apaixonada.

Ronaldo era perfeito. Fazia tudo para agradá-la. Entendiam-se muito bem e faziam planos para o futuro.

Ouviu a campainha, desceu correndo e foi abrir. Ronaldo beijou seu rosto com carinho.

Depois dos cumprimentos, ele disse:

— Vim mais cedo porque preciso conversar com você.

— Parece preocupado. Entre.

— Vamos dar uma volta.

Rosana aproximou-se.

— Boa noite, Ronaldo. Está na mesa. Vamos tomar um lanche.

— Não se incomode, Dona Rosana. Comi um sanduíche antes de vir para cá.

— Então faça companhia para Marilda. Ela acabou de chegar e não comeu nada.

— Nesse caso, eu espero.

— Mamãe, estou sem fome. Vamos dar uma volta e quando chegarmos comeremos alguma coisa.

Uma vez na rua, foram caminhando de mãos dadas até a praça onde costumavam sentar-se.

— Você está calado... Aconteceu alguma coisa?

Ele segurou a mão dela, levou-a aos lábios e respondeu:

— Não. Você sabe que a amo muito. Meu maior sonho é casar com você.

— É também o que eu mais quero.

— Até agora não lhe falei nada sobre minha família. Você, uma filha amorosa, exemplar, deve estranhar minha atitude.

— De fato. Você nunca fala neles, nunca nos apresentou. Minha mãe às vezes estranha essa atitude.

— Não gosto de tocar nesse assunto, mas sinto que você precisa saber tudo. Minha formatura será daqui a alguns dias e espero poder apresentá-la aos meus.

— Terei prazer em conhecê-los.

— Saí de casa porque tive um desentendimento com meus pais por causa de meu irmão.

Ronaldo começou a falar dos pais, dos problemas de sua infância, das diferenças que tinha com Rogério.

À medida que ele falava, Marilda sentia o peito oprimido, tristeza, inquietação. Remexia-se no banco e as mãos ficaram geladas.

— Você está nervosa — disse ele abraçando-a. — Perdoe-me. Eu deveria ter contado tudo antes. Mas tenho dificuldade em falar sobre isso.

— Não tenho nada a perdoar. É que, ouvindo-o falar, fui me sentindo inquieta, angustiada.

— Por quê?

— Não sei. Sinto medo. Pensei que você fosse um moço pobre, como eu. Mas sua família é rica, de posição. Isso torna as coisas mais difíceis. Eles não vão aceitar que você se case com uma moça como eu.

— Marilda, não tema. Eu a amo de verdade. Ninguém vai impedir nosso casamento. Depois, estou fora de casa, vivo à minha custa, sou independente. Eles terão de aceitar.

— Não sei. Apesar de tudo, é sua família. Não quero que você um dia lamente haver me escolhido.

Ele a apertou nos braços, beijando-lhe os lábios com amor.

— Isso nunca acontecerá.

— Não sei. Ao pensar nisso, sinto o peito oprimido.

— Bobagem! Nós nos amamos. Nada poderá nos separar.

— Seria melhor eu não ir à sua formatura. Vamos esperar um pouco mais.

— Isso não pode ser. Por tudo que passei, conquistar esse diploma é muito importante para mim. Quero você a meu lado nesse dia. Do jeito como anda meu relacionamento com minha família, é possível até que eles nem apareçam por lá. Você não pode fazer isso comigo.

— Se é assim, irei.

— Além disso, planejamos casar no ano que vem. Você vai ter de conhecer meus familiares. Não há como fugir.

— Eu sei...

— Vamos, sorria. Afinal eles são pessoas educadas. Eu é que sou diferente deles e por isso não nos demos bem. Pode ser até que eu tenha exagerado um pouco.

— Desculpe, eu é que sou muito boba.

— Não concordo. Você é muito especial e eu a amo muito.

Ronaldo beijou-a delicadamente nos lábios. Ela sorriu e tentou dissimular o mal-estar.

Mais tarde, quando voltou para casa, Marilda contou tudo à mãe e finalizou:

— Não sei por quê, mãe, mas estou angustiada. Sinto o peito oprimido. Enquanto ele falava, deu-me vontade de sair correndo, terminar nosso namoro.

Rosana procurou tranqüilizá-la:

— O que é isso, minha filha? Você diz que Ronaldo é o grande amor de sua vida.

— Ele é. Mas não quero conhecer a família dele.

— Por quê? Eles são ricos, mas você é uma boa moça, bonita, honesta. Tenho certeza de que será uma ótima esposa. O que mais uma mãe pode desejar para um filho?

— Não sei, mas sinto muito medo. Disse que não queria ir à festa de formatura, mas ele faz questão de minha presença.

— Claro. Estaremos lá. Você estará muito elegante e bonita. Tenho certeza de que Ronaldo ficará orgulhoso de nos apresentar.

— Não sei... Sinto tanto medo.

Rosana abraçou-a.

— Que bobagem! Ronaldo é um rapaz rico; deve ter freqüentado lugares requintados. Mas, dentre todas as moças que conheceu, preferiu você. Isso é revelador, não lhe parece?

Marilda sorriu.

— É. Tem razão. Fiquei nervosa. Vou ter de enfrentar isso.

— Toda moça fica nervosa ao conhecer a família do namorado. É natural.

Marilda sacudiu a cabeça como a expulsar os maus pensamentos.

— Não vou mais me preocupar. Vou tratar de ficar bem bonita. Quero que Ronaldo se orgulhe de mim.

Rogério apressou-se. Não podia se atrasar. Deu um último olhar no espelho, endireitou a gravata e desceu.

Mercedes estava sentada na sala. Vendo-o, levantou-se:

— Meu filho, como está elegante! Alguma festa?

— Não, apenas um encontro com uma mulher muito interessante.

— Posso saber quem é?

— Por enquanto prefiro guardar segredo. Ainda não me declarei.

— Quando pretende fazer isso?

— Talvez esta noite.

— Quanto mistério! Por que não conta quem é?

— Contarei quando começarmos a namorar.

— Namorar? Você?! Nesse caso, ela não é casada.

— Não, ainda. Pode ser que eu me candidate.

— Não me diga! É tão sério assim?

— Por enquanto é apenas uma idéia. Vamos ver.

— É alguém de nossa roda?

— Claro. Acha que eu me interessaria por alguém que não estivesse à altura de nossa família? Agora preciso ir. Estou atrasado.

Ele saiu deixando um discreto perfume no ar e Mercedes foi ao escritório do marido.

— Romualdo, tenho uma coisa importante para contar.

Ele levantou os olhos do livro que estava lendo e esperou. Ela continuou:

— Rogério está namorando e até pensando em casar!

Ele colocou o marcador na página e fechou o livro, olhando-a com interesse:

— Como soube?

— Ele me contou. Saiu todo chique para encontrar-se com ela.

— Quem é?

— Não disse. Parece que esta noite vai conversar com ela e pedi-la em namoro. Só depois vai nos contar.

— Será alguém de nosso meio?

— Claro. Nem poderia ser diferente.

Rogério chegou à porta da casa de Ângela e tocou a campainha. Como sempre, ela apareceu em seguida, pronta para sair.

— Desculpe o atraso — disse ele. — Gosto de ser pontual.

— Tudo bem. Temos tempo.

Uma vez no carro, ele tornou:

— Você se importaria se não fôssemos ver essa peça? Prefiro ir a um lugar onde possamos conversar.

— Também prefiro. Estive lendo no jornal que essa peça não é muito boa.

Rogério a levou a um lugar agradável, com música suave, e procurou uma mesa discreta. Pediram uma bebida, e a conversa fluiu amena.

— Eu a trouxe aqui porque precisamos conversar. Há algum tempo estamos saindo juntos. Gosto de sua companhia.

— Eu também. Temos desfrutado de bons momentos.

— Antes eu costumava sair com vários amigos, mas, desde que a conheci, prefiro sair com você. Quando não estamos juntos, me surpreendo pensando em você.

Ângela olhou-o nos olhos como tentando perceber aonde ele queria chegar. Esperou em silêncio. Ele continuou:

— Como aceita meus convites, suponho que também sinta prazer em estar comigo.

Sem desviar os olhos, ela respondeu:

— É verdade. Gosto muito de estar a seu lado.

Ele segurou a mão dela e continuou:

— Para ser sincero, apesar de flertar, nunca pensei em namorar ninguém. Tenho tido algumas aventuras, mas nada importante. É a primeira vez que isso acontece comigo. Quer me namorar?

Ela ficou pensativa por alguns segundos, depois disse:

— Sim. Gosto de você. Quando voltei ao Brasil, não pretendia ficar muito, embora meu pai desejasse isso. Mas depois que nos conhecemos mudei de idéia.

Ele levou a mão dela aos lábios e beijou-a.

— Ainda bem que aceitou. Estou muito feliz. Vamos comemorar.

Chamou o garçom e pediu champanhe. Seu plano estava dando certo. Logo estaria dentro daquela casa, poderia ver Marina e, quem sabe, desfrutar novamente de seu carinho.

67

Depois do brinde, ele considerou:

— Seu pai tem conhecimento de que você tem saído comigo?

— Não sei.

— Não costuma dizer a ele aonde vai?

— Ocasionalmente. Estive fora muitos anos. Ele sabe que sei cuidar de mim muito bem.

— Claro. Mas eu gostaria de falar com ele que estamos namorando. Quero casar com você.

— É cedo para pensar nisso. Precisamos nos conhecer melhor.

— Para mim está decidido. Eu casaria com você amanhã mesmo. Mas sinto que talvez não goste de mim como eu gosto de você.

— Não se trata disso. Gosto de você muito mais que deveria. Nos conhecemos há pouco tempo. Para mim, casamento é para toda a vida.

— Para mim também. Mas quero conversar com seu pai, freqüentar sua casa, conviver mais de perto com você. Devo a ele uma justificativa.

— Podemos namorar, mas por enquanto prefiro que não envolva meu pai em nossa relação.

— Por quê? Acha que ele não me aceitaria?

— Não se trata disso. Você pertence a uma família importante, respeitada. Acho até que ele ficaria muito lisonjeado em saber que deseja casar comigo. Eu é que não gosto de envolver a família em minhas amizades.

— Não entendo você.

— Depois que minha mãe morreu, estive longe de meu pai. Precisei decidir o que fazer da vida. Habituei-me a resolver meus assuntos sozinha. Não tinha intenção de voltar a viver no Brasil. Quando aconteceu o acidente com meu pai foi que resolvi voltar, e, como eu disse, pretendia ir embora assim que ele estivesse bem. Mas aí conheci você e fui ficando.

— Ficou por minha causa?

— Sim.

— E seu pai, não reclama por você desejar ficar longe dele?

— Ele não precisa de mim. Está muito bem acompanhado. Posso dispor de minha vida sem remorsos.

— Desde o acidente, Marina tem sido muito dedicada. Nunca mais teve vida social.

— Assim estou livre para cuidar de minha vida onde quiser.

— Espero que a meu lado.

Ela sorriu. Ele se aproximou e a beijou nos lábios. Precisava conquistá-la definitivamente. Sentia que ela gostava dele mas ainda não estava apaixonada.

Rogério sentiu despertar a curiosidade: por que ela o impedia de freqüentar sua casa? Por que toda vez que ele queria aproximar-se de seu pai ela arranjava uma desculpa? Começou a desconfiar que alguma coisa havia acontecido que a fazia temer essa convivência. A vida de Raul Guilherme sempre fora misteriosa. Rogério ouvira vários boatos, mas não tinha certeza de nada. Além disso, por que Marina, que levava vida social intensa e parecia pouco interessada no marido, havia mudado tanto?

Todas essas perguntas unidas ao desejo de rever Marina passavam pela cabeça de Rogério enquanto beijava Ângela.

Naquele momento, decidiu esforçar-se para fazê-la apaixonar-se a tal ponto que o tornasse seu confidente e não tivesse mais nenhuma reserva quanto à sua presença na casa de Marina.

Ângela afastou-o.

— Pare, Rogério!

— Por quê? Estou apaixonado e quero você.

— Contenha-se. Não gosto de cenas em público.

— Então vamos para um lugar calmo onde possamos ficar mais à vontade. Sinto desejo de apertá-la em meus braços e beijá-la.

Ela o olhou nos olhos e disse com voz firme:

— O que pretende? Estamos saindo juntos, gosto de sua companhia, mas eu nunca disse que estava apaixonada por você.

— Pensei ter visto uma chama de interesse em seus olhos.

— Estou interessada em você, gosto de sua companhia, mas paixão é outra coisa.

— Não entendo. Você disse "sim", mas está me rejeitando.

— Não. Estou dizendo que preciso de mais tempo. Você está indo muito depressa e isso não me agrada.

— É que estou seguro de meus sentimentos. Quero me envolver seriamente com você. Se me amasse, saberia.

Ela não respondeu logo. Depois de alguns segundos sem desviar o olhar, disse:

— Vou explicar melhor. Eu tinha oito anos quando meu pai me mandou estudar em um colégio interno na Inglaterra. Cresci obedecendo a uma disciplina rígida. Aprendi a controlar meus impulsos, a avaliar os fatos antes de tomar qualquer decisão.

69

— Agindo assim você se reprime.

— Engano seu. Sou muito grata a meus mestres pela educação que me deram. Eles me ensinaram a olhar além das aparências e a não me deixar levar pelo que os outros dizem.

— Você ficou descrente.

— Não. Minha fé nas pessoas não foi abalada. Procuro apenas me proteger evitando alimentar ilusões desnecessárias.

— A vida sem ilusão é muito triste.

— Não penso assim. A ilusão é a causa de todo sofrimento humano. A vida trabalha pela verdade e destrói todas as ilusões.

— Não sabia que você era materialista.

— Eu não sou materialista. Ao contrário. Creio que ninguém pode encontrar a felicidade alimentando ilusões que o tempo vai destruir.

— E o amor, os sentimentos?

— Só valem quando são verdadeiros. A paixão é uma ilusão que faz sofrer o tempo todo. Já o amor traz alegria, força, bem-estar.

— Não concordo. O amor só traz sofrimento.

— Por isso eu disse que preciso tempo para analisar meus sentimentos. Sinto-me atraída por você. Gosto que me abrace, quero estar com você. Mas até que ponto estou amando-o? Atração nem sempre é sinônimo de amor.

— Como vai saber, se não experimentar?

— A experiência vai facilitar, mas quero ir mais devagar. Não está em meus planos mergulhar numa paixão e depois descobrir que se tratava apenas de uma projeção de minhas carências.

Rogério surpreendeu-se:

— Você acha que paixão é isso?

— Claro. Você se sente atraído porque vê no outro qualidades que você gostaria de expressar mas que não tem coragem de fazê-lo. É como viver da emoção que o outro sente. Para mim, é uma espécie de vampirização. Não quero isso para mim.

Rogério ficou pensativo. Muitas vezes havia percebido que admirava a coragem de Marina, fazendo o que tinha vontade, sem moralismo ou receio.

— Não pensei que você fosse tão calculista. Eu, quando quero alguma coisa, mergulho nela obedecendo aos meus sentimentos. Isso para mim é ser verdadeiro, é viver o momento.

— Que pode vir a custar muito sofrimento. Eu, não. A vida muito cedo me mostrou que nossa visão é parcial e fragmentada. Confundir emoções com sentimentos é uma constante. Poucos conseguem perceber a diferença entre eles.

Rogério segurou-lhe a mão. Olhando-a nos olhos, sorriu e disse:

— Estou certo de meus sentimentos, mas o mesmo não acontece com você. Parece que ainda não consegui tocar seu coração.

Ela sorriu e respondeu:

— Se isso fosse verdade, eu não estaria saindo com você.

— O que é, então? Por que não quer oficializar nosso namoro?

— Só desejo esperar um pouco mais. Nós nos conhecemos há pouco tempo. Às vezes noto sua ansiedade. Por que tanta pressa?

Ele tentou contemporizar:

— Estou apaixonado. Desejo estar mais tempo a seu lado. Mas é claro que podemos esperar. Farei tudo como você quiser.

— Assim é melhor. Dizem os casados que o namoro é a melhor fase do relacionamento.

— Pois eu discordo. Quero ter você em meus braços, só para mim.

Ela sorriu e mudou de assunto.

Depois que Rogério a deixou em casa, Ângela entrou e foi rapidamente para o quarto.

Preparou-se para dormir e deitou-se pensando na conversa com Rogério. Ela não desejava que ele freqüentasse sua casa.

Havia um mistério que ela queria desvendar antes de pensar em sua vida pessoal. Ainda não havia conseguido descobrir o que queria.

Querendo encontrar uma solução, rememorou os fatos do passado.

Quando tinha cinco anos de idade, acordou no meio da noite ouvindo uma discussão dos pais.

Apesar da pouca idade, as palavras do pai ficaram gravadas em sua lembrança:

— Você vai ficar calada, porque estou mandando. Se abrir a boca, vai se arrepender.

— Não posso aceitar uma coisa dessas. Prefiro ser pobre a vida toda.

— Você não passa de uma mulher ignorante. Eu não nasci para ser capacho de ninguém.

— Se você não largar isso, vou embora e nunca mais vai me ver.

— Você não vai sair daqui para dar com a língua nos dentes.

— Não pode me prender. Vou à polícia!

— Por isso é que tem de ficar aqui.

— Não vai poder me prender. Vou embora agora mesmo. E Ângela vai comigo.

71

— De forma alguma. Nem você nem ela sairão daqui.

Ângela ouviu barulho de luta e os gritos de Angélica. Assustada, foi bater no quarto dos pais.

Raul abriu a porta e Ângela viu a mãe encolhida em um canto do quarto, rosto vermelho, pelo qual as lágrimas corriam. Atirou-se nos braços dela chorando:

— Mãe, mãe, o que está acontecendo?

Angélica tentou acalmar-se e respondeu:

— Não se assuste, minha filha. Já passou.

Raul olhava-as cheio de ódio. Angélica continuou:

— Vamos para seu quarto. Vou dormir com você.

Foram para o quarto de Ângela. A mãe tentou acalmá-la.

— O pai bateu em você?

— Não. Ele estava nervoso. Mas isso passa.

Raul abriu a porta do quarto, colocou a chave do lado de fora e trancou-a. Angélica foi até a porta e tentou inutilmente abri-la. Não conseguiu.

— Vamos deitar. Você precisa dormir.

— O pai fechou a porta. Estamos presas.

— Não se preocupe. Ele logo vai abrir.

Ângela lembrava-se de que a mãe havia se deitado a seu lado na cama, acariciando-a até que adormeceu.

Quando acordou na manhã seguinte, Angélica não estava mais lá. Mais tarde o pai a procurou e sentou-se a seu lado para conversar.

— Onde está mamãe?

— Sua mãe está doente. Ontem ela teve uma crise, assustou você. Por isso chamei o médico e ela foi fazer um tratamento no hospital.

— Eu quero minha mãe! — reclamou ela. — Quando ela volta?

— Ainda não sei. Como sua mãe não está bem, você vai precisar ir para um colégio interno.

— Não quero ir para o colégio. Quero minha mãe!

— É só por algum tempo. Logo ela vai ficar boa, virá para casa e você voltará.

No dia seguinte o pai a internou em um colégio de freiras. Quando ele a visitava, ela perguntava pela mãe e ouvia a mesma resposta: ela ainda estava doente.

Durante os três anos em que esteve naquele colégio, nas férias não ia para a casa dos pais. Raul sempre arranjava uma viagem, alegava que Angélica era doente e não podia cuidar dela, deixava-a no colégio.

Quando Ângela completou oito anos, o pai procurou-a dizendo que precisava cuidar de sua educação. Ela seria transferida para um colégio na Inglaterra, de onde sairia só quando atingisse a maioridade. Ela insistiu em ver a mãe, mas ele lhe disse que não era possível, porque ela continuava internada. Assim, ele a levou para o colégio em Londres.

Todos os anos ele ia visitá-la e ficava lá dois ou três dias. Cinco anos depois que ela estava internada naquele colégio, ele lhe disse que fizera de tudo para curar sua mãe, mas havia sido inútil: ela havia morrido.

Ângela lembrou-se de quanto havia chorado diante do pequeno retrato de Angélica que ela havia colocado na mala ao deixar a casa dos pais. Quando alcançou a maioridade, deixou o colégio, mas não quis voltar ao Brasil. Apesar de o pai nunca haver sido rude com ela e ter-lhe proporcionado uma vida confortável, a lembrança daquela noite e o fato de ele a ter afastado da mãe faziam-na sentir certa aversão por ele.

Lembrava-se da mãe sempre alegre, carinhosa, de seu sorriso lindo, constante, e sentia um aperto no peito. Sua doença acontecera a partir daquela noite, o que lhe causava uma impressão desagradável.

Quando o pai sofreu o atentado, os advogados dele avisaram-na e pediram-lhe para voltar imediatamente. Ela relutou, porém o Dr. Adalberto telefonou-lhe dizendo que sua presença era indispensável naquele momento.

— Ele está em coma. Os médicos não sabem se ele vai sobreviver.

Ela tentou escapar:

— Agora está difícil. Estou muito envolvida em meu trabalho.

— Sou amigo de sua família há muito tempo. Sua mãe confiava em mim. Em nome dela peço-lhe que venha imediatamente. Seus interesses estão em jogo. Não pode facilitar.

— Por que está dizendo isso? O que está acontecendo?

— Venha o mais rápido que puder. Irei esperá-la no aeroporto e conversaremos melhor.

Ela concordou. Durante a viagem de regresso, as palavras de Adalberto não lhe saíam da cabeça.

Conhecia a segunda mulher do pai por fotografia. Diante da diferença de idade, não acreditava que ela o amasse. O pai não mandou buscá-la para assistir ao casamento.

Depois de deixar o colégio, sentia saudade do Brasil, mas ao pensar em voltar, rever o pai, conhecer a madrasta, decidia continuar morando em Londres. Não sentia remorso por essa atitude; fora ele quem a afastara de casa.

Adalberto esperava-a no aeroporto. Abraçou-a com carinho.

— Como você está bonita! Sua semelhança com Angélica é impressionante. Quando a vi pela última vez, você era pequena, não se parecia tanto. Fez boa viagem?

— Sim, obrigada. Mas suas palavras me intrigaram. O que está acontecendo? Por que minha presença aqui é tão importante?

— Seu pai está muito mal e pode acontecer o pior.

— Espero que ele fique bom.

— Eu também. Contudo, sei de alguns fatos que me fizeram temer pela sua segurança. Você corre perigo.

— Eu?! Como assim?

— Vamos embora. Conversaremos em um lugar discreto. As paredes têm ouvidos.

— Não está exagerando?

— Absolutamente. Vamos embora.

Ângela notou que dois homens os acompanhavam discretamente. Depois que ela e Adalberto se acomodaram no carro, os dois entraram em outro veículo e foram atrás deles.

— Por que aqueles dois estão nos seguindo?

— São os seguranças de seu pai. Eles cuidam da proteção da família.

Ela ia falar, mas ele fez um sinal para que não o fizesse. Começou a conversar sobre banalidades. Chegando em casa, foram informados de que Raul havia melhorado e conseguira permissão para continuar o tratamento em casa.

— Ainda bem — comentou Adalberto. Depois, dirigindo-se a Ângela, disse: — Minha mulher gostaria de oferecer-lhe um chá de boas-vindas. Hoje você deve estar muito cansada, quer estar com seu pai. Aqui tem meu cartão; avise-me quando puder aceitar nosso convite.

Ângela pensou um pouco e respondeu:

— Não estou nem um pouco cansada. Estou curiosa para ver a cidade. Se não fizer objeção, poderei ir esta tarde mesmo.

— Será um prazer recebê-la.

— Estarei lá para o chá das cinco. — Ela sorriu e continuou: — É um hábito que aprendi com os ingleses do qual não quero me livrar.

— Estaremos esperando.

A criada indicou-lhe o quarto. Ela fora embora muito pequena. Lembrava-se vagamente da casa onde havia nascido, mas com certeza era muito diferente da mansão onde estava agora. Foi conduzida a uma suíte onde suas malas já estavam, e uma criada apareceu perguntando:

— Dona Ângela, posso desfazer suas malas agora?

— Mais tarde. Quero tomar uma ducha e descansar um pouco.

— Vou preparar seu banho.

— Pode deixar. Não é preciso.

Estava abrindo a mala quando alguém bateu levemente.

— Entre — respondeu.

Marina entrou muito elegante em um vestido azul-claro.

— Desculpe não ter ido recebê-la no aeroporto. Mas não tenho saído de casa. Não quero afastar-me de seu pai nem por um instante. Seu estado é delicado.

— Compreendo. Não era preciso.

— Desejo dar-lhe as boas-vindas. Lamento que seja em um momento tão difícil, mas tenho certeza de que ele vai sair dessa.

Marina falava educadamente, mas Ângela notou que ela dissimulava a curiosidade.

— Desejo que você se sinta em casa. Veio para ficar?

— Ainda não sei.

— Seu pai e eu gostaríamos muito que ficasse.

— Por enquanto vamos pensar na saúde dele.

— Tem razão. Vou voltar para o lado dele. Se desejar alguma coisa, basta tocar a campainha e a criada virá atendê-la.

— Obrigada.

Ângela recordava-se daquele primeiro encontro com certo mal-estar. Apesar do tom de cordialidade da madrasta, havia alguma coisa nela que a desagradava.

Depois que ela se foi, Ângela tomou um banho, vestiu-se e foi ver o pai. Raul estava deitado semiconsciente. Ele havia saído do coma, porém não havia ainda recuperado completamente a lucidez.

Ângela aproximou-se do leito com o coração batendo descompassado. Ele estava magro, pálido, muito abatido. De olhos fechados, parecia dormir. Marina estava sentada em uma poltrona ao lado da cama.

— Como ele está?

— Melhor, mas ainda confuso.

Ângela colocou a mão no braço do pai e chamou-o:

— Pai, sou eu. Vim vê-lo e desejar suas melhoras.

Ele abriu os olhos. Fitando-a, seu rosto se contraiu dolorosamente.

— Angélica! É você? Veio me atormentar em busca de vingança?

Ângela olhou assustada para Marina, que se levantou, aproximou a boca do ouvido dele e explicou:

— Quem está aqui é sua filha Ângela.

Ele abriu os olhos, olhou-a e estremeceu:

— Você está mentindo. É Angélica que voltou. Ela jurou se vingar. Mande-a embora. Chame os seguranças. Ela quer me matar.

Ele segurou as mãos de Marina, pedindo que expulsasse Ângela. Desconcertada, Ângela deixou o quarto enquanto lágrimas desciam pelo seu rosto.

Uma vez no quarto, sentou-se na cama pensativa. Sua semelhança com a mãe havia confundido o pai. Mas por que ele dissera que Angélica o estava atormentando e querendo vingar-se? O que ele lhe teria feito para temer sua presença? Do que ele estaria com medo?

A lembrança daquela noite em que os surpreendera brigando reapareceu nítida em sua memória. O que teria acontecido de verdade entre os dois? A partir daquele dia, ele a afastou da mãe a pretexto de que ela havia adoecido. Mas isso seria verdade?

Por que durante tantos anos ela nunca mais se encontrou com ela? Havia um mistério que Ângela gostaria de desvendar.

Apanhou o retrato da mãe sobre a mesa de cabeceira e fitou seus olhos na foto como a perguntar-lhe o que teria acontecido.

Adalberto poderia esclarecê-la? Como advogado dos pais, amigo de sua mãe, talvez ele pudesse dizer-lhe o que ela desejava saber.

Pediu o carro e foi à casa do advogado. Recebida com carinho, ele a levou ao escritório. Depois de acomodá-la, começou:

— Você deve achar estranho que eu tenha lhe pedido para vir à minha casa logo no dia de sua chegada. É que aconteceram coisas que me preocupam, e receio pela sua segurança.

— Como assim?

Ele se remexeu na cadeira inquieto e continuou:

— Muitos anos atrás, você tinha mais ou menos cinco ou seis anos, seu pai me chamou dizendo que estava desgostoso com problemas familiares, ia vender sua empresa e associar-se com outra pessoa. Pediu-me que cuidasse da parte legal. Contou-me que Angélica, depois de uma crise de loucura, havia sido internada incomunicável. Como ele, assumindo um novo negócio, precisaria viajar muito, decidiu internar você em um colégio de freiras.

— Loucura? Então minha mãe perdeu a razão?

— Você não sabia?

— Não. Minha mãe era mulher calma, doce, alegre. Não acredito nessa história. O senhor a viu? Sabe em que hospital foi internada?

— Não. Eu nunca mais a vi. Ela desapareceu e nestes anos todos nunca consegui saber onde esteve. Certa vez, perguntei a seu pai e ele me indicou o túmulo da família, dizendo que ela havia falecido. Fiquei revoltado. Éramos muito amigos. Aurora era íntima dela. Mas ele alegou que fizera tudo discretamente por vergonha. A loucura a havia transformado em uma mulher feia e ele preferiu que os amigos não a vissem. Ângela não conteve as lágrimas. Ele lhe ofereceu um lenço.

— Desculpe se o que tenho a dizer-lhe a faz sofrer, mas outras coisas aconteceram e você precisa saber.

— Fale, doutor. Quero saber tudo.

— A empresa com a qual seu pai se associou não é como as outras. Ela serve de cobertura para a verdadeira atividade pouco recomendável deles. Seu pai tornou-se muito rico. Quando terminei o trabalho que me pediu, dispensou meus serviços profissionais.

— Ele freqüenta a alta sociedade. Minha madrasta é bem-vista.

— Tudo aparência. O dinheiro faz milagres, como você sabe. Ele ostenta e todos o invejam. Apaixonou-se perdidamente por Marina, uma jovem de origem humilde, que depois de um bom banho de loja passa por dama de sociedade. Mas ela despreza a própria família, porque se envergonha dela. Cortou relações com a mãe e os irmãos, que vivem na mais rude pobreza.

— Isso explica a repulsa que senti hoje quando a conheci.

— Estou contando isso para chegar ao ponto que me preocupa. Ela é ambiciosa e falsa. Tenho razões para supor que não vê com bons olhos sua presença aqui. Fez tudo para impedir sua chegada. Seu pai não está em condições de discernir. Fui eu, como amigo de sua mãe, que quase a obriguei a pagar suas despesas de viagem. Investiguei e descobri que seu pai fazia tudo que ela queria e na verdade era ela quem comandava os negócios das drogas.

— Drogas? Meu pai está metido com drogas?

— Infelizmente, sim. Mas não podemos nos envolver nesse assunto. O que desejo é assegurar para você um futuro financeiro melhor, longe dessas pessoas.

— Mas eu sou a única filha dele, portanto meu futuro financeiro está garantido.

— Aí que mora o perigo. Tenho quase certeza de que ela vai querer ficar com tudo. Temo pela sua segurança. Você precisa ficar alerta.

Ângela conversara bastante com ele, contara-lhe o que acontecera naquela noite da briga, e ambos chegaram à conclusão de que precisavam descobrir a verdade sobre Angélica.

Adalberto contratou um detetive de sua confiança para investigar o que queriam saber, e Ângela evitava ver o advogado para não despertar suspeitas. Falavam-se ao telefone discretamente. Para despistar, Ângela começou a sair com Rogério. Queria que todos pensassem que ela havia ficado por causa dele. Mas, apesar de apreciar sua companhia, ela não estava apaixonada. Só procurava ganhar tempo com o namoro. Relembrando tudo, Ângela sentiu-se impotente para decifrar o enigma. Precisava de ajuda espiritual. Sentou-se na cama, fechou os olhos e rezou pedindo a Deus que lhe mostrasse como agir.

— A vida me trouxe de volta para enfrentar esse desafio. Tenho certeza de que fez isso porque tenho condições de vencer. Assim, estou disposta a fazer minha parte. Peço inspiração e proteção.

Respirou aliviada, deitou-se e desta vez dormiu tranqüilamente.

6

Mercedes olhou-se novamente no espelho e sorriu satisfeita. Estava muito elegante. Afinal, era seu primeiro filho a bacharelar-se, e o baile no Paulistano seria de gala. Toda a mais fina sociedade estaria presente.

Romualdo entrou no quarto e, vendo-a, observou:

— Você está muito elegante, como sempre.

— Rogério resolveu ir ao baile?

— Consegui convencê-lo. O filho do desembargador Sousa Mendes também está se bacharelando, e você sabe que ele é muito amigo de Rogério.

— Você sabe com quem ele vai?

— Ele disse que convidou uma moça lindíssima, mas quer nos fazer surpresa.

— Ele sempre escolhe bem. Já Ronaldo...

— Pois eu penso que desta vez ele acertou. Marilda é uma jovem muito bonita.

Mercedes deu de ombros:

— Bonita é, mas nota-se que não tem finesse. É apagada, sem brilho. E a mãe, então? As duas são muito provincianas.

— Elas são tímidas. Estavam emocionadas na colação de grau. Depois, iam conhecer os pais do namorado. Isso conta.

— Não gostei delas. Espero que Ronaldo abra os olhos e não consume esse namoro. Afinal, ele é um Mendes Caldeira.

— Ele me pareceu muito feliz. Acredito que esse casamento pode dar muito certo.

— Vamos embora, que estamos atrasados.

— Não é chique chegar muito cedo.

Naquela noite, Marilda aprontou-se antecipadamente. Ronaldo ficara de buscá-las às nove e meia. O baile começaria às dez, mas ele queria chegar bem cedo; era da comissão organizadora e queria ver se tudo estava em ordem.

Rosana olhou-a embevecida. Marilda estava linda em seu vestido azul-noîte de seda pura, bordado de miçangas e vidrilhos em volta do belo decote e das mangas japonesas.

— Você será a moça mais bonita do baile! — comentou ela com entusiasmo.

— Eu gostaria muito que isso fosse verdade. Assim não me sentiria tão acanhada diante dos pais de Ronaldo. Não me senti à vontade na colação de grau.

— Pudera! A pose da mãe dele é desagradável.

— Ela não gostou de mim.

— Nós também não gostamos dela. Pareceu-me uma mulher pedante, orgulhosa, fria. Dá para compreender por que Ronaldo saiu de casa. Nem ele agüentou.

Marilda suspirou e em seu rosto havia preocupação ao dizer:

— Quando a vi, senti um aperto no peito... Tive vontade de sair correndo, ir embora e nunca mais voltar a vê-la.

— Talvez seja bom refletir se vale a pena casar com Ronaldo. Sinto que essa união poderá trazer-lhe sofrimentos.

— Eu o amo! Ele é diferente da família. Deseja começar a vida à própria custa. Depois do casamento, vou procurar manter com eles uma relação formal, sem grande intimidade. São pessoas educadas. Penso que poderemos conviver sem atritos.

— Deus queira que você esteja certa. Também gosto muito de Ronaldo: um homem sensível, educado, amoroso, trabalhador. Mas você precisa mudar sua postura. Eles não são mais que nós, só porque têm dinheiro. Você é uma moça linda, generosa, ama seu noivo. Tem direito à felicidade. Apesar de desejar viver em paz com a família dele, não deixe que eles a menosprezem. Seja você mesma. Não se coloque em uma posição subalterna. Você foi bem educada, sabe portar-se em qualquer lugar. Não tem nada a temer.

Rosana segurou a filha pelo braço, colocou-a diante do espelho e continuou:

— Você é uma vencedora! Dentre todas, Ronaldo preferiu você!

Nesta noite, tenha olhos só para ele e para o amor que sentem um pelo outro. Esta é uma noite mágica, na qual vocês celebram a vitória dele mas também a juventude, os sonhos que ambos têm de viver juntos a vida toda.

Os olhos de Marilda brilharam e ela sentiu uma onda de alegria invadi-la.

Ronaldo chegou em seguida e beijou-a na face, dizendo alegre:

— Você está deslumbrante! Meus colegas vão passar a noite me invejando.

Quando eles entraram no salão do clube, Marilda notou com satisfação os olhares de admiração das pessoas por onde passavam.

Rosana sentia-se feliz com o sucesso da filha. O salão estava lindo e a orquestra já tocava. Sentaram-se à mesa. Ronaldo conversou com alguns colegas e depois se sentou. Estava feliz.

Segurou a mão de Marilda, levou-a aos lábios delicadamente, depois disse olhando em seus olhos:

— Nunca me senti tão feliz. Você é tudo com que sonhei. Esta noite, quero que saiba quanto a amo e como sonho com o dia em que estaremos juntos para sempre.

Estavam dançando quando os pais de Ronaldo chegaram. Cumprimentaram Rosana e logo Ronaldo e Marilda foram ter com eles.

Mercedes lançou um olhar surpreso sobre Marilda, que não desviou os olhos. Sabia que estava muito elegante e bonita. Foi com um sorriso de felicidade que cumprimentou os dois.

Romualdo não se conteve. Correspondendo ao sorriso de Marilda, tornou:

— Você está divina! Não há neste salão nenhuma moça mais bonita que você!

Mercedes mordeu os lábios contrariada e lançou um olhar reprovador ao marido, que o ignorou. Ronaldo interveio:

— Ela não é a mais bonita apenas do salão, mas do mundo!

Rosana dissimulou a alegria ao notar o despeito de Mercedes, que se remexeu na cadeira e procurou mudar de assunto:

— Rogério também virá.

Ronaldo ficou sério. Depois da briga, eles nunca mais haviam se falado.

— Tem certeza? Ele não gosta muito deste tipo de solenidade.

— É verdade. Mas ele é seu irmão. Apesar dos desentendimentos entre vocês, ele é muito generoso. Garantiu que viria.

Meia hora depois, Ronaldo viu Rogério entrar no salão acompanhado por uma linda jovem que ele não conhecia.

Dirigiram-se à mesa e Rogério apresentou-a:

— Esta é Ângela Maciel, meus pais, meu irmão.

Depois de Ronaldo apresentar a noiva e a futura sogra, sentaram-se todos. Ângela sentou-se ao lado de Marilda e as duas logo iniciaram uma conversa animada.

Rogério procurou ser amável com todos. Fazia parte de seu plano para conquistar Ângela. Sabia que ela era muito educada e valorizava o respeito.

Cumprimentou o irmão pela formatura, o que surpreendeu Ronaldo agradavelmente. Rogério parecia diferente e muito interessado em Ângela. Teria se separado de Marina? Ao mesmo tempo, o sobrenome dela o intrigava. Teria ouvido bem? Seria parente de Raul Guilherme? Essas indagações ocorriam a Ronaldo enquanto os observava.

No decorrer da noite, dançaram bastante e, conforme o tempo passava, Ângela e Marilda se entendiam mais. As duas se simpatizaram à primeira vista. Depois, não passou despercebida a Ângela a atitude de animosidade, até de superioridade, de Mercedes para com a namorada de Ronaldo e sua mãe.

As duas pareceram-lhe pessoas educadas, finas, e Ângela não gostou daquela postura. Esmerou-se em atenções às duas, enquanto respondia apenas formalmente às perguntas de Mercedes.

— Vocês vão casar logo? — indagou Ângela a Marilda.

— Ainda não marcamos a data — respondeu ela.

— Por mim, eu casaria amanhã — interveio Ronaldo. — É ela quem deseja esperar um pouco mais.

Marilda sorriu e argumentou:

— Há os preparativos. Preciso de tempo para preparar o enxoval.

— Faz bem — comentou Mercedes, que não perdia uma palavra do que eles diziam. — Vocês são ainda muito jovens. Depois, Ronaldo acaba de formar-se; terá de se dedicar primeiro à carreira.

— Posso cuidar de mim, do meu jeito — respondeu ele com firmeza. — Se Marilda concordar, poderemos casar logo. Viver ao lado dela seria uma motivação maior para trabalhar e progredir.

— Se você concordasse em trabalhar comigo, tudo estaria resolvido — tornou Romualdo.

— Obrigado, papai. Mas, como já lhe disse, prefiro cuidar disso sozinho.

Ângela notou pelo tom da conversa que o relacionamento deles não era harmonioso. Mercedes não gostava da noiva do filho e não conseguia esconder isso. Rosana trocou olhares com a filha e Ângela. Notando o constrangimento de Marilda, Ângela convidou:

— Vou ao toalete. Você me acompanha, Marilda?

Ela concordou e, quando entraram no toalete, Marilda comentou:

— Obrigada, Ângela. Você deve ter notado que não estou à vontade naquela mesa. Se não fosse por Ronaldo, eu iria embora.

— Não faça isso! Não entre no jogo dela.

— Nós nos conhecemos na colação de grau e logo notei que ela não me aceita. Eu sabia que isso ia acontecer.

— Não seja tão pessimista! Desculpe a franqueza, mas Mercedes é uma mulher pedante, maldosa e intolerante. Cuidado com ela!

— Não me sinto à vontade ao lado dela. Não sou o tipo de moça que ela deseja para casar com o filho. Vivo apenas com minha mãe. Não temos sobrenome famoso. Trabalhamos para nos sustentar.

Ângela segurou os braços de Marilda. Olhando-a de frente nos olhos, disse com voz firme:

— Você é a moça que ele ama e com quem deseja viver pelo resto da vida. Dá para notar isso nos olhos dele quando olha para você. Se eu encontrasse um amor assim, não deixaria que nada nem ninguém atrapalhasse.

— É o que minha mãe diz.

— Ela está certa. Reaja. Não se impressione pelas palavras dessa senhora. Deu para notar que Ronaldo sabe com quem está lidando.

— É verdade. Há alguns anos ele saiu da casa dos pais. Desde então, não se falam. Cortaram o dinheiro e não acreditavam que ele conseguisse graduar-se. Mas Ronaldo sabia o que queria, trabalhou e venceu.

— Ele provou que é um moço de valor.

— Reconheço isso. Eu não sabia que ele pertencia a uma família rica, senão teria desistido logo e não chegaria a me apaixonar.

— Desculpe, Marilda, mas você está errada. Dinheiro, sobrenome impressionam a muitos, mas não bastam para nos dar felicidade. Eu preferia não ter nada, mas estar ao lado de uma mãe como a sua. Essa é a verdadeira riqueza. Ronaldo deve ter notado a diferença entre sua mãe e a dele.

Havia tanta tristeza na voz de Ângela que Marilda não se conteve:

— Você não tem mãe?

— Nós nos separamos quando eu era pequena. Ela era doente e meu pai internou-me em um colégio na Inglaterra, onde vivi até há poucos meses. Quando ela morreu, nem pude ir ao enterro.

Marilda abraçou-a com carinho, dizendo com doçura:

— Sinto muito. Você tem razão. Não posso queixar-me de nada. Fui criada no conforto, estudei, mas meu pai adoeceu. Quando ele morreu, havíamos gasto todos os nossos recursos tentando devolver-lhe a saúde. Tivemos de vender nossa casa e mudar para um bairro distante tentando economizar para sobreviver. Mas minha mãe tem sido maravilhosa, tem trabalhado muito para nos sustentar.

— Penso que você é mais rica do que ele. É jovem, bonita, amada, tem tudo para ser feliz.

— Você também encontrará um moço bom, que a ame e a faça feliz. Talvez seja Rogério, então acabaremos nos tornando parentes. Eu adoraria!

— Nunca me casarei com ele!

Ela disse isso com tanta firmeza que Marilda se assustou:

— Desculpe. Pensei que fossem namorados. Ele a olha com carinho.

— Estou saindo com ele, e nos conhecemos há pouco tempo. Ainda não pensamos em algo mais sério. Vamos voltar ao salão.

— Vou aproveitar este momento em que estamos sós para convidá-la a ir à minha casa. Mesmo que nunca nos tornemos parentes, gostaria muito de ter sua amizade.

— Irei com prazer.

Marilda tirou da bolsa um caderninho, escreveu o número do telefone do escritório e pediu:

— Ligue para combinar. Este número é de meu emprego.

As duas voltaram ao salão conversando animadas. Pouco depois, os dois casais foram dançar. Rosana pediu licença e foi ao toalete. Tendo ficado só com o marido, Mercedes comentou:

— Essa Ângela é parente de Raul Guilherme?

— É filha do primeiro casamento dele.

— Ah, a que estudou na Inglaterra!

— Essa mesma. Veio ver o pai. Disseram-me que ele ainda não se recuperou totalmente.

— Ela é bonita, tem classe. Rogério parece muito interessado.

— Pois eu não gostaria que casassem. Há Marina. Ele andou enrabichado por ela. Não seria bom que se tornassem parentes.

— Que bobagem! Ela facilitou e ele aproveitou. Marina mudou muito. Depois do atentado, parece que criou juízo.

Rosana voltou e eles se calaram. Ronaldo convidou Marilda para irem ao jardim. Rogério aproveitou para cumprimentar os amigos e exibir seu relacionamento com Ângela.

Sentado com Marilda em um banco, olhando o céu estrelado, Ronaldo não continha o entusiasmo. Abraçados, trocavam beijos cada vez mais ardentes. A certa altura, Marilda afastou-se um pouco.

— Calma. Temos de nos conter.

— Esta é a noite mais feliz de minha vida! Desejo que nunca se acabe.

— Também sinto isso. Como gostaria de eternizar este momento!

— Vamos casar logo. Com o que ganho, dá para sustentar nós dois e Dona Rosana.

— Minha mãe quer morar sozinha. Diz que todo casal precisa de privacidade.

— Saberei convencê-la. Você vai ver.

— Depois, há o enxoval.

— Posso ajudá-la a fazer isso. Tenho algumas economias.

— Minha mãe diz que essa é a nossa parte.

Ele abraçou-a forte, beijou-a longamente nos lábios e depois disse:

— Não faça isso comigo! Não coloque coisas materiais entre nós! Diga apenas que também me ama, que quer se casar comigo, e deixe o resto por minha conta.

— Você sabe que o amo! Casar com você é o que mais desejo.

— Então vamos marcar a data. Dentro de um mês.

Marilda sentiu o coração bater forte. Também não queria esperar. Ansiava por ficar ao lado dele para sempre.

— Vou pensar — disse.

— Até amanhã. Irei à sua casa conversar com sua mãe para acertarmos tudo.

Quando os dois entraram no salão, estavam corados, olhos brilhantes irradiando felicidade. Vendo-os, Ângela, que dançava com Rogério, comentou:

— Veja como eles estão felizes! Garanto que vão casar logo!

Rogério aproveitou:

— Se você me aceitasse, poderíamos ser mais felizes que eles! Se disser sim, pedirei sua mão amanhã mesmo.

Ela sorriu e respondeu delicadamente:

— Não me pressione. Nós ainda não estamos prontos para uma decisão dessas.

Quando Ângela decidiu ir embora, Rogério levantou-se para as despedidas. Romualdo tornou:

— Tive muito prazer em conhecê-la. Recomendações a Raul. Esperamos que se recupere de vez. Estamos com saudade dele.

— Obrigado, doutor. O prazer em conhecê-los foi meu.

— Esperamos vê-la novamente — disse Mercedes com amabilidade. — Gostaríamos muito de recebê-la em nossa casa para um jantar.

— Obrigada pelo convite. É muito amável.

Rosana havia se levantado e Ângela despediu-se dela com um sorriso.

— Fiquei feliz em conhecê-la. Gostaria de tornar a vê-la.

— Eu também. Marilda lhe dará nosso endereço. Esperamos que nos dê o prazer de sua visita.

— Já me antecipei, mãe — disse Marilda abraçando Ângela com carinho. — Claro que nos tornaremos a ver.

Quando Rogério e Ângela saíram, Mercedes comentou:

— Muito bonita essa moça. Forma um lindo par com Rogério. Se não se importa, Romualdo, eu também gostaria de ir. É tarde. Estou cansada.

Eles se foram e Rosana comentou:

— Acho que está na hora de irmos também.

— Por favor, não! — pediu Ronaldo. — Falta apenas meia hora para o baile acabar. Eu queria aproveitar até o fim.

— Mamãe deve estar cansada.

— Nada disso — interveio Rosana. — O baile está lindo; a orquestra, maravilhosa. Adoro essas músicas. Não estou nem um pouco cansada. Agora, vão dançar. Aproveitem a felicidade do momento.

Enquanto eles dançavam, Rosana observava-os pensativa. Ronaldo era um bom rapaz, estava muito apaixonado e era correspondido.

Entretanto, apesar de gostar de Ronaldo, apreciar suas qualidades, o casamento a preocupava, por causa dos pais dele. Embora o rapaz houvesse se afastado deles, sempre estariam ligados.

Mercedes demonstrara claramente não aceitar Marilda como nora. Rosana sentia-se incomodada com o brilho que surpreendera nos olhos dela quando olhava para o casal. Não era um olhar amistoso.

Tentou afastar os pensamentos desagradáveis. O jovem casal estava tão feliz, tão confiante no futuro, que ela não tinha o direito de duvidar de que encontrariam a felicidade.

O baile terminou e depois de esperarem um pouco foram deixando o salão. O casal abraçado caminhava alegre. À sua volta, outros formandos com as namoradas e familiares caminhavam conversando, seguindo em alegre cortejo.

Chegando em casa, Rosana convidou:

— Vamos entrar um pouco. Vou preparar um lanche.

— Eis uma boa pedida! — comentou Ronaldo. — A senhora é a mãe que pedi a Deus: adivinha meus pensamentos.

Marilda interveio:

— Já vi que você vai mimar mamãe, e sei por quê.

— Estou rendendo justa homenagem a uma mulher elegante e solidária, que nos deixou ficar no baile até o fim e ainda me oferece um café. Ela sabe que está difícil para mim ir embora.

Rosana sorriu bem-humorada. Marilda tornou:

— Vamos à cozinha. Enquanto ela faz o café, nós vamos arrumar a mesa.

Ronaldo sentia-se muito feliz ao lado delas. Com prazer, ajudou a dispor as coisas na mesa da copa.

— Fiz um bolo de chocolate para comemorar a ocasião — disse Rosana. — Vocês preferem tomar chocolate ou café?

— Olhem só a cara do bolo! — comentou Ronaldo. — Prefiro chocolate.

— Eu também. Esse bolo deve estar uma delícia!

O dia estava clareando e os três sentaram-se à mesa com apetite. Enquanto comiam, Ronaldo tornou:

— Dona Rosana, é preciso que a senhora saiba que estou muito grato por tudo que tem feito. Recebeu-me em sua casa com carinho, aceitou que eu namorasse Marilda. Este momento agora, enquanto o dia desponta, a harmonia que há entre nós, a conversa agradável, o prazer da companhia e do aconchego, tudo isto está me fazendo um grande bem. Nunca em minha vida havia tido momentos tão felizes quanto estes.

— De fato, Ronaldo, está muito agradável aqui — comentou Rosana, contente.

— Sempre me senti sozinho, mesmo quando vivia com minha família. Meus pais são muito diferentes de mim, e meu irmão vive mais à vontade com eles do que eu. Não estou me queixando. Cada pessoa é como é. Temos de aceitar isso. Mas aqui me sinto amparado, protegido... não sei explicar.

— Não precisa — atalhou Rosana. — Sei o que quer dizer.

— Marilda e eu conversamos muito esta noite. Estou formado,

meu salário é bom. Desde já posso oferecer a vocês uma vida pelo menos confortável. Meus pais têm dinheiro, mas não pretendo viver à custa deles. Ainda assim, tenho certeza de que no futuro, com recursos próprios, poderei lhes oferecer um bom padrão de vida.

— Aonde quer chegar com esse assunto?

— Quero marcar a data de nosso casamento para breve.

— Ele quer casar daqui a um mês — interveio Marilda.

— É pouco tempo. Não dá para aprontar tudo.

— Dona Rosana, quero muito estar com vocês para sempre. Um mês é tempo suficiente para eu alugar uma casa, montá-la e cuidar das formalidades legais.

— Há o enxoval, o vestido de noiva. Não daria tempo. Depois, o que sua família vai pensar de um casamento apressado?

— Não me importo com o que eles pensam. Eu disse a meu pai que pretendia casar o mais rápido possível. Eles sabem. Quanto às compras, já disse a Marilda, tenho algumas economias, e acredito que serão mais que suficientes.

Rosana fitou a filha sem saber o que responder. Sentiu um aperto no peito. Ficou silenciosa por alguns instantes, depois olhou para Marilda e perguntou:

— Você também quer casar logo?

Os olhos de Marilda brilharam emocionados e ela respondeu:

— Quero!

— Pense bem, filha. Entendo que estejam com pressa, mas não temos meios de preparar tudo.

— De quanto tempo vão precisar? — indagou Ronaldo com interesse.

— Um ano seria bom.

— É muito, Dona Rosana.

— Também acho, mãe!

— Bem, podemos marcar para daqui a seis meses. Menos não será possível.

— Já disse que tenho economias. Não se preocupe com as despesas.

— Não posso aceitar isso. É minha única filha. Quero fazer minha parte.

— Eu lhe peço que pense melhor. Nós nos amamos muito. Desejamos nos casar logo.

— Verei o que posso fazer.

— Há outro assunto que precisamos resolver. A senhora irá morar conosco.

— Isso não. Vocês precisam de privacidade.

Ele a olhou sério e considerou:

— A senhora faz parte de nossa felicidade. É juntos que conseguiremos manter esse ambiente de harmonia e felicidade. Não poderemos ser felizes longe da senhora.

Os olhos de Rosana brilharam comovidos. Sentiu que Ronaldo estava sendo sincero. Ele continuou:

— Não me prive de sua companhia. Agora que nos encontramos, sinto que podemos ficar juntos, e não quero perder essa oportunidade.

De repente, Rosana sentiu que em algum lugar, em algum momento, havia vivenciado uma situação igual, na qual os três unidos e felizes planejavam viver juntos.

Foi quase sem notar que respondeu:

— Eu também sinto que é hora de ficarmos juntos e que devemos Aproveitar. Vamos marcar essa data para daqui a seis meses e, enquanto me quiserem, irei morar com vocês.

Os três se levantaram e se juntaram em um abraço. O sol que despontava lá fora brilhou mais forte e um de seus raios atravessou os vidros da janela, envolvendo-os com sua luz.

7

Rogério parou o carro em frente à casa de Ângela, desceu, foi até o outro lado e abriu a porta para que ela descesse. Uma vez no portão, ela apanhou a chave na bolsa e sorriu para ele.

— Obrigada por ter me convidado. Foi uma festa linda. Adorei conhecer Ronaldo, Marilda e as outras pessoas. Seu irmão estava muito feliz, e com razão: soube escolher.

— Ainda bem que gostou. Ele saiu de casa faz tempo e eu não conhecia sua noiva. Fiquei com receio de que você não a apreciasse. Ela não pertence à nossa classe social.

— Não concordo. As duas são muito bem educadas. Já tiveram uma situação abastada, estudaram em bons colégios. Perderam tudo com a doença do pai. Dá para notar que elas têm classe.

Rogério mordeu os lábios e tentou dissimular. Ângela tinha uma forma de pensar muito liberal, com a qual não concordava. Mas ele não estava nem um pouco interessado na vida amorosa do irmão. Se o casamento dele fosse um fracasso, pouco lhe importava.

— De fato, também achei que elas são muito elegantes.

— Marilda me disse que eles pensam em se casar logo.

— Ele é mais feliz do que eu, que estou sozinho.

Ele segurou a mão dela, levou-a aos lábios e continuou:

— Você bem que podia aceitar meu pedido. Minha vida está muito triste. Ronaldo é mais novo e vai casar-se antes de mim. Observando a felicidade deles, senti-me mais solitário ainda. Vamos ficar noivos, pelo menos. Esse é o período em que você poderá conhecer-me melhor.

Ângela retirou a mão com delicadeza e respondeu:

— Já falamos sobre isso. Vamos dormir, que estou cansada. Amanhã é outro dia.

Ele a beijou delicadamente nas faces e ela entrou.

A casa estava às escuras. Ângela atravessou o hall e, de repente, viu um vulto na sala de estar. Fez um gesto de susto, mas nesse instante a pessoa voltou-se e ela reconheceu Marina. Aproximou-se preocupada:

— Você acordada a esta hora? Aconteceu alguma coisa? Papai está bem?

— Ele continua na mesma. Não aconteceu nada. Eu não conseguia dormir, então desci para tomar um chá e estava fazendo hora, esperando o sono aparecer. É horrível ficar deitada sem poder dormir.

— É verdade. Por que não toma um comprimido?

— Depois do atentado de seu pai, tomei muitos calmantes. Preciso dar um tempo. Não quero ficar dependente.

— Tem razão.

— Você foi a uma festa?

— O baile de formatura do irmão de Rogério. Você o conhece, não? Os pais dele disseram que são amigos de papai.

— São. Eu os conheço muito bem. Então Ronaldo conseguiu se bacharelar...

— Sim.

— Quem mais estava com vocês?

— Os pais deles, a noiva de Ronaldo com a mãe.

— Ele está noivo? De quem?

— Acho que você não conhece. Ela não freqüenta a sociedade.

— Ah! Não é de nosso meio! E Mercedes concordou?

— Deve ter concordado, estávamos todos juntos. Desculpe não lhe fazer companhia, mas vou subir. Estou exausta. Fazia tempo que não dançava tanto como nesta noite. Vou tomar um banho e descansar. Você vai subir?

— Vou ficar mais um pouco.

Depois que Ângela subiu, Marina sentou-se novamente no sofá da sala. Estava muito irritada. Aquela sonsa, além de voltar na hora errada e frustrar seus planos, ainda lhe roubara o amante.

Estava cansada de representar o papel de mulher apaixonada pelo marido. Se não fosse pelo medo que sentia, há muito teria voltado à circulação e principalmente aos encontros furtivos com Rogério.

Sentia falta de seus beijos ardorosos, de mergulhar em seus braços fortes e sentir prazer. Sua vida havia se transformado em um pesadelo. Os guarda-costas de Raul a haviam prevenido que não saísse de casa. O mesmo grupo que tentara matar seu marido a havia jurado de morte. Para protegê-la, vigiavam-na vinte e quatro horas por dia. O chefe do tráfico de drogas, ao qual eles eram ligados, mandara-a recolher-se e só aparecer quando ele autorizasse.

Sufocada por ter de ficar fechada em casa, Marina vivia procurando uma forma de resolver a situação. Várias vezes Raul lhe dissera que já estava suficientemente rico para deixar aquele negócio, mas ela não concordava. Queria muito mais. Imaginava que fora por expressar a vontade de largar que Raul havia sofrido o atentado. Apesar de o sócio deles afirmar que foram inimigos que haviam tentado matá-lo, ela suspeitava de que estavam mentindo. Por isso, afirmava sempre que nunca iria desistir. Ela não queria ser morta como queima de arquivo.

Além do medo dos rivais, temia os próprios companheiros. Aterrorizá-la era uma forma de vigiá-la e não permitir que desse com a língua nos dentes.

Reconhecia que estava em situação difícil. Se ao menos Raul voltasse à lucidez, talvez eles pudessem conseguir sair do Brasil a pretexto da recuperação de sua saúde.

Ela precisava conseguir aliados. Tinha certeza de que Rogério faria tudo para ajudá-la. Mas como falar com ele sem ninguém saber? Tinha certeza de que os telefones estavam grampeados.

Quando Ângela chegou, Marina logo notou que se tratava de uma moça inteligente, esperta. Não lhe parecia pessoa confiável. Se ela desconfiasse da verdade, talvez os denunciasse à polícia, o que provocaria uma tragédia. Aquilo nunca poderia acontecer. Se ao menos Ângela voltasse para a Inglaterra! Sozinha, Marina teria mais facilidade de representar o papel de esposa infeliz e ludibriar a todos.

Ângela, no entanto, não mostrava interesse em partir. Pelo contrário, a cada dia mais se entrosava com as pessoas, o que representava um incentivo à sua permanência no Brasil.

Marina passou a mão nos cabelos pensativa. Talvez fosse melhor agir de forma diferente: tentar conquistar a simpatia dela. O fato de Ângela namorar Rogério poderia ser uma vantagem. Se ele entrasse na casa como namorado dela, encontraria um jeito de conversar com ele.

Tinha certeza de que ele a amava com paixão. Não seria demais acreditar que com o namoro ele estivesse tentando chegar até ela.

Precisava descobrir em que ponto estava o relacionamento deles, então se mostraria favorável a esse relacionamento e assim poderia conseguir conversar com ele sem despertar suspeitas.

Era uma pequena possibilidade de conseguir ajuda, mas naquele momento esse pensamento conseguiu fazê-la sentir-se mais calma. Foi à copa, tomou um pouco de leite e subiu para dormir.

Passava do meio-dia quando Ângela desceu. Marina estava na sala e, vendo-a, aproximou-se.

— Pensei que fosse dormir até mais tarde. Mandei tirar a mesa do café. Se quiser, mando trazer.

— Obrigada. Não se incomode. Estou sem fome.

— Daqui a pouco o almoço será servido.

Ângela fez menção de sair e Marina tornou:

— Estou me sentindo muito só hoje. — Respirou fundo e continuou: — Está difícil para mim ver Raul naquele estado e não poder fazer nada.

— Talvez fosse bom sair um pouco, dar uma volta. Desde que cheguei, você não saiu uma vez sequer. Desse jeito vai ficar doente.

— Estou ficando depressiva. Há momentos em que Raul melhora um pouco, conversa com naturalidade e fico esperançosa, mas depois começa a falar coisas desconexas.

— Talvez fosse bom trocar de médico ou pedir um junta para avaliar seu estado.

— Já fizemos isso. Eles disseram que Raul ficou traumatizado com a agressão violenta que sofreu. O psiquiatra disse que era preciso esperar, porque só o tempo vai fazer com que ele volte ao normal.

— Nesse caso, você deve se cuidar, sair um pouco, receber os amigos. Tenho notado que ninguém a visita. As pessoas têm me perguntado de você, sobre a saúde de papai, dizendo que quiseram vir aqui mas que lhes foi dito que não recebiam visitas.

— De fato. Os médicos acham que Raul precisa de repouso. Qualquer ruído mais expressivo, ele fica inquieto. Você viu como ele ficou quando entrou no quarto aquele dia. Confundiu você com sua mãe, teve alucinações. Visitas poderiam perturbá-lo ainda mais.

— Nesse caso, só nos resta mesmo esperar.

— Vamos falar de coisas mais alegres. Como foi o baile de ontem? O ambiente estava bonito?

— Muito. O Paulistano é um clube muito agradável. Havia flores em toda parte, uma orquestra maravilhosa, e as pessoas estavam muito elegantes.

— Achei lindo seu vestido. Comprou em Londres?

— Sim.

— Fale mais... E seu namoro com Rogério, como vai?

— Não estamos namorando. Somos amigos, estamos nos conhecendo melhor.

— Ele é um homem elegante, rico, um solteirão muito cobiçado. Embora elas fiquem em volta, ele é discreto. Segundo sei, nunca teve namorada firme. Notei que você tem saído com ele regularmente. Se não estão namorando, é evidente que ele está muito interessado em você.

Pelos olhos de Ângela passou um brilho indefinível. Ela não gostava que invadissem sua intimidade. Respondeu simplesmente:

— Pode ser. Mas nosso relacionamento é apenas de amizade.

— Seja como for, ele é de uma família muito boa. Tenho certeza de que seu pai aprovaria esse namoro.

— Meu pai não está em condições de conduzir nem a própria vida, quanto mais de cuidar da minha. Não se preocupe com meus relacionamentos. Estou habituada a cuidar de mim. Sei exatamente o que quero da vida e como fazer isso.

— Desculpe. Não quis ofendê-la. É que tenho estado tão sozinha! Saber o que se passa com você, com pessoas de nossa amizade, é como voltar à vida.

— Ainda acho que deveria receber algumas visitas discretas. Talvez uma amiga. Assim teria com quem conversar.

Marina suspirou triste:

— Infelizmente não tenho amigas. Em sociedade as amizades são superficiais. Depois do atentado de que Raul foi vítima, fiquei sabendo de alguns boatos maldosos sobre ele. Veja que ingratidão. Ele sempre foi sociável, abriu esta casa para os amigos, freqüentou todos os lugares da moda, gastou à larga para oferecer-lhes todas as gentilezas, mas bastou que um ladrão malvado o prostrasse para que a maldade aparecesse. Ele foi a vítima, mas há quem espalhe coisas desagradáveis sobre Raul. Não posso concordar com isso.

— Bom, você é quem sabe como proceder. Se me der licença, tenho de sair.

— Não vai ficar para almoçar comigo?

— Marquei cabeleireiro e já está na minha hora. Outro dia almoçaremos.

Ângela apanhou a bolsa e saiu. A mudança de atitude de Marina era evidente. Por quê? Estaria sendo sincera? Talvez se sentisse mesmo só e quisesse um pouco de companhia. Afinal era jovem e acostumada a intensa vida social. Ficar em casa ao lado de um marido doente não era motivador.

Ângela não queria ser injusta, mas alguma coisa em Marina a fazia duvidar de sua sinceridade. Ela não olhava em seus olhos quando falava, e isso revelava seu caráter dúbio.

Era-lhe difícil acreditar que uma jovem cheia de saúde, levando a vida que lhe contaram que ela levava, houvesse casado com um homem mais velho por amor. Se ele fosse pobre, talvez fizesse algum sentido. Ela fazia questão de que todos acreditassem em seu amor por Raul. Era mentira. A quem pretendia enganar?

Precisava ficar atenta. Várias vezes tivera vontade de entrar no escritório do pai, procurar inteirar-se dos detalhes de sua vida. Mas não estava sendo fácil. Dentro da casa havia dois seguranças que, a pretexto de proteger a família, permaneciam circulando pela casa, principalmente por perto do escritório de Raul.

Essa atitude a fazia desconfiar cada vez mais de que, por trás do atentado que seu pai sofrera, havia alguma coisa que eles queriam esconder. Notara que os dois seguranças a observavam constantemente, dando-lhe a desagradável sensação de que estava sendo vigiada, não protegida.

Precisava fazer alguma coisa. Regressara pensando em descobrir por que fora separada da mãe, investigar a causa de sua morte, mas agora desconfiava de que havia muito mais, e ela não queria regressar a Londres sem encontrar as respostas que procurava.

Mandou tirar o carro, dispensou o motorista e saiu. Ela gostava de dirigir e não queria que vigiassem seus passos. Ao invés de ir ao cabeleireiro, decidiu ir ao escritório de Adalberto.

A secretária conduziu-a à sala dele. Adalberto recebeu-a com um abraço carinhoso:

— Como vai, minha filha? Sente-se, por favor.

Ela se acomodou na poltrona que ele lhe ofereceu e respondeu:

— Tenho me sentido inquieta. O tempo está passando e ainda não consegui descobrir nada. Vim para saber como vão as investigações.

Adalberto passou a mão pelos cabelos e respondeu com ar preocupado:

— Precisamos ter paciência. Mílton, que está investigando para nós, esteve aqui na semana passada. Ele aconselhou muito cuidado. Acha que se trata de pessoas muito perigosas.

— Não gosto dos homens que estão trabalhando em casa. Tenho a sensação de que estão lá para vigiar-me.

— Mílton disse isso mesmo. Aqueles homens trabalham para uma quadrilha de traficantes perigosos e estão lá obedecendo às ordens deles. Alegam que é para proteção, que Raul os contratou, mas isso é mentira. Eles são asseclas de Martínez, um perigoso traficante.

— Eles teriam alguma coisa a ver com o atentado de papai?

— Pelo que sabemos, Martínez lidera esse grupo, mas não gosta de aparecer. Vive fora do País e, quando vem ao Brasil, vem incógnito e com falsa identidade. Há indícios de que Raul trabalhava para ele. Eram sócios. Seu pai seria um testa-de-ferro.

— Que horror!

— Foi difícil descobrir isso. Mílton se disfarça, convive com os drogados, se arrisca, porque teve um irmão que foi morto por eles e deseja impedir que continuem distribuindo esse veneno. Mas nos aconselha a ficar longe dessas pessoas.

— Eles podem ser os autores do atentado.

— Podem, mas nós acreditamos que não. Se fossem eles que atiraram, Raul não teria sobrevivido.

— E sobre mamãe? Mílton descobriu alguma coisa?

— Ele disse que está difícil, que alguém interessado em esconder o que houve com ela destruiu todos os vestígios. Ninguém sabe de nada. O nome de Angélica não aparece nos registros de nenhum hospital. No atestado de óbito consta que ela faleceu de ataque cardíaco.

— E o médico que assinou o óbito, o que diz?

— Afirma que a atendeu de emergência quando ela sofreu uma ataque cardíaco e não conseguiu salvá-la.

Ângela suspirou desalentada:

— Acho difícil descobrir alguma coisa. Apesar disso, sinto que preciso continuar investigando. Se ao menos eu pudesse pesquisar no escritório de papai, lá em casa, talvez encontrasse alguma pista. Mas os dois vigias estão sempre rondando aquela porta. Impossível entrar lá sem que eles vejam.

— Cuidado. Receio que Marina esteja tramando contra você. Às vezes penso que seria melhor você voltar para Londres. Por outro lado, se fizer isso e seu pai morrer, você pode vir a perder tudo. Essa mulher não é confiável.

— Também sinto isso. Quero o endereço do médico que assinou o óbito de mamãe. Apesar do que ele disse, quero conversar com ele, tentar descobrir alguma coisa mais.

— Não creio que consiga. Eu o procurei, mas ele não sabe nada.

— Deve pelo menos saber o nome da casa de saúde onde ela estava internada.

— Ele a atendeu em casa.

— Em casa? Eu nunca soube que ela houvesse voltado para nossa casa.

— O médico me contou que foi chamado para atendê-la em casa. Foi conduzido a um quarto de casal, onde ela estava na cama sem sentidos. Raul disse-lhe que ela sofrera uma síncope e ele o chamou porque o médico que cuidava de sua saúde estava no exterior. O médico providenciou uma ambulância e enquanto esperavam tentou recuperá-la, mas não conseguiu. Quando o socorro chegou, ela estava morta.

Ângela meneou a cabeça com tristeza:

— Meu Deus! O que teria acontecido? A cada dia que passa fico mais convencida de que ela não morreu de morte natural.

— Angélica adorava você e deve ter sofrido muito com a separação. O desgosto pode ter afetado sua saúde.

— Minha mãe era uma mulher altiva, forte. Não creio que tenha se conformado em viver longe de mim. Deve ter lutado, tentado ir ter comigo. Mas não conseguiu.

— Talvez tenha adoecido mesmo. Na última vez que nos encontramos, ela estava bem de saúde, mas notei que estava triste. Fui à sua casa uma noite, levar alguns documentos para Raul assinar. Como eu já lhe disse, ele havia vendido a empresa e não ia precisar mais de meus serviços. Pediu para eu redigir o distrato de nosso contrato. Aprontei tudo e fui até lá porque ele me dissera que tinha urgência.

— Não disse por quê?

— Disse apenas que havia fechado um novo negócio e queria resolver o mais rápido possível. Você sabe que respeito meus clientes e não gosto de intervir em suas decisões. O tom com que ele me intimou a tomar as providências indicava que ele estava decidido, e eu fiz o que me pediu. Ele não havia chegado e resolvi esperar. Ele sabia que eu iria levar os papéis para assinar. Angélica me recebeu com amabilidade. Sempre fomos amigos; ela e Aurora foram colegas de colégio.

— Naquela noite eu ainda estava com ela em casa?

— Sim. Aparentemente estava tudo normal. Apenas notei que ela estava muito triste, embora tentasse dissimular. Conversamos um pouco e ela perguntou por Aurora e as crianças. Parecia constrangida, e pensei que fosse por Raul haver rompido nosso contrato de trabalho. Procurei deixá-la à vontade, dizendo-lhe:

"— Quero que saiba, Angélica, que o fato de Raul contratar outro advogado não modifica em nada nossa amizade."

— Ela me respondeu:

"— Em nenhum momento concordei com as decisões que ele tomou. Não queria que ele vendesse a empresa que foi de meu pai nem que se juntasse a esse grupo com o qual está se envolvendo. Mas infelizmente, não consegui demovê-lo.

"— Ele deseja tentar outra atividade, progredir. Nunca teve pela empresa o carinho que o Dr. Renato tinha.

"— Meu pai amava a empresa. Costumava dizer que se sentia feliz em dar emprego a mais de quinhentos pais de família. Afirmava que o trabalho dá dignidade ao homem. Era um humanista.

"— Era estimado e respeitado por todos.

"— Ele não combinava muito com Raul. Ambos eram muito diferentes. Mas, como eu me apaixonei, ele o aceitou como genro e ensinou-lhe o que sabia, introduziu-o no meio dos negócios.

"— Quando ele morreu, Raul estava na gerência da empresa.

"— Não sei se foi bom. Eu não queria que a vendesse... Se ao menos ele continuasse trabalhando com você, Adalberto, eu ficaria mais tranqüila.

"— Ele tem o direito de fazer as coisas de seu jeito. Não se preocupe com isso. Nossa amizade continua como sempre. Se você precisar de mim, é só chamar. Estarei sempre à sua disposição."

Adalberto calou-se pensativo. Como Ângela continuasse, calada ele continuou:

— Saí de lá angustiado, com uma sensação de perda. Ao chegar em casa, comentei com Aurora:

"— Angélica estava muito triste. Não sei o que é, mas sinto que alguma coisa ruim está acontecendo com ela.

"— Talvez tenha razão. Esta noite sonhei com ela. Estava chorando muito, gritando por socorro. Estendia as mãos. Tentei segurá-las, mas, por mais força que fizesse, ela ia se distanciando, ficando cada vez mais longe. Acordei angustiada, aflita. Amanhã vou visitá-la. Quero saber o que está havendo."

Ângela perguntou:

— Ela foi ver mamãe no dia seguinte?

— Foi. Mas, quando chegou, disseram-lhe que Angélica havia viajado com o marido e a filha. Aurora não conseguiu saber para onde foram nem quando voltariam. Ficamos mais apreensivos ainda. Aurora telefonou várias vezes, mas não obteve nenhuma informação. Uma semana depois, Raul estava de volta à empresa. Nós nos encontramos e, quando perguntei por Angélica e você, ele me disse que ela havia tido uma crise nervosa, estava internada em uma casa de saúde. Quanto a você, fora levada a um colégio onde ficaria enquanto sua mãe estivesse doente.

— É intrigante tudo isso. Ninguém me tira da cabeça que mamãe descobriu alguma coisa muito grave e ele a afastou. Já lhe contei a discussão que tiveram. Ela foi taxativa.

— Eu sei. Temos de continuar investigando, mas, por favor, não deixe ninguém saber. Marina é esperta; nunca fale de nossas desconfianças.

— O que me incomoda é que o tempo está passando e não conseguimos nada.

— Você precisa ter paciência.

O telefone tocou e Adalberto atendeu:

— Aurora? Sim. Pode fazer. Estou conversando com Ângela. Vou passar o telefone. — E, voltando-se para Ângela: — Ela quer falar com você.

— Como vai, Dona Aurora? Sim... Hoje não. Amanhã? Combinado. Irei com prazer. Obrigada pelo convite.

Ângela devolveu o telefone e Adalberto continuou:

— Sim, estarei em casa no horário. Um beijo.

Ele desligou e esclareceu:

— Ela ligou para avisar que hoje vai preparar um prato de que gosto muito. Tem certeza de que não quer jantar conosco hoje? Isso nos daria muita alegria.

— Obrigada, mas hoje eu não seria boa companhia. Desculpe. Amanhã estarei melhor.

— Como quiser. Amanhã teremos alguns convidados e você poderá conhecê-los. Quer que mande buscá-la em casa amanhã?

— Não é preciso. Já conheço bem a cidade.

Despediram-se. Apesar de estar sem vontade, Ângela decidiu ir ao cabeleireiro para justificar sua saída. Não queria despertar suspeitas.

Rogério acordou passava do meio-dia. Apesar de haver se deitado tarde na véspera, não conseguira dormir. Sentia-se nervoso, inquieto. A saudade de Marina incomodava-o. Precisava vê-la, saber como estavam as coisas.

Ângela era discreta e não gostava de falar sobre a saúde do pai. Rogério tentava descobrir alguma coisa, mas ela se mostrava evasiva. Insistir iria despertar suspeitas.

Levantou-se e tomou um banho para ver se melhorava a disposição. Desceu e encontrou Mercedes lendo na sala. Vendo-o, ela levantou os olhos com satisfação.

— Bom dia, meu filho.

— Bom dia.

— Está com fome? Posso mandar servir um café. Falta pouco para o almoço.

— Não se incomode. Estou sem fome. Vou apanhar um café simples na copa e esperar pelo almoço.

— O jornal de hoje fala sobre Raul Guilherme.

Rogério interessou-se:

— Deixe-me ver...

— Parece que a polícia descobriu alguma coisa sobre o atentado.

Rogério apanhou o jornal. Viu um retrato de Raul e leu:

"A polícia encontrou nova pista no caso do empresário Raul Guilherme e decidiu retomar o caso. O delegado diz que manterá sigilo para não atrapalhar as investigações. Raul Guilherme ainda não se recuperou completamente, mas, segundo seu médico, Francisco Ribeiro, está melhorando e em breve deverá estar bem."

Seguia-se um resumo do atentado com comentários do jornalista externando suspeita de que não havia sido um simples assalto.

— Você viu? — comentou Mercedes. — O articulista também acha que não foi um assalto. Vai ver que Raul está mesmo metido com gente perigosa. Ainda bem que você se afastou de Marina.

— Bobagem, mãe. Raul é homem de sociedade, tem muito dinheiro. O povo gosta de inventar histórias.

— Você não acredita que ele esteja metido com bandidos?

— O que é isso, mãe? Você também? Isso é conversa fiada de alguns invejosos.

— Você antes desconfiava também.

— Mas agora não. — Fez uma pausa e continuou: — Tenho saído muito com Ângela, por isso sei que não há nada.

— Saído com ela?

— Estou gostando dela, se quer saber. É uma boa moça, culta, inteligente, bonita. Se tudo der certo, pretendo pedi-la em casamento.

Mercedes emudeceu de surpresa. Rogério nunca se interessara seriamente por ninguém. Quando venceu o estupor, perguntou:

— E Marina? Sabe disso?

— Por enquanto eu e Ângela estamos apenas saindo, nos conhecendo. A cada dia gosto mais dela. Não sei se Marina sabe. Terminamos tudo e nunca mais conversamos. Mas isso não me incomoda. Meu interesse por ela não passou de uma aventura.

— Mesmo assim, não acho aconselhável essa proximidade. Ela pode não se conformar. Sabe como as mulheres são... Afinal, você é um moço bonito, fino, e ela pode ter se apaixonado.

— Ela gostou mas não se apaixonou. Tenho certeza.

— Com a retomada do caso, pode ser que tenhamos surpresas desagradáveis. Melhor você esperar e não formalizar o namoro antes que tudo esteja esclarecido.

— Não se preocupe, mãe, sei o que estou fazendo.

— Convide Ângela para jantar conosco uma noite destas. Na formatura de seu irmão não tivemos oportunidade de conversar muito. Gostaria de conhecê-la melhor.

— Vou transmitir-lhe seu convite.

Depois do almoço, Rogério foi para o quarto. Queria pensar, estudar a situação, traçar um plano para forçar Ângela a aceitar o noivado.

O telefone tocou e ele atendeu. Ouviu uma voz do outro lado:

— Sou eu.

— Marina! Finalmente!

— Não posso falar muito. Só quero que me responda: você e Ângela estão namorando?

— Temos saído.

— Eu sei. Quero saber se você gosta dela.

— Você sabe que só gosto de uma.

— Não fale sobre isso. Quero saber por que está saindo com ela.

— Preciso ver você. Não agüento mais essa distância.

— Responda minha pergunta, rápido.

— Ela é uma maneira de me aproximar de você.

Marina desligou o telefone.

Ele se sentou na cama nervoso. O que ela pretendia com aquela pergunta? Estaria com ciúme?

A esse pensamento, Rogério sentiu uma onda de alegria. Então ela o amava, não era tão indiferente quanto deixava transparecer. Por outro lado, notava que alguma coisa estranha estava acontecendo naquela casa. Ângela evitava sua presença lá; Marina não podia falar livremente ao telefone. Estaria sendo vigiada? Raul Guilherme estava melhor e a estaria proibindo de sair? Por que ela nunca mais freqüentara a sociedade, uma vez que ele estava quase recuperado? Precisava descobrir. Ligou para a casa de Raul. A criada atendeu. Perguntou por Ângela.

— Dona Ângela não está. Quer deixar recado?

— Não, obrigado. Ligarei mais tarde.

Decidiu ir ao clube, ver os amigos, ouvir os comentários que corriam soltos. Talvez descobrisse alguma coisa. Arrumou-se e saiu. Apesar das perguntas sem resposta, das dúvidas e incertezas, Rogério, recordando-se do telefonema de Marina, sentia um brando calor de alegria envolver-lhe o coração.

Marilda pegou o envelope satisfeita. Fazia seis meses que estava trabalhando e já conseguira promoção e bom aumento de salário.

Depois que arranjou o emprego, insistiu com a mãe para que esta trabalhasse menos. A princípio, Rosana se recusara, alegando que Marilda precisava começar a comprar peças para o enxoval:

— Agora que Ronaldo está formado, pretende marcar a data do casamento. Falou nisso várias vezes.

— Eu sei, mãe. Mas ele sabe que não temos dinheiro. Aliás, ele já disse que ganha o suficiente para assumir todas as despesas.

— Isso me constrange. Eu gostaria de dar-lhe um enxoval de princesa. Se seu pai estivesse vivo, tudo seria diferente.

— Relutei muito em continuar namorando-o depois que soube que é rico. Mas não tive forças para acabar com tudo. Eu o amo de verdade. Ele insiste em dizer que o amor é mais importante.

Rosana suspirou pensativa. Recordou-se de quanto havia sido feliz ao lado de Elói.

— Concordo com ele.

— Você trabalhou muito para me criar, pagar meus estudos. É minha vez de retribuir, de cooperar, de poupar um pouco suas energias. Há quanto tempo você não compra um vestido?

Relembrando esse diálogo, Marilda colocou o envelope na bolsa e sorriu pensando no presente que compraria para a mãe.

Chegou em casa alegre e encontrou Rosana passando roupas.

— Mãe! Por que não me esperou? Eu disse que essa é uma tarefa minha.

Rosana sorriu:

— Eu estava folgada e decidi adiantar o serviço.

— Nós combinamos que eu continuaria cuidando da roupa e da casa; você, das compras e da comida.

— Não é justo. Você trabalha o dia inteiro, chega cansada. Eu estou o dia inteiro em casa; posso muito bem cuidar de tudo.

Marilda tirou o envelope da bolsa e entregou-o à mãe.

— Recebi um aumento. Acho que você já pode deixar de costurar.

— Nada disso. Preciso fazer algo. Quer que me sinta inútil?

Marilda sorriu.

— Você sabe o que quero dizer.

Rosana colocou o ferro sobre o descanso, olhou-a nos olhos e disse com voz firme:

— Está na hora de conversarmos seriamente. Decidi que não vou morar com você depois que casar.

— De jeito nenhum. Não vou deixá-la sozinha. Ronaldo foi o primeiro a falar que nunca vai nos separar.

— Eu sei que vocês dizem isso de coração, mas posso muito bem cuidar de mim. Quem casa precisa ter privacidade. Minha presença iria perturbar a intimidade de vocês.

— Não diga isso, mãe. Você tem nos ajudado, apoiado, jamais iria nos perturbar.

— De fato, nunca farei nada que possa atrapalhar a felicidade de vocês. Mas minha presença os obrigaria a incluir-me em seus passeios, suas conversas, suas decisões. Por outro lado, você casando, eu terei cumprido minha responsabilidade como mãe. Claro que continuarei apoiando, auxiliando, fazendo tudo pela sua felicidade, e é por isso que pretendo deixá-los livres.

— Você não pode nos deixar.

— Vou continuar aqui. Estaremos sempre juntos, mas eu também preciso dessa liberdade. Vou pensar um pouco em mim, retomar algumas coisas que ficaram para trás quando casei.

— Não sabia que você se sentia presa.

— O casamento é uma responsabilidade. A vida a dois é uma troca na qual temos de nos adaptar, muitas vezes deixando de lado algumas preferências. A maternidade se torna uma prioridade. Deixamos tudo para cuidar dos filhos. Entenda, não é o marido quem exige, nem os filhos que pedem; somos nós, mulheres, que nos entregamos oferecendo toda a nossa devoção, com prazer e amor. Porém, quando o marido morre e os filhos crescem e seguem seu caminho, é hora de compreender que a tarefa terminou. Às vezes é difícil desapegar depois de tanto tempo, mas esse é um imperativo natural da vida.

— Mas eu não quero que se afaste de nós. Não é preciso fazer isso.

— Depois que você casar, quanto mais eu me desapegar de você, mais você me amará. Ronaldo também. Isso não quer dizer que eu os deixarei. Estarei sempre aqui, auxiliando no que for possível, mas sem me intrometer na vida íntima de vocês.

Marilda olhou-a admirada. Estava tão habituada a viver com a mãe, a incluí-la em todos os seus projetos, que não concebia separar-se dela, ainda que fosse apenas de casa.

— Você vai refletir e mudar de idéia. Ronaldo não vai deixar. Ele a adora. Chegou a comentar que gostaria muito que a mãe dele fosse como você. Ele não se sente à vontade com ela. Diz sempre que, para Dona Mercedes, só Rogério existe. Às vezes noto que ele olha para você com carinho. Ele está feliz em saber que terá você conosco depois do casamento.

— Vamos deixar o tempo passar. Você tem outras coisas para pensar até o casamento.

Marilda sorriu. Casar-se com Ronaldo era o que ela mais queria. Compreendia que Rosana desejava conseguir dinheiro pelo menos para comprar o mínimo de enxoval. Era-lhe desagradável deixar todas as despesas por conta Ronaldo. Não queria que ninguém pensasse que estava se aproveitando do dinheiro dele.

Mas tanto Marilda quanto Ronaldo estavam ansiosos para casar. Ele não queria esperar. Insistia em marcar a data para breve.

Naquela mesma tarde, o pai de Ronaldo passou pelo escritório para vê-lo. Desde sua formatura, ele de vez em quando ia esperá-lo na saída do trabalho. Convidava-o para tomar alguma coisa e conversar.

Apesar de a mãe ter comparecido à sua formatura, Ronaldo sempre se esquivava quando ela o convidava para ir à sua casa com Marilda. Não se sentia bem lá. Mas os encontros com o pai eram-lhe prazerosos, porque Romualdo se mostrava mais amigo, conversando sobre vários assuntos, valorizando suas opiniões.

Sentados no bar de um restaurante, tomando uma cerveja, Romualdo perguntou:

— E Marilda, como vai?

— Muito bem. Quero casar logo, mas ela quer esperar.

— Por quê? Não está segura de seus sentimentos?

— Está. Ela pensa como eu. Mas Dona Rosana quer esperar mais.

— A filha é sua única família. Tem medo de perdê-la.

— Não é por isso. Ela aprova nosso casamento. Nós nos damos muito bem. Ela quer comprar um bom enxoval para Marilda e só pode conseguir isso lentamente. Eu não quero esperar mais. Ganho bem, posso montar uma casa com conforto e mantê-la. Mas ela acha que tem essa responsabilidade.

— Eu entendo. É uma mulher muito digna e com muita classe.

— Enquanto o marido viveu, elas desfrutaram de muito conforto. Gastaram todas as economias com a doença dele. Preciso arranjar uma forma de convencê-la.

— Para quando gostaria de marcar o casamento?

— Para daqui a um ou dois meses, no máximo. Tenho algumas economias e nesse prazo posso montar a casa.

— Ontem um de nossos inquilinos mudou-se para o exterior e desocupou a casa da Vila Mariana. É antiga, mas muito boa. Estava pensando em reformá-la. Alugar imóvel hoje em dia não é rentável. Estava querendo vendê-la. Mas mudei de idéia. Será meu presente de casamento para vocês.

— Obrigado pela sua intenção, mas não posso aceitar. Mamãe vai achar que está prejudicando Rogério.

— De forma alguma. Já coloquei em nome dele um apartamento que vale duas vezes mais do que essa casa. Você é que está sendo prejudicado. Se não aceitar, ficarei muito triste. Tudo que tenho um dia será de vocês. Você é o primeiro a casar, não pode recusar meu presente.

— Está bem, pai. Eu aceito.

— A reforma é por minha conta, mas vocês escolherão tudo.

— Isso fará com que eu deseje casar mais depressa.

— Talvez influencie também sua futura sogra. Quando vai estar com ela?

— Hoje vou buscar Marilda para um cinema. Conversarei com ela.

Romualdo despediu-se e resolveu ir até o clube ver alguns amigos. Passava das nove quando ele saiu de lá, apanhou o carro e foi até a casa de Marilda.

Tocou a campainha e Rosana, ao abrir a porta, surpreendeu-se.

— O senhor? Aconteceu alguma coisa?

Ele lhe estendeu o maço de rosas que trouxera e respondeu:

— Não. Vim porque precisamos conversar.

Rosana convidou-o a entrar. Na sala de estar, sobre a poltrona, pousava um delicado bordado que ela deixara para atender a porta.

— Desculpe — disse ela, recolhendo a caixa de costura que estava sobre a mesa de centro, guardando rapidamente linhas e tesouras. — Não esperava visita a esta hora. Sente-se, por favor.

— Desculpe vir sem avisar, mas me ocorreu que seria bom falarmos sobre nossos filhos.

— Certamente. Aceita um café, um licor, um refresco?

— Não se preocupe. Acabei de tomar uma cerveja com Ronaldo.

— Ele veio buscar Marilda. Foram ao cinema.

— Eu sei. Por isso vim. Sabia que a senhora estava sozinha.

Romualdo apanhou a peça que Rosana colocara dobrada sobre a caixa de costura e abriu-a.

— A senhora tem mãos de fada. Há muito não vejo um trabalho tão delicado e bem-feito quanto este.

— Obrigada. Aprendi no colégio das freiras francesas.

— Minha irmã também estudou lá. É o melhor colégio na França e no Brasil.

— Meus pais tinham posses e valorizavam uma boa educação. Mas o que aprendi nesse colégio não deu uma formação profissional que me capacitasse para ganhar a vida. A educação que se oferece a uma mulher prepara-a apenas para cuidar da família. Enquanto meu marido vivia, tivemos uma vida boa, Marilda freqüentou bons colégios. Com a doença dele, consumimos todos os nossos recursos, então veio a viuvez, a necessidade de manter a casa. Logo descobri que não tinha formação profissional suficiente. Meus pais haviam morrido, minha filha era adolescente, eu precisava trabalhar.

— É uma situação difícil. Felizmente hoje as mulheres estão reagindo e conquistando seu lugar no campo profissional.

— Em todo caso, foi no colégio que aprendi a fazer os trabalhos manuais que me têm permitido pagar as despesas. Marilda sempre me ajudou, mesmo antes de trabalhar fora. — Fez breve pausa e considerou: — Mas o senhor veio aqui para falar de nossos filhos.

— Isso mesmo. Eu e Ronaldo estivemos conversando hoje à tarde. Ele está muito apaixonado e deseja casar logo. Eu entendo isso e aprovo. Ronaldo está formado, bem empregado, tem condições de manter uma família com conforto. Fiquei sabendo que a senhora não concorda com a data.

— Ele fala em dois meses. É um tempo muito curto para cuidarmos dos preparativos.

— Não vejo assim. Por acaso a senhora tem alguma coisa contra essa união?

— Absolutamente. Ronaldo é um excelente rapaz, estou certa de que fará Marilda muito feliz. Depois, ela o ama muito. Mas é que... bem...

Ela hesitou e Romualdo tentou encorajá-la:

— Não se acanhe. Fale sem rodeios. Vim aqui disposto a cooperar com a felicidade dos dois.

— Eu preciso de tempo. Marilda é minha única filha! Quero dar-lhe um enxoval razoável. Ela merece. É o mínimo que posso fazer por ela.

— O que importa é que realizem seus sonhos de felicidade. Não pensei que a senhora fosse preconceituosa.

Rosana corou e olhou-o nos olhos admirada.

— Preconceituosa, eu?

— Sim. Está colocando as posses materiais acima da felicidade dos dois. Felizmente, Ronaldo está muito bem de vida e pode cuidar disso sozinho. Ele custeou os próprios estudos, há muito não recebe mesada, conseguiu vantajoso emprego e tem dinheiro guardado. Mas, se ele permitisse, eu pagaria todas as despesas do casamento. De que serve o dinheiro senão para proporcionar felicidade para nossos filhos?

— O senhor está me fazendo sentir vergonha.

— Não é essa minha intenção. Só quero que concorde com a data do casamento e permita que Ronaldo faça o que for preciso. Vim pedir-lhe isso porque senti que casar com Marilda é o maior desejo dele.

Rosana olhou-o um pouco triste e respondeu:

— Esse é também o maior sonho de minha filha.

— Confesse que, apesar disso, sente-se um pouco triste com o casamento. Todas as mães querem ter os filhos embaixo de suas asas. Mas a vida é assim. Nós fizemos a mesma coisa: deixamos nossos pais para assumirmos uma família.

— Vou ser bem sincera com o senhor. Às vezes temo pelo futuro de Marilda. Ronaldo tem se revelado um bom rapaz, honesto, trabalhador, amoroso. Gosto dele. O que me assusta é que vocês pertencem a outro meio social. Essa desigualdade poderá afetar o relacionamento deles. Para dizer a verdade, eu preferia que Ronaldo fosse de origem mais modesta.

Romualdo sorriu e considerou:

— Ao contrário. Meu filho vai proporcionar a Marilda uma vida boa, sem preocupações. A falta de dinheiro é que concorre para os desentendimentos do casal. Tenho certeza de que eles serão muito felizes. A senhora não tem nenhum motivo para duvidar disso.

— Tem razão. Estou exagerando. Marilda é meu tesouro, tudo que tenho neste mundo.

— Eles se amam, serão felizes. Diga que concorda com a data do casamento.

— O senhor me convenceu. Não quero que me veja como preconceituosa.

Ele riu e ela continuou:

— Para que mude sua impressão a meu respeito, vamos tomar um copo de vinho e fazer um brinde a nossos filhos.

— É uma boa idéia.

Rosana foi à cozinha e pouco depois voltou trazendo uma bandeja com uma garrafa de vinho, dois copos e pratinhos. Deixou sobre a mesinha e foi buscar um prato com algumas empadinhas.

Serviu o vinho, e Romualdo levantou o copo.

— À felicidade de nossos filhos!

Rosana repetiu o brinde e uniram os copos. Ela ofereceu as empadas e ele aceitou com prazer.

— Eu disse que a senhora tinha mãos de fada. Que delícia! Onde as comprou?

— Eu mesma as fiz. Quando eles saem, sempre preparo alguma coisa para comerem na volta.

Continuaram conversando animadamente e só perceberam que o tempo passou quando Marilda chegou com Ronaldo, que, vendo o pai, surpreendeu-se:

— Pai? O que está fazendo aqui?

— Vim conversar sobre o casamento de vocês. Está tudo acertado. Podem marcar a data.

Ronaldo abraçou Marilda com entusiasmo.

— Nós conseguimos! Logo realizaremos nosso sonho!

Marilda, emocionada, abraçou a mãe.

— Mãe! Você concordou mesmo?

Rosana sorriu e respondeu:

— O Dr. Romualdo me convenceu.

— Ele sabe argumentar — comentou Ronaldo, alegre.

— Vocês estão ansiosos para formar um lar — disse Rosana. — Meus problemas pessoais não devem retardar seus projetos.

Marilda beijou a mãe com alegria. Ronaldo não perdeu tempo:

— Nesse caso, vamos aproveitar este momento em que estamos juntos para programar tudo.

Romualdo concordou:

— Isso mesmo. Primeiro vamos marcar a data, depois combinaremos os detalhes.

Marcaram o casamento para dali a dois meses. Rosana objetou:

— É pouco tempo.

Romualdo interveio:

— Será mais do que suficiente. Amanhã vamos ver a casa. Um mês será mais do que o bastante para os reparos necessários.

— Casa? — indagou Rosana, surpresa.

— Sim. Temos uma casa na Vila Mariana que está vazia. Os inquilinos mudaram-se há alguns dias. Será meu presente de casamento para eles.

Rosana esforçava-se para demonstrar alegria, mas notava-se em seus olhos alguma preocupação. Ronaldo segurou a mão dela e disse com carinho:

— A senhora está preocupada pensando que vou lhe roubar a filha, mas garanto que vai ganhar um filho. Formaremos uma família unida e feliz.

— Tenho certeza disso — complementou Romualdo.

A conversa fluiu animada. Continuaram fazendo planos para o matrimônio. O casal não desejava festa, ao que Romualdo objetou:

— Mercedes não vai gostar. Você é nosso primeiro filho a casar. Temos amigos, e eles gostariam de compartilhar conosco essa alegria.

— Fale com ela, papai. Há muito não freqüento a sociedade. Marilda não tem muitos parentes, e eu possuo apenas alguns colegas de trabalho. Teremos uma cerimônia simples, talvez um jantar para poucos convidados. Eu e Marilda conversamos e já decidimos que seria assim. Prefiro montar uma casa confortável e viajar para a Europa em lua-de-mel a gastar em festa.

— Mas não precisa se preocupar com o dinheiro. Faço questão de pagar a festa.

— Obrigado, pai, mas não posso aceitar. Você já nos deu a casa e ainda está apressando nosso casamento. Será como programamos.

— Mercedes vai reclamar.

— Ela terá de aceitar. Temos todo o direito de fazer o que desejamos.

— Claro.

A conversa fluiu alegre. Rosana serviu mais algumas guloseimas e os dois jovens não se cansavam de fazer projetos para o futuro. Romualdo sentia-se tão feliz ali que se esqueceu do tempo. Passava das dez quando se despediu.

Durante o trajeto, foi pensando em tudo que conversaram. Entendia por que Ronaldo estava com tanta pressa de casar. Aquele ambiente era acolhedor, havia paz e alegria, simplicidade, mas, ao mesmo tempo, requinte.

Quando entrou em casa, Mercedes esperava-o na sala de estar, testa marcada por uma ruga de preocupação. Romualdo logo viu que ela não estava bem.

— Pode me explicar por que não veio jantar no horário e nem sequer avisou? Deve ter acontecido alguma coisa muito grave, porque você nunca fez isso.

— Não aconteceu nada. Estava com Ronaldo.

— Ronaldo? Ele foi lhe pedir alguma coisa?

— Não. Ao contrário. Fui vê-lo e depois fomos à casa de Marilda. Marcaram a data do casamento.

Mercedes estremeceu:

— Já? Eu tinha esperança de que com o tempo ele mudasse de idéia.

— Ele está muito apaixonado. Quer casar o mais depressa possível.

— Vai se arrepender, com certeza. Casamento com pessoa de nível diferente nunca dá certo.

— Marilda é uma boa moça e sua mãe tem excelente educação. Estudou no melhor colégio da cidade. E fala vários idiomas, se quer saber.

— Pois não parece. Ronaldo sempre nos deu preocupações. Tinha de escolher essa moça pobre e sem nome?

— Você está sendo injusta. Elas não têm dinheiro, mas têm classe.

Mercedes riu e respondeu irônica:

— Onde você viu pobre ter classe? Está tendo um lapso mental.

Ele fingiu não escutar. Não se sentia com vontade de discutir. Havia passado uma noite agradável e não queria perder o bom humor. Disse apenas:

— Pois marcaram o casamento e estou muito satisfeito. Tanto que dei a casa da Vila Mariana para eles.

Mercedes estremeceu:

— Como? Deu aquela linda casa para aquelas duas?

— Dei a nosso filho como presente de casamento. Ele não me permitiu pagar nenhuma despesa com o casamento.

— Ronaldo vai arcar com tudo?

— Sim. Além de não pedir nada, não quer nem que eu pague a festa. Afinal, essa despesa é dos pais dos noivos.

— E você, para compensar, deu-lhes logo aquela casa.

— Está vazia. O último inquilino quase a destruiu. Não desejo mais alugá-la. Vou restaurá-la para eles.

— E a festa? Acha que ele terá dinheiro para tudo?

— Eu pretendia que fosse uma grande festa, afinal é nosso primeiro filho que casa, mas eles não aceitaram. Não desejam festa. Querem apenas uma comemoração com a família.

Mercedes levantou-se indignada.

— E você consentiu? Nosso filho casando correndo, quase às escondidas, como se tivesse cometido um delito? O que nossos amigos vão dizer?

— Não exagere, Mercedes. Eu também gostaria de fazer uma grande festa; poderia ser no clube... Insisti, mas eles não querem. Não podemos fazer nada. É o casamento deles; têm o direito de escolher como querem fazer.

— Não posso crer que você tenha aceitado essa imposição. Não contem comigo para essa cerimônia. Não irei a esse casamento.

Romualdo tentou contemporizar:

— Mas, Mercedes, você não pode fazer isso.

— Posso e farei. Primeiro, quando ele ficou noivo, nem sequer pediu nossa opinião. Marcou a data sem nos consultar. E, agora, quer expor nosso nome ao comentário da sociedade.

— Se você não for ao casamento, os comentários serão piores.

— Depois você deu a casa a eles sem me consultar. Ela fazia parte da herança de Rogério. Ele está sendo lesado.

— Quando comprei aquele belíssimo apartamento em nome de Rogério, você não pensou em Ronaldo.

— Você não pode comparar um filho maravilhoso como Rogério, sempre ao nosso lado, com o outro que nunca nos valorizou e nos abandonou.

Romualdo sentiu certo mal-estar. Nunca havia notado quanto Mercedes era implicante, mesquinha. Sentiu vontade de sair dali.

— Eles já decidiram. Não há nada que possamos fazer. Vou subir, tomar um banho.

— Quer que mande esquentar o jantar?

— Obrigado, mas já comi. Depois do banho vou ao escritório escrever um pouco.

Ele foi para o quarto sentindo certa insatisfação. Mercedes era intolerante. Isso o incomodava. Enquanto se preparava para o banho, recordava-se do ambiente gostoso da casa de Rosana, de como haviam conversado com naturalidade e alegria, sem nenhum comentário maldoso. Em sua casa era diferente, e o contraste o fez pensar em como havia sido sua vida em família. Os comentários maldosos à mesa entre Mercedes e Rogério, as fofocas contadas com prazer, a crítica a seus amigos sempre pelas costas. Era-lhe desagradável perceber isso, e Romualdo sacudiu a cabeça tentando afastar a sensação ruim que sentiu.

Começou a pensar que talvez ele houvesse sido tolerante demais. Fora educado no respeito às pessoas, aceitando-as como elas são. Embora se chocasse com a atitude de Mercedes e Rogério, não os levava a sério, preferindo acreditar que não o faziam por mal.

Tomou banho, vestiu-se e fechou-se no escritório. Lá era seu refúgio. Quantas vezes havia ficado lá, recordando o passado, pensando em como gostaria que sua vida fosse, sonhando com um mundo de paz e de harmonia?

Pela primeira vez Romualdo começou a descobrir por que a cada dia mais se demorava no clube e, quando estava em casa, isolava-se. Aceitando a situação, estava se tornando um homem descrente, conformado com a infelicidade, como se esse fosse o único caminho que a vida lhe oferecesse.

Como seria bom se Mercedes fosse como Rosana: franca, alegre, simples, bondosa, agradável. Mas ela era o oposto de tudo isso.

Quando se casaram, Romualdo era entusiasta, cheio de planos para o futuro. Pretendia correr mundo, escrever sobre a vida de outros povos e costumes.

Ele a amava muito e procurava não ver as pequenas falhas de seu comportamento, na tentativa de conservar a mesma admiração. Fazia-lhe todas as vontades, ainda que a contragosto.

Os planos de Mercedes eram muito diferentes dos dele. Romualdo, não desejando contrariá-la, foi cedendo e acatando as sugestões que ela lhe fazia.

Ao invés de viajar pelo mundo e escrever sobre seus assuntos prediletos, tentava escrever os romances que ela lhe dissera terem mais sucesso.

Romualdo passou a mão nos cabelos como que para afastar os pensamentos desagradáveis.

O que havia sido feito de seus sonhos de juventude? Como os fora deixando para trás, escolhendo viver uma vida que não desejava, sentindo-se inútil? Naquele instante reconheceu que nunca havia escrito nada que valesse a pena. Nos últimos tempos, fingia escrever, mas não sentia nenhuma inspiração. Ele não tinha talento para escrever romances. Por que se iludira tanto?

Algumas lágrimas rolaram pelo seu rosto e ele as deixou cair. Sentia-se desencantado com o que fizera da vida. Por que se deixara levar daquela forma? Por que depois de tantos planos aceitara o papel do fracasso, da vida fútil e vazia?

O que fazer agora? O jeito era continuar, levando adiante sua vida fracassada. Mas de uma coisa tinha certeza: não deixaria que Mercedes ou Rogério interferissem na vida de Ronaldo, perturbando suas decisões. Eles se casariam na data marcada, fariam tudo como planejaram. Não deixaria Mercedes fazer nada. Se ela não quisesse ir ao casamento, ele iria sozinho. Não ia importar-se com o que ela pensava.

Depois desses pensamentos, sentiu-se um pouco melhor. Pareceu-lhe haver recuperado um pouco sua dignidade. Ronaldo sempre estivera certo. Pena que ele não lhe dera ouvidos. Se o tivesse feito, era possível que as coisas em casa houvessem sido diferentes.

Romualdo ficou ali, analisando suas atitudes, tentando compreender como havia perdido o entusiasmo e se transformado em um autômato sem ideais ou motivação.

Era muito tarde quando ele finalmente, cansado e triste, resolveu se deitar. Mercedes dormia tranqüila. Ele se deitou a seu lado, mas continuou pensando em tudo. O dia estava amanhecendo quando ele conseguiu adormecer.

N a noite seguinte, Ângela chegou pontualmente à casa de Adalberto para o jantar. Recebida com carinho pelo casal, foi conduzida à sala de estar, onde estavam algumas pessoas: um casal que ela já conhecia e duas moças amigas da família. Pouco depois chegaram mais dois convidados.

Após efusivos cumprimentos, Adalberto fez as apresentações.

— Este é o Dr. Novais... creio que já conhecem. E este é seu filho Eduardo.

— Eduardo? — indagou Albertina, uma das convidadas.

— Sim — respondeu Aurora com alegria. — Lembra-se dele?

— Claro. Foi companheiro de escola de meu filho Mário até o colegial. Depois foi estudar fora.

— Isso mesmo. Está regressando ao Brasil depois de oito anos morando nos Estados Unidos — informou Adalberto. — Estamos aqui para dar-lhe as boas-vindas.

Eduardo, pele morena, cabelos castanho-claros, olhos verdes e brilhantes, alto, elegante, sorriu cumprimentando um por um.

Ângela achou seu rosto familiar. Onde o teria visto? Não conseguia lembrar-se. A conversa fluiu alegre.

— Você veio para ficar? — indagou Albertina, interessada. — Mário gostará muito de vê-lo de novo.

— Talvez. Vim quando mamãe adoeceu. Infelizmente ela morreu dias depois. Voltei para os Estados Unidos porque tinha muitos negócios. Tencionava ficar morando lá. Mas sentia muita saudade.

Aurora colocou a mão no braço dele em um gesto carinhoso e perguntou:

— Seria bom que ficasse. Seu pai deve estar se sentindo muito só.

Desta vez quem respondeu foi Novais:

— De fato. Sinto muita falta de Olga. Se ele ficasse, seria bom, mas ele fará o que desejar.

— Por certo — tornou Aurora.

Ela não queria falar de tristezas e mudou de assunto:

— Ângela também foi estudar na Inglaterra e acabou morando lá. Não sei o que esses países têm, que conquistam nossos jovens.

— Progresso, Aurora — ajuntou o marido de Albertina. — Primeiro Mundo, não é verdade?

Eduardo olhou para Ângela esperando que ela respondesse. Como ela continuasse calada, ele disse:

— Eu adoro o Brasil. Continuei no estrangeiro depois de formado porque me foram oferecidas boas oportunidades de trabalho.

— Morar em Nova Iorque deve ser maravilhoso! — comentou uma das moças.

— É o que eu gostaria de fazer — disse a outra.

O criado avisou que o jantar ia ser servido, e todos encaminharam-se para a sala de jantar. Ângela observava Eduardo disfarçadamente e várias vezes notou que ele a fixava também.

Eduardo puxou a cadeira para que ela se acomodasse e sentou-se a seu lado. Apesar de não haverem conversado, Ângela sentia a presença dele o tempo todo.

Estava intrigada: onde o teria visto antes? Durante o jantar trocaram algumas palavras triviais. Foi depois, quando todos se dirigiram para a sala de estar, onde seria servido o café e os licores, que Eduardo se sentou ao lado dela no sofá e perguntou à queima-roupa:

— De onde a conheço?

Ângela sorriu e respondeu:

— Ia perguntar-lhe a mesma coisa.

— Tenho certeza de que nos conhecemos, mas não me lembro de onde.

— Também sinto essa sensação.

Ele a olhou sério e considerou:

— Vai ver que foi em outra vida!

Ângela sobressaltou-se:

— O que foi que disse?

— Se não nos lembramos de onde nos conhecemos, só pode ter sido em outra vida.

— Você está brincando.

— Por quê? Não acredita que tivemos outras vidas antes desta?

— Reencarnação? Não sei. Em Londres tenho alguns amigos que acreditam, mas eu não os levo a sério.

— Deveria, porque é verdade. Todos já tivemos outras vidas antes desta. No momento, tenho a sensação de que já estivemos conversando como agora.

Ângela sentia a mesma coisa, mas não disse nada. Ele ficou calado por alguns instantes, olhando nos olhos dela. Depois disse baixinho:

— Quem é Angélica?

Ângela sobressaltou-se.

— Minha mãe.

— Uma bela mulher, alta, elegante, olhos brilhantes como os seus. Muito digna e valorosa. Preocupa-se muito com você.

— Como sabe disso? Minha mãe está morta.

— Ela sofreu muito, longe de você. Morreu para o mundo, mas seu espírito continua vivo em outro lugar amando você.

Ângela estremeceu. Ia perguntar algo, mas uma das moças aproximou-se colocando-se ao lado deles no sofá, e Eduardo desconversou.

Ângela sentia a pernas tremerem. Como Eduardo podia saber aquelas coisas? O que estava acontecendo ali? Precisava descobrir.

Percebeu que ele não ia tocar no assunto diante dos outros convidados e ficou esperando um momento em que pudessem trocar algumas palavras a sós.

O tempo foi passando e os convidados começaram a despedir-se. Eduardo e o pai levantaram-se e abraçaram os donos da casa, agradecendo o jantar.

— Também preciso ir — disse Ângela. — Obrigada pelo convite.

O casal os acompanhou até a porta. No jardim, ao despedir-se dela, Eduardo deu-lhe um cartão.

— Gostaria que me ligasse. Precisamos conversar.

Ela fez sinal afirmativo com a cabeça. Uma vez no carro, olhou o cartão, onde estava escrito: *Eduardo Novais – Advogado*. O endereço era em Nova Iorque, mas no verso havia um número de telefone e estava escrito: *Espero uma ligação sua.*

Ângela chegou em casa emocionada. Alguns amigos em Londres freqüentavam sessões espíritas. Ela fora algumas vezes, mas não tinha certeza de nada. Eles eram muito entusiastas e ela temia que estivessem iludidos.

Se existisse vida após a morte, sua mãe por certo já teria se comunicado. Se era verdade que depois da morte a pessoa continua com os mesmos afetos que teve em vida, por que Angélica nunca fora a nenhuma das sessões em que comparecera?

As palavras de Eduardo voltavam-lhe à memória, e, quanto mais pensava nelas, mais se emocionava. Só sua mãe poderia tê-las dito. Seu coração descompassava-se a esse pensamento. No dia seguinte, ligaria para Eduardo. Desejava encontrar-se com ele e tirar suas dúvidas.

Na manhã seguinte, Ângela acordou cedo mas esperou até as nove horas para ligar. Sua impaciência não lhe permitiu aguardar mais. Eduardo atendeu prontamente:

— Como vai?

— Bem. Nossa conversa de ontem deixou-me intrigada. Gostaria de continuar o assunto.

— Vamos almoçar juntos. Também quero conversar com você.

— Combinado.

— Passarei em sua casa ao meio-dia. Está bem?

Ângela concordou. Em sua cabeça as perguntas se sucediam sem respostas. Talvez Eduardo estivesse usando esse ardil para travar relações com ela. Mas, mesmo que fosse isso, como ele podia saber o nome de sua mãe e a saudade imensa que sentiam uma da outra?

Não. Ali havia mais do que um simples flerte. O rapaz não a conhecia; estivera no exterior durante oito anos.

Meia hora antes do combinado, Ângela já estava na sala esperando por Eduardo. Marina aproximou-se, olhando-a curiosa.

— Vai sair?

— Vou.

— É pena. Almoçarei sozinha de novo.

— Se deseja companhia, por que não se aproxima dos amigos, como sempre fazia?

— Trata-se de uma promessa. Só freqüentarei a sociedade quando seu pai ficar bom.

Ângela olhou-a e não respondeu. Marina não lhe parecia pessoa religiosa.

— Tenho uma idéia, Ângela! Por que não convida Rogério para almoçar aqui ao invés de irem a um restaurante? Assim me fariam companhia.

— Em casa gosto de privacidade. Mesmo que fosse almoçar com Rogério, não o convidaria para almoçar aqui.

— Desculpe. Pensei...

— Não pense por mim. Quando eu desejar trazer alguém, participarei.

A campainha tocou e em seguida a criada anunciou:

— O Dr. Eduardo Novais está no hall.

— Já vou.

Ângela apanhou a bolsa e saiu. Marina foi à janela, afastou um pouco a cortina e viu a enteada saindo ao lado de um rapaz desconhecido. Quem seria? Teria ela se afastado de Rogério? Estaria interessada em outro? Isso iria atrapalhar seus planos.

Não agüentava mais aquela vida de reclusão. Precisava pelo menos ter alguma distração. Trincou os dentes com raiva. Tinha de fazer alguma coisa para resolver aquela situação de uma vez. Mas o quê?

Ao lado de Eduardo no carro, Ângela não se conteve:

— Você ontem deixou-me muito intrigada. Quem lhe contou o nome de minha mãe?

— Ela.

— É difícil acreditar.

— Como eu poderia saber? Quando voltamos para casa, perguntei a meu pai se ele conhecera sua mãe. Respondeu-me que não. Nem sequer conhecia você. Surpreendeu-se ao saber que era filha do Dr. Raul Guilherme. Conhece de vista sua madrasta, mas nem do nome dela ele se recorda.

— Tenho medo de apegar-me a uma ilusão.

— É natural. Mas afirmo que ontem à noite ela estava a seu lado. Acompanhou-me até em casa, conversou comigo. Por isso estou aqui.

— O que foi que ela lhe disse? Por que o acompanhou, ao invés de continuar a meu lado?

— Ela notou que eu podia ouvi-la, vê-la, por isso me acompanhou. Ela a ama muito. Sua atitude comoveu-me profundamente.

Havia tanta sinceridade em suas palavras, que Ângela colocou a mão sobre seu braço e disse:

— Por favor, conte-me tudo que ela lhe disse.

— Está bem. Mas não vamos parar o carro aqui, na rua. O restaurante está próximo. Lá poderemos conversar com mais tranqüilidade.

O restaurante estava lotado e Eduardo pediu ao recepcionista uma mesa discreta. Foram conduzidos a um canto protegido por um biombo. Sentaram-se e fizeram o pedido. Quando se viram a sós, Ângela pediu:

— Conte-me tudo.

— Ontem quando chegamos à casa do Dr. Adalberto, sua presença chamou minha atenção. Senti que a conhecia, mas não me lembrei de onde. Tentei dar atenção aos demais, porém o tempo todo senti sua presença, como se alguma coisa me obrigasse a fixá-la.

— Também senti isso.

— Foi quando nos sentamos no sofá para o café que vi Angélica a seu lado. Eu a descrevi e você reconheceu sua mãe. Ela a abraçou com carinho e me falou da saudade que sentia de você.

— Como ela expressou isso?

— Disse: "Ela precisa saber que fui impedida de vê-la. Esse foi meu maior sofrimento a vida inteira".

Ângela emocionou-se e seus olhos encheram-se de lágrimas. Observando a emoção dela, Eduardo calou-se. Quando se acalmou um pouco, ela pediu:

— E o que mais?

— Ela disse: "Você precisa conversar com ela, contar-lhe isso, ajudá-la a descobrir a verdade".

Ângela estremeceu e segurou a mão dele com força.

— Era ela! Tenho certeza. Meu Deus! É verdade: a vida continua depois da morte! Ela lhe contou o motivo de tudo, por que meu pai nos separou daquela forma?

— Não.

— O que mais ela falou?

— Bem, depois dei a você meu cartão e nos separamos, ela nos acompanhou. Em casa, fui para o quarto e, vendo que ela continuava perto, perguntei-lhe como poderia ajudá-la. Então ela disse: "— A hora da verdade está chegando, mas minha intervenção é limitada. Fale com ela, peça-lhe para contar a você tudo de que se lembra, nos mínimos detalhes.

"— Por que você não me conta tudo?", perguntei.

"— Ainda não posso. Temos de esperar os sinais da vida. Sinto que nada ficará oculto, mas tudo terá de acontecer naturalmente. Ângela lhe contará muitas coisas. Assim poderão começar a investigar. Cuidado: as pessoas envolvidas são perigosas. Por isso lhe pedi que a auxiliasse, protegesse. Vocês se conhecem há muito tempo."

— Quando concordei, ela se foi. Mas confesso que quase não consegui dormir, pensando em tudo.

— Você sempre vê os espíritos?

— Desde criança. Minha mãe era muito religiosa, mas não aceitava a mediunidade. Vivia dizendo que eu era desequilibrado, que precisava de tratamento médico. Já meu pai era mais compreensivo. Depois que ela morreu, veio ver-me chorosa, arrependida. Agora, está procurando estudar o assunto.

Ângela olhou-o admirada.

— Você fala como se eles fossem iguais a nós!

— E são. Continuam iguais ao que eram aqui, vivendo em uma dimensão diferente da nossa, onde o corpo deles pode estar confortável, da mesma forma que nosso corpo de carne aqui.

— É incrível. Estou deslumbrada. Por que mamãe não me conta tudo que sabe?

— Porque não tem permissão. A vida nessas cidades astrais é muito disciplinada. Pelo que observei, ela tem nível espiritual e deve habitar um lugar bom, onde a disciplina é fundamental porque facilita a vida.

— Todos os que morrem vão para esse lugar?

— Não. Muitos pretendem continuar fazendo as mesmas coisas que faziam no mundo, recusam-se a ouvir os conselhos.

— Ninguém os obriga a obedecer?

— O livre-arbítrio é respeitado, mas por certo tempo. Quando esse tempo se esgota, a vida age, criando desafios que os obrigam a mudar e ensinam a compreender. Ninguém ficará esquecido. Todos têm oportunidade de viver melhor. Mas é preciso querer e pagar o preço.

Ângela suspirou. O garçom trouxe a comida e os serviu. Ângela estava excitada demais para sentir fome.

— Você precisa comer, Ângela. Sinto que teremos um longo caminho a percorrer até conseguirmos esclarecer tudo.

— Preciso contar-lhe o que sei.

— Vamos comer primeiro, depois você conta. Pressinto que suas lembranças não são boas e não desejo que essas energias perturbem seu almoço.

Ela olhou e sorriu. Eduardo parecia saber o que ela estava pensando.

— Está uma delícia! Em Nova Iorque, come-se muito bem, não falta nada, há comida de todos os países do mundo, mas em nenhum lugar há pratos tão saborosos como no Brasil. Estava com saudade de nosso tempero.

— De fato. Nossa comida é muito saborosa.

Eduardo mudou de assunto e a conversa fluiu alegre. Ele contou seus primeiros tempos fora do País, suas surpresas, suas descobertas. Ângela falou dos costumes ingleses, de como admirava aquele povo inteligente, forte, consciente do próprio valor.

Passava das duas quando eles saíram do restaurante.

— Agora você vai me contar tudo. Mas eu gostaria de anotar para poder analisar melhor os fatos. Podemos ir à sua casa?

— Não acho aconselhável. Aliás, para o sucesso de nosso objetivo, ninguém lá pode saber o que estamos fazendo.

— Nesse caso, vamos à minha casa. Temos um escritório e ficaremos à vontade.

— Seu pai não vai se incomodar?

— Ele está trabalhando e só voltará ao anoitecer. Ele não se incomodaria e tenho certeza de que faria tudo para nos ajudar.

— Por enquanto gostaria de manter segredo, inclusive com ele. Minha mãe tem razão quando diz que as pessoas envolvidas são perigosas.

— Faremos como você quiser.

Uma vez no escritório, Eduardo sentou-se atrás da escrivaninha e indicou uma cadeira perto para que Ângela se acomodasse. Apanhou bloco, caneta e tornou:

— Pode começar.

Ângela contou tudo de que se lembrava da primeira infância, inclusive a conversa que surpreendera entre os pais, a discussão e o que aconteceu depois. Finalizou dizendo:

— Nunca mais vi minha mãe depois que fui para o colégio.

— Você acha que ela pode ter tido mesmo uma crise de loucura?

— Não. Mamãe era muito lúcida, equilibrada. Todos estes anos tenho me perguntado o que teria acontecido para ela perder o juízo, se é que de fato isso aconteceu. Por esse motivo não voltei para Londres e decidi ficar mais tempo aqui. O Dr. Adalberto está me ajudando, mas ainda não conseguimos nenhuma pista. Nada. Ninguém sabe nada sobre o caso. Nem no hospital onde dizem que ela foi internada; o médico que deu o atestado de óbito não era o médico dela. Foi chamado para a emergência e não pôde fazer nada.

Eduardo anotava tudo. De repente, perguntou:

— Fale-me de seu pai. Como está sendo seu relacionamento com ele?

— Distante. Deu-me tudo que o dinheiro pode comprar. Visitava-me de vez em quando, mas nunca permitiu que nas férias eu voltasse ao Brasil. Eu as passava no colégio mesmo. Confesso que sempre desconfiei que ele houvesse sido a causa da doença de mamãe. Separou-me dela e nunca mais a vi. Por isso sinto certa rejeição por ele. Às vezes me culpo por isso. E se ele não teve culpa de nada? E se, de fato, ela ficou doente? Tenho procurado saber a verdade. Mas até agora não consegui nada.

— Meu pai comentou que o Dr. Raul ainda não está bem. Qual é seu estado atual?

— Marina, sua mulher, diz que ele está fora de si, que não consegue dizer coisa com coisa.

— E os médicos?

— Bem, eu queria consultar outros, mas Marina não deixa. Em minha casa vivemos uma situação estranha. Marina é jovem, cheia de vida. Antes de meu pai sofrer o atentado, ela freqüentava a sociedade, estava sempre em destaque nas revistas de moda. Agora, vive reclusa, não recebe ninguém a pretexto de que meu pai não pode receber visitas. Não tem amigos e, o que é pior, circulam por lá alguns homens que mais parecem nos vigiar do que nos proteger.

— De fato, é estranho. Você visita seu pai?

— Logo que cheguei fui a seu quarto, mas minha presença o atormentou. Confundiu-me com mamãe, gritou que ela havia voltado para vingar-se. Marina pediu-me que evitasse entrar no quarto para não inquietá-lo.

Eduardo ficou pensativo por alguns instantes, depois considerou:

— Vamos fazer uma coisa: você vai tentar descobrir o nome completo dos seguranças. Precisamos saber quem são. Tenho como investigar. Gostaria de conversar com o Dr. Adalberto sobre seu caso. Tem certeza de que ele é de confiança?

— Sim. Ele e a mulher eram muito amigos de minha mãe. Desconfiam que ela tenha sido vítima até de um crime.

— Você também pensa assim?

— Não sei se chegou a tanto, mas há muitas coisas mal explicadas que precisam ser esclarecidas.

Eduardo colocou a mão sobre o braço dela em um gesto de apoio.

— Eles podem ter razão.

— Minha mãe disse que está chegando a hora da verdade. Talvez as coisas se aclarem sem que precisemos investigar.

— Não creio. A ajuda espiritual não funciona assim. Para obtermos resultados, precisamos fazer nossa parte. Com bom senso, prudência e firmeza, temos de investigar. Tenho certeza de que, à medida que fizermos isso, as coisas começarão a acontecer.

Ângela fixou seus olhos nos dele e respondeu emocionada:

— Obrigada por me ajudar. Você não sabe o bem que me fez. Eu estava desanimada, perdida, sem uma pista, quase desistindo, e agora tudo mudou. A certeza de que minha mãe continua viva em outro mundo, que se interessa por mim, que me protege e acompanha com carinho, deu-me mais alento.

— Pode contar comigo.

— É melhor não ligar para minha casa. Não desejo criar suspeitas. Marina vive me perguntando aonde vou, o que estou fazendo. Honestamente, ela até me trata bem, mas há alguma coisa nela que me incomoda. Algo me diz que não posso confiar.

— Isso significa que as energias dela não são boas.

— O que isso quer dizer?

— Muitas coisas. Entre outras, que não é sincera mesmo, que cultiva pensamentos maldosos. Se não posso ligar para sua casa, como vamos nos encontrar?

— Eu ligarei para você.

— E se eu precisar falar com você e for urgente?

— Ligue e deixe recado. Diga que é da livraria e que minha encomenda chegou. Eu ligarei em seguida.

Eduardo queria conversar com Adalberto naquele mesmo dia. Ângela telefonou ao advogado e combinou de irem à sua casa no fim da tarde.

— É melhor eu ir embora, Eduardo. Já tomei muito seu tempo. Nós nos encontraremos na casa do Dr. Adalberto.

— Nada disso. Falta pouco tempo. Fique aqui, e iremos juntos.

— Não quero abusar. Seu pai pode chegar e não gostar.

— Meu pai adoraria encontrá-la aqui. Depois da morte de minha mãe, esta casa tem ficado muito solitária. Tanto ele reclamou, que decidi voltar a viver aqui. Mas, se isso a incomoda, saiba que quando ele chegar já teremos ido embora.

— Se é assim, ficarei.

Eduardo sorriu e continuaram conversando. Por haver sido criada longe da família e com muita disciplina, Ângela tornara-se muito fechada. Educada, instruída, inteligente, mantinha com as pessoas uma conversa agradável mas sem nenhuma intimidade.

Jamais falava de si, de seus projetos ou suas dificuldades. Todavia, com Eduardo ela se sentia à vontade para falar de assuntos pessoais. Parecia-lhe natural mencionar quanto sentira saudade da mãe, do aconchego familiar.

Eduardo, por sua vez, falava de espiritualidade, da vontade que sentia de conversar com as pessoas, contar-lhes suas experiências com os espíritos, confortá-los com a continuidade da vida após a morte.

Os dois conversavam entretidos e Eduardo nem viu que Angélica estava ali, observando-os emocionada. Seu coração amoroso derramava sobre eles vibrações de luz. Embora não a vissem, ambos sentiram grande bem-estar usufruindo prazerosamente aqueles momentos de entendimento e paz.

10

Rogério desligou o telefone contrariado. Mais uma vez Ângela não estava em casa e não lhe deixara nenhum recado.

Depois da conversa que havia tido com Marina dias atrás, planejara apertar o cerco para conseguir romper as barreiras impostas por Ângela e fazê-la aceitar o tão desejado namoro.

Sentia que havia alguma coisa séria acontecendo com Marina e precisava descobrir o quê. Mas, nos últimos dias, Ângela havia se afastado dele. Nunca a encontrava em casa e não obtinha informações sobre onde poderia encontrá-la.

Sempre prestigiado pelas mulheres, não se conformava com o fato de Ângela não ter ainda se rendido a seus encantos. Nervoso, apanhou o telefone, ligou novamente e pediu para falar com Marina. Quando ela atendeu, ele disse:

— Desculpe incomodá-la. Eu queria falar com Ângela, mas não a tenho encontrado. Ela teria viajado?

— Não. Ela saiu.

— Como vai o Dr. Raul? Está melhor?

— Continua na mesma.

— Lamento muito. Avalio seu sofrimento.

Marina suspirou triste e respondeu:

— De fato. Perdi o gosto pela vida. Se ele não melhorar, nem sei o que será de mim. Obrigada por perguntar. Você é um bom amigo.

— Eu queria ser mais do que um amigo. Isto é, eu gostaria que Ângela aceitasse meu pedido. Talvez você possa ajudar-me. Se o Dr. Raul estivesse bem, eu gostaria de ir visitá-lo, pedir permissão para namorar sua filha.

— Ele não está em condições de receber visitas nem de decidir a respeito de nada. Mas tenho certeza de que faria gosto em recebê-lo e aceitaria seu pedido. Sempre manteve bom relacionamento com seus pais e ficaria feliz com esse namoro. Eu também faço muito gosto, mas não sei como poderei ajudá-lo.

— Converse com Ângela, aconselhe-a a aceitar minha proposta. Garanto que minhas intenções são boas.

— Sei bem suas intenções e as aprovo, mas acho difícil dar-lhe algum conselho. Ela nunca ouve ninguém, é muito independente. Em todo caso, verei o que posso fazer.

— Fico-lhe muito grato. Faço votos de que o Dr. Raul melhore. Não é saudável para uma mulher jovem como você ficar tanto tempo reclusa. Deveria sair um pouco, distrair-se, senão acabará doente também.

Marina suspirou. Ela gostaria de gritar sua raiva por não poder sair dali, dizer como os dias demoravam a passar, como o tédio a deixava irritada, mas a prudência mandava calar. Respondeu com voz triste:

— Enquanto meu marido não melhorar, não terei vontade de sair.

— Nunca vi tanta dedicação. Mas deve convir que a situação pode demorar ainda mais. Não acha que precisa distrair-se um pouco, rever os amigos, conversar? Você sempre foi tão sociável...

— Mas agora tudo mudou. Não tenho vontade de nada. Enquanto Raul não melhorar, continuarei aqui. Obrigada pelo seu interesse.

— Pode dar um recado a Ângela?

— Sim.

— Peça para me ligar ainda hoje.

Rogério desligou e ficou pensativo. Era evidente que Marina mentia. O que estaria acontecendo de fato dentro daquela casa? Por que Ângela evitava que ele entrasse e nunca mencionava nada do que se passava lá? Fazia três dias que não se falavam, e ela nunca estava em casa. Aonde estaria indo? Teria arranjado outro para sair? Precisava saber.

A criada avisou-o de que o almoço estava sendo servido. Aproximou-se da mesa imerso em seus pensamentos. Vendo os pais já acomodados, sentou-se.

— Você está preocupado. Aconteceu alguma coisa? — indagou Romualdo.

Rogério sorriu:

— Não. Estou sem fome.

— Você precisa alimentar-se melhor. Levantou-se há pouco, nem sequer tomou café — disse Mercedes.

— Estou bem, mamãe.

Ele se serviu e começou a comer. A conversa decorreu trivial, como sempre. Mercedes falava de uma peça a que sua amiga havia assistido e os aconselhara a ver.

A certa altura, Romualdo disse com naturalidade para Rogério:

— Ronaldo marcou o casamento.

— Ele deveria esperar mais — tornou Mercedes contrariada.

— Ele tem tudo planejado. Ganha o suficiente, não há por que esperar.

— Eu tinha esperança de que ele desistisse.

— Por quê insiste? Ele está apaixonado. Depois, trata-se de uma boa moça. Estou certo de que serão felizes.

Mercedes virou-se para Rogério:

— Você não acha que seu irmão vai fazer besteira casando com uma moça que não pertence à nossa classe social?

Arrancado de seus pensamentos, Rogério não respondeu logo. Ela repetiu a pergunta e ele considerou:

— Ele sempre gostou de viver no meio de gente assim. É onde se sente bem. Não adianta você querer que ele mude.

— Pois eu gosto da moça. É bem-educada, sua mãe é excelente pessoa. Creio que serão muito felizes.

Mercedes fuzilou o marido com o olhar:

— Você está sendo muito complacente. Quando ele se der mal, não venha queixar-se. Afinal, você está aprovando esse casamento.

— Estou mesmo. Ronaldo tem se revelado capaz, sabe o que está fazendo.

Ela ia responder, mas Rogério não lhe deu tempo:

— Ele escolheu o próprio caminho. Se não der certo, não tem do que se queixar.

— Já você é diferente. Escolheu uma moça de nosso meio, linda, rica. Quando marcar a data, faremos uma grande festa. Será o casamento do ano!

Romualdo surpreendeu-se:

— Você está pensando em casar?

— Estou. Pedi Ângela em casamento, mas ela ainda não aceitou.

Mercedes escandalizou-se:

— Por quê? Ela deveria aceitar correndo. Um partido como você!

— Ela vai aceitar. É que o pai não recuperou de todo a consciência. Como tenho de fazer o pedido a ele, Ângela prefere esperar que ele fique bem.

— Ah! Então é isso! Será que Marina não está interferindo nessa decisão dela? Pode não ter se conformado com o rompimento — tornou Mercedes.

— Isso não. Nosso caso acabou. Ontem liguei para falar com Ângela e Marina atendeu. Ela disse que faz muito gosto em nosso casamento.

— Eis aí uma coisa que me incomoda nesse seu namoro — interveio Romualdo. — Essa atitude não é natural. Ou ela não gostava de você ou está fingindo. Casar com a enteada dela não é uma boa escolha.

Rogério impacientou-se:

— Gosto de Ângela. Ela é uma boa moça.

— Isso mesmo — reforçou Mercedes. — Você deu para apoiar Ronaldo e implicar com Rogério. Por que isso?

Romualdo olhou-a sério e respondeu com voz firme:

— Nunca impliquei com Rogério. Mas muitas vezes me omiti com relação a Ronaldo. Hoje estou apoiando igualmente nossos filhos, sem proteger ninguém. Gostaria muito que você fizesse o mesmo.

Mercedes olhou-o surpreendida. Romualdo estava diferente. O tom com que ele dissera aquelas palavras fez com que ela preferisse não revidar. Mudou de assunto, falando de coisas banais.

Rogério saiu e foi ao clube. Se houvesse alguma novidade, os amigos comentariam. Mas não conseguiu nada. Passava das quatro quando ele ligou para a casa de Ângela. Ela não estava. Irritado, pediu para falar com Marina, que atendeu prontamente.

— Ângela saiu cedo e não voltou ainda — disse ela.

— Estou preocupado. Aconteceu alguma coisa? Faz três dias que não consigo falar com ela.

— Você é meu amigo e vou ser sincera. Ela está saindo com outra pessoa.

Rogério irritou-se:

— Bem que desconfiei. Ela não pode fazer isso. Afinal estamos namorando. Ontem você lhe deu meu recado?

— Claro. Você sabe que tenho o maior interesse que ela namore você.

— Com quem ela tem saído?

— Vi quando veio buscá-la ontem. Não o conheço.

— Isso me intriga. No clube ninguém comentou nada. Não deve ser pessoa de nossas relações.

— Tentei saber, mas ela não disse e até respondeu mal.

— Vou telefonar mais tarde. Hoje ela terá de me dizer o que está acontecendo.

Desligou nervoso o telefone. Se Ângela o estivesse deixando, ele perderia a única chance de aproximar-se de Marina e voltaria à estaca zero. Precisava fazer alguma coisa.

Naquela manhã, Ângela havia acordado disposta a conseguir o nome dos homens que trabalhavam na vigilância da casa. Sabia que Marina se levantava depois das nove. Eram oito horas quando ela desceu para tomar café. A mesa ainda não estava posta e ela se dirigiu à copa. Vendo-a entrar, a criada justificou-se:

— Ainda não coloquei a mesa porque o café é sempre servido depois das nove. Mas está tudo pronto e servirei dentro de alguns minutos.

— Pode colocar aqui mesmo, na copa.

Na véspera, ela havia ido com Eduardo à casa de Adalberto. Tanto este quanto Aurora emocionaram-se muito com o que o rapaz contou. Finalmente uma notícia! Diante do descrito, não tiveram nenhuma dúvida de que o espírito de Angélica estivera mesmo com Eduardo dando-lhe as informações.

Decidiram continuar investigando. Era fundamental saber o nome dos homens que moravam dentro da casa vigiando a família, para que descobrissem quem eram e por quê estavam lá.

Haviam aconselhado a Ângela que tentasse fazer amizade com as duas mulheres que trabalhavam na casa. Talvez elas soubessem de alguma coisa. Os empregados muitas vezes sabem mais do que os patrões.

Ângela olhou o rosto corado de Emília. Ela devia ter uns trinta anos.

— Há quanto tempo trabalha aqui?

— Há oito anos.

— Está satisfeita no emprego?

— Sim. Minha tia Lurdes trabalha aqui há mais tempo. Quando Rita saiu, ela me arranjou o emprego.

— Não sabia que Lurdes era sua tia e está aqui há mais tempo do que você.

— Está, sim. Acho que faz mais de quinze anos.

— Vocês são muito eficientes. A casa está sempre limpa, bem arrumada.

— Nós precisamos muito deste emprego. Trabalhar aqui é muito bom. Pode sentar, Dona Ângela. Está pronto.

Ângela sentou-se. Lurdes entrou na copa e olhou-a surpreendida. Fez menção de sair.

— Desculpe. Não sabia que a senhora estava aqui.

— Acordei cedo. Emília arrumou aqui para mim. Ela me disse que é sua sobrinha. Vocês estão aqui há bastante tempo. Fico contente em saber. Vocês trazem tudo muito bem.

— Dona Marina é muito exigente. Gosta de tudo em ordem.

— Mas vocês estão aqui desde antes do casamento de papai. Você veio primeiro. Quando começou, minha mãe ainda estava viva?

— Não, o Dr. Raul já era viúvo.

— Perguntei porque, quando fui para o colégio, me recordo de que havia um retrato de minha mãe na sala. Foi feito por um grande pintor. Chegou a vê-lo?

— Não. Nunca vi nenhum retrato de sua mãe.

— Sinto muita saudade dela e gostaria de saber onde está aquele retrato.

— Por que não pergunta a seu pai?

— Ele ainda não está bom. Não quero aborrecê-lo. Perguntarei quando ele estiver bem.

Os dois homens da vigilância entraram na copa e, vendo-a, cumprimentaram-na levemente e saíram.

— Eles têm uma cara feia. Parecem que estão sempre zangados.

Lurdes aproximou-se e baixou o tom de voz:

— Tenho medo deles.

— Faz tempo que estão aqui?

— Desde o dia seguinte ao atentado. O Dr. Raul estava no hospital, Dona Marina também. Eles vieram dizendo que haviam sido contratados para proteger a casa. No começo eu gostei, estava com muito medo pelo que aconteceu. Pensei que fossem da polícia, mas não são. Uma vez tentei falar com Dona Marina para trocar esses vigilantes. Mas ela disse que não podia. Ela não conversa muito e não gostou de eu me meter.

Ângela notou que Lurdes era uma pessoa falante. Talvez soubesse mais coisas.

— Depois vá a meu quarto. Desejo mostrar-lhe um retrato de minha mãe. Sei que há muitas coisas guardadas no porão. Será que o quadro dela não está lá? Você poderia procurar para mim. Se o encontrar, será gratificada.

— Irei, sim.

Ângela foi para o quarto. Dez minutos depois, Lurdes estava lá. Ângela era retraída e nunca havia se aproximado dela; Marina era orgulhosa, exigente, fria e não dava conversa com as empregadas. Lurdes sentiu-se valorizada com o tratamento de Ângela.

— Vim ver o retrato de sua mãe.

— Entre. Vou mostrar-lhe.

Ângela pegou o retrato e deu-o a Lurdes, que exclamou:

— Como era linda! Parece com a senhora!

Os olhos de Ângela marejaram. Lurdes se comoveu:

— A senhora não fica muito com seu pai e por isso pensei que não fosse uma boa filha. Estava enganada. Desculpe. Sinto que ama muito sua mãe.

— Muito. Fui internada no colégio quando tinha cinco anos. Ela ficou doente e morreu quando eu ainda estava internada. Nunca mais a vi.

— Com certeza a senhora veio ao enterro.

— Não. Eu estava longe e meu pai não me avisou. Só fiquei sabendo depois.

Os olhos de Lurdes estavam cheios de lágrimas. Ela tinha uma filha que morava com sua irmã e que ela ia ver em seu dia de folga.

— A senhora deve ter sofrido muito.

— Sofri mesmo. Fiquei sozinha no meio de estranhos e nem pude despedir-me dela.

Lurdes aproximou-se e colocou a mão no braço de Ângela com carinho.

— Eu não sabia. Além de tudo, seu pai sofreu esse atentado. Pode contar comigo para o que precisar. Gostaria de poder fazer alguma coisa para aliviar seu sofrimento.

— Seja minha amiga, Lurdes.

— Sim, senhora.

— Não me chame de senhora.

— Dona Marina não vai gostar.

— Não importa. Somos amigas e você vai me chamar de Ângela, está bem? Sou eu que estou pedindo.

Lurdes devolveu o retrato e Ângela, depois de fitá-lo com carinho, guardou-o.

A criada saiu e Ângela sentiu-se mais alegre. Lurdes parecia boa pessoa e talvez com o tempo pudesse conquistar sua confiança.

Ângela desceu e Marina estava na sala. O telefone tocou e Emília atendeu:

— Dona Ângela, um moço quer falar com a senhora.

Ângela atendeu. Reconheceu Eduardo:

— Dona Ângela?

— Sim.

— O livro que a senhora encomendou já chegou.

— Obrigada. Irei hoje mesmo buscá-lo.

Desligou, apanhou a bolsa e saiu. Marina foi à janela para ver se havia alguém à espera dela, mas Ângela saiu dirigindo seu próprio carro.

Marina sentiu uma sensação desagradável. Apesar de não haver acontecido nada, ela tinha certeza de que alguma coisa havia mudado. Mas o quê?

Foi ao escritório e chamou um dos vigias. Quando ele entrou, ela disse:

— Sente-se, Ari. Temos de conversar.

Ele obedeceu prontamente e esperou. Marina continuou:

— Preciso saber até quando deverei ficar sem poder sair. Não estou agüentando mais ficar presa. Quero falar com Martínez. Você vai arranjar isso.

— O chefe disse que era para esperar até ele dizer que não havia mais perigo.

— Raul continua confuso e eu preciso falar com ele. Quero saber · como vão nossos negócios. Isto está demorando demais.

— Tudo está sob controle. Não precisa preocupar-se. O Dr. Martínez está fora do Brasil.

— Passe-me o telefone, que eu vou falar com ele.

— Isso é loucura. Pode haver alguém na escuta de nossos telefones.

— Estou com um pressentimento ruim. Ângela tem saído muito, não conta nada, pode estar tramando alguma coisa.

— Estamos na escuta. Ela não sabe de nada. Sai para passear.

— Ainda agora recebeu um telefonema e saiu.

— Foi de uma livraria em que ela havia encomendado um livro.

— Ela gosta mesmo de ler. Mas tem saído com um moço desconhecido. Você precisa descobrir quem é.

— Já sabemos. Trata-se de um advogado, filho do Dr. Novais. Morava nos Estados Unidos, veio visitar o pai. Como vê, estamos vigilantes. Pode confiar em nós. Estamos aqui para protegê-los.

Marina pensou um pouco, depois disse:

— Fale com Martínez. Precisamos conversar de negócios. Tenho um assunto importante para tratar com ele. Quando ele vai voltar?

— Não sei.

— Quero propor a ele um negócio muito bom. Tenho certeza de que vai gostar. Preciso vê-lo com urgência.

— Está bem. Verei o que posso fazer. É muito perigoso usar o telefone. A polícia pode estar na escuta. Eles ainda estão investigando o caso.

— Sei que você tem meios de entrar em contato com ele. Faça isso. Tenho urgência. Vocês trabalham para nós, mas às vezes penso que podem estar servindo nossos inimigos. Cuidado! Se eu descobrir alguma coisa, vocês vão pagar caro. Não tolero traição.

— A senhora está enganada. Desde que o Dr. Raul fez sociedade com o Dr. Martínez, nós nos tornamos como uma só família. Se estivéssemos aqui antes, o Dr. Raul não teria sido atacado. Nosso chefe faz questão de protegê-los. Desconfiar de nós me ofende.

— Não é minha intenção. Estou apenas prevenindo. Não gostaria de tomar nenhuma providência contra vocês. Prefiro que estejam de nosso lado. Agora vá. Entre em comunicação com Martínez e diga que preciso vê-lo com urgência.

Ele saiu e Marina ficou pensativa. Raul não melhorava e ela precisava agir. Era verdade que Martínez estava depositando em sua conta muito dinheiro. Mas ela não tinha como saber se ele estava sendo correto.

Martínez afirmava sempre que era homem de palavra. Questionar isso o deixaria furioso e seria muito perigoso. Ele costumava lavar a honra com sangue; de forma alguma ele poderia notar sua desconfiança.

Marina temia que ele estivesse querendo tomar posse de todos os bens de Raul, que não tinha como se defender, e por fim acabar com ela, para que ninguém soubesse.

A vigilância dos dois homens da confiança de Martínez não a deixava livre para articular nenhuma defesa. Se pudesse sair, daria um jeito de entrar em contato com Dino, inimigo de Martínez. Apesar de jogarem a culpa do atentado sobre Dino, Marina desconfiava que isso podia não ser verdade. Mas, mesmo que fosse, sabia que Dino era bom negociante e ela tinha muito a oferecer-lhe. Se fizesse uma aliança com ele, estaria mais segura, mesmo que ele houvesse tentado matar Raul e estivesse querendo acabar com ela. Passar para o lado dele seria a melhor defesa. Dino vivia no Brasil e ela sabia como fazer para tentar um encontro com ele. Mas estava sendo vigiada, e isso tornava impossível qualquer projeto.

Precisava encontrar um meio de sair. Se ao menos Rogério estivesse freqüentando a casa, poderia usá-lo sem despertar suspeitas. Ângela precisava continuar saindo com ele. Tinha certeza de que Rogério faria tudo que lhe pedisse.

Ângela chegou à casa de Eduardo e foi imediatamente introduzida no escritório, onde ele a esperava. Depois dos cumprimentos, ela perguntou:

— Alguma novidade?

— Estive conversando com Mílton e ele me fez um relatório de suas investigações.

— O Dr. Adalberto disse que ele não conseguiu nada.

— Com relação à sua mãe, não. Mas, quanto ao sócio de seu pai, ele sabe de muitas coisas. O Dr. Raul fez sociedade com Martínez, um milionário colombiano, abrindo uma empresa de exportações. Compram lotes de produtos aqui e os vendem para outros países. Aparentemente, tudo dentro da lei. Mas na verdade a empresa serve de veículo para o contrabando de drogas.

Ângela deixou-se cair assustada em uma cadeira:

— Nesse caso, estamos lidando com traficantes.

— Não há nenhuma dúvida quanto a isso. Os dois homens que estão em sua casa são homens de confiança de Martínez, para quem trabalham há muitos anos, mesmo antes de seu pai associar-se a ele.

— Não gosto deles. Sinto que estão nos vigiando.

— Martínez tem um inimigo chamado Dino, que mora no Brasil, com quem disputa a liderança desse comércio. Eles se odeiam e os dois grupos vivem brigando.

— Será que Marina sabe de tudo isso?

— Acredito que sim. Eles a estão vigiando por temer que ela se abra com a polícia.

— Faz sentido.

— Mílton acha que foi um dos dois grupos que tentou matar seu pai.

— Provavelmente Dino.

— Não necessariamente. Esses grupos têm valores distorcidos. Vivem perigosamente, estão sempre na defensiva. Fazem tudo para obter poder. Dinheiro rola fácil, o poder torna-se mais importante. As sociedades com eles só acabam por meio da morte. Se Martínez por alguma razão desejou acabar com a sociedade com o Dr. Raul, não teria nenhuma hesitação em mandar alguém assassiná-lo. Se foi isso que ocorreu, a vida de Marina corre sério perigo.

— Que horror! Ela não sai de casa e não convida ninguém para visitá-la.

— Ela pode estar proibida de sair.

— Começa a fazer sentido. Segundo sei, ela adorava vida social, freqüentava clubes, lugares da moda, tinha muitas amizades. Mas desde que cheguei ela não saiu uma vez sequer e também não recebeu ninguém. O Dr. Adalberto disse que eu poderia estar correndo perigo. Chegou a aconselhar-me a voltar para Londres.

— Sua segurança está em não demonstrar que sabe a verdade. Não pode deixar que desconfiem de nada. Estão observando tudo.

— Desde que cheguei, senti que teria de ser discreta. Ninguém desconfia de mim. Ontem conversei um pouco com as duas empregadas. Emília pareceu-me ingênua, de boa-fé. Lurdes é mais velha; papai a contratou depois que mamãe morreu. Ela não a conheceu. Ficou emocionada quando lhe mostrei o retrato de mamãe e contei que fora separada dela aos cinco anos e nunca mais a vi.

— O que mais você lhe disse?

— Apenas isso. Falei de um quadro com o retrato dela que havia em nossa casa quando eu era criança e que eu nunca mais vi. Senti que Lurdes é boa pessoa e não simpatiza com Marina. Vou tentar ganhar sua amizade.

— Ótimo. Mas tome cuidado. Vá devagar.

— Pode deixar. Sei como fazer isso.

— Está quase na hora do almoço. Meu pai sugeriu-me um restaurante; disse que é maravilhoso. Gostaria de convidá-la para almoçar.

— Ainda é cedo.

— Vamos esperar um pouco. Mílton ficou muito satisfeito por eu haver me interessado em ajudá-lo nas investigações.

Ângela colocou-lhe a mão sobre o braço.

— Você não precisa envolver-se. O caso é perigoso. Já fez muito por mim.

— Eu já estou envolvido. Não sei resistir ao pedido de uma linda mulher, principalmente se ela vem da outra dimensão e me procura para ajudá-la.

Os olhos de Ângela brilharam emocionados. Eduardo tocara em seu coração e ela só pôde dizer:

— Obrigada. Agradeço a Deus por ter me enviado um amigo como você. Deus o abençoe.

Os dois continuaram conversando e nenhum deles notou que Angélica estava lá, observando-os com amor.

11

Rogério, após ligar e saber que Ângela ainda não tinha voltado, desligou nervoso o telefone. Resolveu sair um pouco e passar no clube a fim de encontrar alguns amigos para saber se havia alguma novidade.

Encontrou um conhecido e ficaram conversando sobre banalidades até o momento em que Rogério viu Sônia com uma amiga. Imediatamente foi ter com elas. Depois dos cumprimentos, Sônia perguntou:

— Como vai seu namoro com Ângela?

— Namoro? Somos apenas amigos.

— Vocês estavam sempre juntos.

— Já vi que não dá para esconder... Estamos namorando mesmo.

— Que sorte a dela! Logo você, sempre tão arredio. É sério?

— Ainda não oficializamos porque o pai dela não está bem. Ela prefere esperar.

— Ontem vi seu irmão com uma moça muito bonita. Ele estava tão envolvido que nem me cumprimentou. Acho que não me viu.

— Ele vai casar-se logo.

— E você? Pretende casar-se logo também?

— Eu me casaria amanhã, mas Ângela faz questão de esperar o pai melhorar.

— Quando estiver com ela, peça-lhe para me ligar. Afinal, eu os apresentei.

Ele sorriu tentando aparentar alegria. Deduzira que Sônia também não sabia nada sobre Ângela. Despediu-se e saiu.

Resolveu ir para casa e tentar telefonar mais uma vez. No caminho, ao parar em um farol, viu Ângela em companhia de um rapaz elegante. Os dois entraram em um restaurante e Rogério ficou irritado. Então era isso. Ela estava mesmo saindo com outro. Afinal, quando a pedira em namoro, ela dissera sim. Como podia deixá-lo de lado sem uma explicação e estar com outro?

Era deslealdade, e ele não estava habituado a ser passado para trás. Precisava fazer alguma coisa. Decidiu voltar e ir ao restaurante.

Estacionou o carro e entrou. O lugar estava lotado. Ângela e o moço estavam aguardando uma mesa. Aproximou-se deles com naturalidade, sorrindo:

— Ângela! Que coincidência! Como vai?

— Bem. E você?

— Com saudade. Você desapareceu.

— Permita-me apresentar-lhe o Dr. Eduardo Novais, um amigo meu. Eduardo, este é Rogério Mendes Caldeira.

Os dois estreitaram as mãos.

— Não me recordo de você — disse Rogério.

— Estive morando fora durante oito anos. Cheguei há alguns dias.

— Voltou para ficar?

— Não sei. Depende.

Rogério sentiu uma onda de rancor. Estava claro que ele estava interessado em Ângela. Ficaria se ela o aceitasse. Procurou dissimular.

O garçom aproximou-se avisando a Eduardo que a mesa estava vaga. Olhando em volta e vendo que havia muitas pessoas esperando, ele convidou:

— Quer almoçar conosco?

— Obrigado. Aceito. Aqui está sempre lotado.

Eles se sentaram e conversaram sobre vários assuntos. Rogério quis saber onde Eduardo havia vivido e respirou aliviado ao saber que não fora em Londres. Isso afastava a hipótese de ele ser um antigo amor de Ângela.

A certa altura, Rogério fixou Ângela e disse sério:

— Há dias nós não conversamos. Tenho ligado, deixado recados com Marina, mas você não retornou.

— Desculpe, Rogério. Tenho andado ocupada.

— Você?

— Sim. Cansei de ficar em casa sem fazer nada. O clima lá anda triste. Meu pai continua confuso, não melhora.

— Hoje estive com sua amiga Sônia no clube. Ela tem sentido sua falta.

— Não somos amigas. Conheci-a no clube. Meu pai é sócio de lá há muitos anos. Quando cheguei, fui àquele lugar na intenção de passar o tempo e praticar um pouco de natação, que adoro. Conheci Sônia, conversamos, saímos algumas vezes, mas, para ser sincera, não é essa a vida que eu quero.

— O que você quer?

— Fazer alguma coisa que me traga satisfação. O clube é para ir de vez em quando e em boa companhia. Estou procurando encontrar algo mais interessante.

Eduardo interveio:

— Sei o que quer dizer. Há várias atividades que você pode fazer.

— Talvez um curso interessante. Em Londres, tenho amigos que se dedicam a atividades sociais, ecológicas, artísticas. Estão sempre ocupados com alguma coisa, descobrindo a cada dia novos interesses. Eles dizem que a vida se comunica conosco de várias formas, mandando recados que, se atendidos, nos ajudam a viver melhor.

Rogério sorriu:

— Você acredita nisso?

Eduardo interveio:

— É a pura verdade. Quem entende como a vida funciona, o significado dos fatos do dia-a-dia, toma decisões mais adequadas ao momento que está vivendo.

— Isso mesmo.

— Vocês falam como se a vida fosse uma pessoa e pudesse discernir.

— Ela vai muito além de ser uma pessoa, pois determina sabiamente os acontecimentos em nossas vidas.

— Se isso fosse verdade e ela fosse sábia, o mundo não estaria tão conturbado.

— Você já notou que, apesar do caos que parece existir, o universo continua seguindo, sustentando a vida? Se não houvesse essa sabedoria — que, até quando permite o sofrimento, o faz para amadurecer o espírito — , há muito os homens teriam conseguido destruir nossa civilização — respondeu Eduardo com firmeza.

— Não acha que está sendo muito otimista? — perguntou Rogério.

— Não — ajuntou Ângela. — Eu também creio que há uma força superior comandando tudo e que o caos seja apenas uma transformação para uma situação melhor. É como uma tormenta que nos amedronta mas que quando acaba deixa uma atmosfera leve, refeita, agradável. Rogério não gostava desses assuntos. Além disso, irritava-o perceber que havia uma identidade de pensamento entre eles. Isso poderia fazer nascer um sentimento afetivo que viria a atrapalhar seus projetos. Por isso, tentou mudar de assunto:

— Como vai o Dr. Raul?

— Continua na mesma.

— Se eu estivesse em seu lugar, procuraria ouvir a opinião de outros médicos.

— Já tentei, mas Marina não quer. Diz que confia nos dois que o estão tratando.

A conversa continuou impessoal. Falaram de vários assuntos, terminaram de almoçar e, no momento de se despedirem, Rogério disse:

— Gostaria de levá-la para casa. Há um assunto que eu gostaria de conversar com você.

— Obrigada, mas não vou para casa. Tenho outro compromisso.

— Desculpe insistir, mas posso passar em sua casa à noite?

— Não sei a que horas estarei livre, mas prometo que ligarei assim que chegar, está bem?

Rogério despediu-se a contragosto. Depois que ele se foi, Eduardo comentou:

— Ele vai insistir.

— Ele me pediu em casamento e estou ganhando tempo.

— É um moço elegante, fino.

— Não é o homem que eu gostaria de namorar. No princípio eu disse que aceitava o namoro. Ele quis formalizar o pedido e eu condicionei isso à recuperação de meu pai.

— Nesse caso, você lhe deu esperanças. Cuidado. Ele é muito vaidoso e não gosta de perder. Pode causar-lhe problemas futuros.

— Vou ser sincera. Há nele qualquer coisa que não me agrada. Não sei o que é. É bonito, educado, atencioso, mas não consigo gostar dele. Mostrou-se interessado em mim desde que nos conhecemos, e tenho saído com ele só para justificar o fato de ficar no Brasil e poder continuar investigando a morte de minha mãe.

— Se você disse "sim" e não deseja namorá-lo, talvez seja prudente esclarecer. Ele não vai aceitar um afastamento sem maiores explicações.

— É sobre isso que ele deseja conversar.

144

Eduardo ia dizer alguma coisa. Hesitou e Ângela continuou:

— O que ia dizer? Fale, seja franco.

— Está certo. Eu preferia calar, mas é melhor dizer. Esse moço está envolvido por espíritos perturbadores que o dominam. Ele precisa de ajuda espiritual.

— Poderíamos ajudá-lo de alguma forma? Rogério não acredita em nada disso e não tem como se defender.

— O fato de não acreditar não significa que ele esteja desprotegido. Do jeito que você falou, parece que ele é uma vítima. Isso não é verdade. Quem tem atitudes elevadas fica imune a essas interferências.

— Quer dizer que, se ele está sendo envolvido, é porque...

— Mantém pensamentos negativos e atitudes ruins. São elas que baixam o padrão energético e tornam a pessoa vulnerável. Se ele elevasse o espírito, mantivesse atitudes positivas, esses espíritos não teriam como envolvê-lo e se afastariam.

— Talvez seja por isso que em alguns momentos sinto rejeição por ele.

— Pode ser. Você disse que tinha um compromisso. Onde quer que a leve?

— Eu disse isso porque não quero conversar com Rogério hoje. Mas não tenho nada para fazer.

— Nesse caso, vamos à minha casa. Você está interessada em fazer um curso. Talvez eu possa ajudá-la a encontrar alguma coisa.

— Não sei se é uma boa idéia. Estou tomando muito seu tempo. Talvez você tenha o que fazer.

— Por enquanto estou pensando no que fazer de minha vida daqui para a frente. Meu pai está sensibilizado com minha presença, sente-se muito só depois que mamãe morreu. Estou estudando a possibilidade de radicar-me definitivamente no Brasil. Ele ficaria muito feliz e eu sinto que, além da alegria de ficar com ele, de voltar a esta terra tão boa, tenho alguma coisa para fazer aqui.

— Acha que não estou atrapalhando?

— Ao contrário. Ambos estamos em uma encruzilhada e precisamos definir nossos rumos daqui para a frente. Acho bom unirmos nossas forças e ajudar-nos mutuamente.

— Também sinto a mesma coisa. Estava acanhada de dizer.

— Então vamos para minha casa trocar idéias, pensar no que será bom para nós agora.

Ângela concordou prontamente. Estar com Eduardo era como estar com uma pessoa muito chegada, diante da qual podia ser verdadeira, falar sobre tudo que ia dentro do coração sem se preocupar com nada.

Marina esperou que Ângela aparecesse para almoçar, mas o tempo passava e ela não aparecia. Estava curiosa. Sabia que a enteada não estava com Rogério, e isso a preocupava.

Mandou servir o almoço e sentou-se à mesa para comer. Ari apareceu na porta e ela o chamou:

— Então? Já obteve alguma resposta de Martínez?

— Nada.

— Pelo menos conseguiu comunicar-se com ele?

— Estou tentando.

— Quer dizer que ainda não conseguiu. Isso não pode continuar. Sei que você consegue a hora que quiser.

— Está enganada. Estou tentando.

Marina não respondeu. Terminou de comer e foi ao quarto de Raul. Não agüentava mais aquela situação.

Entrou. Ele estava dormindo. Apanhou um livro, sentou-se na poltrona ao lado da cama e começou a ler. De repente, Raul agarrou sua mão e ela estremeceu de susto.

Ele a olhava sério e colocou o dedo nos lábios pedindo silêncio. Ela se levantou admirada e ele a chamou para perto. Fez um gesto com a mão como se estivesse escrevendo. Ela entendeu. Foi à escrivaninha, apanhou papel, caneta e deu-os a ele, que tentou sentar-se.

Marina colocou alguns travesseiros em suas costas e ajudou-o a recostar-se. Ele apanhou o bloco e a caneta e escreveu:

— *Não podemos conversar. Eles estão na escuta.*

Marina concordou com a cabeça. Ele continuou escrevendo:

— *Como estão as coisas?*

Estendeu o bloco para que ela respondesse:

— *Ruins. Há dois homens de Martínez na casa nos protegendo, mas creio que estão nos vigiando.*

— *Foi Martínez quem mandou me matar. O homem que atirou em mim era um deles.*

— *Bem que eu desconfiava. Mas não tinha certeza. Desde quando está lúcido?*

— *Desde ontem. Há uma droga no remédio. Por isso, jogue-a fora e coloque água no lugar. Não quero tomar mais nada. Se souberem que estou bem, vão querer me matar.*

— Pode confiar em mim. Farei tudo para ajudá-lo. Eles culpam Dino pelo atentado.

— É mentira. Você precisa procurar Dino. Ele vai nos ajudar a acabar com Martínez.

— Pensei nisso, mas estou proibida de sair. Não deixam ninguém vir nos visitar.

— Vou pensar em um jeito de sairmos desta situação. Enquanto isso, vamos fingir que estou tomando o remédio e você não consegue fazer nada.

Eles ouviram um ruído vindo de fora e Raul escreveu:

— Queime este papel. Ninguém pode saber.

Marina pegou o bloco e fechou-se no banheiro no momento exato em que Lurdes entrava no quarto.

Raul fingiu que estava dormindo. A criada deixou uma bandeja sobre a mesa de cabeceira e saiu. Marina não tinha fósforos, por isso picou as folhas em pedaços bem pequenos, jogou-os no vaso sanitário e deu descarga.

Voltou ao quarto aliviada. O fato de Raul haver recuperado a lucidez era um apoio e uma possibilidade de encontrarem solução. Marina cuidava de Raul o melhor que podia porque tinha certeza de que, se ele morresse, ela seria executada em seguida. Defendendo-o, era a própria vida que ela defendia. Desde o primeiro dia sentira isso.

Esperou um pouco. Como não ouviu nenhum ruído, escreveu:

— Estamos nas mãos deles. Precisamos recorrer a alguém de fora para nos ajudar.

Raul leu e respondeu:

— Não podemos confiar em ninguém. Teremos de esperar que eles se descuidem. Enquanto a polícia continuar investigando, eles não farão nada. Fique atenta. Quando eles descuidarem, agiremos. Não podem perceber que estou melhor.

— Sua filha está aqui e não fala em ir embora.

— Ela não pode saber nada disso. Aconselhe-a a voltar para Londres. Não quero que ela seja envolvida.

— Ela não aceita conselhos nem fala em voltar para lá.

— Queime tudo antes que alguém apareça. Só devemos escrever o necessário.

Marina obedeceu. Apanhou os vidros de remédio na mesa de cabeceira, despejou o conteúdo na pia do banheiro e encheu-os de água, recolocando-os no lugar.

Rogério voltou para casa e Mercedes estranhou:

— Você em casa a esta hora? Está se sentindo bem?

— Estou. Você parece preocupada. Está acontecendo alguma coisa?

— Não. A rotina está me cansando. Vou mandar servir um café. Quero conversar com você.

Enquanto esperavam o café, acomodaram-se na sala.

— Aproxima-se a data do casamento de Ronaldo. Gostaria de fazer alguma coisa para impedir essa calamidade.

— Ele escolheu, mãe. Se não der certo, problema dele. Aliás, Ronaldo nunca a consultou para nada. Você não tem nenhuma responsabilidade nesse casamento.

— O que nossos amigos vão dizer vendo-o casar com uma pobretona desconhecida que ninguém sabe de onde veio?

Rogério deu de ombros. Não estava nem um pouco interessado nos problemas de família.

— Deixe-o quebrar a cara. Vai ser bom para domesticá-lo.

— O pior é que seu pai concorda e faz gosto. Deu para elogiar tanto a filha quanto a mãe.

— Mais um motivo para você não se preocupar.

A criada serviu o café e Mercedes continuou:

— Sinto uma sensação desagradável quando penso nelas. Algo me diz que essa união nos trará desgraça.

— Não sabia que você era supersticiosa.

— E não sou. Mas definitivamente não gosto daquelas duas.

Rogério colocou a xícara na bandeja e levantou-se dizendo:

— Eles estão decididos. Não há nada que se possa fazer. Conforme-se, afinal Ronaldo não aparece mesmo por aqui.

— Nem sei se irei a esse casamento pobre. Não querem festa, nada. Imaginou a vergonha?

— Se não for, falarão ainda mais. Em todo caso, a decisão é sua. Vou subir e descansar um pouco. Pretendo sair à noite.

Ele subiu e Mercedes, um pouco decepcionada, sentou-se pensativa. Rogério estava diferente. Se fosse em outros tempos, ele a teria apoiado, dado sugestões. Ela percebeu que ele não estava nem um pouco interessado.

Por que as coisas estavam mudando tanto? Com Ronaldo, era de esperar: ele nunca fora companheiro mesmo. Mas Romualdo sempre acatara suas opiniões e nos últimos tempos tornara-se arredio, não concordava com o que ela dizia, fechava-se no escritório, mas, pelo que ela pôde observar, não escrevia nada. E por fim Rogério também não a estava apoiando. Precisava saber o que estava acontecendo, fazer alguma coisa. Mas o quê?

Rogério foi para o quarto e fechou a porta à chave. Sentou-se na cama pensativo. A conversa da mãe irritara-o ainda mais. Enquanto ele estava preocupado com coisas sérias, ela gastava o tempo com assuntos sem importância.

Pela primeira vez notou quanto ela era fútil, pretensiosa, vazia. Remexeu-se inquieto. Pouco lhe importava que Ângela saísse com quem quisesse. O que ele queria mesmo era ver Marina. Não podia ficar esperando que Ângela se resolvesse.

Ela também sentia saudade, estava querendo vê-lo. Ele poderia tentar entrar na casa no meio da noite. Só precisava saber se o quarto dela ainda era o mesmo e se Raul também estava dormindo nele. Precisava falar com ela, mas por telefone não seria aconselhável. Mesmo assim, precisava tentar.

Apanhou o telefone e ligou. A criada atendeu e ele perguntou por Ângela. Como ela não estava, quis falar com Marina.

Ela demorou um pouco e por fim atendeu. Depois dos cumprimentos, ele disse:

— Eu queria falar com Ângela, mas não consigo encontrá-la. Quero dizer que estou morrendo de saudade, que não agüento mais esperar. Passo o tempo recordando tudo que vivemos juntos e preciso vê-la urgente. Quero saber se ela ainda me ama.

Marina estremeceu de prazer. Percebeu o recado nas entrelinhas e disse com voz que procurou tornar indiferente:

— Calma. Tenho certeza de que ela também o ama e não agüenta mais de saudade.

— Fale com ela. Peça para me ligar ainda hoje e marcar um encontro. Garanto que ela não vai se arrepender. Farei tudo como ela quiser.

Marina ficou em silêncio por alguns instantes. Depois respondeu:

— Está certo. Ela vai ligar, pode esperar.

— Hoje ainda.

— Se ela chegar com tempo, ligará.

— Diga-lhe que mandei um beijo.

— Direi.

Ele desligou eufórico. Marina havia entendido e correspondido. Agora era só esperar que ligasse combinando tudo.

Estendeu-se na cama recordando os momentos de paixão que haviam desfrutado juntos e sentia que para conseguir novamente essas emoções faria tudo que ela lhe pedisse.

Marina desligou o telefone e notando a presença de Lurdes disse:

— Rogério deixou recado para Ângela. Quando ela chegar, avise-me para eu poder dar o recado. Ele estava muito ansioso.

— Está bem, Dona Marina.

Ela subiu para o quarto pensativa. Desde que Raul fora ferido, ela não dormia mais com ele no quarto do casal. A pretexto de não incomodá-lo, instalara-se no quarto de hóspedes. Foi para lá e circulou pelo quarto. Um pensamento louco, ousado, a acometeu: tentaria burlar a vigilância dos dois guardas e receber Rogério no meio da noite.

Estava ansiosa para entregar-se ao prazer do amor e, ao mesmo tempo, conseguir que ele a ajudasse. Raul não queria ninguém, mas ela confiava em Rogério. Ele estava muito apaixonado. Faria o que ela pedisse.

Lembrou-se de que ele tinha a chave da entrada de serviço. O problema era distrair os vigias. Arrependeu-se de haver jogado fora os remédios de Raul. Era provável que eles contivessem um sonífero. Poderia utilizá-los. Precisava arranjar outro.

Foi ao banheiro onde guardava os remédios e apanhou um vidro de calmantes que o médico lhe dera depois do atentado. Precisava planejar tudo. Sabia que todas as noites Lurdes antes de dormir preparava uma garrafa de café e lanche para o vigia que ficava de plantão.

Depois do jantar, esperou que todos se recolhessem, desceu sem acender a luz, foi à copa, abriu a garrafa de café e colocou um pouco do calmante.

Naquela noite, quem ficaria de vigia no meio do corredor, sentado com uma arma na cintura, seria Ari. Marina ficou um pouco no quarto de Raul, como sempre fazia. Ao sair no corredor para ir a seu quarto, notou que Ari estava sentado, cabeça recostada na parede, adormecido.

Exultou. Imediatamente foi para o quarto e ligou para Rogério.

— Pode vir agora. Ângela o está esperando.

— Como vou entrar?

— Ela me disse que lhe deu a chave da porta de serviço. Ainda a tem?

— Tenho.

— Vá para a porta lateral e ela se abrirá para você.

— Mal posso esperar!

Marina desligou feliz. Finalmente ia poder ver Rogério e torná-lo um aliado.

Rogério arrumou-se e saiu rapidamente. Passava da meia-noite quando entrou no jardim da casa de Marina pelo portão dos fundos. A casa estava às escuras e silenciosa. Dirigiu-se à porta indicada e bateu levemente. Imediatamente ela abriu e uma mão puxou-o para dentro.

— Venha — disse Marina. — Não faça barulho.

Rogério sentia o coração bater descompassado enquanto subia as escadas iluminadas apenas pela luz da lua que penetrava pelas frestas das janelas.

Ela o conduziu para o quarto, fechou a porta à chave e imediatamente atiraram-se nos braços um do outro, dando vazão à paixão que os unia. Rogério estava insaciável.

Minutos mais tarde, quando o viu mais calmo, Marina disse baixinho:

— Precisamos conversar. Quero que jure não contar a ninguém o que vou lhe dizer.

— Juro.

— Estou aqui prisioneira. Vou contar-lhe tudo.

Em poucas palavras colocou-o a par da situação que estavam vivendo e finalizou:

— Temos certeza de que foi Martínez que tentou matar Raul e, assim que a polícia terminar as investigações, ele acabará conosco para ficar com tudo que temos, mas principalmente para garantir sua impunidade.

— Por que não conta tudo à polícia?

— Seria loucura. Primeiro precisaria de provas. Segundo, Raul estava metido com ele e seríamos presos. Depois, o resto do bando se vingaria. Eles matam sem piedade.

— O que pensa fazer?

— Pretendo contatar Dino e nos aliarmos a ele. Dino ficará satisfeito em acabar com Martínez. Ele nos ajudará.

— Mas vocês ficarão nas mãos dele.

— Não temos opção. Estou prisioneira e não posso sair. Quero que você o procure e conte o que está acontecendo aqui. Diga que precisamos de ajuda. Em troca, além de muito dinheiro, queremos propor uma sociedade rendosa com ele. Diga-lhe que não se arrependerá.

151

— É muito perigoso, Marina. Não sei onde encontrá-lo.

— Vou dar-lhe o nome de uma pessoa que poderá levá-lo até ele.

Apanhou um papel, escreveu um nome e um telefone e algumas palavras.

— Tome. Ligue e diga essa senha. Garanto que ele o levará a Dino.

— Talvez tenha outros meios. É perigoso envolver-se com esses marginais.

— Está com medo? Não vê que disso depende minha vida? É assim que diz amar-me? Se eu não fizer nada, eles vão dar cabo de mim. Vai me deixar morrer?

Rogério abraçou-a, apertando-a de encontro ao peito.

— Não. Isso não. Farei o que me pede.

— Agora é bom você ir. Pode acabar o efeito do sonífero e o vigia acordar.

— Quando nos veremos de novo?

— Ainda não sei. Se conseguir falar com Dino, ligue dizendo que já comprou o presente para Ângela. Agora precisa ir.

Marina conduziu Rogério até a porta e ele se foi, disposto a fazer o que ela lhe pedira.

Ele a amava. Aquela noite havia sido maravilhosa. Ainda que tivesse de morrer depois disso, valeria a pena. Durante o trajeto de volta, Rogério ia relembrando os momentos de amor que haviam vivido e sentia que estava preso àquela paixão, da qual não desejava sair.

12

O telefone na cômoda tocou e Ângela atendeu. Era Eduardo. Depois dos cumprimentos, ele disse:

— Venha almoçar comigo hoje. Recebi aquele livro de que lhe falei.

— Está bem, irei.

Ela desligou, levantou-se, tomou um banho e desceu para o café. Passava das dez e ela foi direto à copa.

Vendo-a, Lurdes disse sorrindo:

— Sente-se, Ângela, vou buscar o café.

— Obrigada.

Lurdes tornara-se mais próxima de Ângela. Desde que soubera como ela havia sido criada longe da mãe, sentia vontade de compensá-la de alguma forma.

Ângela notava a boa vontade dela e tratava-a com amabilidade e gratidão. Naquela casa, Lurdes era a única pessoa com a qual gostava de conversar e se sentia bem.

Quando terminou, apanhou a bolsa e, ao passar na sala para sair, Marina aproximou-se:

— Ontem seu pai chamou por você.

— Ele está melhor?

— Continua confuso. Mas de vez em quando murmura nomes. Desta vez chamou por você.

— Vou vê-lo quando voltar.

— Não vai almoçar comigo? Parece que você não gosta de minha companhia.

— Para ser sincera, esta casa é muito triste e prefiro ficar com os amigos.

— De fato, não é agradável ficar em um lugar com um doente e nunca receber ninguém. Por que não volta para Londres? Lá com certeza há coisas mais interessantes para fazer. Quando seu pai melhorar, avisarei.

Ângela olhou-a séria e respondeu:

— Vou pensar. Pode ser uma boa solução.

Eduardo já esperava Ângela e imediatamente conduziu-a ao escritório, onde Mílton os estava esperando.

— Alguma novidade? — indagou ela.

— Olhe estas fotos. São eles que fazem a vigilância em sua casa?

Ângela apanhou as fotos e examinou-as.

— Estes dois são os que estão lá. Este é Ari e o outro é Miguel. Onde conseguiu estas fotos?

— Mílton ficou de tocaia em sua casa e tirou. Os quatro se encontram no portão dos fundos e conversam.

— Bem, os que ficam lá dentro são apenas esses dois. Os outros não conheço.

— Pertencem ao grupo liderado por Martínez — esclareceu Mílton.

— Isso já sabíamos — disse Ângela.

— A ficha deles é extensa, mas não se encontra nada de concreto para poder prendê-los. Usam documentos falsos e os nomes não são os que você disse. Mas o que me trouxe aqui foi outro detalhe.

— Conte a ela, Mílton.

— Tenho continuado a vigiar a casa porque acredito que a qualquer hora eles vão dar uma pista e poderemos agir. Há alguns dias eu estava observando e vi parar um automóvel de luxo na entrada de serviço. Dele desceu um moço bem vestido, tirou uma chave do bolso, abriu o portão e entrou. Duas horas depois saiu cautelosamente, entrou no carro e se foi. Intrigado, eu o segui. Ele entrou em um palacete de luxo. Anotei a chapa do carro e descobri o nome dele.

— Quem era? — indagou Ângela, surpreendida.

— Rogério Mendes Caldeira.

Ângela deixou-se cair em uma cadeira. Mílton continuou:

— A princípio pensei que ele tivesse ido ver você. Fiquei preocupado que, inconformado com sua indiferença, ele pudesse tentar alguma coisa. Mas ele tinha a chave, o que quer dizer que está autorizado a entrar na casa.

— Não pode ser. Tem certeza de que era mesmo ele? Desde aquele dia em que o encontramos no restaurante nunca mais o vi. Ele também não me procurou. Pensei que tivesse ficado zangado por haver sido preterido e houvesse desistido de me assediar.

— Se ele não foi ver você, só pode ter ido ver Marina — tornou Eduardo.

— É possível. Tenho investigado também a vida dela e sei de muitas coisas — tornou Mílton.

— O que você sabe? — perguntou Ângela.

— Nela tudo é aparência. Renegou os pais, envergonha-se deles. Tempos atrás, um amigo meu viu um moço pulando da sacada e saindo pelo portão dos fundos enquanto havia muito rebuliço dentro da casa.

— Isso nos leva a crer que Rogério pode estar metido com Marina. Talvez tenha se aproximado de você como pretexto para entrar na casa e vê-la — disse Eduardo.

— Ela deve estar proibida de sair e ele não podia vê-la livremente — concluiu Mílton.

— Por isso ela me falava nele dizendo que eu deveria namorá-lo, que se tratava de um moço de boa família e que papai faria gosto nesse namoro.

— Eles estavam usando você — disse Eduardo.

— E eu pensei que o estivesse usando! O que faremos agora?

— Vou ficar atrás dele — disse Mílton. — Pode ser revelador.

— É difícil acreditar que um moço rico, de boa família, se envolva em um caso desses... — tornou Ângela.

— A paixão cega. O que um homem apaixonado não faz por uma mulher? — considerou Mílton.

— Vou ficar atenta.

— Cuidado, Ângela. Estamos lidando com pessoas perigosas — disse Eduardo.

— Hoje Marina sugeriu que eu voltasse para Londres. Agora que ela conseguiu uma forma de ludibriar a vigilância, não precisará mais de mim. Por isso Rogério deixou de me ligar.

— Tudo se encaixa — comentou Mílton. — Se Marina conseguiu enganar os vigias e o rapaz entrou na casa, talvez eu possa conseguir o mesmo. Eu adoraria entrar e dar uma busca naquele escritório.

— Não sei como ela conseguiu isso — disse Ângela, pensativa. — Sempre fica um vigia no corredor onde ficam os dormitórios. Para entrar em qualquer dos quartos ou no escritório, deve-se passar por ali.

— Vamos pensar em alguma coisa — propôs Mílton.

— Não podemos envolver Ângela.

— Diante de tudo isso, estou no meio do perigo — disse a jovem.

— O Dr. Adalberto também sugeriu que eu voltasse para Londres, mas não posso fazer isso. Desta vez vamos descobrir tudo, inclusive o que aconteceu com minha mãe.

— Seria bom procurarmos um grupo de apoio espiritual.

— O espírito de minha mãe não o está inspirando?

— Está do nosso lado, tentando nos ajudar, mas espera que façamos nossa parte. Temos de criar ambiente para que possa agir.

— Farei o que você quiser.

— Um amigo de papai falou-me de um grupo muito bom que ele freqüenta e ficou de me apresentar.

— Quero ir com você — pediu Ângela.

— Enquanto isso, vou continuar vigiando esse rapaz. Alguma coisa me diz que ele vai nos conduzir ao fio da meada.

Eduardo concordou. Depois que Mílton se foi, Ângela levantou-se para ir embora.

— Aonde você vai?

— Embora. Tenho tomado muito seu tempo.

— Vamos almoçar primeiro. Luísa está nos esperando.

— Não quero incomodar.

— Ela fez com carinho. Trabalha em nossa casa desde que eu era menino. Está muito feliz por eu ter voltado. Tenho certeza de que vai adorar você.

— Nesse caso, ficarei.

Luísa bateu levemente e entrou. Era uma mulher de meia-idade, robusta, rosto moreno-claro, olhos vivos, sorriso alegre. Ângela simpatizou com ela imediatamente.

Eduardo apresentou-as sorrindo e finalizou:

— Falei que você viria e ela estava ansiosa em conhecê-la.

Ângela estendeu a mão delicadamente e Luísa apertou-a com satisfação. As pessoas de sociedade que conhecia não estendiam a mão para cumprimentar os empregados. Notou logo que se tratava de uma moça de classe, educada e gentil.

— Eduardo me disse que você trabalha aqui desde que ele era menino.

— Estava com cinco anos quando cheguei. Eu tinha acabado de ficar viúva, não tinha filhos e logo me apeguei a ele.

— Luísa é da família. Cuidou de minha mãe com carinho e dedicação.

Os olhos dela brilharam comovidos e ela perguntou:

— Posso servir o almoço?

— Pode. Iremos em seguida.

— Você tem muita sorte de ter em casa uma pessoa assim. Ela tem cara de mãe.

Eduardo ficou calado por alguns instantes, depois disse:

— De fato. Ela sempre teve para comigo desvelos de mãe: adivinha o que estou pensando, faz tudo para ver-me feliz. Temos ligações de outras vidas.

— Você fala isso com tanta certeza!

— Eu sei que foi assim. O acaso não existe.

— Por que será que tive de viver longe de minha mãe e ter um pai que se associou com marginais? Podem ser ligações de outras vidas também?

— Talvez. Mas nem sempre isso ocorre. Há muitas variáveis que interferem nas ligações afetivas. Você não pode esquecer que o livre-arbítrio funciona. Somos nós que escolhemos nossas atitudes e com elas escrevemos nosso futuro.

— Nesse caso, tudo que passei e estou passando pode ser fruto de minhas escolhas em outras vidas?

— Os fatos e situações que ocorrem em nossa vida atual decorrem de vários fatores. Podem ser resultado de escolhas feitas sob falsos conceitos adquiridos, podem ser devidos ao fato de termos amadurecido e precisarmos dar um passo à frente. Nesse caso, a vida cria os desafios para que, vencendo-os, nos tornemos mais lúcidos e felizes.

— E se não conseguirmos vencê-los?

— Começaremos tudo outra vez. Mas é bom saber que a vida não joga para perder. Quando ela coloca um desafio em nosso caminho, ainda que nos pareça difícil, é porque temos condições de vencer.

— Do jeito que você fala, tudo parece claro.

— De fato. A espiritualidade nos oferece respostas que nos alimentam o espírito e ensinam a viver melhor.

— Gostaria de conhecer mais.

— Posso emprestar-lhe alguns livros.

Luísa apareceu na porta.

— O almoço está servido.

Enquanto almoçavam conversando com naturalidade, Luísa observava-os com satisfação. Havia tanta harmonia no ambiente, ela se sentia tão bem, que se deixou ficar ali em silêncio.

A volta de Eduardo trouxera para aquela casa vida e alegria. Ramiro, muito triste depois da morte da mulher, voltara a sorrir e a interessar-se em melhorar os arranjos domésticos. Sabia que o filho era amante da arte e da beleza e queria que ele se sentisse feliz, desfrutando um ambiente confortável e belo.

Sensível, Luísa gostou de Ângela desde o primeiro instante. A maneira franca de olhar, o sorriso alegre, a classe e o jeito delicado de falar a cativaram. Estariam interessados um pelo outro? Essa proximidade parecia-lhe familiar. Era como se eles sempre tivessem estado juntos.

Alguns dias antes, Rogério, sentado no quarto, tentava encontrar uma forma de comunicar-se com Marina. Havia alguns dias ela ligara perguntando se ele conseguira conversar com Ângela.

— Ainda não. Ela não atendeu a meu pedido.

— Continue tentando. Ela vai ceder. Faço votos de que vocês se entendam. Ela tem saído com um desconhecido e eu sei que o pai não aprovaria. Raul conhece sua família e os considera muito.

— Não vou desistir.

Claro que ela falava sobre o contato com Dino. Ele ligara para a pessoa que Marina indicara, dera a senha, pedira um encontro com Dino.

— Um encontro para quê?

— Sabemos que ele aprecia bons negócios. Há um projeto que queremos apresentar-lhe. Temos certeza de que ele vai adorar. Além do dinheiro em jogo, há também um aumento de poder. Dino não pode perder essa oportunidade.

— Vou ver o que posso fazer. Não é fácil encontrá-lo. Tem certeza de que não é fria? Se está pretendendo nos meter em encrenca, não viverá para apreciar os resultados.

Rogério sentiu um arrepio de medo, mas respondeu com firmeza:

— Estou dizendo a verdade. Garanto que é um bom negócio.

— Quando eu o encontrar, direi a ele.

— Marina tem pressa. O momento oportuno é agora. Se demorar, pode perder a chance.

— Ligo quando tiver uma resposta.

Mas os dias passavam e ele não ligava. Rogério tentou de novo e ele respondeu:

— Não adianta insistir. Aqui nós é que damos as cartas. Tem de ser do nosso jeito, entendeu? Não me ligue mais.

Rogério achou melhor não insistir. Não estava habituado a lidar com esse tipo de pessoas. Momentos havia em que preferia que ele não aceitasse o encontro, assim estaria fora daquela encrenca. Mas, por outro lado, Marina corria perigo, podia morrer. Quando pensava nisso, torcia para que Dino aceitasse o encontro.

Nos últimos dias quase não saía de casa, esperando a ligação. Mercedes estranhava e ele procurava desculpas:

— Estou cansado da rotina no clube. São sempre as mesmas pessoas, fúteis; até as fofocas são as mesmas. Não acontece nada nesta cidade.

— Por que não vai ao cinema ou sai com sua namorada? Você não está mais namorando a filha do Dr. Raul?

— Não. Nosso namoro não deu certo.

— Como assim? Você parecia tão entusiasmado. Por que acabou?

— Ela não era o que eu pensava.

— Embora ela fosse enteada de Marina, eu estava contente. Pensei que você fosse casar.

— Não se preocupe. Estou dando um tempo.

Uma noite, Mercedes falou com Romualdo:

— Estou estranhando Rogério. Anda triste, não sai mais de casa, acabou o namoro com Ângela. O que estará acontecendo com ele?

— Talvez esteja cansado da vida que leva. Tenho observado que Rogério não tem nenhum objetivo. Não se entusiasma com a faculdade, não faz nada de útil. Observando-o, pergunto-me se não erramos na forma de educá-lo.

— O que é isto? Você agora deu para implicar com ele? De uns tempos para cá, você passou a andar muito com Ronaldo. Está ficando igual a ele. Que horror!

— Não estou implicando com ninguém. Só reconheço que Ronaldo nunca nos deu problemas. Sabe o que quer, é esforçado, trabalha para manter-se, vai casar e tenho certeza de que será muito feliz. Já Rogério, o que pretende fazer da vida? Está perdido, sem diretriz. Temo pelo seu futuro.

— Não se pode mais falar com você. É influência perniciosa de Marilda e sua mãe. Estou sabendo que nos últimos tempos você tem freqüentado a casa delas, jantado, almoçado. O que está pretendendo? Estará pensando em conquistar a mãe como Ronaldo conquistou a filha?

Romualdo enrubesceu. Mercedes estava passando dos limites. Sabia que era esnobe, intolerante, mesquinha, mas aquela suspeita superava todos esses qualificativos.

— É melhor parar, Mercedes. Você está me ofendendo e ofendendo pessoas honestas que não merecem.

— Ainda as defende? Não vê que está justificando minhas suspeitas?

— Vou fazer de conta que não ouvi nada. Não quero brigar com você. Vou sair e espero que ao retornar tenha voltado a si e modificado seus pensamentos.

Romualdo saiu e Mercedes sentiu a raiva aumentar. Passava das dez, e ele nunca saía depois desse horário. Aonde teria ido? Talvez na casa daquelas duas.

Trincou os dentes de raiva. Aquilo não ia ficar assim. Precisava tirar a limpo. Com aquela cara de santa, Marilda havia agarrado Ronaldo. Era possível que a mãe pretendesse também agarrar o pai. Ele tinha dinheiro, e mulheres pobres como elas fazem tudo para levar vida confortável. No dia seguinte, tomaria providências.

Romualdo saíra nervoso. Pela primeira vez sentira vontade de esbofetear a mulher. Ele era de paz. Ficou impressionado com a intensidade de sua raiva. Nunca se imaginou capaz de bater em uma mulher.

Foi ao clube. Felizmente encontrou um amigo e ficaram conversando. Era um advogado de assuntos internacionais que viajara o mundo todo. Falaram sobre costumes de outros países. O amigo contou experiências de viagens, e o tempo foi passando agradavelmente.

Passava das três quando Romualdo voltou para casa. A conversa tivera o dom de acalmá-lo. Começou a fazer novos projetos de vida. Depois do casamento de Ronaldo, iria viajar. Preferia ir sozinho. Quando fora à Europa com a mulher, não pôde fazer o que gostaria. Ela o forçara a peregrinar por lojas e lugares da moda, carregando embrulhos e aumentando o volume da bagagem, o que lhe deu imenso trabalho no regresso.

Ele queria conhecer outras culturas, lugares especiais, costumes, pessoas. Recordando a última viagem que fizera com Mercedes, decidiu que desta vez iria sozinho. Ela podia zangar-se, mas ele queria pelo menos uma vez fazer as coisas de seu jeito, com prazer.

Imaginando o que faria, Romualdo chegou em casa e preparou-se para dormir, sem perceber que Mercedes fingia estar dormindo. Deitou-se e logo adormeceu, enquanto Mercedes, irritada, imaginando onde ele teria ficado até aquela hora, pensava em tomar providências no dia seguinte.

De fato, no dia seguinte ela ligou para um detetive particular que uma conhecida lhe indicou e combinou um encontro. Contratou-o para seguir os passos do marido, bem como os de Marilda e a mãe. Ela desejava saber tudo sobre os três.

Na mesma tarde, enquanto Ângela almoçava com Eduardo, Rogério estava no quarto inquieto. O esperado telefonema não acontecia e Marina não havia ligado.

Depois daquele encontro, ela não o introduziu mais na casa. Apesar de desejar muito estar com ele, Marina temia pôr tudo a perder. Precisava ser cautelosa. Só o chamaria quando já houvesse se encontrado com Dino.

Rogério apanhou uma revista e tentou lê-la, porém não conseguia fixar a atenção. Jogou a revista de lado, nervoso. Sentiu vontade de sair, dar uma volta. Mas e se telefonassem?

Estendeu-se na cama. Lembrou-se dos momentos vividos no último encontro com Marina. Nenhuma mulher conseguia oferecer-lhe tantas emoções. Ela era maravilhosa.

Se a vida dela não estivesse em jogo, ele iria torcer para que Martínez acabasse com Raul, assim eles ficariam livres para sempre.

Naquele instante, uma idéia surgiu em sua mente. Eles poderiam fugir juntos. Ele arranjaria bastante dinheiro, tramariam a fuga e iriam para um lugar distante onde ninguém pudesse encontrá-los.

À medida que pensava, a idéia crescia em sua mente. Seria a solução ideal. Não tinha dúvida de que Marina o amava. Ele a salvaria. Juntos seriam felizes. Por que não pensara nisso antes?

Ele venderia o apartamento, arranjaria todo o dinheiro que pudesse. Ela levaria suas jóias e viveriam muito bem.

O telefone tocou. Arrancado dos devaneios, Rogério estremeceu.

— Alô. Sim, sou eu.

— Falei com ele.

— Vai me receber?

— Talvez. Antes você terá de falar com o secretário dele.

— Quero falar com Dino.

— Já disse que aqui nós é que damos as cartas. É pegar ou largar. Você fala com José e ele vai avaliar se vale a pena recebê-lo.

— Está bem. Irei. Pode marcar.

— Será esta noite, às dez. Vou dar o endereço. É um bar. Pergunte por José e ele estará esperando. Vá sozinho. Se estiver armado, vai se arrepender.

— Farei tudo como pede. Estarei lá na hora marcada.

Depois que desligou, Rogério ficou pensativo. Tinha de ir àquele encontro. Precisava pensar bem no que diria; disso dependeria o sucesso de sua tarefa. Apesar do medo que sentia, desejava que Marina o admirasse, que o visse como seu salvador.

Minutos antes da hora marcada, Rogério já estava no bar. Sentou-se em uma mesa, pediu uma cerveja e esperou. Algum tempo depois, aproximou-se um homem aparentando trinta e poucos anos e sentou-se ao lado dele.

— Você estava me esperando. Quer falar com meu chefe. O que deseja dele?

— Estou aqui a pedido de Marina e de Raul Guilherme. Tenho um recado deles para Dino.

— Por que não vieram pessoalmente?

— Raul ainda não se recuperou e Marina está proibida de sair.

— Quem está proibindo?

— Os vigias de Martínez. Dizem que foi Dino quem atirou em Raul e que jurou o casal de morte. Marina não acredita nisso. Ao contrário. Sabe que foi Martínez o autor do atentado. Ficou zangada e quer propor um negócio a Dino. Mandou dizer que sabe de coisas que poderão tornar Dino o maior chefe da cidade. Há muito dinheiro em jogo.

José olhou firme nos olhos de Rogério e disse sério:

— Esperta ela. Mas não sei se acredito. Pode ser uma cilada. Desde já fique sabendo que, se estiver mentindo, sua vida não valerá mais nada.

Rogério estremeceu, mas sem desviar o olhar afirmou:

— Estou dizendo a verdade.

— Você não é dos nossos. Cuidado onde está se metendo. Eles podem estar enganando você. Se estiverem aprontando, você vai pagar.

— Confio neles. Sei que dizem a verdade.

— Está bem. Darei o recado a ele. Enquanto isso, pense bem se quer isso mesmo.

— Quando poderei saber se ele vai me receber?

— Isso não sei. Ele vai determinar. Dino não marca nada com antecedência. Espere que quando for a hora terá a resposta.

Sem dizer mais nada, levantou-se e saiu. Rogério sentia muita ansiedade, uma sensação desagradável no estômago. Tomou alguns goles de cerveja para relaxar, depois pagou a conta e saiu.

Estava na periferia, onde seu carro de luxo e sua aparência chamavam a atenção. Rapidamente ligou o carro, ansioso para sair logo dali.

Foi para casa e ligou para Marina, como sempre perguntando por Ângela, para disfarçar.

— Ela não está.

— Consegui falar com o secretário daquele curso que ela deseja fazer. Está lotado. Pedi para arranjar uma vaga e ele prometeu dar um retorno.

— Ângela quer muito fazer esse curso.

— Eles não sabem quando terão a vaga. Teremos de esperar.

— Está bem. Darei o recado.

Rogério desligou. Sentia-se inquieto, nervoso. O tempo ia custar a passar. Seria bom que aquilo fosse resolvido logo. Se ao menos conseguisse outro encontro com Marina! Precisava contar-lhe seu plano de fuga. Estava convencido de que ela não amava o marido. O que ela queria era salvar a própria pele. Seria perfeito. Eles iriam para longe, onde ninguém pudesse encontrá-los. Raul continuaria nas mãos de seus inimigos, que por certo acabariam com ele, o que seria muito conveniente. Esse pensamento não o incomodava, porque fora Raul quem se associara com aquelas pessoas; estava pagando o preço.

Sentiu fome e lembrou-se de que não havia jantado. Resolveu ir até a copa fazer um lanche. Mercedes, que estava na sala, vendo-o passar chamou-o:

— Rogério, não o vi chegar.

— Cheguei cansado, fui descansar um pouco. Estou com fome. Vou procurar algo para comer.

— Posso mandar esquentar o jantar, afinal sobrou tudo. Antes você jantava em casa e saía depois; seu pai também jantava em casa. Não sei o que está acontecendo, que tudo mudou. Seu pai ainda não chegou. Como nenhum dos dois avisou que não viria, Maria fez a quantidade de sempre. Eu perdi a fome e também não comi. Vocês sabem que não gosto de comer sozinha.

— Não se incomode, mamãe. Só quero fazer um lanche.

— Você precisa comer. Tem emagrecido, está pálido. Pode ficar doente.

— Não se preocupe, mãe. Estou bem.

Ele foi à copa e Mercedes acompanhou-o.

— As empregadas já foram dormir. Vou esquentar para você.

Ela foi à cozinha, esquentou a comida, arrumou a mesa na copa e sentou-se também para comer. Mas não sentia fome; o que ela queria mesmo era conversar, e isso era exatamente o que Rogério não queria.

Enquanto comiam, ela disse com voz chorosa:

— Seu pai está mudado. Antes vinha cedo, jantava e, se nós não tivéssemos nenhum compromisso, ia para o escritório escrever. — Ela suspirou, guardou silêncio por alguns instantes, depois continuou: — Acho que há algum rabo-de-saia no meio disso.

Rogério olhou-a admirado:

— Que absurdo, mãe! De onde tirou essa idéia?

— Ele não gosta mais de mim. Quase não fica em casa e, quando está, fecha-se no escritório. Tem recusado vários convites de nossos amigos para sair.

— Você está imaginando coisas. Papai é homem sério, dedicado à família.

— Além disso, tem andado muito com Ronaldo e aquelas duas. Você sabia que ele as tem defendido abertamente?

— Ele está apenas aceitando o casamento de Ronaldo. É o que você deveria fazer também. Logo elas serão da família.

— Nunca! Jamais aceitarei aquelas duas como pessoas da família.

Disse isso com tal veemência que Rogério se assustou:

— Elas fizeram alguma coisa que a ofendesse? Faltaram com o respeito?

— Ainda não, porque não lhes dei chance. Mas estou certa de que, se eu facilitar, um dia o farão.

— Ainda bem que Ronaldo não freqüenta nossa casa. É provável que continue assim depois de casado. Você não tem com que se preocupar.

Rogério não estava nem um pouco interessado na conversa da mãe, assim tratou de comer rapidamente, deu boa-noite e subiu para o quarto.

Mercedes permaneceu sentada, pensando. No dia seguinte por certo o detetive lhe traria um relatório sobre o marido. Fazia três dias que o contratara para seguir-lhe os passos sempre que saísse de casa. Quando Romualdo se preparava para sair, ela avisava o detetive e ele se posicionava perto da casa para segui-lo.

O que faria se Romualdo tivesse outra mulher? Não podia nem pensar em desquite. Jamais se sujeitaria a essa situação. Nunca seria apontada como mulher traída. Seria capaz de qualquer coisa para impedir que as pessoas soubessem.

Se, como temia, ele tivesse uma amante, não era com ele que iria entender-se, mas com ela. Tiraria a mulher do caminho sem piedade.

Quem se atrevesse a levantar os olhos para seu marido pagaria muito caro por essa ousadia.

Mercedes trincou os dentes com raiva. Sentiu ligeira tontura e um peso no estômago. Cerrou os punhos com força. Ninguém prejudicaria sua reputação. Não ia admitir nunca.

Mercedes não viu que dois vultos escuros a abraçaram satisfeitos.

— Esta é nossa! — disse um.

— Vamos aproveitar! — respondeu o outro.

Mercedes continuou imaginando o que Romualdo estaria fazendo fora de casa, sem perceber que estava apenas registrando as palavras que os dois, um de cada lado, lhe sussurravam nos ouvidos.

13

Naquele momento, Romualdo estava na casa de Rosana com Marilda e Ronaldo. A casa onde o casal iria morar passava por reformas. Como Ronaldo estava com muito trabalho na empresa e não dispunha de tempo para cuidar de tudo, Romualdo oferecera-se para ajudá-lo. Ronaldo queria que tudo fosse do gosto de Marilda e de Rosana, e no momento de escolher queria que ambas vissem o material e o ajudassem a decidir.

Aproximava-se a data do casamento e era preciso ultimar os preparativos. Marilda também não queria deixar o emprego, e Rosana ajudava-a no que podia.

Naquele dia, Romualdo os convidara para almoçar. Após a refeição, foram até a casa em reforma, onde o jovem casal tomou algumas decisões. Depois os jovens voltaram ao trabalho, enquanto Rosana e Romualdo foram cuidar de executar o que eles haviam decidido.

Os dois foram juntos a lojas, pesquisaram preços, compraram coisas que os filhos haviam escolhido. Estavam felizes pensando na felicidade do jovem casal.

No fim da tarde, ambos estavam satisfeitos por terem conseguido agilizar as coisas. Romualdo convidou-a para tomar um chá em uma confeitaria elegante. Quando saíram, estava na hora de Marilda deixar o trabalho, e os dois foram esperá-la, ansiosos para contar-lhe todas as novidades.

Romualdo levou-as para casa e fez menção de ir embora, mas as duas protestaram:

— É cedo — disse Rosana. — Fique para jantar conosco.

— Não vai esperar Ronaldo? — indagou Marilda. — Ele vai gostar de saber tudo.

— Não quero dar trabalho.

— É um prazer. Depois do almoço que nos ofereceu e da ajuda que nos deu hoje, o mínimo que podemos fazer é oferecer-lhe um jantar caprichado — tornou Rosana, sorrindo.

— Isso mesmo. Fique conosco.

Romualdo sorriu contente. A felicidade do filho, a alegria delas valorizando tudo com carinho e gentileza proporcionavam-lhe grande bem-estar.

Quando Ronaldo chegou, estava tudo pronto. Marilda ajudara a mãe na cozinha e arrumara a mesa, enquanto Romualdo, saboreando um copo de vinho e alguns salgadinhos, observava-as prazerosamente. A alegria continuou durante o jantar. Ronaldo sentia-se feliz. Seu pai havia mudado, se aproximado dele, revelando-se mais amoroso e interessado em compreendê-lo e apoiá-lo. Além disso, mostrava-se capaz de uma conversa agradável, inteligente, amadurecida. Ronaldo sentia que só agora o estava conhecendo e admirando.

Quando Romualdo discorria sobre momentos de sua juventude, seus projetos, as viagens que fizera, Ronaldo parecia estar vendo-o pela primeira vez. O que teria acontecido para aquele jovem promissor haver se transformado no homem que conhecera como pai? Embora não desejasse confessar nem a si mesmo, a imagem de sua mãe aparecia em sua mente com seus habituais comentários, críticas e cobranças.

Acabou percebendo que, assim como ele mesmo, o pai sentia-se bem naquele ambiente onde Rosana mantinha uma conversa positiva, elevada, alegre e ao mesmo tempo respeitosa. Marilda era igual a ela.

A diferença entre os jantares na casa paterna e os na casa de Rosana eram marcantes. Lá, comentava-se sobre a vida alheia com maldade e esnobismo; aqui, falava-se de arte, de música, livros, progresso, conhecimento.

Passava das onze quando Ronaldo saiu com o pai. Despediram-se no portão e cada um foi para seu carro, tendo antes combinado o que fariam no dia seguinte.

Eles não notaram — nem Rosana e Marilda, que os acompanharam até o portão — que dentro de um carro com os faróis apagados, parado alguns metros depois, um homem observava-os discretamente. Assim que Romualdo saiu com o carro, ele o seguiu.

Era mais de meia-noite e a casa estava às escuras. Romualdo entrou procurando não fazer ruído. Não queria acordar ninguém, muito menos Mercedes, que o crivaria de perguntas. Ele não estava a fim de perder o bom humor. Havia passado um dia maravilhoso, sentia-se de bem com a vida e não desejava que nada perturbasse esse sentimento. Mercedes estava deitada. Fingia dormir mas disfarçadamente não perdeu nenhum dos movimentos do marido. Aonde teria ido para chegar tão tarde? Estava ansiosa para saber. No dia seguinte o detetive lhe traria o relatório. Então descobriria tudo. Resolveu esperar. Continuou fingindo e não fez as perguntas que gostaria.

Romualdo sentiu-se aliviado por ter sido poupado. Deitou-se e em poucos minutos estava dormindo tranqüilamente.

Mercedes, entretanto, irritada, nervosa, inconformada, tendo como certa a traição do marido, maquinando planos de vingança, revirou-se na cama, atormentada, e só quando o dia estava amanhecendo conseguiu adormecer.

Na manhã seguinte, passava das nove quando Romualdo acordou. Mercedes ainda dormia e ele se levantou procurando não fazer ruído.

Desceu para o café, e Mercedes continuava dormindo. O dia estava lindo e ele se sentia bem-disposto. Depois do café, foi para o escritório, sentou-se e começou a pensar em sua vida.

A conversa da véspera lhe avivara a memória, trazendo de volta os projetos da juventude. Ao mencionar a eles sua vontade de viajar, de escrever sobre outros povos, outras culturas, finalizara:

— Sinto-me frustrado por não haver feito isso.

— Por que não o faz agora? — perguntou Ronaldo.

— Foi um sonho. Hoje não me sinto capaz.

— Sempre é tempo para recomeçar — comentou Rosana. — É um trabalho motivador. Quando tenho algum tempo, costumo freqüentar museus e aprender um pouco sobre isso. Adoraria poder viajar pelo mundo, conhecer tudo, aprender sobre a vida. Meu marido também gostava de viajar. Com ele conheci a Europa e os Estados Unidos. Nunca mais esqueci. Convide Dona Mercedes e aproveitem. Viajar é muito bom.

— Eu gostaria muito, mas não sei se será possível.

— Por quê, pai? Você pode, tem quem tome conta de todos os seus negócios e, se precisar de mim, quando voltarmos da lua-de-mel, estarei à disposição para cuidar do que quiser.

— Obrigado, meu filho. Vou pensar no caso.

Ele não quis dizer que viajar com Mercedes era sacrifício, não prazer, e não gostaria de fazer isso de novo.

Recordando aquela conversa, Romualdo sentiu que não podia mais continuar levando aquela vida vazia e sem finalidade. Se fosse viajar, para onde gostaria de ir?

Apanhou o atlas e começou a folheá-lo. Na Europa, continente que conhecia bem, havia inúmeras cidades que não visitara. Algumas vezes, como turista, percorrera as capitais mais importantes do mundo, circulando pelos hotéis de luxo, fazendo passeios encomendados, carregando os pacotes de Mercedes.

Como seria bom alugar um carro e percorrer o interior da França, da Itália, da Espanha. Pequenas cidades, misturar-se com o povo, conhecê-los melhor, aprender outras coisas, escrever sobre isso.

Foi à estante e apanhou um livro sobre a França. Folheando-o, informou-se sobre algumas cidades e vilarejos, sua comida, seus hábitos e, quanto mais lia, mais se convencia de que era isso o que queria fazer.

Não iria com Mercedes. Sabia que teria de enfrentar uma boa briga com ela antes, mas essa condição seria fundamental para garantir sua liberdade para fazer tudo do seu jeito, sem precisar consultá-la e fazer coisas a contragosto.

Algumas batidas na porta arrancaram-no de seus devaneios. Mercedes entrou dizendo:

— Até que enfim consigo vê-lo. Você ontem não veio jantar nem nos avisou. Aliás, isso está se tornando constante. Fui dormir à meia-noite e você ainda não havia chegado. Onde esteve?

— Saí com Ronaldo. Fui ajudá-lo nas providências. Falta pouco para o casamento, e os preparativos estão atrasados.

— Quem tem de cuidar dessas coisas é ele. Não quis fazer tudo sozinho? Nem sequer nos pediu opinião.

— Ele não pode fazer muito. A empresa exige a maior parte de seu tempo. Depois, eu gosto e não me custa dar uma mão.

— Só que, para ficar atrás de um filho ingrato que não se incomoda conosco, me deixa plantada sozinha noite após noite. Estou ficando cansada.

— Por que não convida uma amiga e faz uma viagem para o exterior? Seria divertido.

— Quer se ver livre de mim?

— Eu não disse isso. Se está cansada, nada melhor do que uma viagem para renovar as energias.

— Só irei se você for comigo.

— No momento não posso. Mas pode aproveitar, distrair-se. Garanto que lhe fará muito bem.

— Não falemos nisso, que me irrita. Daqui a pouco serviremos o almoço.

Romualdo sobressaltou-se:

— Que horas são?

— Quase meio-dia.

— Estou atrasado. Preciso sair.

Fechou o livro. Ia saindo e Mercedes postou-se no meio da porta, impedindo sua passagem.

— Não vai almoçar em casa de novo?

— Combinei com Ronaldo de ver algumas coisas. Com licença. Tenho de ir.

— Não me conformo de jogar tanta comida fora. Rogério também não come mais em casa, e eu detesto comer sozinha.

— Nesse caso, não mande mais fazer comida para mim. Deixe-me passar.

Pegou-a pelo braço, afastou-a da porta e subiu para arrumar-se. Em poucos minutos estava saindo e Mercedes, escondida atrás da cortina da janela, deixava as lágrimas de raiva caírem livremente. Algo lhe dizia que aquilo era influência daquelas duas intrusas que haviam se metido em sua família para destruí-la.

Passava das três quando o telefone tocou e Mercedes atendeu. Era o detetive. Depois dos cumprimentos, ela perguntou:

— E então? Conseguiu alguma coisa?

— Fiz o relatório dos últimos três dias.

— Gostaria de vê-los. Passarei em seu escritório daqui a meia hora.

Mercedes apanhou a bolsa e saiu. Seu motorista deixou-a em frente à casa de uma amiga. Mercedes despediu-o dizendo que não precisaria dele. Assim que o viu dobrar a esquina, apanhou um táxi e foi ao escritório do detetive. Ao entrar na sala onde ele a esperava, sentia-se ansiosa, angustiada.

— Então, o que descobriu?

— Nada importante.

— Como assim? Meu marido está diferente, não pára mais em casa. Estou certa de que tem outra mulher.

— Não creio. Ele tem saído com seu filho, sua futura nora e a mãe dela. Não existe nenhuma mulher na jogada.

— É o que tem para me dizer?

— Aqui estão os relatórios. Tudo documentado, com fotos. Mercedes apanhou o envelope pardo, abriu, apanhou as fotos e começou a olhá-las.

À medida que olhava o conteúdo, seu rosto ia se colorindo de rubor: Romualdo e Rosana sozinhos no restaurante, ele todo sorridente. Estava claro que alguma coisa estava acontecendo entre eles.

— E isto aqui? — disse ela, indignada. — Não lhe parece suspeito? Por que os dois iriam almoçar sozinhos? Romualdo está com aquela cara de galanteador que conheço bem. Como pode afirmar que ele não tem outra mulher?

— Seu filho vai casar dentro de alguns dias. Pensei que elas fossem pessoas de sua confiança. Se a senhora suspeita, posso continuar observando.

— Isso mesmo. Continue observando. Estou certa de que descobrirá alguma coisa.

Depois de acertar as contas com ele, Mercedes colocou o envelope na bolsa e saiu. Uma vez em casa, fechada em seu quarto, ela apanhou as fotos e olhou-as atentamente, uma a uma.

Em todas, Romualdo estava feliz, pareceu-lhe até remoçado. Rosana estava sorrindo, olhos brilhantes. Eles se divertiam enquanto ela, Mercedes, ficava em segundo plano, sozinha em casa.

Precisava fazer alguma coisa. Não ia deixar que aquela mulher com cara de sonsa lhe roubasse o marido.

Romualdo estava mudado. Havia insinuado que ela fosse viajar sem ele, por certo para ficar livre e poder entregar-se àquele namoro idiota. Eles não sabiam com quem estava lidando. Tinha de fazer um plano para afastar aquelas duas de seu caminho. Mas o quê?

Romualdo havia combinado buscar Rosana em casa e levá-la ao restaurante onde deveriam encontrar-se com Ronaldo e Marilda para almoçar.

Eles queriam aproveitar o horário de almoço dos filhos para algumas compras. No restaurante, enquanto esperavam pelos dois jovens, foram fazendo o pedido para ganhar tempo. Quinze minutos depois, os dois chegaram.

O detetive estava lá, encostado no bar tomando um refrigerante, olhos na mesa deles. O entendimento entre a mãe da noiva e Romualdo era amistoso, e não lhe parecia que houvesse maior intimidade entre eles. Sua experiência, porém, fazia-o pensar que Mercedes podia estar pressentindo alguma coisa. Depois, o que lhe interessava mesmo era ganhar seu dinheiro.

Sem suspeitar que estavam sendo observados, eles conversavam alegres. Demoraram o mínimo possível e saíram em seguida.

Visitaram algumas lojas e depois os dois jovens partiram, enquanto Romualdo e Rosana se dirigiram para a casa que estava sendo preparada para os noivos. Entraram, e o detetive ficou esperando. Eles estavam comprando tudo do melhor, a casa estava linda e quase tudo pronto. Rosana sentia-se feliz observando o bom gosto e o carinho com que Ronaldo estava fazendo tudo.

Faltavam apenas dez dias para o casamento e havia muitas coisas para pôr em ordem. Os armários ficaram prontos e Rosana desejava arrumar toda a roupa de cama e mesa. Por isso, disse a Romualdo:

— Se o senhor quiser, pode ir. Eu vou ficar e arrumar o roupeiro. Também será preciso lavar algumas peças para tirar a goma.

— Vou esperar.

— Não é preciso. Deve ter o que fazer. Voltarei de ônibus.

— Não tenho nada. Estou adorando participar. Posso ajudar também. Quanto à roupa para lavar, podemos arranjar alguém. A senhora não é para fazer esse tipo de trabalho.

Rosana sorriu:

— Estou habituada. Depois, uma lavadeira não vai ter o capricho necessário. São roupas lindas, é preciso de cuidados especiais.

Ela começou a arrumação e ele fazia o que podia para ajudá-la.

— Ontem tomei uma decisão — disse ele de repente. — Depois que Ronaldo voltar da viagem de núpcias, vou fazer uma excursão pela a Europa.

— Que bom! Dona Mercedes vai adorar.

— Pretendo ir sozinho. Será uma viagem do meu gosto. Quando viajamos juntos, ela só quer fazer compras, realizar passeios turísticos. Estou pensando em alugar um carro e conhecer o interior da França, ir até a Itália, parando nas pequenas cidades, ficando algum tempo, conhecendo o povo.

Rosana suspirou admirada:

— Vai ser maravilhoso! Essa é a melhor maneira de viajar. Tente convencer Dona Mercedes; se ela for, vai adorar.

Romualdo não insistiu. Conhecia bem sua mulher. Ela iria resmungar se não encontrasse conforto e instalações de luxo por onde passassem. Culparia Romualdo por tudo que lhe desagradasse, tornaria sua viagem um tormento. Enquanto Rosana cuidava da arrumação, continuaram conversando sobre o interior da França. Ela estudara em um colégio francês, falava bem o idioma e estava bem informada sobre o interior não só da França como dos outros países da Europa e até da Inglaterra, que ela descrevia como se já houvesse estado lá.

Romualdo ouvia encantado. O tempo passou rápido. A tarde estava morrendo e Rosana disse admirada:

— Não vi o tempo passar. É tarde, temos de ir.

— Que pena! A conversa estava tão boa!

Os olhos dele brilhavam emocionados e Rosana sentiu-se embaraçada.

Romualdo aproximou-se e colocou a mão no braço dela.

— Havia tempo que eu não passava uma tarde tão maravilhosa. Obrigado, Rosana. Permita-me tratá-la assim. Afinal, vamos ser parentes.

— Eu também gostei. Mas agora temos de ir.

Ela fechou tudo rapidamente e saíram.

— É tarde. Não precisa levar-me para casa.

— De forma alguma. Faço questão de levá-la.

Durante o trajeto de volta, Rosana estava pensativa e falou pouco. Quando chegaram em casa, ela desceu e estendeu a mão.

— Obrigada. O senhor foi muito gentil.

— Eu a estou tratando de Rosana, pode me tratar de Romualdo. Não vai me convidar para entrar?

— É que é tarde. Hoje não sei a que horas Marilda e Ronaldo virão.

— Notei que você mudou de repente. Eu disse alguma coisa que a aborreceu?

— De modo algum.

— Alguma coisa a está incomodando. Não quero ir embora sem saber o que é. Vamos entrar.

Eles entraram e sentaram-se na sala. Rosana estava acanhada, não sabia o que dizer.

— O que a está incomodando? Você estava radiante e de repente ficou diferente.

— Nós nos damos bem, temos saído juntos para ajudar nossos filhos, mas de repente me lembrei que Dona Mercedes pode não gostar. Ela não está satisfeita com esse casamento. Demonstra claramente que não nos aprecia, e confesso que às vezes temo pelo futuro de minha filha.

— Mercedes foi criada valorizando nome, posição social. Eu também temo por ela, porque essa é uma ilusão. Para mim, o que vale mesmo são os valores de cada um, suas qualidades como pessoa. Você não precisa temer. Marilda é uma jóia e Mercedes vai render-se quando vir quanto Ronaldo vai ser feliz ao lado dela.

— Gostaria de acreditar nisso. Mas, quando penso nela, sinto um aperto no peito, uma sensação de medo. Desculpe. Acho que estou muito sensível com o casamento de Marilda. Coisas de mãe.

Romualdo colocou a mão sobre o braço dela.

— Não tenha medo. Pode confiar em mim. Estarei sempre presente e vigilante. Nada nem ninguém perturbará a felicidade de nossos filhos. Isso eu garanto.

Rosana sorriu e ele viu o brilho de uma lágrima que ela se esforçou por conter. Ela se levantou dizendo:

— Vou fazer um café. Não vou deixá-lo sair sem nada.

Meia hora depois, quando Romualdo deixou a casa, o detetive estava esperando. Afinal, os dois haviam ficado sozinhos muito tempo dentro daquela casa durante o dia, e agora ele demorava a sair. Começava a imaginar que sua cliente poderia ter razão.

Romualdo foi para casa. Estava ansioso para continuar suas pesquisas de viagem. Rosana havia mencionado alguns vilarejos onde havia curiosos costumes que ele gostaria de conhecer.

Vendo-o chegar, Mercedes comentou:

— Pensei que não viesse jantar. Ainda bem que, apesar de nossa conversa de hoje, mandei preparar a refeição.

— Estou sem fome.

— Ainda não jantei. Espero que me faça companhia. Odeio comer sozinha.

— Rogério não está em casa? Faz dias que não o vejo.

— Claro que não o vê. Você não fica mais em casa.

— Ele também não. Pode servir o jantar. Vou só lavar as mãos.

Depois do jantar, Romualdo foi para o escritório e retomou os livros de seu interesse. Não só encontrou informações sobre os vilarejos que Rosana mencionara, como também descobriu outros lugares que considerou interessantes e leu tudo com prazer, procurando gravar os detalhes para contar a ela no dia seguinte.

Inconformada, Mercedes foi ao escritório e surpreendeu-o lendo.

— Pensei que estivesse escrevendo. O que está fazendo?

— Lendo. Para escrever como quero, preciso colher informações, pesquisar.

— Estou vendo que esse romance não vai sair nunca.

— Talvez não mesmo. Estou estudando. Gostaria de continuar.

— Está me mandando embora? Prefere ler essas coisas enfadonhas a ficar em minha companhia?

Ele colocou o marcador entre as páginas, fechou o livro e respondeu calmamente:

— Já disse que estou estudando. Esse assunto pode ser enfadonho para você, mas eu estou adorando. Por que não tenta fazer alguma coisa útil? Se não gosta de ler, saia, vá passear com suas amigas. Não fique esperando tudo de mim.

Fingiu não ver o ar de desagrado dela. Abriu o livro novamente e mergulhou na leitura. Mercedes saiu irritada. Romualdo estava mesmo irreconhecível.

Dois dias depois, às onze da manhã, Rogério saiu do clube, entrou no carro e dirigiu-se para casa. Estivera no clube por algumas horas conversando com amigos para saber as novidades e também para não provocar comentários. Em sua roda, qualquer mudança de rotina era motivo de curiosidade.

Ao dobrar uma rua, foi cercado por dois carros que o impediram de continuar. Imediatamente dois homens aproximaram-se apontando armas e disseram:

— Desça do carro, rápido.

Assustado, Rogério obedeceu e já outros dois o agarraram e o obrigaram a entrar na parte traseira de um dos veículos. Enquanto os outros se acomodavam, Rogério viu que um deles entrou em seu carro e estacionou-o melhor.

Imediatamente partiram. Tudo aconteceu muito rápido e Rogério, sentado entre dois deles, pensou estar sendo vítima de um seqüestro. Tentou conversar:

— Vocês não precisam me levar. Fiquem com meu carro, mas deixem-me ir.

— Calado! Você não queria falar com Dino? Chegou a hora.

Um deles colocou um capuz na cabeça de Rogério enquanto o outro mantinha a arma encostada em sua cabeça.

Assustado, Rogério arrependeu-se de haver se metido naquele caso. Sentiu-se vulnerável. Eles poderiam fazer dele o que quisessem. O medo impedia-o de falar, e os outros seguiam em silêncio.

Depois de meia hora, que para Rogério pareceu uma eternidade, o carro parou e eles o forçaram a sair, conduzindo-o sem dizer nada. Rogério sentiu um cheiro forte de gasolina misturado com óleo queimado que lhe provocou náuseas. Subiram uma escada de madeira, andaram mais um pouco e obrigaram-no a sentar-se. Finalmente alguém tirou seu capuz.

Rogério estava em uma poltrona em uma sala mobiliada com um luxo exagerado e de mau gosto, tendo sentado em sua frente um homem de uns cinqüenta anos, de pouca estatura, cuja magreza o fazia parecer um menino. A um gesto dele, todos saíram.

— Você tem um recado para mim. Pode falar.

Apesar de sua aparência, tinha uma voz grossa e forte.

— Você é Dino?

Ele assentiu e Rogério continuou:

— Tenho um recado de Raul Guilherme e sua mulher Marina.

— Estou ouvindo.

Rogério contou tudo que combinara com Marina e finalizou:

— Raul ainda não se recuperou de todo. Eles não confiam mais em Martínez.

— E por que eu confiaria neles, se estão traindo seus sócios?

— Eles não estão traindo. Foram traídos e estão correndo risco de vida. Raul viu que quem atirou nele era homem de Martínez. É justo que queiram se defender. E, para isso, pretendem acabar com eles. Você terá muito que lucrar unindo-se a eles.

Dino ficou calado por alguns instantes. Depois, olhando firme nos olhos de Rogério, perguntou:

— E você, por que está metido no meio deles? Não é dos nossos. É um moço rico, que nunca se envolveu com drogas, não tem dependência de vícios. A não ser que...

Ele riu malicioso, mostrando uma fileira de dentes amarelados pelo excesso de fumo.

Rogério remexeu-se na cadeira inquieto. Não desejava falar de seu envolvimento amoroso com Marina. Dino prosseguiu:

— A paixão é um caso sério. Pode levar à loucura. Marina sabe como fazer isso.

Apesar de assustado, Rogério resolveu aproveitar o momento:

— Você está certo. Ela vive com ele, mas é a mim que ela ama.

Dino deu uma sonora gargalhada. Depois apanhou um cigarro no maço que estava sobre a mesa, levou-o à boca, acendeu-o, tirou algumas baforadas e respondeu:

— Se eu fosse você, não botava muita fé nisso. Mulher é bicho matreiro, nunca dá ponto sem nó. Marina sempre foi assim, desde quando era pobre. Nunca lhe faltaram dinheiro, boas roupas, jóias.

Rogério não gostou do que ouviu e sentiu seu rosto enrubescer de raiva. Controlou-se, porém. Seus instintos lhe diziam que precisava ser cauteloso. Procurou entrar no jogo.

— Não é caso para casamento. Vou aproveitar enquanto durar.

— Se Raul descobre, você já era. Vou mandá-lo de volta e é bom saber que terá de esquecer tudo que viu aqui. Não pense que pode enganar-me. Saberei todos os passos que vocês derem. Se contar a alguém que esteve aqui, não viverá para repetir a dose. Entendeu?

— Fique tranqüilo. Não direi nada nunca. O que informo a eles?

— Vou pensar, tomar pulso da situação. Se decidir aceitar, entro em contato.

— Eles acham que não têm muito tempo. Querem agir antes de Martínez.

— Dê meu recado. Não há mais nada para dizer.

Apertou um botão e imediatamente dois homens entraram.

— Podem levá-lo.

Imediatamente recolocaram o capuz em Rogério e o conduziram de volta ao carro. Sentado no banco de trás entre dois homens, sentindo o cano de uma arma encostado em sua cabeça, ele teve medo. E se eles resolvessem acabar com ele ali mesmo? Já sabiam o que queriam e não precisavam mais dele. Procurou acalmar-se pensando que, para se comunicar com Marina, ele ainda estava no jogo.

Pararam e obrigaram-no a descer. Tiraram-lhe o capuz e rapidamente entraram no carro e se foram. Rogério estava diante de seu carro; tentou abri-lo, mas estava fechado.

Talvez tivessem jogado a chave no chão, e ele olhou em volta procurando. Não as encontrou. Suas pernas estavam trêmulas e ele se sentou na calçada procurando se acalmar. Notou que algo o incomodava no bolso traseiro da calça. Colocou a mão e encontrou as chaves do carro.

Respirou aliviado.

Entrou no automóvel e, já mais calmo, resolveu ir para casa. Era madrugada e ele entrou procurando não fazer ruído. Não sentia vontade de ver ninguém. Aquele cheiro desagradável ainda estava em suas narinas. Resolveu tomar um banho como para lavar aquela sujeira em que se metera. Depois deitou-se, mas custou a dormir. As cenas daquele encontro inusitado não lhe saíam do pensamento.

14

Lentamente, Ângela abriu a porta do quarto do pai e entrou.

Na noite anterior, havia ido com Eduardo assistir a uma sessão espírita na casa de alguns amigos do Dr. Novais. No final da reunião, uma jovem leu a comunicação que havia recebido assinada por Angélica, na qual, dirigindo-se à filha, falava sobre a separação e a saudade que sentira. Terminava pedindo que se aproximasse do pai e perdoasse os responsáveis pelo que lhes acontecera.

Ângela não conteve as lágrimas. A jovem, comovida, entregou-lhe a mensagem, que desde então Ângela lera repetidas vezes.

Sua mãe lhe pedira que se aproximasse do pai. Como fazer isso, se ele estava confuso? Depois, ela suspeitava que ele fora o culpado de tudo. O fato de Angélica pedir-lhe que perdoasse confirmava isso.

No trajeto da volta, conversara com Eduardo e ele aconselhara:

— Se sua mãe está lhe pedindo, ela deve ter boas razões. Lá onde se encontra tem uma visão melhor dos fatos. Precisamos nos abster de julgar. Seu pai está doente e devemos ajudá-lo.

Naquele momento, sabendo que Marina estava em seu quarto descansando, foi vê-lo. Olhando seu rosto emagrecido, notou como ele havia envelhecido. Raul abriu os olhos e, vendo-a, surpreendeu-se.

Ela se aproximou.

— Como vai, papai? Está melhor?

Ele fez que sim com a cabeça e, colocando o dedo nos lábios, fez-lhe sinal que se calasse. Depois abriu a gaveta da mesa de cabeceira apanhou o bloco de papel, a caneta e escreveu:

— Quero que volte para Londres o mais rápido possível.

— Por que está me pedindo isso por escrito? Perdeu a voz?

Ele escreveu:

— Não quero que nos escutem e saibam que estou consciente.

Ângela olhou-o assustada. Suas suspeitas se confirmaram. Aqueles vigias não os estavam protegendo. Apanhou o bloco e escreveu:

— Receia que os vigias possam nos ouvir?

— Sim. Estamos correndo perigo. Quero que volte para Londres. Vá embora. Não sei se sairemos vivos desta situação.

— Não vou. Quero ajudá-lo.

— Não pode. Salve-se enquanto é tempo. Não quero que nada de mau lhe aconteça.

— Não posso deixá-lo em um momento como este. Por que não conta tudo à polícia?

— Seria pior. Por favor, vá embora e não fale nada a ninguém, muito menos com a polícia.

— O que está acontecendo? Precisa me contar a verdade. Estou cansada de tanto mistério.

— Não fale nem para Marina o que estou lhe dizendo. Vá embora daqui o mais depressa que puder. Queime este papel. Saia antes que alguém nos surpreenda.

Ângela colocou as folhas de papel no bolso e saiu.

Raul guardou o bloco e a caneta e fechou os olhos. Estava tenso, estremecia a qualquer ruído. Parecia-lhe que alguém ia entrar e acabar de uma vez com sua vida.

Quando voltou para casa depois do atentado, estava confuso. Havia momentos em que os acontecimentos se misturavam em sua cabeça. Tinha pesadelos em que cenas do passado se mesclavam ao presente. Acordava atordoado, sem conseguir concatenar as idéias. O que mais o assustava era a presença de Angélica. Ela lhe aparecia com as mãos estendidas, chorando, pedindo-lhe que a libertasse, que lhe trouxesse a filha de volta.

Lembrava-se de que ele levara Angélica para um sítio que comprara no interior, afastado de tudo, e deixara-a aos cuidados de um casal de sua confiança. Às vezes Angélica ficava muito revoltada, tentava fugir, e o casal aplicava-lhe uma injeção que a fazia dormir. Acordava amarrada, cabeça atordoada, corpo dolorido.

Só a soltavam quando ela, cansada, jurava não tentar mais fugir.

O caseiro exibia um revólver sempre que ela se revoltava, afirmando que tinha ordens de acabar com ela se tentasse escapar novamente. Raul raramente a visitava, culpando-a pela atitude que havia tomado. Angélica ameaçara denunciá-los à polícia. Ele não podia permitir. Estava satisfeito com o montante de dinheiro que mensalmente colocava no banco.

Pouco lhe importava como o conseguia. Justificava-se pensando que, se ele não aproveitasse esse filão, outros o fariam; o mundo não seria melhor nem pior por causa disso. Além do mais, ele vendia drogas, mas não as usava. As pessoas eram fracas, precisavam de drogas para enfrentar seus problemas. Ele não se sentia responsável, não obrigava ninguém a consumi-las.

Nesse período, viajava pelo mundo, reunia-se com outros traficantes, planejavam os negócios, dividiam zonas, faziam tratos.

Martínez, homem astuto porém pouco instruído, admirava a perspicácia de Raul, sua maneira jeitosa de conseguir grandes negócios apenas com sua inteligência. Por isso se associara a ele.

Maltratada, revoltada, deprimida, Angélica foi enfraquecendo. Mesmo assim, só pensava na fuga. Queria ver a filha, protegê-la. Uma noite, quando o casal dormia, com uma chave de fenda que roubara deles ela conseguiu abrir o cadeado da janela e pulou para fora. Porém o cachorro estava solto e começou a latir. O caseiro acordou e encontrou-a acuada pelo cão, trêmula. Na manhã seguinte, ele telefonou a Raul contando-lhe o ocorrido.

— Prenda-a de novo. Irei aí amanhã mesmo.

Na tarde seguinte, quando Raul chegou ao sítio, Angélica ainda dormia sob a ação do sonífero que o caseiro lhe aplicara. Olhando seu rosto abatido, emagrecido, ele pensou:

"Preciso acabar definitivamente com este tormento. É hora de resolver tudo de uma vez."

Quando ela acordou e o viu no quarto, encolheu-se assustada. Raul aproximou-se.

— Não tenha medo. Vou cuidar de você.

— Se quer fazer alguma coisa por mim, deixe-me ir. Juro que não direi nada a ninguém, nem mesmo a Ângela. Quero vê-la, falar com ela. Não pode continuar fazendo essa maldade comigo.

— Eu não queria. A culpa foi sua. Eu não podia deixá-la fazer o que pretendia. Eles nos matariam. Nem Ângela escaparia.

— Prometo que não direi nada. Acredite. Só quero ver Ângela e viver livre. Juro.

— Eu acredito. Vamos fazer o seguinte: você está muito fraca, precisa reagir, alimentar-se melhor, por isso falei com o médico e trouxe um fortificante para você. Vou levá-la de volta para casa.

— E poderei ver minha filha?

— Ela está em Londres no colégio, mas prometo que nas próximas férias ela virá para casa. Mas você precisa obedecer, não tentar fugir.

— Aceito voltar para casa desde que possa ver Ângela. Podemos ir agora mesmo.

— Você está muito fraca, Angélica. Tem de melhorar primeiro. Hoje mesmo vou voltar a São Paulo; não posso abandonar meus negócios. Reaja, trate de se fortalecer e prometo que dentro de uma semana virei buscá-la.

Raul, agora que recuperara a consciência mas tendo de fingir e ficar naquela cama sem poder fazer nada, não podia evitar que todos aqueles acontecimentos passados desfilassem em sua memória nos mínimos detalhes. Era-lhe penoso, porque, depois, os pesadelos reapareciam com intensidade. O que mais o angustiava era recordar o que aconteceu depois.

Entregou o vidro de remédio ao caseiro e instruiu-o como administrá-lo.

— Não pode esquecer nenhuma vez. Para fazer efeito, terá de fazê-la tomar conforme indiquei. Dentro de uma semana virei buscá-la. Vou levá-la de volta para casa.

— O senhor não tem medo que ela possa ir à polícia?

— Não. Ela vai obedecer porque quer ver a filha.

Uma semana depois, conforme o prometido, Raul voltou para buscá-la. Angélica estava pálida mas animada. Parecia mais forte. Durante a viagem de volta ela perguntou por Ângela.

— Você precisa ter paciência. Falta um mês para as férias. Ela não pode perder o ano. Enquanto isso, procure melhorar.

Uma vez em casa, Raul colocou-a no quarto de hóspedes e disse:

— Aqui você ficará mais à vontade.

— Obrigada. Quero ver as fotos de Ângela, saber como está. Quero falar com Aurora.

— Trarei as fotos. Mas não quero que veja ninguém, muito menos Aurora. Você pode não se controlar e pôr tudo a perder.

— Juro que não direi nada.

— Não me faça arrepender-me de tê-la trazido de volta. Se quer ver Ângela, terá de me obedecer.

Raul não a deixava sair do quarto. Não havia telefone e ele mesmo levava-lhe a comida. A arrumadeira entrava lá para o serviço, mas somente quando ele estava presente. Ele ministrava o remédio a Angélica religiosamente.

Ela foi definhando, sentindo-se mal, com falta de ar. Uma noite recusou-se a tomar o remédio e gritou:

— Você não quer que eu veja Ângela. Você quer me matar! Este remédio agrava meu estado. Não quero tomá-lo mais.

— Você tem de me obedecer. Vai tomar tudo.

Agarrou-a com força e derramou o remédio em sua boca. Ela tentou reagir, mas ele a segurou. Olhos arregalados, tendo dificuldade para respirar, Angélica perdeu os sentidos.

Raul sentou-se ao lado da cama onde ela, pálida, parecia morta. Com um conta-gotas, de hora em hora colocava o remédio em sua boca.

O dia estava amanhecendo e Angélica abriu os olhos. Vendo-o, disse baixinho:

— Por que me odeia tanto? Por que está fazendo isso comigo? Chame um médico. Estou morrendo...

Raul notou que um suor gelado cobria o corpo dela e sua respiração estava irregular. A voz fraca mal se ouvia.

Ele deixou o quarto. Mais tarde, quando foi com a criada levar o café, mandou-a na frente. Ao abrir a porta, ela deu um grito:

— Ela parece morta!

Ele correu para Angélica e gritou:

— Depressa, chame o médico. O telefone dele está na agenda.

Quando o médico chegou, encontrou-a em coma profundo. Nada pôde fazer. Raul disse-lhe que Angélica era cardíaca. Examinando-a, ele constatou que a causa da morte fora um infarto.

Raul disse aos criados que ela comentara diversas vezes que, quando morresse, não queria ser velada e que seu enterro fosse discreto. Assim, depois do enterro, ele mandou publicar nos jornais apenas a notícia da missa de sétimo dia que ele mandou rezar e à qual compareceu fingindo tristeza.

Satisfeito, constatou que tudo havia saído como planejara. O médico que lhe arranjara o remédio trabalhava para os traficantes. Garantira que, se fosse aplicado de maneira certa, provocaria um infarto. Foi o que aconteceu.

Raul não desejou envolver o médico amigo e chamou um desconhecido para atestar o óbito. Depois disso, Raul sentiu-se livre e a cada dia via sua fortuna aumentar. Tornou-se homem de sociedade, respeitado. Conheceu Marina no Paraguai em um cassino. Interessou-se por ela imediatamente. Na mesma noite ficaram juntos. Pouco tempo depois, Raul, apaixonado, trouxe-a de volta ao Brasil e montou-lhe um apartamento. Ardilosa, ela alimentou a paixão a tal ponto que ele finalmente chegou ao casamento. Ele desfrutava feliz da nova vida; não se arrependia do que havia feito. De vez em quando sonhava com Angélica, pálida, sofrida, exigindo que a libertasse, mas reagia logo pensando que precisava aproveitar a vida e esquecer aqueles momentos desagradáveis.

Mergulhava nos braços de Marina e lançava-se vertiginosamente aos prazeres da sociedade, gastando regiamente. Dinheiro não lhe faltava. Seguiu assim até o atentado.

Depois, quando acordou no hospital, delirava ora vendo-se cercado por pessoas horríveis, desfiguradas, acusando-o, culpando-o por suas desgraças, ora ouvia vozes de mulheres gritando, chamando-o de assassino, dizendo irônicas:

— De que lhe adiantou ganhar dinheiro a custa do tráfico imundo? Você não vai aproveitar. Nós vamos destruí-lo!

— E agora vai se arrepender do que fez? Não vai adiantar. Faremos de sua vida um inferno.

— Onde estão os amigos que você comprava com seu dinheiro sujo? Estão falando mal de você, rindo de seu sofrimento.

— Vamos acabar com você, e sua mulher gastará todo o seu dinheiro nos braços de outro. Enquanto seu corpo apodrecer embaixo da terra, estaremos cuidando de você. Nunca o abandonaremos.

Elas riam e ele tapava os ouvidos tentando não ouvir, mas de nada adiantava: elas falavam dentro de sua cabeça.

Sem entender bem o que estava acontecendo, Raul em espírito instintivamente procurava entrar em seu corpo para escapar àquelas perseguições e então sentia as dores dos ferimentos. Quando lhe ministravam calmantes para minorar seu sofrimento, ele saía do corpo e reencontrava os espíritos perseguidores acusando-o, ameaçando agredi-lo, apavorando-o.

Momentos havia que pensava em reagir, levantar-se, expulsar de sua casa os capangas de Martínez, contratar outros para defendê-lo. Mas tinha medo. Além dele e Marina, havia Ângela. Era sua única filha. Amava-a, não queria que nada de mau lhe acontecesse. Levantou-se e fechou a porta com a chave. Não queria ser surpreendido em pé. Nos últimos dias, para ganhar forças, levantava-se e andava pelo quarto no meio da noite, quando todos dormiam. Procurava trocar o dia pela noite. Parecia-lhe que, quando adormecia de dia, não tinha tantos pesadelos. Se ao menos Marina pudesse sair livremente, poderia programar uma fuga. Seria arriscado, mas era melhor do que ficar ali esperando que eles os atacassem. Não faria nada enquanto Ângela estivesse lá. Era imperioso que ela fosse embora.

Ele ignorava os planos de Marina. Ela não lhe contara por dois motivos: primeiro porque ele não concordaria que Rogério ficasse a par de seus negócios e intermediasse o encontro; segundo porque nos últimos tempos ela estava pensando em aproveitar a situação e deixar que Martínez acabasse com Raul, e Dino acabasse com Martínez. Além de ampliar seus negócios eliminando um grande concorrente, Dino ainda receberia metade de toda a fortuna de Raul. Se antes Marina desejava que Ângela voltasse para a Inglaterra, agora achava que seria melhor que acabassem com ela também, para que tudo fosse dividido somente entre ela e Dino.

Não queria dizer isso a Rogério. Certamente Dino daria um jeito de comunicar-se com ela diretamente. Não sabia como, mas se ele quisesse o faria.

Quando Rogério ligou dizendo que precisava encontrar-se com Ângela com urgência porque havia conseguido o que ela tanto queria, Marina entendeu que ele estivera com Dino. Decidiu programar um novo encontro com ele naquela mesma noite. Ligou para Rogério:

— Ângela precisou sair mas mandou lhe dizer que quer vê-lo esta noite no lugar de sempre. Não deixe de ir.

— Obrigado. Diga a ela que estarei lá.

Novamente Marina foi à copa e despejou as gotas do sonífero na garrafa térmica de café. Ela estava de costas para a porta da cozinha e não percebeu que Lurdes ia entrando e viu o que ela estava fazendo. Com medo de ser descoberta, a criada voltou logo para a cozinha, assustada.

Havia muito tempo notava que naquela casa, com exceção de Ângela, as pessoas eram misteriosas. Não suportava a arrogância dos dois vigias, que as tratavam com grosseria, dando-lhes ordens abusivas, evidenciando mau caráter.

Precisava falar com Ângela. Ela havia saído para comprar um presente para Ronaldo e Marilda, que casariam dentro de alguns dias.

Quando a viu chegar no fim da tarde e subir para o quarto, esperou para ver se ninguém a observava e foi até lá.

Ângela estava se preparando para tomar um banho e arrumar-se porque logo mais Eduardo viria buscá-la para irem a um jantar na casa de Adalberto.

Lurdes bateu na porta, entrou e fechou-a em seguida.

— Preciso falar com você.

— Parece assustada. O que aconteceu?

Falando baixo, Lurdes contou-lhe o que vira e finalizou:

— Tanto nós como os dois vigias tomamos café daquela garrafa. O que será que ela colocou dentro?

Ângela lembrou-se do que o detetive contara. Era provável que Rogério naquela noite voltasse a entrar na casa.

— Talvez seja um remédio para dormir. Ela quer fazer alguma coisa e não deseja que ninguém saiba.

— Deus me livre! Eu é que não vou tomar aquele café.

— Isso mesmo. Mas finja que tomou. Sirva-se e jogue fora. Eu não vou jantar aqui. É bom que ela pense que não sabemos de nada. Mas você fique atenta a qualquer barulho. Não deixe que ela desconfie.

— O que será que ela vai fazer?

— Não sei. Vamos fingir que não sabemos de nada. Amanhã você me conta o que viu.

— Se não fosse por você, eu iria embora. Ultimamente tenho tido medo de trabalhar aqui.

— Calma. Não vai nos acontecer nada. Tenho amigos que nos estão ajudando. Confie em mim.

— Vou rezar para que Deus nos proteja.

— Faça isso.

Rogério desligou o telefone com satisfação. A perspectiva de um encontro com Marina era maravilhosa. Lembrava-se do último encontro e sentia arder o fogo da paixão. Não se lembrava de haver sentido por nenhuma mulher o que sentia por Marina.

Preparou-se com prazer e capricho. Sabia que teria de ir depois da meia-noite, mas as horas custavam a passar.

Por fim, chegou o esperado momento. Rogério deixou o carro no lugar de costume, apanhou a chave da casa e entrou sorrateiramente.

Marina esperava-o e ele a abraçou enlevado. Ela se esquivou, fez-lhe sinal que não fizesse ruído e conduziu-o cautelosamente a seu quarto. Passaram pelo corredor onde Ari dormia, cabeça encostada na parede, a arma no cinto, sem esboçar o mínimo gesto.

Uma vez no quarto, Marina fechou a porta à chave e perguntou:

— E então, falou com ele?

Rogério abraçou-a eufórico e tentou beijá-la nos lábios. Marina se esquivou.

— Vamos conversar primeiro. Estou ansiosa. Como foi?

Rogério contou tudo e no fim ela considerou:

— Ele não deu nenhuma resposta. Como era a expressão dele? Você sentiu que se interessou?

— Ele é muito controlado. Difícil perceber o que ele estava pensando. Havia momentos em que eu não sabia o que fazer. Empenhei-me, mas, conforme ele disse, teremos de esperar.

— Pelo menos fizemos contato. Já é alguma coisa. Preciso falar com ele pessoalmente.

— Você pode tentar enganar os vigias e sair sem que saibam.

— Eles não descuidam. Se eu não colocasse o remédio no café, não poderíamos nos encontrar. Se Dino marcar um encontro comigo à noite, talvez eu possa dar jeito.

— Ele não marca nada com antecedência. Diz que é ele quem dá as cartas.

— Ainda penso que, se ele se interessar, dará jeito.

— Se ele a procurar, o que vai lhe propor? Você não me deu detalhes. Ele fez perguntas que eu não soube responder.

— Ele e Martínez são concorrentes nos negócios. Além disso, se odeiam. Fizeram um acordo delimitando o espaço de atuação de cada um, mas nem sempre respeitam o que prometeram. Muitas mortes já aconteceram entre eles, e estão sempre querendo um acabar com o outro.

— Não sei se o que está fazendo é o melhor. Raul é sócio de Martínez. Já pensou o que pode acontecer se foi Dino quem atacou Raul? Ele não merece confiança. Depois de acabar com Martínez, pode querer acabar com vocês.

— Sei de fonte limpa que não foi Dino quem atacou Raul. Martínez só está esperando a polícia encerrar as investigações do atentado para arranjar um jeito de nos matar. Também não confio em Dino, mas diante das circunstâncias é preciso correr o risco. Creio que é nossa única saída.

Ele a abraçou nervoso:

— De todo jeito vou perder você. Se tudo der certo, irá embora com Raul. Tremo só de pensar nisso.

Ela sorriu e beijou-o longamente nos lábios, depois disse com voz calma:

— Também não quero perder você. Não está em meus planos ir embora com Raul. Ele foi bom para mim, deu-me tudo, inclusive posição social, que era o que eu mais queria, por isso gosto dele. Mas não o amo. Não vou viver com ele agora que ele não vai poder mais manter nossa vida social.

— Ele é ciumento, não vai aceitar uma separação.

— Terá de aceitar. Ele não estará em condições de não fazer como quero. Ficarei com você. Terei muito dinheiro, iremos juntos para bem longe.

Apesar de haver pensado em fugir com ela, Rogério sentiu o peito oprimido. Pensou que teria de deixar família, posição, tudo por causa de uma mulher. Diante do que iria perder, hesitou. Mas Marina abraçou-o beijando-o com paixão e ele não desejou resistir. Entregou-se ao momento, extravasando o desejo que o consumia.

Lurdes viu quando Marina desceu as escadas cautelosamente, passou pela copa e foi para a entrada de serviço. De seu quarto, atrás da cortina, luzes apagadas, pôde perfeitamente vê-la abrir a porta e deixar um homem entrar.

Coração batendo forte, esperou um pouco, depois abriu vagarosamente a porta do quarto e, sem fazer ruído, espiou. Viu quando subiram a escada, passaram pelo vigia adormecido e foram para o quarto dela.

Então era isso! Marina tinha um amante! Bem que desconfiara do amor que ela fingia ter pelo marido. Não teve coragem de subir e tentar ouvir o que diziam. Não queria ser descoberta.

Voltou para seu quarto e esperou. Ângela chegou pouco depois e foi para o quarto. Lurdes ficou com vontade de ir contar-lhe, mas teve medo. Continuou em seu quarto observando.

Mais de uma hora depois, viu quando abriram a porta de serviço, beijaram-se e ele saiu. A noite estava clara e ela, admirada, reconheceu Rogério.

Várias vezes o havia atendido quando buscava Ângela para sair. Eles já seriam amantes naquele tempo? O interesse dele por Ângela teria sido fingido?

Marina entrou, foi para o quarto e Lurdes deitou-se, mas custou a pegar no sono. Quando conseguiu, teve pesadelos. Acordou inquieta, nervosa, preocupada com o que poderia acontecer.

Na manhã seguinte, assim que Ângela desceu para o café, desejou contar, mas Marina já havia acordado e sentara-se ao lado dela. Lurdes as serviu aparentando calma, mas atentando ao que conversavam.

— Ontem você saiu novamente com aquele moço... Como é mesmo o nome dele? — indagou Marina.

— Eduardo.

— Vocês estão namorando?

— Não. Somos amigos.

— Formam um lindo casal.

Ângela não respondeu. Marina continuou:

— Gostaria de poder recebê-lo aqui em casa, oferecer-lhe um jantar, mas infelizmente nossa situação ainda não permite. Fico constrangida com os vigias circulando. Por isso não convido ninguém.

— Não se incomode. Está tudo bem.

Ângela tomou seu café, levantou-se e perguntou para Lurdes:

— Você passou aquela blusa verde que pedi?

— Sim, senhora. Vou buscá-la.

— Leve para meu quarto, por favor.

Lurdes apanhou a blusa e foi para o quarto, onde Ângela já a esperava. Entrou e fechou a porta. Aproximou-se, contou o que viu e finalizou:

— Era Rogério, aquele moço que saía com você. Eles se beijaram na saída.

— Era o que eu imaginava.

— Bem que eu desconfiava do amor que ela dizia sentir pelo Dr. Raul.

— Infelizmente papai não está em condições de reagir. Ele não pode saber de nada.

— Fique sossegada. Só farei o que você mandar.

Ângela colocou a mão sobre o braço dela e respondeu:

— Obrigada, Lurdes. Você é uma boa amiga. Um dia vou recompensá-la por tudo.

. — Não diga isso. Não quero nada. Estou do seu lado. É só por sua causa que ainda estou aqui. Pode contar comigo.

Ângela abraçou-a comovida.

— Não conte nada a Emília. Ela pode não se controlar.

— Fique tranqüila.

191

— Esteja atenta. Vigie Marina sempre que ela se aproximar da copa.

— Claro. Se ela colocou sonífero, algum dia poderá colocar coisa pior. Eu é que não vou tomar nada daquela garrafa.

— É melhor ficar observando. Não vamos fazer o jogo dela.

— Isso mesmo. Eu vou descer. Não quero que ela desconfie.

Lurdes saiu e Ângela ficou pensando. Na véspera, no jantar na casa do Dr. Adalberto, contara a novidade. Mílton vira Rogério entrar na casa pela porta de serviço. Colocar sonífero no café era a maneira que Marina encontrara para receber o amante sem que ninguém soubesse. Todos concordaram com isso.

Mas durante o trajeto de volta, sentada no carro ao lado de Eduardo, de repente ele disse:

— Vamos passar em casa.

— São dez e meia, é tarde.

— Angélica quer falar conosco. Lá estaremos melhor.

Entraram na casa e Ângela ficou acanhada notando a presença do pai de Eduardo.

— Desculpe, Dr. Ramiro — disse acanhada. — Não é hora de visitar ninguém.

— É um prazer recebê-la, minha filha. Fique à vontade.

— Minha mãe quer falar comigo e...

— Não se acanhe. Está em sua casa.

— Obrigada.

Foram ao escritório, sentaram-se no sofá e Eduardo disse sério:

— Ela nos acompanhou. Disse que tem amigos que estão nos protegendo mas que seu pai corre perigo.

— Eu sei. Já lhe contei que ele está consciente e nos comunicamos pela escrita.

— É sobre Marina. Rogério também está correndo perigo. Ela está tramando um golpe e o envolveu com os traficantes. Ele está cego pela paixão. Angélica pede que, quando formos à reunião espiritual, coloquemos o nome dele para orações. Os espíritos vão tentar ajudar.

— Faremos tudo que ela mandar.

— Pede para você procurar Marilda. Ela vai precisar de seu apoio.

— Marilda? Ela vai casar com Ronaldo, irmão de Rogério. Vão ser envolvidos também?

— Não com Marina. Mas há alguém que não deseja a felicidade do casal.

— Já sei. É a mãe dele. Notei que ela não aprova o casamento.

— Isso mesmo. Vá vê-la, coloque os nomes para orações. Angélica está abraçando você e diz que estará sempre a seu lado.

Ângela comoveu-se. O amor da mãe tocava-lhe os sentimentos. Algumas lágrimas desceram pelo seu rosto.

— Ela diz que não deseja vê-la chorar. Quer que sorria e seja muito feliz.

— Não estou triste. Ao contrário: estou chorando de alegria por sua presença.

Eduardo esclareceu que depois de abraçá-los ela se foi. Ficaram alguns minutos em silêncio. Depois Ângela pediu:

— Vamos embora.

Desceram e o Dr. Ramiro os esperava com alegria. Ângela quis despedir-se, mas ele disse:

— É cedo. Fique mais um pouco. Dividam sua alegria com um homem solitário que deseja muito ter o prazer de sua companhia.

Sentaram-se, e a conversa fluiu agradável. Meia hora depois, Ângela despediu-se. Eduardo conduziu-a para casa.

Ela entrou e tudo estava em silêncio. Ari dormia sentado na cadeira do corredor. Ângela teve vontade de falar com Lurdes, mas achou prudente esperar pelo dia seguinte.

Assim que acordou, desceu. Mas, como Marina estava acordada, lembrou-se da blusa e pediu-a para poder falar com Lurdes a sós.

As palavras da mãe ainda estavam vivas em sua mente. Sentia que precisava ajudar o pai, Rogério e, para sua surpresa, Ronaldo e Marilda. O que poderia fazer para isso? Decidiu ir no dia seguinte entregar o presente de casamento pessoalmente, assim teria ocasião de conversar com Marilda e sentir como estavam as coisas.

15

Na tarde do dia seguinte, Ângela foi à casa de Marilda, porém esta não se encontrava lá: havia ido até a casa onde iria morar depois da cerimônia de casamento.

Rosana recebeu Ângela com carinho e, notando nela certa decepção por não encontrar Marilda em casa, disse:

— Marilda ficará muito triste quando souber que você veio e não a encontrou.

— Preciso vê-la. Tenho um recado especial.

Rosana convidou-a a entrar. Depois que ambas se acomodaram no sofá, Rosana perguntou:

— Aconteceu alguma coisa?

— Está tudo bem. Não se preocupe. — Hesitou um pouco e depois disse: — Nós nos conhecemos no baile de formatura de Ronaldo, mas, apesar de não termos tido oportunidade de estreitar nossa amizade, sinto grande simpatia por vocês. É como se fôssemos velhos amigos.

— Essa sensação foi recíproca.

— Obrigada. Naquela noite, estivemos conversando, Marilda e eu. Contei-lhe que fui internada em um colégio aos cinco anos e nunca mais vi minha mãe. Ela morreu anos depois sem que eu tivesse oportunidade de estar com ela. Sofri muito por isso.

Notando o carinho e a atenção com que Rosana a ouvia, Ângela contou como conhecera Eduardo e falou das provas que ele lhe apresentara da vida após a morte. Por fim, transmitiu o recado que sua mãe lhe dera sobre Marilda.

— A senhora desculpe eu vir dizer-lhe isso. Não quero intrometer-me na vida de sua família, mas, diante da insistência dela, eu vim. Não sei sua religião, não quero convencê-la de nada, apenas estou dando o recado que ela pediu.

Rosana olhou-a séria e respondeu:

— Não se preocupe com formalidades. Embora eu não tenha muito conhecimento sobre o assunto, sempre acreditei que a vida continua após a morte. Agradeço seu interesse. Para dizer a verdade, esse casamento vem me preocupando muito. Ronaldo é um ótimo rapaz, gosto dele como um filho, eles se amam e tudo indica que serão muito felizes. Mas...

— Continue, Dona Rosana.

— Tenho sentido que alguma coisa ruim vai atrapalhar a felicidade deles. Há momentos em que sinto uma angústia enorme. Às vezes tento falar com eles para que tenham cuidado, mas eles dizem que minha preocupação é natural, que estou com ciúme porque minha filha é tudo que tenho neste mundo.

— Esse pensamento é natural até certo ponto. Marilda vai deixar de ser uma moça e tornar-se mulher, formar uma família, e a senhora, com sua experiência, sabe como isso pode ser.

— Tenho sonhado muito com meu marido. Ele sempre recomenda calma, pede que eu confie em Deus e não me deixe envolver por esses pensamentos desagradáveis.

— Isso mesmo. Minha mãe tem me aconselhado a mesma coisa.

— Tenho rezado, pedido a Deus para me orientar. Gostaria de fazer algo mais para proteger os dois.

— Se a senhora quiser, falarei com Eduardo. Ele tem muita sensibilidade, vê os espíritos, fala com eles, recebe instruções. Tenho certeza de que ele vai poder nos orientar.

Rosana segurou a mão dela com carinho.

— Faria isso por nós?

— Claro.

— Posso fazer-lhe uma pergunta?

— Sim.

— Você ainda está namorando Rogério?

— Não. Nunca fomos namorados. Certa vez ele pediu, eu disse que aceitava, mas depois mudei de idéia. Eu não sinto amor por ele para manter um namoro.

— Perguntei porque ele e a mãe não aprovam o casamento.

— Eu notei. Ambos são muito iludidos com as aparências, estão muito distantes dos verdadeiros valores da alma.

— Isso mesmo. Já o Dr. Romualdo é o oposto. Tem sido maravilhoso. Deu uma casa de presente de casamento, reformou-a do gosto deles, achegou-se muito conosco. Não sei se você sabe, mas Ronaldo teve um desentendimento com a família anos atrás, saiu de casa e nunca mais aceitou mesada dos pais. Só aceitou a casa porque o pai insistiu em dá-la como presente de casamento.

— Notei que ele é um moço de valor, muito diferente do irmão.

— É um moço simples, que gosta das boas coisas da vida. Nós nos damos muito bem.

— E a mãe dele? Como vem se portando? Está mais acessível agora que o casamento está tão próximo?

— Nunca veio aqui nem se interessou por nada que se refira ao casamento. Fomos à casa dela uma vez para um jantar formal que foi muito frio, apesar de Ronaldo e o Dr. Romualdo terem se esforçado para alegrar o ambiente.

A campainha tocou e Rosana foi abrir. Era Romualdo, que vinha buscá-la para irem à casa de Ronaldo ajudar na arrumação. Conversaram alguns minutos. Rosana serviu café com biscoitos e depois Ângela levantou-se para sair.

— Você tem algum compromisso agora? — indagou Romualdo.

— Não, mas vocês devem ter.

— Nós vamos à casa dos noivos — disse ele sorrindo — Gostaria que fosse conosco.

— Isso mesmo — reforçou Rosana. — Tenho certeza de que Marilda ficaria muito contente. Aproveitaremos para levar seu presente.

— Tem certeza de que não vou atrapalhar?

— Absoluta — disse Romualdo. — Vamos embora.

Ângela queria ir com seu carro, mas ele a convenceu a ir com eles.

— Vamos aproveitar o tempo para conversar — disse ele. — Você morou na Inglaterra durante muitos anos. Estou interessado em falar sobre aquele país.

O ambiente estava tão agradável entre eles, que Ângela aceitou de bom grado. Sentia-se à vontade com eles. Meia hora depois, chegaram ao destino.

Marilda estava sozinha. Havia deixado o emprego. Ronaldo dizia que ela não precisaria trabalhar e ela concordou em parar provisoriamente. Pensava em continuar os estudos, preparar-se para conseguir coisa melhor.

As conversas que mantinha com o noivo despertaram nela o prazer do conhecimento. Sempre que dispunha de tempo, entregava-se à leitura, sentindo a alegria que um bom livro podia proporcionar.

Rosana via com prazer o interesse da filha, que não tivera como ela a possibilidade de continuar estudando, e conversava com ela, estimulando-a a continuar.

Foi com olhos brilhantes que Marilda abriu o presente de Ângela. Era um relógio de parede de muito bom gosto.

— Ainda não tínhamos nenhum. Vou colocá-lo na sala de jantar.

— Vai ficar lindo lá! — exclamou Marilda.

Depois levou Ângela para conhecer a casa toda. O ambiente era de alegria e Ângela sentia-se bem por estar ali. Com naturalidade, começou a ajudar na arrumação. Nos pontos em que Marilda estava indecisa ela intervinha e em poucos minutos os ambientes ganhavam beleza e distinção.

— Você tem mãos de fada — comentou Rosana.

— Minha casa em Londres era pequena mas muito graciosa. Lá os costumes são outros, recebem-se amigos para o chá e tudo é motivo para comemoração. Esses encontros, embora cordiais, são sempre formais. Ninguém aparece sem ser convidado ou pelo menos perguntar se pode ser recebido. Eles preservam a intimidade.

— Muito diferente daqui — comentou Romualdo. — As pessoas aparecem para almoçar, jantar, sem avisar ou perguntar se você tem algum compromisso, o que muitas vezes cria certo embaraço.

— Lá eles logo colocam você onde deve estar. São eles quem determinam até onde você pode ir. Se você agir assim aqui, todos respeitarão. Apesar do que disse, prefiro o calor humano que há aqui. Nosso povo é muito cordial e carinhoso.

— Você tem razão. Gosto de viajar, mas adoro voltar para cá.

Eles riram. O tempo passou depressa e, quando Ronaldo chegou, encontrou-os sentados na sala, conversando animadamente. Juntou-se a eles satisfeito.

Olhando Ronaldo, tão diferente de Rogério, Ângela perguntava-se intimamente se não seria melhor contar-lhe o que estava acontecendo. Seu irmão corria perigo, estava se envolvendo perigosamente com marginais e com uma mulher sem escrúpulos. E se acontecesse o pior? Por outro lado, contar não seria envolvê-los também no perigo?

Marilda levou Ângela para o quarto a fim de pedir-lhe opinião sobre um arranjo. Uma vez lá, perguntou:

— Notei que você mudou depois que Ronaldo chegou. Ficou mais quieta, pareceu-me preocupada.

— Você notou?

— Sim.

— Já lhe contei sobre minha mãe e o recado que ela mandou a você. Acontece que eu não disse tudo.

— Tudo o quê?

— Estão acontecendo coisas envolvendo Rogério e não sei se deveria contar a Ronaldo e ao Dr. Romualdo. Trata-se de um assunto muito sério e perigoso. Eles podem querer ajudá-lo e correrem perigo. Mas, se eu não contar, se acontecer alguma coisa com ele, poderão me culpar por omissão.

— É uma decisão difícil.

— Vou pensar um pouco mais, pedir orientação espiritual. Sei que todos temos amigos espirituais que nos protegem e orientam; vou recorrer a eles. Não quero me precipitar.

— Do jeito que você fala, deve ser alguma coisa muito séria.

— Tão séria que tenho receio de envolver vocês. Estou nisso por causa de meu pai.

— Não é perigoso também para você?

— É. Mas não estou sozinha. Eduardo e outros amigos estão me apoiando.

— Quando você falou em Rogério, senti um aperto no peito e muita tristeza. Não gosto quando sinto isso. Geralmente acontece alguma coisa ruim. Tome cuidado.

— Tomarei.

Ronaldo foi ter com elas:

— Falta muita coisa ainda?

— Não. Já acabamos — respondeu Marilda.

— Que tal irmos todos jantar em um bom restaurante?

Elas concordaram e pouco depois eles saíram. Ronaldo e Marilda convidaram Ângela para ir no carro com eles enquanto Rosana foi com Romualdo.

O detetive de Mercedes estava esperando do lado de fora. Acompanhou-os ao restaurante e tirou várias fotos. Passava das dez quando deixaram o local e foram para a casa de Rosana. Ângela não tocou mais no assunto com Marilda, mas combinaram que falaria com Eduardo pedindo orientação para ela e o noivo.

Ângela despediu-se e foi em seu carro, mas Romualdo acompanhou-a até em casa. Ela colocou o carro na garagem e foi até a rua despedir-se dele.

— O senhor foi muito gentil. Não precisava ter se incomodado.

— Eu não ia deixar uma moça sozinha a esta hora da noite. Passamos um dia muito agradável. Foi muito bom ter você conosco. Por que não se junta a nós amanhã à tarde? Ainda temos muito o que fazer.

— Vamos ver. Obrigada e boa noite.

Ângela entrou, foi para o quarto e não notou que Marina os estava observando atrás da cortina da janela. Reconheceu Romualdo e ficou intrigada. O que Ângela estaria fazendo com o pai de Rogério? Por que ele a levara para casa? Teria ido à casa deles?

Teve vontade de perguntar, mas trincou os dentes com raiva. Seria inútil, uma vez que Ângela não respondia a suas perguntas.

Ela não agüentava mais aquela situação. Se ao menos Dino a procurasse...

Romualdo chegou em casa passava da meia-noite. Como sempre, Mercedes fingia dormir ruminando sua raiva. Ele se deitou e adormeceu logo. Ela ficou pensando no que faria no dia seguinte quando o detetive a procurasse com o relatório.

Não estava disposta a esperar mais. Tanto Romualdo quanto Rosana iriam arrepender-se por estarem traindo-a. Faria um escândalo e trataria de impedir o casamento de Ronaldo.

A situação chegara a um ponto em que seria necessário dar um susto no marido. Não desejava tornar pública a situação. Não podia se expor. Mas tornaria a situação familiar impossível e obrigaria Romualdo a impedir o casamento.

Tinha certeza de que ele, para evitar escândalo, faria tudo do jeito que ela queria. Diante dos fatos, talvez Ronaldo pensasse melhor e acabasse de vez com aquele relacionamento.

Antegozava o prazer de ver as duas, mãe e filha, chorando desconsoladas. Esse seria seu prêmio por todo o sofrimento que estava suportando por causa delas.

Passava das dez na manhã seguinte quando Ângela procurou Eduardo em casa. Ele a conduziu ao escritório, onde ela contou seu encontro com Marilda e a família no dia anterior e finalizou:

— Elas aceitaram muito bem tudo que eu disse e pediram sua orientação. Você tem o que fazer esta tarde?

— Não. Tenho alguns negócios que pretendo ver amanhã cedo. Hoje estou disponível.

— Você decidiu mesmo ficar morando no Brasil?

— Sim. É hora de ficar. E você, o que fará quando resolver seus assuntos de família?

— Ainda não sei. Tenho me perguntado se depois de estar aqui de novo eu me habituaria lá outra vez. É tudo muito bom, mas sinto que aqui é a nossa gente, os nossos costumes. Depois... — Ela hesitou.

— Depois... Continue.

— Há os amigos. Há você.

Ele segurou a mão dela dizendo sério:

— Minha presença significa alguma coisa para você?

Ela corou e respondeu:

— Sim. Você em pouco tempo tornou-se meu melhor amigo.

— Talvez eu espere um pouco mais...

Ela sorriu quando respondeu:

— O tempo vai dizer. O que sei agora é que gosto muito de você.

Ele aproximou-se e beijou-a nos lábios repetidas vezes. Ângela estremeceu e sentiu o coração disparar. Entregou-se ao prazer daquele momento, sentindo grande emoção.

— Amo você desde o primeiro dia que a vi. Sinto que você também me quer. Diga que é verdade.

— Sim. Nunca senti o que estou sentindo agora.

Ele a abraçou novamente, dizendo emocionado:

— É tudo que eu queria ouvir. É bom incluir você em meus projetos. Tenho certeza de que seremos felizes.

Ângela ficou calada por alguns momentos e Eduardo continuou:

— Você pode pensar que estou sendo apressado. Mas é que sinto, eu sei, que nós dois viemos para ficar juntos. Talvez você precise de mais tempo para analisar seus sentimentos. Não desejo pressioná-la.

— Não se trata disso. Sinto o mesmo que você. Mas estou pensando em meus problemas de família. Corremos perigo. Apesar de saber que meu pai é culpado por estarmos nesta situação, não desejo que nada de mau lhe aconteça. Se ao menos ele descobrisse a verdade...

— Não sei se seria bom. Não sabemos como reagiria diante da traição de Marina. No caso dele, é difícil dizer o que seria melhor. Estamos procurando fazer nossa parte, mas certas coisas não dependem de nós.

O momento é de firmeza na fé, de confiança na ajuda espiritual que sempre está presente, na certeza de que a vida com sua sabedoria fará o melhor para todos.

— Sinto-me confortada por sua fé. Mesmo sabendo que minha mãe continua viva em outra dimensão e está nos ajudando, diante dos fatos ainda sinto certa insegurança.

Eduardo levou a mão dela aos lábios e beijou-a com carinho.

— A fé é uma conquista preciosa que nos fortalece e ilumina. Não aparece de uma hora para outra, mas é construída laboriosamente por meio das experiências do dia-a-dia. A vida tem uma linguagem própria que faz despertar nossa consciência para a verdade; quando você está atenta, percebe os sinais que ela lhe dá. Sua sabedoria emociona, a certeza de que ela nos conduz para uma vida melhor conforta, nos torna confiantes, traz harmonia e paz.

Ângela beijou a mão dele, que segurava a sua.

— Você tem o dom de me acalmar. A seu lado não tenho medo de nada. Agora preciso ir. Você deve ter muitas coisas para fazer. Talvez à noite possamos conversar com Marilda e Ronaldo.

— Sim. Mas hoje vamos almoçar juntos. Temos muito que conversar. Tenho alguns projetos e gostaria de ouvir sua opinião.

— Nesse caso, aceito.

De mãos dadas, olhos nos olhos, os dois continuaram conversando, trocando idéias sobre o futuro.

Naquela manhã, Mercedes foi ao escritório do detetive saber as últimas novidades. Estava nervosa, irritada, no auge da raiva.

Sentada diante dele, apanhou o envelope que ele lhe ofereceu.

— Vá falando tudo. Não esconda nada. O que conseguiu ver?

— Está tudo registrado no relatório. E já tenho minha conclusão deste caso.

— Diga. Quero saber toda a verdade.

— A senhora está enganada. Seu marido não está fazendo nada errado. Simplesmente tem acompanhado seu filho, a noiva e a mãe dela à casa onde o casal irá viver.

— O quê? Quer convencer-me de que ele é inocente? De que lado você está?

— Estou do lado da verdade. A senhora está enganada.

Mercedes abriu o envelope e tirou as fotos, entre elas as de Romualdo e Rosana sozinhos dentro do carro dele, lado a lado na mesa do restaurante, despedindo-se na porta da casa dela.

— Como pode dizer isso? Não está vendo os dois juntos? Ela está sentada no carro dele, sozinha com ele. Ainda acha que não estão de caso?

— Eu os acompanhei por todo o trajeto e eles mantiveram distância o tempo todo. Não houve nenhuma intimidade.

— Você está dizendo isso porque passou para o lado dele. Quanto ele lhe deu para me enganar?

O detetive levantou-se indignado.

— A senhora não pode dizer isso. Sou um profissional sério, com mais de quinze anos de atividade. Sou respeitado.

— Não estou satisfeita com seu trabalho. Paguei para você trabalhar para mim, não para defendê-lo. Não vou lhe pagar mais nada. Chega. Você já deve ter recebido dele.

— A senhora está enganada. Foram dias de trabalho ininterrupto. Preciso pagar meus auxiliares. Apesar de as informações serem confidenciais, temos um contrato de prestação de serviço. Se não pagar, cobrarei judicialmente.

Mercedes levantou-se nervosa, desafiando-o:

— Pois faça isso. Contarei tudo que você fez.

— A senhora está errada. Vai se arrepender de não me ouvir.

Mercedes colocou as fotos no envelope, apanhou a bolsa e saiu sem dizer mais nada.

O detetive ainda tentou detê-la, mas ela não o atendeu. Ele voltou à sala e deixou-se cair em uma cadeira, pensando nervoso:

"Essa mulher está louca. Vai fazer besteira. Talvez seja bom eu procurar o marido. Nunca tive um caso como este."

Mercedes saiu ruminando a raiva. Precisava reagir. Aquilo não podia ficar assim. Todos estavam contra ela. Foi para casa e, uma vez no quarto, olhou as fotos uma a uma e separou as que mostravam Rosana sozinha com Romualdo. Colocou-as no envelope, apanhou a bolsa e saiu.

Não usou o carro da família. Tomou um táxi e deu o endereço de Rosana. Quando o carro parou, ela desceu e pediu ao motorista para esperar. Não tencionava demorar.

Tocou a campainha e Marilda foi abrir.

— Dona Mercedes! Como vai?

— Quero falar com sua mãe. Ela está?

— Sim. Entre, por favor.

Ela entrou e Marilda levou-a para a sala, onde Rosana acabava de entrar.

— Como vai, Dona Mercedes?

— Vim aqui acabar com toda a farsa.

Rosana empalideceu e olhou na direção de Marilda, que as olhava assustada.

— Sente-se, por favor — disse Rosana tentando manter a calma.

— Estou bem de pé — respondeu ela, tirando as fotos do envelope. Continuou colérica: — Vim lhe dizer que sei de tudo. Aqui estão as provas de seu caso com meu marido! Sua desavergonhada!

— O que é isso, Dona Mercedes? — balbuciou Marilda, pálida. — Como se atreve a vir aqui dizer isso de minha mãe?

— Ela é amante de meu marido. Não vou tolerar isso. E você não serve para casar com meu filho. Vai fazer o mesmo que sua mãe! Não vou permitir que esse casamento se realize!

Rosana, que havia ficado muda com o choque, reagiu:

— A senhora não sabe o que está dizendo! Quem inventou essa calúnia? Exijo que se explique.

— Eis as fotos que comprovam tudo. Desistam desse casamento ou irei à igreja e farei um escândalo. Gritarei para todos o que vocês fizeram e impedirei o casamento. Jamais aceitarei vocês em minha família. Se insistirem com o casamento, verão o que farei. Irei aos jornais, falarei tudo. Não quero que meu filho case com Marilda. Espero que entendam e desistam. Assim, como sou generosa, esquecerei o que me fizeram. A decisão está em suas mãos.

Ela fez menção de juntar as fotos, que se haviam espalhado no chão, mas Rosana não lhe deu tempo e apanhou-as.

— Não vai levá-las. Quero ver como forjou isso e até onde vai sua maldade.

— Você quer destruir as provas, mas não adianta. Os negativos estão todos comigo.

Atirou o envelope ao chão e saiu, cabeça erguida com satisfação, e bateu a porta.

Rosana preocupou-se ao perceber a palidez de Marilda. Abraçou-a dizendo:

— Eu sabia que essa mulher iria aprontar alguma. Eu pressenti. Venha, filha, vamos tomar um pouco de água.

Com mãos trêmulas, Marilda segurou o copo e tomou alguns goles.

— Mãe, como ela pôde fazer isso?

— É uma mulher capaz de tudo para conseguir o que deseja. Por causa dela, seu casamento com Ronaldo me preocupava.

— Que fotos são aquelas que ela trouxe?

As duas foram à sala, apanharam as fotos sobre a mesa e Marilda disse admirada:

— Veja, ela se aproveitou das vezes que o Dr. Romualdo veio nos ajudar.

— Ela nunca aceitou o casamento. Criou essa situação para fazer chantagem.

— É melhor transferir a data do casamento. Ela pode mesmo fazer um escândalo.

— Precisamos pensar. Faltam só dois dias. Depois, ela armou esta situação. Não podemos fazer o que ela quer.

— Se eu casar, essa mulher vai infelicitar minha vida.

— É o que sempre temi. Ângela nos avisou.

— É verdade.

Marilda caiu em pranto. Rosana abraçou-a penalizada.

— Calma, filha. Somos inocentes. Deus nos ajudará.

— Eu amo Ronaldo. Se não casar com ele, não casarei com mais ninguém.

— Não chore. Temos de nos acalmar. Nervosas como estamos, não vamos encontrar a melhor solução.

— Sinto o coração apertado. Estou com medo!

— Estou indignada, mas não tenho medo dela. É uma mulher desequilibrada, maldosa, que não merece o marido que tem. Dá para entender por que Ronaldo saiu de casa.

— Eu sabia que ela era contra nosso casamento, mas, como ela não ligava muito para Ronaldo e sempre preferiu Rogério, pensei que fosse nos deixar em paz.

— Ronaldo não é muito ligado a ela. Isso me fazia acreditar na mesma coisa. Mas não. Ela não vai nos deixar em paz.

— O que vamos fazer?

— Vamos enfrentá-la. Não acho justo ela inventar uma história dessas. Somos pessoas honestas. Não vou admitir que ela espalhe essa calúnia.

— Como vai fazer isso? Se ela for aos jornais ou à igreja fazer escândalo, não vamos poder fazer nada. É melhor adiarmos a data do casamento para decidirmos melhor.

Rosana pensou um pouco, depois disse:

— Não. Vocês merecem ser felizes. Vamos procurar o Dr. Romualdo. Ele precisa saber.

— Tenho vergonha.

— Reaja. Não podemos deixar ninguém nos culpar por algo que não fizemos.

— Talvez seja melhor falar com Ronaldo primeiro.

— Para isso teremos de esperar até a noite.

— Ele ficou de vir às sete.

— Prefiro ir agora. Em uma situação como esta, é difícil esperar. Vamos fazer o seguinte: você vai até a farmácia e telefona para o escritório dele. Peça-lhe para vir até aqui hoje mesmo, assim que puder.

— Está bem. Acho que vou ligar também para Ronaldo.

— Não precisa, ele vai vir mesmo. É melhor não preocupá-lo.

Marilda concordou e foi telefonar. Romualdo não estava e ela deixou o recado com a secretária. Quando ela voltou para casa, Rosana considerou:

— Agora só nos resta esperar. Venha, Marilda, sente-se aqui a meu lado. Vamos rezar e pedir a ajuda de Deus.

Marilda obedeceu e as duas, cada uma do seu jeito, rezaram em silêncio pedindo o auxílio de Deus.

16

Romualdo saiu no começo da tarde e passou em uma agência de turismo, onde conseguiu informações sobre os países que desejava visitar. De posse de vários folhetos, passou em uma livraria e comprou alguns livros sobre o mesmo tema.

Era com prazer que estava programando sua viagem. Assim que Ronaldo regressasse da lua-de-mel, transferiria para ele algumas obrigações financeiras e partiria.

Estava ansioso para ler o material que adquirira, mas antes de ir para casa precisava passar no escritório e resolver alguns assuntos.

Assim que entrou na sala, a secretária procurou-o e entregou-lhe os recados. Um era de Marilda; o outro, de Manuel Bastos, que ele não conhecia.

Estava tentando descobrir quem ele era quando o telefone tocou.

— É o Sr. Manuel Bastos. Disse que tem um assunto urgente para falar com o senhor.

— Não o conheço. Deve ser algum vendedor.

— Foi o que pensei. Mas ele disse que não. Pediu para dizer que é sobre Dona Mercedes.

— Pode deixar que eu atendo... Alô...

— Dr. Romualdo?

— Sim, sou eu.

— Preciso lhe falar com urgência. Estou aqui embaixo. Vi quando o senhor chegou, mas não quis abordá-lo na rua. O assunto é confidencial. Pode me receber agora?

— Sim. Estou esperando.

Alguns minutos depois, o detetive foi introduzido na sala de Romualdo e entregou-lhe um cartão. Ele leu: *Manuel Bastos – Detetive Particular.*

— Sente-se, por favor.

— Há algumas semanas fui contratado por Dona Mercedes, sua mulher, para vigiá-lo.

— Como?

Manuel relatou todos os acontecimentos e, à medida que falava, Romualdo ia sentindo a indignação aumentar. Parecia-lhe impossível que Mercedes houvesse feito aquilo.

O detetive finalizou:

— Desculpe vir procurá-lo. Mas, como eu disse a ela, sou pessoa séria. Nunca me venderia por dinheiro. Em meus quinze anos de profissão, nunca tive um caso como este. Dona Mercedes está fora de si. Não aceitou a verdade. Temo que cometa alguma besteira. Ela não quis me pagar e saiu muito zangada.

Romualdo a custo continha a indignação.

— Fez bem em procurar-me. Fique tranqüilo, que pagarei pelos seus serviços. Onde estão as fotos?

— Ela as levou.

— Mande-me um relatório de todos os gastos e amanhã mesmo terá seu dinheiro.

— Obrigado. Eu sabia que poderia contar com o senhor.

Ele se despediu e saiu. Romualdo lembrou-se do recado de Marilda e resolveu ir até a casa dela imediatamente. Mercedes teria tido a coragem de ir até lá para ofendê-las?

Deixou o escritório e foi ao estacionamento apanhar o carro. Passava das seis e o trânsito estava ruim. Romualdo, inquieto, preocupado, torcendo para que Mercedes não houvesse ido até lá, dirigia nervoso, parecia-lhe que o trânsito não andava.

Finalmente chegou. Tocou a campainha e Rosana abriu. Pela sua fisionomia, ele percebeu que ela sabia. Entrou e notou que Marilda estava com os olhos vermelhos. Foi direto ao assunto:

— Mercedes esteve aqui?

— Sim — respondeu Rosana tentando conter a emoção. — Veio fazer chantagem. Quer impedir o casamento.

Romualdo deixou-se cair sentado em uma poltrona, dizendo nervoso:

— Mercedes enlouqueceu! Não posso acreditar! Conte-me tudo. Rosana apanhou as fotos, entregou-as a ele e contou o que havia ocorrido. Ele ouviu movimentando a cabeça negativamente. Quando ela acabou, ele não se conteve:

— Nunca imaginei que Mercedes fosse capaz de uma coisa dessas. Não sei o que dizer. Ela pagou um detetive para nos vigiar! Somos casados há mais de vinte e cinco anos. Como pôde julgar-me capaz de uma coisa dessas?

— Não sei o que fazer... — disse Marilda. — Talvez seja melhor adiar o casamento.

Romualdo levantou-se de um salto:

— Isso é que não! Ela não pode intrometer-se na vida de vocês dessa forma. Não vamos ceder à chantagem dela. É absurdo.

— Mas ela pode ir à igreja fazer escândalo! — tornou Marilda sem conseguir controlar as lágrimas que lhe desciam pelas faces.

Romualdo tirou o lenço do bolso e entregou-o a ela.

— Não chore, minha filha. Você vai se casar no dia marcado, sim, e ninguém vai atrapalhar. Eu garanto. Não vou permitir que ninguém perturbe a felicidade de vocês.

— Ela estava fora de si. Receio que cumpra o que prometeu — disse Rosana.

— Ela não comparecerá a esse casamento nem que eu tenha de prendê-la em casa.

Rosana sentou-se e não respondeu. Sentia-se abalada, nervosa, machucada.

Romualdo levantou-se e disse sério:

— Por favor, perdoem-me. Nos últimos tempos notei que Mercedes estava mais irritada, nervosa, reclamando de tudo mais do que o habitual. Mas não percebi nada que pudesse levar-me a suspeitar do que ela estava fazendo. — Ele falava em tom magoado, triste. Suspirou fundo e prosseguiu: — Mercedes sempre teve gênio forte. Durante estes anos que estamos casados, tenho procurado conviver de maneira educada. Percebo que me omiti, sempre fazendo como ela queria, sem nunca questionar suas vontades. Comecei a notar que eu estava errado quando Ronaldo me procurou com o convite de sua formatura. Em sua dignidade, ele não me pediu nada, apenas expressou o desejo de nos ter ao lado em um dia importante de sua vida. Depois...

Ele se calou pensativo por alguns instantes. Vendo que elas o ouviam com atenção, continuou:

— Eu conheci vocês. A convivência com uma família de verdade fez-me sentir quanto eu havia perdido. Mostrou-me que eu havia deixado de lado todos os projetos de minha mocidade e construído uma vida vazia e infeliz. A felicidade de vocês me fez bem. Comecei a sentir vontade de retomar meus projetos da juventude. Senti-me revigorado, alegre. Talvez tenha sido isso.

— Ela sentiu que você estava se afastando dela — disse Rosana.

— Essa é a verdadeira razão de Mercedes haver montado essa farsa. Não se conforma em perder o controle que sempre exerceu sobre mim. Sentiu que já não faço as coisas como ela quer. Mercedes é manipuladora, autoritária. Fica muito irritada quando alguém não concorda com ela, não faz o que ela quer.

A campainha tocou e Marilda foi abrir. Ronaldo entrou e perguntou admirado:

— Você chorou! O que aconteceu?

Marilda abraçou-o e rompeu em soluços. Ele a apertou de encontro ao peito e disse assustado:

— O que foi? Por que está chorando assim?

Romualdo abriu a porta da sala.

— Entre, meu filho. Vamos conversar.

Em poucas palavras ele contou o que estava acontecendo. Ronaldo, conforme ouvia o relato, não continha a indignação. Quando o pai se calou, ele, ainda abraçado a Marilda, beijava-lhe as faces com carinho.

— Não chore, minha querida. Ninguém vai nos separar. Nunca. Vamos nos casar conforme programamos. Desta vez mamãe foi além do que eu a julgava capaz.

Romualdo falou novamente sobre a descoberta de suas frustrações, de como a convivência com Ronaldo, Marilda e Rosana o havia feito pensar e retomar o entusiasmo de viver. E finalizou:

— A partir de agora vai ser difícil continuar convivendo com Mercedes. Não tenho condições de fechar os olhos como sempre fiz e continuar com ela.

Rosana interveio:

— Talvez, se conversar com Dona Mercedes, colocar seus sentimentos, ela reconheça o erro e mude de atitude. Apesar de tudo, ela demonstra que não deseja perder seu afeto. Agiu de forma errada, mas dá para notar que ela o quer bem e não deseja dividir seu carinho com ninguém.

— O que ela quer é manter o domínio — disse Romualdo convicto. — Não creio que ela goste de mim. Quem ama deseja a felicidade da pessoa amada. Mercedes nunca agiu assim. Sempre fez tudo para manter a projeção social. Orgulha-se de dizer que o marido é um escritor. Pobre de mim, que me deixei iludir por ela. Meus livros nunca venderam nada.

— Não diga isso, pai. Você escreve muito bem. Romance talvez não seja seu forte. Há muitas outras coisas interessantes que podem dar um bom livro.

— Talvez. A idéia do romance foi dela.

— Um escritor é alguém que tem algo a dizer — disse Rosana — e o faz expressando as idéias em que de fato acredita. Essa é a força que faz o bom escritor.

— É exatamente isso que eu gostaria de fazer.

A campainha tocou. Rosana foi abrir e deparou com Ângela e Eduardo. Depois dos cumprimentos, Rosana disse:

— O que vocês previram aconteceu hoje. Estamos arrasados.

— Não se deixe abater — respondeu Eduardo. — Em qualquer caso, é bom conservar a confiança.

— Vamos entrar, por favor.

Na sala, Ângela apresentou:

— Este é Eduardo. Ele tem sensibilidade. Consegue ver e falar com os seres que vivem em outra dimensão. O espírito de minha mãe tem me mandado recados por ele. Foi ela quem nos avisou que vocês precisavam de ajuda espiritual.

— Foi ela quem mandou um recado para nós — lembrou Rosana.

— Sim. Ela nos acompanhou e está aqui. Diz que o ambiente está conturbado e que precisamos renovar as energias.

Eduardo falava com calma, segurança, e tanto Ronaldo quanto Romualdo ouviam atentos. Eles já tinham ouvido muitas coisas sobre espiritismo. Certa vez, Romualdo, influenciado por amigos, levara para casa alguns livros sobre o assunto, mas desistira de lê-los porque Mercedes e Rogério caçoavam o tempo todo.

Vendo que o ouviam com atenção, Eduardo continuou:

— Vamos nos sentar e ficar em silêncio. A prece nesses casos atua sobre as energias do ambiente, transformando-as para melhor.

Todos se sentaram e Eduardo fez uma prece pedindo que os amigos espirituais interferissem naquele caso, orientando-os. Ficaram alguns minutos em silêncio, depois Eduardo disse:

— Angélica aproximou-se de nós e trouxe uma moça muito bonita. Ela diz que se chama Vera e é amiga de Marilda. Antes de você nascer, ela lhe prometeu que estaria sempre a seu lado, protegendo-a. Vocês residiam na mesma dimensão astral.

Marilda sentiu-se emocionada. Eduardo continuou:

— Vera diz que você tinha muito medo de renascer porque sabia que iria encontrar-se com uma pessoa que lhe causou muitos sofrimentos na encarnação anterior. Vocês têm assuntos não resolvidos daqueles tempos.

— Deve ser verdade, porque estou sentindo muito medo — disse Marilda, trêmula.

— Desta vez será diferente. Você vai vencer e acabar com todos esses problemas.

— Não sei se vou conseguir. Sinto-me fraca.

— Não diga isso. A força está em você. Precisa acreditar que é capaz. Não se iluda com as aparências do mundo. As posições sociais são temporárias. Na verdade, o que realmente conta são os valores eternos da alma. Eles é que revelam o nível de cada um. Você sabe que já possui conquistas espirituais valiosas que a tornam muito mais forte do que as pessoas que você teme. Assuma sua força e perdoe. É o que lhe cabe fazer agora.

— Estou indecisa. Talvez fosse melhor adiar o casamento e dar tempo a que as coisas se resolvam.

— Não é isso o que sua alma quer. Vocês dois são espíritos ligados pelos laços do amor de outras vidas. Essa mulher não se conforma em pensar que, apesar de tudo que ela já fez em outros tempos, você e seu noivo ainda se amam e vão ficar juntos.

— Estou confusa. Quem não aceita nossa união é Dona Mercedes, mãe de Ronaldo. Mas nos conhecemos somente agora. É verdade que ela não simpatiza comigo, mas nunca lhe fiz nada.

— Esse desentendimento entre vocês duas aconteceu em outras vidas. Nós já tivemos outras passagens por este mundo.

— Mas eu não me lembro.

— Ela também não. Cada vez que nascemos de novo, esquecemos o passado e só iremos nos lembrar de tudo quando voltarmos à vida astral e tivermos condições de rever as experiências passadas. Mas no arquivo do espírito de todos nós ficaram guardadas as experiências, boas ou não, que se refletem em nossas atitudes no dia-a-dia. Aparentemente, vocês se conheceram agora, mas a sensação desagradável foi imediata.

— É verdade — confirmou Marilda. — Quando estou perto dela, sinto medo, vontade de sair correndo e não a ver mais.

Rosana, até então calada, decidiu emitir seu parecer:

— Gosto muito de Ronaldo. E o Dr. Romualdo tem se revelado um amigo, dando-nos apoio. Mas, ainda assim, quando penso no casamento, sinto medo, parece que Marilda vai sofrer. Tenho feito força para dominar esse sentimento. Fico dizendo a mim mesma que é besteira, que nada de mau vai acontecer, mas de repente esse sentimento volta.

— Vera diz que a senhora também participou dos fatos passados, e isso explica suas impressões de agora.

— Quando ela começou a namorar Ronaldo, desejei que não desse certo. Mais tarde, conhecendo-o melhor, notando suas qualidades, seu amor por minha filha, esforcei-me para vencer esse pensamento. Hoje, depois do que houve, sinto que eu estava certa. Questiono se não teria sido melhor mesmo que eles tivessem se separado.

— Não se pode ir contra a força das coisas. Se eles se separassem, a vida os reuniria novamente, assim como as outras pessoas da família. Vera diz que o irmão de Ronaldo também está ligado a vocês pelos laços do passado, por isso os dois nunca se deram bem.

— Não seria mais fácil resolver os problemas de outras vidas se nos lembrássemos do que aconteceu? — perguntou Romualdo.

— Não. O esquecimento favorece. Nascendo no mesmo lar, ligados pelos laços de sangue, há uma reação natural contra a animosidade. Os pais educam os filhos desejando que convivam bem e isso faz com que, mesmo sentindo certa rejeição, se esforcem para vencer esse sentimento. Se recordassem as causas do desentendimento, seria difícil, se não inútil, qualquer tentativa. A convivência no lar desde a mais tenra idade favorece a que cada um conheça do outro aspectos diferentes de sua personalidade. Apesar das implicâncias, as qualidades poderão ser observadas. Assim, muitos problemas mal resolvidos do passado são eliminados.

— O que você diz é verdade — comentou Ronaldo. — Desde pequeno eu sentia rejeição por mamãe e por Rogério. Era um sentimento que brotava dentro de mim e que me deixava abalado. Então, eu me criticava, dizendo que não podia querer mal minha própria mãe e meu irmão. Muitas vezes senti-me culpado por isso.

— A vida não deixa nada inacabado e trabalha sempre pelo bem de todos — esclareceu Eduardo. — Não adianta fugir, porque tudo voltará. O melhor é compreender o processo e trabalhar a favor dele.

— Como se pode fazer isso? — indagou Ronaldo. — Várias vezes tentei melhorar nosso relacionamento, mas Rogério não aceitava.

— O importante é você fazer sua parte: mostrar boa vontade em perdoar e esquecer os problemas passados. Se o outro não fizer o mesmo, a vida o afastará de seu caminho e ele irá aprender de outra forma, por intermédio de outras pessoas. O que vale é acabar com o mal no coração, é perdoar de verdade. Só vai conseguir isso quando reconhecer que você havia criado expectativas ilusórias sobre eles; esperou que correspondessem a elas, porém eles ainda não tinham condições de ser melhores. Essa é a chave para perdoar de fato, arrancar a raiva, a animosidade do coração.

— Sua maneira de pensar é comovente — disse Romualdo, esforçando-se para conter uma lágrima que estava prestes a cair.

— Estou apenas repetindo o que os espíritos ensinam. A espiritualidade abre nossa consciência, traz sabedoria e ilumina a alma. Todos desejamos ser felizes, conquistar a paz, ter prosperidade. Para obter tudo isso, devem-se aprender as leis cósmicas que regem o Universo.

— Pelo que tenho observado, muitos têm procurado a felicidade, sem nunca a encontrar — disse Romualdo.

— Porque têm procurado fora de si mesmos, quando ela reside na essência espiritual que está dentro de cada um.

— Mas para fazer isso deve-se abandonar tudo e ser como um monge — tornou Ronaldo.

— De forma alguma. Não estou falando de vocação religiosa, mas do dia-a-dia do homem comum. A felicidade é um estado interior de realização plena. Só a conseguiremos quando conhecermos nosso temperamento e respeitarmos as particularidades de nosso espírito.

— E quando o temperamento é perverso, ruim, é preciso educá-lo — comentou Romualdo.

— O senhor se refere à personalidade, que é diferente de temperamento.

— Como assim? — indagou Ronaldo, admirado.

— Deus criou o homem à sua semelhança, o que significa que dentro de cada pessoa reside a essência divina, perfeita, que tudo sabe. Tornou-o simples e ignorante, sem ter consciência do próprio poder. Deu-lhe o livre-arbítrio, para que escolha seus caminhos, desenvolva a consciência e conquiste a sabedoria.

— Sendo ignorante, isso não é nada fácil — comentou Romualdo.

— Não mesmo. Mas temos toda a eternidade pela frente. Como nos é permitido escolher, erramos muito, mas aprendemos pelos erros. A vida comanda o progresso nos respondendo de acordo com o que escolhemos, e o faz por meio de suas leis perfeitas. Generosa, trabalha pelo melhor, procurando nos ensinar. Acontece que, por não valorizarmos o que sentimos, preferimos ouvir o que os outros dizem e vamos enchendo nossa cabeça de crenças erradas, de regras e valores falsos que nos distanciam cada vez mais da essência espiritual, que é a nossa verdade.

— Interessantes esses conceitos. Gostaria de saber mais — pediu Romualdo.

— As características de nosso espírito refletem o temperamento: as vocações, as preferências, o prazer, os potenciais a serem desenvolvidos. Quando estamos seguindo o que nossa alma quer, sentimos alegria, realização interior, bem-estar, porém os valores falsos a que demos importância, as regras que aceitamos como certas estão trabalhando nossa cabeça. Com elas criamos modelos, personagens, e queremos entrar neles ainda que sejam contrários a nossos sentimentos. Fazemos isso porque queremos ser aceitos pelos outros, mas, como estamos faltando com a verdade, vamos obter exatamente o contrário.

— Às vezes sinto que uma pessoa está fazendo tipo e que não é o que aparenta ser — disse Marilda. — Isso me incomoda, porquanto não gosto de criticar, mas mesmo sem dizer nada procuro evitá-la.

— Quando uma pessoa segue as regras que tem na cabeça, sem ouvir o coração, intimamente sente que está sendo falsa, e sua auto-estima despenca. Ao aproximar-se de alguém, mesmo aparentando estar bem, suas energias alcançam as pessoas, que automaticamente as rejeitam.

— Também tenho sentido isso algumas vezes — interveio Ronaldo.

— Fico tentando reagir, pensando que estou sendo implicante, que a pessoa não me fez nada e estou sendo injusto com ela. Mas se eu puder evitar, mesmo em meu local de trabalho, onde preciso lidar com muita gente, me afasto e, se tiver de tratar de negócios com a pessoa, desisto.

— Por outro lado, quando alguém é verdadeiro, fala o que sente, ainda que faça parte de uma minoria social, geralmente o preconceito acaba e essa pessoa é aceita, bem-sucedida em tudo que faz. É preciso não esquecer que emitimos energias e elas refletem o que realmente somos. E, mesmo sem conhecer como isso acontece, as pessoas sentem e reagem.

— Mas há muitos que conseguem enganar, tirar proveito da ingenuidade dos outros, e eles não perceberam nada.

— Esses ou estão muito radicais em suas crenças, o que embota a sensibilidade, ou sentiram as energias mas quiseram tirar vantagem da situação.

— É verdade. Quem cai no conto do vigário são os que desejam tirar vantagem dos problemas dos outros — comentou Romualdo sorrindo.

— Pois eu, quando me sentei naquele ônibus ao lado de Marilda pela primeira vez, senti uma coisa tão boa que nunca mais pude me afastar dela.

Eles riram e Eduardo tornou:

— Isso mesmo. As energias de vocês combinam. Vocês têm uma ligação afetiva forte. Sentem prazer de estar juntos, têm afinidade espiritual. É uma ligação que vai além da vida física. A ligação de vocês é de alma, portanto verdadeira, eterna.

Ronaldo segurou a mão de Marilda e disse emocionado:

— Isso mesmo. Nada nem ninguém vai impedir nosso casamento. Nosso amor é mais forte que tudo.

— É verdade — confirmou Marilda. — Vamos nos casar no dia marcado, aconteça o que acontecer.

— Isso mesmo — concordou Ângela.

— A firmeza no bem afasta todo mal — disse Eduardo.

— Concordo — interveio Rosana. — O casamento se realizará no dia marcado. Deus nos ajudará. Agora vou fazer um café.

Ela foi para a cozinha com Ângela e Marilda. Romualdo sentou-se ao lado de Eduardo, dizendo triste:

— Gostaria de não ir para casa esta noite. Ainda estou magoado com Mercedes e não gosto de brigar. Nosso encontro vai ser muito desagradável. Receio perder o controle.

— Pense que ela fez o que achou certo. Acredita que o filho não será feliz com Marilda e tenta evitar o casamento.

— Mas ela precisa entender que está errada.

— Não vai conseguir que ela entenda isso agora. Quanto mais tentar mostrar seus erros, mais ela odiará.

— Não vou tolerar viver com ela dessa forma.

— O senhor foi tolerante todos estes anos.

— Eu me acomodei. De certa forma, não queria quebrar minha paz, e deu no que deu. Gostaria de pedir um conselho aos seres do astral. O que fazer agora?

— Vera diz para o senhor procurar acalmar seu espírito antes de tomar qualquer atitude. Mercedes é como uma criança na espiritualidade: ainda não tem consciência de certas coisas. Por isso, com suas atitudes, tem colhido sofrimento, e isso vai continuar até que ela perceba que precisa ser mais tolerante. Procure não atirar sobre ela energias de raiva, que a tornariam mais infeliz. A compaixão enobrece o espírito e alivia a consciência.

Romualdo emocionou-se. Duas lágrimas desceram pelas faces e ele pigarreou tentando dissimular. Ronaldo discretamente foi à cozinha, deixando-os a sós.

— Estes anos todos de convivência fizeram-me conhecê-la melhor. Reconheço que ela é muito diferente do que pensei que fosse quando casamos. Nos últimos meses eu estava me sentindo infeliz, mas agora ficou pior, porque reconheço que não só meu amor por ela acabou como não consigo aceitar o que ela fez.

— Não se precipite. Procure agir com calma. Não tome nenhuma decisão antes de estar bem certo do que deseja. Lembre-se de que o senhor já possui um grau de compreensão maior, que lhe dá mais responsabilidade. Mesmo indignado, pode manter uma atitude melhor do que a dela.

— Tem razão. Vou fazer o que me pede.

Rosana voltou trazendo uma bandeja e os outros a acompanharam carregando alguns pratinhos e colocaram tudo na mesa de centro.

Ela serviu o café e eles continuaram conversando animadamente. Romualdo sentiu-se mais calmo. Ronaldo, abraçado a Marilda, sentia-se feliz.

Não lhe importava o que sua mãe pensava. Ela estava errada. Ele seria muito feliz com a mulher que amava. Ela teria de aceitar isso.

Rosana sentia-se tranqüila. A conversa com Eduardo fizera-lhe bem. Agora sabia a causa do medo que sentia e estava disposta a enfrentar qualquer situação para defender a felicidade da filha. A presença espiritual de Vera fizera-a perceber que estavam protegidas. Um sentimento de gratidão brotara em seu coração e ela decidiu intimamente que rezaria todas as noites em agradecimento.

Quando Eduardo e Ângela se despediram, Romualdo desejava ficar para retardar mais o momento de ir para casa, mas achou que não podia abusar da hospitalidade de Rosana. No dia seguinte elas teriam um dia cheio na preparação dos últimos detalhes do casamento. Levantou-se também para ir embora.

— Espere mais alguns minutos, pai. Sairemos juntos.

Ângela e Eduardo despediram-se afirmando que iriam ao casamento. Rosana acompanhou-os até o portão do jardim. Abraçou Ângela e beijou-a com carinho.

— Obrigada, minha filha. Nunca esquecerei o que está fazendo por nós.

Ela sorriu e não disse nada. Rosana apertou a mão de Eduardo.

— Quando vocês chegaram, eu estava desesperada, minha casa estava um caos, todos estávamos aflitos. Vocês foram conversando e tudo foi se transformando. Encontramos várias respostas às nossas indagações e aprendemos muitas coisas. Vocês trouxeram luz e harmonia, e nós, minha filha e eu, lhe seremos sempre muito gratas. Gostaríamos que aceitassem nossa amizade e viessem nos ver de vez em quando.

— Certamente — respondeu Eduardo. — Para mim foi muito agradável conhecê-las. Há um homem alto, cabelos e olhos castanho-claros, rosto redondo, queixo vigoroso, lábios finos e um sorriso amável. Diz que se chama Elói e que sempre que pode está a seu lado.

Rosana estremeceu:

— É meu marido! Meu Deus! Ele está aqui...

— Sim. Diz que o amor que os uniu continua vivo em seu coração.

Rosana chorava emocionada e Ângela abraçou-a com carinho.

— Sei como se sente. Fiquei assim quando soube que minha mãe estava a meu lado. Ter a certeza de que a vida continua depois da morte e que uma pessoa que amamos está viva em outro lugar nos alegra e conforta.

— Muitas vezes eu sentia que ele estava do meu lado, mas pensava que estava fantasiando por causa do amor que sempre senti por ele.

— Agora sabe que é ele mesmo. Vocês também estão ligados por laços de afinidade espiritual.

— Hoje recebi uma graça. Nunca esquecerei que foi por intermédio de vocês. Deus os abençoe e os faça muito felizes.

Eles saíram e, uma vez no carro, Ângela não se conteve:

— Foi bom termos vindo. Sinto-me feliz por haver lhe pedido que viesse.

— É assim que os espíritos trabalham. Eles sabiam o que iria acontecer e nos colocaram aqui para que pudessem ajudar.

— Vera falou sobre coisas do passado deles. Minha mãe poderia também falar sobre o que lhe aconteceu.

— Se ela pudesse, certamente o faria. Os espíritos que estão dentro da disciplina no astral não podem fazer o que querem, mas apenas o que devem. É preciso esperar. Quando for oportuno, saberemos tudo.

— Estou cheia de dúvidas. Às vezes penso que meu pai a separou de mim por maldade, mas, vendo-o na cama, prisioneiro de dois capangas perigosos, sem poder falar nada, me comovo. Fico pensando que posso estar errada. Ele pode ter sido chantageado por eles, e eu estaria sendo injusta.

— Não se atormente com isso. Só vai conseguir ficar deprimida e não resolver nada. Tenha fé. Seja o que for, saberemos.

— Não me conformo em conviver com essa mulher que se aproveita da situação para acolher o amante dentro de casa.

— Não se deixe envolver pela revolta nem pela angústia. Esforce-se para conservar a calma e a fé. Ele a escolheu e casou-se com ela. Não nos compete julgar. Depois, nada fica oculto no Universo. Cada um terá a resposta adequada a suas atitudes. Quem quer ajudar precisa ficar no bem. Não pode entrar nos problemas e desequilibrar-se.

— Tem razão. Vou me esforçar para fazer isso.

— Vamos falar de nós, de nossos projetos.

— Desde que nos encontramos sinto que temos afinidade. Será que vamos ficar juntos e que nosso amor será eterno, como o de Ronaldo e Marilda?

Eduardo parou o carro, abraçou-a e beijou-a várias vezes. Depois murmurou emocionado:

— Você ainda duvida?

Ângela sentiu um brando calor no peito e uma alegria muito grande quando respondeu:

— Não. Eu sei que nosso amor é para valer!

Ele deu partida no carro e seguiram abraçados até a casa dela. Na porta, beijaram-se novamente e, depois de acenar em despedida, Ângela entrou.

Marina, que ouvira o carro chegar, observara tudo atrás da janela do quarto e revoltou-se. Enquanto ela estava presa lá, sozinha e com medo do futuro, Ângela usufruía de liberdade, amor, dinheiro.

Não foi para isso que ela se casara com Raul. Ela se sentia sufocada. Queria brilhar em sociedade, gastar e exibir sua riqueza, conquistar quem ela quisesse. Para ela, isso era viver!

Naquele momento, decidiu que precisava tomar uma atitude, fazer alguma coisa para reverter a situação. Se Dino não desse notícia, resolveria de outro modo.

De repente, um pensamento novo a acometeu. E se ela desse um jeito de acabar com Raul? Faria de forma que ninguém desconfiasse de nada. De posse da fortuna do marido, viajaria pelo mundo, iria para um lugar onde seus inimigos não pudessem encontrá-la.

Houve momentos em que havia pensado em tirar Ângela do caminho, mas para isso teria de ser conivente com Dino e ficaria nas mãos dele. Talvez fosse melhor dividir a herança oficial com Ângela. Afinal, ela tinha o número da conta no exterior, que só ela e Raul sabiam. Nessa conta havia muito dinheiro. Somando tudo, ela ficaria muito rica. Decidiu pensar como fazer isso. Sabia que poderia contar com Rogério para o que fosse preciso.

Enquanto imaginava os detalhes de seu plano, Marina não viu que várias sombras escuras a abraçaram. Apenas sentiu aumentar seu desejo de livrar-se do marido para poder ficar livre e rica.

17

Romualdo chegou em casa e foi para o quarto. Não sentia vontade de falar com Mercedes. Ficou aliviado quando notou que ela estava deitada. Preparou-se para dormir, deitou-se mas sentia-se inquieto, nervoso, irritado. As palavras do detetive, de Rosana e Marilda voltavam-lhe à mente e ele procurava controlar a irritação. Notou que Mercedes também não estava dormindo. Remexia-se de vez em quando e ele sentia vontade de acender a luz e pedir-lhe contas do que havia feito.

Procurou controlar-se, lembrando-se das palavras de Eduardo. Levantou-se, dirigiu-se ao quarto de hóspedes e fechou a porta a chave. Precisava ficar sozinho. Não agüentaria ficar ao lado de Mercedes sem brigar.

Mas estava difícil conciliar o sono. As cenas dos acontecimentos da noite reapareciam em sua mente e ele não conseguia esquecê-las. Eduardo lhes dissera que havia espíritos que ajudam as pessoas. Ele estava precisando disso. O espírito de Vera estava protegendo Marilda; talvez pudesse ajudá-lo, pelo menos, a acalmar-se.

Havia quanto tempo não rezava? Sentou-se na cama, fechou os olhos e pediu a ajuda de Vera, dizendo que não queria revidar o mal que Mercedes havia feito, mas ao mesmo tempo não conseguia dominar a indignação. Permaneceu conversando com Vera em pensamento, falando de seus sentimentos durante muito tempo. Depois, vencido pelo cansaço, deitou-se e finalmente conseguiu adormecer.

Mercedes notou que o marido saiu do quarto e ficou esperando que

221

ele voltasse, mas o tempo passou e ele não veio. Intrigada, levantou-se e percorreu a casa, sem o encontrar. Quis entrar no quarto de hóspedes, mas a porta estava fechada à chave. Deduziu que era ali que Romualdo se encontrava. No mesmo instante, teve certeza de que ele já sabia de tudo. Imediatamente foi para o quarto, nervosa. Naturalmente, ele estivera com aquelas duas e soubera de sua visita.

Sabia que isso iria acontecer e havia se preparado para fazer suas exigências com relação ao casamento. Claro que ele não iria querer um escândalo. Sempre fora avesso a isso. O que diriam seus amigos? Havia se preparado para enfrentá-lo, mas ele não a procurara. Certamente estava amedrontado. Sempre fora um homem fraco, que ela manipulava como queria. Tinha certeza de que ele trataria de pelo menos adiar o casamento do filho. E, se ainda assim ele casasse, Romualdo não iria.

Mesmo acreditando que havia vencido, Mercedes só muito tarde conseguiu dormir. Passava das nove quando se levantou na manhã seguinte e desceu para a copa.

Romualdo estava sentado à mesa tomando café. Conseguira relaxar e dormir; sentia-se mais calmo. Ao acordar, havia tomado uma decisão.

Mercedes aproximou-se.

— Bom dia. Pode-se saber onde você passou a noite?

Romualdo olhou-a sério e respondeu:

— Você já deve saber. Por que pergunta?

— Queria saber por que foi dormir no quarto de hóspedes.

— Vamos terminar o café. Depois quero conversar sobre isso no escritório.

Mercedes não esperava que ele estivesse tão calmo. Ele não queria falar diante dos criados. Ela se sentou e tomou seu café como sempre. Romualdo terminou e levantou-se dizendo:

— Estarei esperando no escritório.

Ela assentiu. Quando terminou, foi ter com ele. Romualdo pediu-lhe que se sentasse à sua frente. Olhou-a e disse com voz firme:

— Somos casados há muitos anos e nunca dei motivos para que desconfiasse de minha fidelidade. O que você fez não tem justificativa. Havia algum tempo eu vinha observando algumas atitudes suas que me mostraram que você não era a mulher que eu pensava que fosse quando casamos.

Mercedes ia interromper, mas ele não deixou:

— Não diga nada. Sempre fez o que quis. É hora de ouvir o que tenho a lhe dizer. Orgulhosa, manipuladora, vaidosa, usou a família para satisfazer seus caprichos. Não soube ser esposa nem mãe. Enquanto bajulava um, desprezava o outro, tanto que Ronaldo deixou esta casa. Embora infeliz, tentei contemporizar para manter a harmonia em casa, mas ontem você exagerou. Não satisfeita em contratar o detetive para vigiar-me, quando ele lhe disse o que vira, você não aceitou. Como sempre, julga-se dona da verdade. Só que com esse golpe você acabou com o sentimento de amor que eu me esforçava por manter. Por isso, vou me separar de você. Por enquanto dormirei no quarto de hóspedes.

Mercedes ia do rubor à palidez. Estava furiosa.

— Você está apaixonado por aquela mulher. Por isso quer se separar de mim. Você deveria impedir esse casamento infeliz.

— Eles vão se casar no dia e hora marcados e serão muito felizes. Você não ouse aparecer por lá. Eu a impedirei de entrar.

Mercedes caiu em pranto, gritando:

— Você agora está do lado delas contra mim, eu, sua mulher, mãe de seus filhos, que sempre lutei pelo bem-estar da família.

— Não gaste suas lágrimas, porque elas não me comovem. Embora indignado, tentei agir com respeito para preservar nossa intimidade. Se quer gritar, chamar a atenção dos criados, faça-o. Não tenho medo de escândalo. É você que sempre deu importância à opinião dos outros. De hoje em diante vou levar minha vida como sempre desejei. Não conte comigo para nada.

Sem esperar que ela respondesse, Romualdo deixou o escritório, foi para o quarto, apanhou o paletó e saiu.

Mercedes sentiu-se sufocar de raiva. Não esperava que Romualdo reagisse daquele jeito. Separar-se? Ela não queria ser uma mulher separada, sem marido. Em sociedade, era o mesmo que ser perdida. Nunca aceitaria aquela posição. O marido teria de voltar atrás. Precisava fazer alguma coisa, mas o quê?

Foi ao quarto de Rogério e entrou. Ele havia se levantado e estava se vestindo. Vendo a fisionomia alterada da mãe, perguntou:

— O que foi? Aconteceu alguma coisa?

— Tudo — respondeu ela rompendo e soluços.

Ele nunca a vira chorar daquele jeito. Preocupado, aproximou-se e abraçou-a.

— O que foi? Por que está assim?

— Seu pai é um ingrato. Quer se separar de mim.

A notícia caiu como uma bomba sobre Rogério. Ele nunca pensou naquela possibilidade.

— Sente-se aqui, mãe — disse ele, conduzindo-a até a cama. — Conte-me o que aconteceu.

Ela contou sua versão, afirmando que Romualdo estava tendo um caso com Rosana. Rogério ficou indignado.

— Tem certeza do que está afirmando?

— Claro. Que outro motivo ia fazê-lo querer separar-se depois de tantos anos de vida juntos? Sempre lhe fui fiel. Nunca lhe dei motivo para que sequer falasse em uma separação.

— Meu pai perdeu o juízo. Vou conversar com ele. Onde ele está?

— Saiu. Meu filho, você precisa fazer alguma coisa para impedir isso. Só tenho você. Ronaldo com certeza está do lado daquelas duas e talvez até aprove o que o pai está fazendo. Sempre foi contra mim. Nunca ouviu meus conselhos.

— Calma, mãe. Ele ameaçou, mas não vai fazer nada disso. Estava nervoso e quis assustá-la. Logo mais vai voltar arrependido e pedir-lhe perdão.

— Ele estava diferente. Nunca falou comigo naquele tom. Sinto que não vai voltar atrás.

— Vamos esperar. Esta noite virei mais cedo e falarei com ele. Não se impressione com a atitude dele. Papai não terá coragem de fazer o que disse.

— Você acha?

— Tenho certeza disso.

— Ele me proibiu de ir ao casamento. Disse que não vai me deixar entrar na igreja.

— Você não deve misturar-se com essa gente. É melhor não ir mesmo.

— Eu queria impedir esse casamento. Não vai dar certo.

— Para quê? Ronaldo vai ter a lição que merece. Nunca nos ouviu. Ignore esse casamento, corte as relações com eles e pronto. Eu não tencionava ir, mas estava indeciso pensando que vocês iriam querer que eu fosse. Mas agora tenho toda a liberdade de não comparecer. O que você deve fazer é tratar de ir ao cabeleireiro, arrumar-se, fazer de conta que nada aconteceu, ficar bem linda para quando papai chegar em casa ver a mulher charmosa e de classe que tem.

— Isso mesmo, meu filho. Você me compreende. Conseguiu me deixar melhor. Vou seguir seu conselho. Farei algumas compras também.

Rogério desceu para o café e Mercedes ficou do lado dele conversando. Ele tinha razão: Romualdo não teria coragem de deixá-la.

Rogério saiu e ela começou a planejar seu dia, imaginando o que diria ao marido quando ele voltasse arrependido. Ela o faria pagar bem caro a humilhação daquela manhã.

Rogério foi ao clube na tentativa de ocupar-se com alguma coisa. Não gostava de praticar esportes, mas apreciava conversar com os conhecidos e saber das novidades.

Ficou conversando com alguns amigos, almoçou com eles, depois foi à cidade e entrou em um cinema para passar o tempo. Sentia-se entediado, inquieto. Sua vida estava vazia. Se ao menos Marina o chamasse para um encontro...

O filme era ruim, mas ele agüentou até o final. Não tinha para onde ir. Quando saiu do cinema, foi a uma confeitaria tomar um chá e telefonou para Marina. Como sempre, depois de perguntar pela saúde de Raul, procurou por Ângela, ao que Marina respondeu:

— Ela não está, mas deixou um recado. Quer vê-lo hoje à noite no lugar de costume.

Ele exultou. Era o que ele mais queria.

— Diga a ela que estarei lá.

Quando desligou, Marina tratou de executar o que havia planejado. Colocou o sonífero na garrafa térmica do café e foi para o quarto preparar-se.

Lurdes, que estava atenta, percebeu mas fingiu, como sempre fazia. Servia-se de café e depois o jogava na pia. Desde aquele dia em que a surpreendera, nunca mais tomou café daquela garrafa. Desejava avisar Ângela, mas ela não estava. Sabia que ela saíra com Eduardo. Arranjou um pretexto para ir comprar pão e telefonou da padaria, avisando-a. Ciente, Eduardo falou com Mílton, que prometeu ficar de plantão para observar.

Marina, sem saber de nada, pensava nos detalhes de seu plano. Na véspera, como sempre fazia, havia ido ver o marido e assim que entrou ele fez sinal para que fechasse a porta à chave.

Depois ele se levantou e começou a andar pelo quarto. Disse a ela:

— Estou preparando uma maneira de sairmos desta encrenca.

— Você está falando! Não tem medo de que nos escutem?

Ele exibiu um pequeno microfone.

— Não. Descobri isto. Quando quero conversar, eu o desligo. Depois recoloco-o no lugar, para que não desconfiem.

— Ótimo. O que pensa fazer?

— Estou me fortalecendo, mas preciso que você me ajude. Vamos preparar tudo para fugir do País. Quando estivermos prontos, daremos cabo dos dois.

— Como faremos isso? Estou proibida de sair. Você ainda está fraco e não tem forças para lutar com eles. Depois, teremos de fazer tudo rapidamente, antes que Martínez saiba. Se ele descobrir, estaremos liquidados.

— Não penso em enfrentá-los. Vamos acabar com eles de outro jeito. Só preciso obter um produto que vai tirar as forças deles e deixá-los fracos. O resto será fácil.

— Que produto é esse?

— Algo para misturar à comida ou à água. Não tem gosto; eles não vão desconfiar, mas aos poucos irão perdendo as forças. Você terá de dar um jeito de sair e tomar todas as providências necessárias. — Ele a abraçou e continuou: — Logo estaremos livres e fora daqui. Então iremos para bem longe e ninguém saberá onde estamos.

— E os bens que temos? Esta casa, outros imóveis... Vai perder tudo isso?

— Ficará para Ângela. Ela tomará conta de nossos bens legalizados.

— E nós viveremos do quê?

Ele sorriu satisfeito:

— Teremos o suficiente para vivermos no luxo pelo resto da vida. Fique tranqüila.

Marina sorriu. Raul não sabia que ela estava a par de todas as contas que ele possuía no exterior. Sabia o número de cada uma. Era com isso que contava em seu plano, o qual não incluía a presença do marido.

— Não sei como poderei sair daqui. Eles vigiam sem parar. Em todo caso, dê-me as instruções e vamos ver. Tenho de encontrar um meio, e isso poderá acontecer a qualquer momento. Preciso estar preparada.

Raul deu-lhe os detalhes da fuga, o nome do produto e finalizou:

— Estou confiante. Tenho certeza de que você dará um jeito. Agora vou repor o microfone no lugar. Não quero que desconfiem.

Marina saiu do quarto do marido pensando que não podia esperar mais para agir. Por isso, quando Rogério ligou na tarde seguinte, ela marcou o encontro.

Ele chegou na hora de costume. Abriu a porta, e Marina já o esperava. Ela o conduziu pelo corredor, onde o vigia ressonava. Entraram no quarto e ela fechou a porta à chave.

Imediatamente Rogério abraçou-a, beijando-a apaixonadamente. Ela retribuiu, depois disse:

— Vamos primeiro tratar de nossa fuga.

— Estou louco de saudade! Não faço outra coisa senão pensar em você, lembrar de nossos momentos de amor. Venha, depois falaremos dos negócios.

Marina achou melhor ceder. Abraçou-o com paixão e Rogério entregou-se àqueles momentos. Por fim, ela o afastou um pouco dizendo:

— Quando estivermos longe daqui, teremos todo o tempo do mundo para nosso amor.

— Diga que você também me ama, que nunca me deixará.

— Eu amo você. Estaremos juntos para sempre.

Rogério quis beijá-la de novo, mas ela o afastou.

— Vamos programar tudo. Não temos muito tempo. O vigia pode acordar.

Ele suspirou resignado e pediu:

— Está bem. Fale.

— Resolvi não esperar por Dino. Pensando bem, trata-se de um homem perigoso e ficaríamos na dependência dele.

— Sinto-me aliviado que tenha mudado de idéia. É melhor não nos envolvermos com aquela gente.

— Mas precisaremos de recursos para sair do Brasil. É bom que saiba que temos muito dinheiro em uma conta no exterior.

— Não tem medo de que Raul, ao descobrir que fugimos juntos, tire todo o dinheiro dessa conta?

Marina fez uma pausa, pensativa, depois disse lentamente:

— Não podemos correr nenhum risco. Raul é mais perigoso que Martínez e Dino. É muito ciumento e, se descobrir que estamos juntos, fará tudo para nos matar.

Rogério estremeceu:

— O que faremos, então?

— Teremos de nos livrar dele antes de partir. É a única maneira de podermos ficar juntos.

Rogério assustou-se.

— Livrar-nos como? Pensa em matá-lo?

— É o único jeito. Depois que conheci você, nunca mais suportei manter relações com ele. Raul vai nos perseguir sem piedade. É ele ou nós.

Rogério sentiu náuseas e tentou resistir.

— Vamos pensar melhor. Talvez encontremos outro caminho.

227

Marina beijou-o com paixão e disse:

— Se você não aceitar esse plano, esta será nossa despedida. Nunca mais nos veremos.

Ele a apertou nos braços com desespero.

— Isso não. Qualquer coisa, menos isso!

— Então aceite meu plano. Creia: é o único caminho.

Ele sentiu a boca seca, a cabeça atordoada, e respondeu:

— Está bem. Farei o que me pede.

— Terá de arranjar o máximo de dinheiro que puder.

— Não posso pedir para meus pais. Eles desconfiariam. Mas posso vender meu apartamento. Vale um bom dinheiro.

— Será um investimento. Você vai ter muito mais.

Marina beijou-o várias vezes e Rogério esqueceu tudo o mais. Prometeu arranjar as coisas o mais depressa possível.

— Estou cansada de esperar. Depois, estamos correndo muito risco. A qualquer momento os homens de Martínez podem dar cabo de nós.

— Farei tudo o mais rápido que puder.

— Quando tiver o produto, ligue e diga que o vestido de Ângela está pronto. Marcarei novo encontro com você.

Rogério queria ficar mais, contudo Marina empurrou-o para fora, alegando que, se o vigia acordasse, poderiam ser descobertos.

Quando ele se foi, ela respirou aliviada. Não pretendia ficar com ele. Depois que Rogério comprasse as passagens e estivessem fora dali, daria um jeito de desaparecer. Não pensava em dividir a fortuna com ninguém. Depois, estava a fim de novas aventuras, viajar pelo mundo, ir para países distantes, ter novos amores, e não queria que ninguém atrapalhasse. Rogério era bonito, apaixonado, mas ela não gostava de ninguém controlando sua vida. Logo ele estaria ditando ordens, querendo mandar nela, vigiando seus passos, e isso Marina não iria tolerar.

Mílton ficara de tocaia. Viu quando Rogério entrou e seguiu-o quando saiu. No dia seguinte, ligou para Eduardo:

— Ele fez o de sempre. Acho que estamos perdendo tempo. É apenas um caso de amor.

— Não penso assim. Algo me diz que estão planejando algo mais. Quero que fique alerta e vigie os passos dele nos próximos dias. Pagaremos todas as despesas.

— Está bem. Você manda.

No dia seguinte, Rogério procurou um corretor de imóveis e colocou seu apartamento à venda. Tinha urgência, por isso venderia abaixo do preço, desde que fosse à vista. Se o conseguisse rápido, pagaria maior comissão.

Mílton, que o estava seguindo, acompanhou-o quando Rogério levou o corretor para vistoriar o apartamento. À tarde, foi à imobiliária e disse que queria comprar um apartamento. Imediatamente o corretor ofereceu-lhe o de Rogério.

No fim da tarde, Mílton foi procurar Eduardo, que, colocado a par dos fatos, ligou para Ângela pedindo que fosse vê-lo. Ela desligou o telefone prometendo que iria naquela noite mesmo. Depois, notando que Marina estava na cozinha, foi visitar o pai. Vendo-a entrar, Raul levantou-se, fazendo-lhe sinal para que ficasse em silêncio. Cuidadosamente ele desligou o microfone, puxou a filha pela mão e fê-la sentar-se a seu lado na cama.

— Foi bom você ter vindo. Precisamos conversar.

— Você está melhor!

— Estou procurando ganhar forças, mas ninguém pode saber. Meus inimigos estão vigiando.

Ângela olhou-o triste e perguntou:

— Sei que está correndo risco de vida. O que posso fazer para ajudá-lo?

— Faça apenas o que eu lhe disser. Tenho algumas pendências em andamento e, quando tudo estiver pronto, quero que você faça uma viagem. Eu avisarei.

— Não quero viajar agora.

— Serão apenas alguns dias. Arrume um passeio, vá para o Rio de Janeiro, fique fora uma semana. Quando voltar, eu terei ido embora. Não saberá para onde fui. Não se preocupe, estarei bem. Marina irá comigo. Todos os bens de família que estão no Brasil serão seus. Terá o suficiente para viver bem pelo resto da vida.

Ângela emocionou-se. Segurou a mão do pai e perguntou:

— Não vai me dizer para onde vai?

— Não posso. Vamos deixar o tempo passar. Quando não houver mais perigo, terá notícias minhas.

— Se vai embora e não sei quando nos veremos de novo, conte-me a verdade sobre a morte de minha mãe.

Ele estremeceu e retirou a mão que ela segurava entre as suas.

— O passado está morto e nunca voltará. Já lhe contei o que aconteceu. Não quero mais falar nisso. Trate de viver sua vida e esquecer.

Lágrimas vieram aos olhos de Ângela, que considerou:

— Desde cedo tive de aprender a viver sozinha, mas sempre pensei que poderia contar com você.

— Estou tentando protegê-la. Quanto menos você souber, mais estará segura. Pensando em seu bem-estar é que lhe peço que concorde em fazer o que estou lhe pedindo. Não quero que sofra as conseqüências de meus problemas. Contente-se em ficar amparada pelo resto da vida, sem ter de se preocupar em trabalhar para sobreviver. Prometa que vai fazer o que estou pedindo.

— Está bem, papai.

— Lembre-se de que, aconteça o que acontecer, eu lhe quero muito bem. Você é minha filha e a única coisa boa que conservo no coração. Procure uma agência de turismo, informe-se. Quando eu estiver pronto, avisarei e você marcará a data. Posso ficar tranqüilo? Vai fazer o que estou pedindo?

— Sim.

Ângela deixou o quarto e encontrou Marina no corredor.

— Venha até meu quarto, Ângela. Quero falar com você.

— Não posso. Tenho um compromisso. Mal terei tempo para me preparar.

— Está bem. Fica para amanhã, então.

Ângela foi para o quarto arrumar-se. O que Marina queria? Talvez fosse falar da viagem que faria com o marido. Daria tempo para uma conversa, porém não lhe agradava tratar daquele assunto. Não confiava nela.

Passava das sete quando Ângela chegou à casa de Eduardo, que a esperava. Uma vez no escritório, ele contou-lhe o que Mílton descobrira e finalizou:

— Senti que eles estavam preparando alguma coisa. Rogério está sendo envolvido.

— Meu pai está planejando fugir com Marina. — Ângela contou-lhe a conversa que tivera com Raul e concluiu: — Como eles não podem sair sem despertar suspeitas, encarregaram Rogério de tomar as providências. Acho estranho. Por que ele?

— Seu pai não sabe que ele é amante de Marina. Ele não é amigo da família?

— Segundo sei, meu pai mantinha apenas relações sociais com os pais dele. Não me consta que ele fosse tão íntimo. Como você sabe, nós saíamos juntos durante algum tempo e eu nunca soube que ele tivesse qualquer intimidade com papai.

— As coisas não estão muito claras mesmo. Ela pode estar usando Rogério sem que Raul saiba.

— Acho isso mais próprio dela. Hoje ela disse que precisava conversar comigo, mas não dei chance. Não confio nela e não gosto quando me olha como querendo me analisar.

— Sinto que deve ter cuidado com ela. Mas escutar o que ela tem a dizer pode ser bom para nós.

— Você acha?

— Pode nos dar uma pista de seus planos.

— Acho difícil. Ela quer apenas me controlar, saber o que estou fazendo.

— Claro que você não vai dizer nada.

— Não sei. Essa conversa com papai deixou-me triste. Sinto um aperto no peito. Parece que a qualquer momento vai acontecer algo ruim.

— Hoje é dia da reunião na casa de Dona Glória. Vamos até lá.

— Que bom! Essas reuniões estão me fazendo muito bem. Tenho estado mais calma, dormido melhor.

— Amanhã é o dia do casamento de Marilda. Vamos colocar os nomes de toda a família no livro de orações.

Ângela ficou na ponta dos pés e beijou levemente o rosto de Eduardo.

— Você foi o anjo bom que Deus colocou em minha vida, na hora em que eu mais precisava.

Ele a abraçou, beijou-lhe os lábios com carinho e respondeu:

— Você foi a luz que iluminou meu caminho, enchendo-o de amor e alegria.

— E vocês — disse Ramiro, que havia entrado sem que o notassem — são minha esperança de felicidade. Desde que vieram para meu lado, sinto que revivi. Eu estava triste, sentia-me sozinho, agora recuperei a alegria, a vontade de fazer novos projetos, voltei a viver.

Ângela ficou encabulada. Eduardo, ainda abraçado a ela, respondeu:

— É muito bom ouvi-lo papai. Pode nos incluir em seus projetos futuros, porque nunca mais o deixaremos.

Comovido, Ramiro abraçou-os com alegria. A felicidade do filho era o que ele mais desejava. Tinha certeza de que Ângela seria a companheira ideal para ele.

A criada apareceu dizendo que o jantar ia ser servido, mas Eduardo tornou:

— Vamos a uma sessão na casa de Dona Glória. Não vou comer nada agora. Ângela poderá jantar.

— Não, Eduardo. Estou sem fome. Depois da reunião tomaremos um lanche.

— Nesse caso, também não vou comer nada. Há muito tempo não assisto a uma reunião. Posso ir com vocês?

— Claro, papai. Mas temos de ir agora mesmo. Não podemos chegar atrasados.

— Vou suspender o jantar e iremos em seguida.

Ele saiu e Ângela comentou baixinho:

— Ainda estou sem graça. Seu pai é um homem educado, mas o que estará pensando de mim?

— Está satisfeito em nos ter por perto. Tanto que desejou retomar as atividades espirituais.

— É bom saber que ele me aceita.

— Ele gosta de você.

Ramiro voltou e eles saíram para a reunião. Eduardo notou a presença de Angélica sentada ao lado de seu pai no banco traseiro. Teve certeza de que ela iria participar da reunião naquela noite.

A casa de Glória era uma mansão antiga em uma travessa da avenida Angélica. Quando chegaram, estava toda iluminada. Entraram e Glória apressou-se em cumprimentá-los.

— Que bom vê-lo, Dr. Novais! Que alegria!

Depois de abraçá-los, encaminhou-os ao salão onde se realizaria a reunião. Algumas pessoas se encontravam acomodadas ao redor da mesa, sobre a qual havia um vaso com flores, uma jarra com água, copos, alguns livros, papel, lápis e havia cadeiras dispostas em volta.

Depois que todos se sentaram, as luzes foram apagadas, ficando acesa apenas a lâmpada azul do abajur. Uma música suave encheu o ar. A sessão ia começar.

18

Glória abriu a reunião com uma oração pedindo assistência espiritual. Depois, as luzes foram acesas e um dos presentes abriu um livro ao acaso e leu uma mensagem sobre a confiança e a fé.

Novamente as luzes foram apagadas e Glória pediu que os presentes continuassem orando em silêncio. Alguns espíritos pedindo auxílio se comunicaram e Glória conversou com cada um, enquanto todos continuavam em orações.

Uma senhora apanhou papel, lápis e começou a escrever. Sua mão deslizava pelo papel com rapidez enquanto um rapaz a seu lado ia virando as folhas.

Um mentor espiritual falou com sabedoria sobre os benefícios da fé, espalhando palavras de esperança e amor. Quando ele terminou, a senhora também deixou cair o lápis. Após alguns minutos de silêncio, Glória agradeceu a ajuda recebida e encerrou a reunião.

Depois, dirigindo-se à senhora que fizera a transcrição, pediu:

— Pode ler.

A mulher hesitou e respondeu:

— Trata-se de uma mensagem particular. Não fui autorizada a ler. Está assinada por Angélica.

— É para Ângela, que está sentada ali. Pode entregá-la. Quem viu ou sentiu alguma coisa, pode falar.

As pessoas começaram a falar enquanto Ângela, emocionada, recebia a mensagem de sua mãe. Com mãos trêmulas, abriu as folhas de papel e leu:

Minha querida filha.

Sinto que momentos decisivos se aproximam, colocando em evidência situações mal resolvidas do passado. Quero que saiba que, apesar de tudo que nos aconteceu, não guardo nenhum rancor contra o causador de nossos sofrimentos. Reconheço que, envolvido em suas ilusões, cheio de ambição, ele ainda não tinha capacidade de ser melhor. Hoje sei que não existem vítimas e nós atraímos todos os fatos que ocorrem em nossas vidas. Também eu me deixei seduzir pelas aparências, fantasiei, criei um sonho de amor e projetei o sobre o homem com quem casei. Ele não tinha como ser o que eu idealizava e eu também não era o que ele esperava.

Notei que você também lhe deseja todo bem. Sinto-me serena ao dizer-lhe isso agora, quando se aproxima o momento em que ele colherá o resultado de suas escolhas.

O cerco está se fechando e nada podemos fazer para impedir os acontecimentos. Peço-lhe que continue firme na fé.

Você está protegida e tem a seu lado um homem que a fará muito feliz. Confie nele.

Um beijo de sua mãe,

Angélica.

Lágrimas desciam pelos olhos de Ângela, que em silêncio entregou a carta a Eduardo.

— Leia-a. Mamãe diz para ter fé, mas não conta explicitamente o que vai acontecer.

— Ela sente que o desenrolar dos acontecimentos está próximo, mas não sabe o momento exato nem como ele será.

— Pensei que ela soubesse de tudo.

— Não. Esses fatos são ocasionados pela força das coisas. Há muitos fatores que determinam como serão, e ainda há o livre-arbítrio das pessoas envolvidas, que podem mudar a forma com que os acontecimentos se desenrolam.

— Quer dizer que pode não acontecer nada?

— Sinto que os elementos estão em ebulição. Não haverá tempo para isso. Eu diria que é tarde demais.

Ramiro, que ouvia calado, tornou:

— Quando fazemos algo ruim, a vida procura chamar nossa atenção por meio de pequenas coisas a fim de que notemos o erro e mudemos nossos conceitos. Se continuamos do mesmo jeito, ignorando o que precisamos aprender, ela vai apertando o cerco colocando em nosso caminho desafios cada vez maiores. Há muito sei que, quanto maior a resistência ao bem, mais dura a lição que a vida vai nos mandar. Assim vamos aprendendo. No fim, tudo é bom.

Glória, que se aproximava, interveio sorrindo:

— Isso mesmo, Dr. Novais. É assim que funciona. Por isso digo sempre que é melhor prestar atenção aos eventos que a vida nos apresenta, tratar de identificar o que ela quer nos ensinar e cuidar de aprender para que não nos aconteça coisa pior.

Eles riram e, depois de conversar um pouco mais, despediram-se.

Foram a um restaurante, e Eduardo notou que Ângela estava pensativa, mais calada que o habitual.

Fizeram o pedido e depois ele segurou a mão dela, dizendo com carinho:

— Você ficou preocupada.

— Eu estava sentindo que algo iria acontecer. Agora tenho certeza. É triste pensar que não podemos fazer nada.

— Você está enganada. Estamos com Deus, temos amigos espirituais que estão nos auxiliando. Com eles, estamos fazendo tudo.

— Eu queria que nada acontecesse com papai.

— Ele escolheu o próprio caminho e terá de colher de acordo com o que semeou. Por que pensa que ele vai sofrer? Alimentando esse pensamento, não estará prejulgando?

— Falou o advogado — brincou Ramiro.

— Claro, Ângela. Se você espera que aconteça algo ruim, é porque o julga merecedor dessa colheita. Se deseja auxiliar seja quem for, precisa aprender a abster-se de julgar.

— Minha mãe não fez isso em sua carta.

— Não. Ela entendeu que todas as coisas têm vários lados, mas um só é o verdadeiro. Ela o encontrou, por certo.

— Tem razão. — Voltando-se para Novais, ela perguntou: — Eduardo já lhe contou o que está acontecendo comigo?

— Não. Mas não precisa dizer nada.

— Faço questão de contar-lhe tudo. Tenho certeza de que poderá nos ajudar.

Ângela contou toda a sua vida, sem omitir nenhum detalhe, as descobertas que haviam feito até então. Finalizou:

— Esta situação não pode continuar por muito tempo. Não sei se podemos fazer alguma coisa mais.

— É melhor ser discreta. A mensagem de hoje foi para termos fé. Vamos confiar na ajuda de Deus. Uma coisa eu sei: só vai acontecer o melhor para todos. Ainda que pareça ruim, o resultado final será bom. A vida trabalha sempre para o melhor. Podem contar comigo para o que precisarem.

— Obrigada, doutor. Amanhã vamos ao casamento de Ronaldo e Marilda. Gostaria que o senhor fosse conosco.

— Não sei, não fui convidado.

— Trata-se de pessoas simples e muito agradáveis. Tenho certeza de que gostará deles.

— Vamos, papai. Você não tem saído.

— Está bem. Irei com vocês.

Eles continuaram conversando. Ângela sentia-se mais segura e recuperou a alegria. Quando a deixaram em casa, estava muito bem.

O dia seguinte amanheceu ensolarado. Marilda, preocupada com o casamento, só conseguiu dormir de madrugada e acordou tarde.

Rosana esperava-a com um caprichado café da manhã e Angelina, amiga de Marilda, fazia-lhe companhia. Quando Marilda surgiu na copa, elas a abraçaram com alegria.

— Finalmente chegou o grande dia — disse Angelina.

— Estou nervosa, com medo de que alguma coisa saia errado.

— Não tenha medo. A malvada da sua sogra não vai aparecer — tornou Angelina.

— O Dr. Romualdo garantiu que não vai permitir a presença dela — esclareceu Rosana.

— É difícil a uma mãe não comparecer ao casamento do filho, ainda mais quando ele é o primeiro que casa na família — considerou Angelina.

— Espero que ela não apareça mesmo — disse Marilda.

Angelina procurou contemporizar:

— Talvez ela tenha se arrependido. Afinal, é mãe. Pode ser que vá e ainda a abrace com carinho.

— Você diz isso porque não a conhece — respondeu Marilda. — Ela é orgulhosa demais para ter uma atitude dessas.

— Vamos tomar nosso café — propôs Rosana — e esquecer este assunto desagradável. Você precisa alimentar-se, para ficar bem bonita.

— Não vou conseguir comer. Parece que tenho um bolo no estômago.

— Nada disso. Faça um esforço. Uma boa alimentação vai fazê-la sentir-se melhor.

— Sua mãe tem razão. Já levaram todos os presentes para sua casa?

— Sim. Está tudo pronto. Inclusive a mala para a viagem.

— Que maravilha! Uma viagem à Europa em lua-de-mel! Ainda por cima com o homem que você ama! Se fosse comigo, estaria delirando de alegria.

— Eu estava, até acontecer o que você sabe.

— Qual nada! O importante, minha amiga, é que Ronaldo a ama. Depois, ele nunca se deu bem com a mãe mesmo. Jogue fora esses pensamento ruins. Tenho certeza de que vocês serão muito felizes!

Marilda sorriu mais animada.

— Isso mesmo. Hoje é meu grande dia. Vai dar tudo certo.

Rosana, preocupada, procurou ocultar os sentimentos e mostrar-se alegre. Temia que aquele casamento trouxesse sofrimento para Marilda.

Mercedes acordou irritada. Desceu para o café e ficou esperando Romualdo. Ele apareceu, deu-lhe um bom-dia formal e sentou-se à mesa. Mercedes esperou que ele tomasse o café, depois disse com voz que procurou tornar calma:

— Quero conversar com você.

Ele a olhou sério e respondeu:

— Não temos nada que falar um com o outro.

— Você não pode permitir que essa desgraça se consuma.

— Já disse que não quero falar com você sobre isso. Nosso assunto está encerrado.

— Mas eu quero falar! Não estou suportando esta situação!

— Tome um calmante e controle seus nervos.

— Nunca pensei que você fosse tomar partido daquelas duas contra mim.

Ele permaneceu calado. Ela continuou:

— Depois de tantos anos juntos, não esperava essa atitude de você.

— Não vamos falar mais sobre esse assunto. Não gosto de conversar sobre nossos problemas diante dos criados.

— Então vamos ao escritório.

Ele olhou em sua direção e decidiu:

— Vamos.

Uma vez lá, sentados um diante do outro, ele tornou:

— Concordei em vir conversar só para lembrar-lhe que não ouse aparecer no casamento.

— E se eu quiser ir, o que fará?

— Sofrerá um vexame, porque contratei dois homens para ficar na porta e impedi-la de entrar.

Ela se levantou nervosa. Sua voz tremia de raiva:

— Como se atreveu a fazer isso? Ninguém pode impedir uma mãe de ir ao casamento do filho!

— Tudo seria diferente se você não houvesse ameaçado fazer um escândalo. Não desejo que nada perturbe esse casamento, e fui forçado a tomar minhas providências. Ronaldo se casará em paz.

Mercedes não encontrou palavras para responder; a raiva a sufocava. Aproximou-se do marido, fixando-o nervosa, e por fim conseguiu dizer:

— Vocês vão me pagar por toda a humilhação que estão me fazendo passar.

Deu as costas e saiu. Romualdo passou a mão pelos cabelos contrariado. Não queria que as coisas fossem assim. Mas estava firme na decisão de impedir que ela fizesse o que havia prometido.

Ficou ali, pensando em sua vida, em seu casamento destruído. Quanto tempo perdido! Sentiu-se triste, deprimido.

Não viu que um vulto de mulher se aproximou dele dizendo-lhe ao ouvido:

— Reaja! Você tem ainda muitos anos para viver na Terra. Aproveite o tempo que lhe resta. Vire essa página de sua vida e pense em sua felicidade. Mercedes ainda não está pronta para seguir com você.

Ele não ouviu as palavras, mas pensou:

— Tenho de reagir. Não posso continuar vivendo ao lado de uma mulher que não me faz feliz. Vou cuidar de minha vida.

Levantou-se, foi à escrivaninha, abriu a gaveta e apanhou os roteiros de viagem que havia estudado. Pegou um bloco, caneta e tratou de decidir para onde iria. Envolveu-se de tal forma que seu rosto distendeu-se. Toda a preocupação desapareceu. Ele só conseguia pensar no que faria, aonde iria primeiro, que pesquisas realizaria com o objetivo de escrever seu livro.

Mercedes deixou o escritório e foi para o quarto. Sentia vontade de destruir tudo que havia em sua frente, mas controlou-se. Não queria que os criados soubessem como estava sendo humilhada.

Sentou-se na cama e, sentindo-se impotente, cerrou os punhos com raiva. As lágrimas desceram pelas faces e ela as deixou correr livremente.

Aquilo não podia ficar assim. Precisava fazer alguma coisa. Elas haviam ganhado a primeira batalha, mas seria a única. Dali para a frente, tudo faria para provar ao marido que tinha razão, que elas não prestavam e que aquele casamento nunca daria certo.

Teria de esperar que Ronaldo voltasse da viagem. Enquanto isso, estudaria seu plano. Elas haviam de arrepender-se amargamente por terem cruzado seu caminho.

Ronaldo chegou à igreja meia hora antes do horário marcado para a cerimônia. Sentia-se emocionado, feliz. Alguns colegas e amigos, com suas famílias, já estavam acomodados. Romualdo chegou em seguida e foi ter à sacristia, onde Ronaldo o esperava.

— A igreja está linda. Decoração de extremo bom gosto.

— Também gostei. Dona Rosana e Marilda escolheram tudo.

— Está nervoso?

— Um pouco. Mas muito feliz. Como estão as coisas lá em casa?

— Bem. Sua mãe logo cedo quis conversar e eu a proibi de comparecer.

— Lamento que seja assim.

— Eu também.

— Tem certeza de que ela não vai cumprir a ameaça?

— Tenho. Avisei-a de que contratei dois homens para ficar na porta e impedi-la de entrar.

— Você fez isso mesmo?

— Fiz. Eles estão lá. Se ela aparecer, não a deixarão entrar. Fique tranqüilo, que nada vai empanar o brilho de seu casamento.

— Você chegou a esse extremo... Estou admirado.

— Deixei de ser acomodado. Há momentos em que precisamos tomar atitudes mais firmes. Fiz um balanço de minha vida e percebi que tenho perdido tempo fazendo apenas o que as pessoas querem. De agora em diante, vou pensar em mim, cuidar de minha felicidade.

Ronaldo ficou calado por alguns instantes. Depois disse:

— É bom que pense assim. Só espero que meus problemas não tenham ocasionado seus desentendimentos com mamãe.

— De forma alguma. Foram as atitudes dela que me fizeram perceber quanto eu estava acomodado em meio às convenções sociais, às manipulações dela, tudo muito distante dos anseios de meu coração.

Rosana entrou na sacristia e avisou:

— Marilda chegou.

Imediatamente o padre pediu que eles se colocassem no altar.

Chamou os coroinhas e, a um gesto seu, a música começou, a porta principal foi aberta e Marilda entrou sozinha.

Emocionada, caminhava lentamente pela nave, olhos brilhantes, coração batendo forte. Ronaldo foi buscá-la no meio do caminho. Beijou sua mão, colocou-a em seu braço e juntos foram até o altar. O padre oficiou a cerimônia falando sobre a vida conjugal. Depois abençoou-os, eles colocaram as alianças e foram declarados marido e mulher.

Após o beijo, os dois saíram acompanhados pelos padrinhos, Rosana e Romualdo. Depois todos se dirigiram para o hotel onde Ronaldo havia reservado uma sala para receber os convidados e onde ele e Marilda passariam a noite.

Lá receberam os cumprimentos e os votos de felicidade. O ambiente era agradável. Eles haviam convidado apenas os amigos, pessoas com as quais se sentiam bem.

Ângela abraçou Marilda com carinho, desejando-lhe felicidades, ao que ela respondeu:

— Graças a Deus correu tudo bem.

Eduardo, que estava atrás, abraçou-a.

— Vocês serão muito felizes.

Cumprimentou Ronaldo e apresentou-lhes Ramiro, que os abraçou com prazer.

Rosana, ao lado da filha, recebia os convidados com atenção. Enquanto os noivos posavam para as fotos, foi servido um coquetel e, depois que todos estavam acomodados, um jantar.

A um canto, um piano tocava músicas suaves. Rosana sentou-se ao lado de Ângela, tendo Ramiro ao lado.

— Felizmente tudo saiu bem — comentou Rosana com satisfação.

— Fiquei emocionada. Foi lindo — respondeu Ângela.

Rosana suspirou e não respondeu logo. Ramiro interveio:

— É sua única filha?

— É toda a minha família.

— Logo terá netos circulando pela casa.

— O senhor já tem netos?

— Ainda não. Sou viúvo e Eduardo é meu único filho.

— Nesse caso terá de esperar. Talvez não demore muito.

Rosana sorriu olhando Ângela e Eduardo, que conversavam baixinho.

— Espero que não. Não gosto de ficar só. Minha mulher morreu há pouco mais de um ano e Eduardo morava fora do Brasil. Fiquei deprimido, sem motivação para nada. Felizmente ele voltou e decidiu ficar. Para ser sincero, há muito tempo eu não saía para me distrair. Entreguei-me ao trabalho tentando esquecer a dor e habituar-me à nova situação.

— Sei como é isso. Quando meu marido morreu, Marilda era criança. Foi difícil superar. — Fez breve pausa e tornou: — Mas não quero entristecê-lo com minhas lembranças. Felizmente consegui educá-la. Se não pude dar-lhe uma formação universitária, procurei ministrar-lhe os valores éticos que são a base da boa formação.

— A ilustração pode ser adquirida a qualquer momento, mas os valores eternos do espírito, quanto mais cedo forem aprendidos, melhor. É a tarefa primeira dos pais, depois da escola. É mais importante para um jovem saber lidar com suas emoções, poder discernir, olhar a vida pelo lado mais verdadeiro, do que toda a cultura aprendida do mundo.

— É verdade. Durante anos estudei em bons colégios, mas neles nunca ninguém me ensinou a lidar com a dor, a indecisão, a maldade alheia ou com minhas fraquezas. Seria bom que, além do conhecimento acadêmico, os professores nos ajudassem a lidar melhor com isso.

— Não sei se teriam conhecimento para tanto. O que me ajudou mesmo foi conhecer a espiritualidade. Eduardo desde muito cedo via os espíritos desencarnados. A princípio, eu e Olga ficávamos assustados. Mas com o tempo percebemos que ele possuía esse dom e fomos nos acostumando.

— Ele previu o que nos aconteceria. Tenho certeza de que foi por meio dessa ajuda que pudemos realizar o casamento em paz.

— Aprendemos muito com os amigos espirituais que circulam ao lado dele. O que para muitas pessoas pode parecer estranho tornou-se trivial para nós.

— Agora que Marilda casou e vai viajar, ficarei sozinha. Gostaria de aprender mais sobre a vida espiritual.

— Posso emprestar-lhe alguns livros.

— Lerei com prazer.

A conversa continuou animada enquanto o jantar era servido. Ramiro sentia-se à vontade naquele ambiente alegre e descontraído.

Depois da sobremesa e do bolo, os noivos subiram para o quarto e os convidados foram se despedindo.

Romualdo combinou com Ronaldo que mandaria o carro na tarde seguinte para levá-los ao aeroporto. Depois procurou Rosana, oferecendo-se para levá-la em casa. Ela, no entanto, preferiu aceitar o convite de voltar no carro que conduziria Ângela, Eduardo e Ramiro; não queria ir para casa sozinha com Romualdo para não alimentar os boatos de Mercedes.

No trajeto de volta, depois de comentarem sobre a cerimônia e a recepção, Rosana falou que gostaria de conhecer mais sobre espiritualidade. Eduardo prometeu que, além dos livros que Ramiro lhe emprestaria, iria falar com Glória e saber se Rosana poderia ir às reuniões.

Ao chegarem, todos desceram do carro para acompanhar Rosana até a porta.

— Estou muito grata por tudo que fizeram por nós. Gostaria de estreitar nossos laços de amizade.

— Eu também — concordou Ramiro, sorrindo. — Vamos começar programando um jantar em minha casa depois de amanhã.

— Viremos buscá-la — disse Eduardo.

— Não a deixaremos sozinha por muito tempo — tornou Ramiro.

— Isso mesmo — completou Ângela. — Não a deixaremos sentir falta de sua filha. Amanhã poderei vir buscá-la para irmos à casa de Marilda. Sei que ainda há algumas coisas que pretende levar para lá. Iremos juntas.

— Nem sei o que dizer... Não quero dar trabalho.

— Sei que está cansada. Descanse pela manhã. Virei lá pelas duas horas e faremos tudo que precisar.

Rosana abraçou-a agradecida. Aquele apoio a sensibilizava muito. Desde a morte do marido, dedicara-se exclusivamente à filha. Agora que ela saía de sua guarda para viver sua vida, Rosana tinha medo de não saber o que fazer sem ela.

Ângela sorriu e continuou:

— Vamos combinar uma coisa. Você vai sentir falta de sua filha, eu tenho saudade de minha mãe. Fazendo companhia uma à outra, ficaremos bem. Gostaria muito de ter uma mãe como você.

— Obrigada, minha filha. Sinto que não estou sozinha. Pensei que estava perdendo uma filha, mas ganhei outra. Que Deus a abençoe.

Despediram-se, e Rosana entrou. Sentia-se cansada mas feliz. Marilda casara com um moço bom que a amava. Não teria mais que se preocupar com seu futuro, nem em ganhar o sustento dela. Ronaldo era rapaz de classe; daria a ela uma vida confortável e feliz.

Antes de se deitar, ajoelhou-se ao lado da cama e rezou agradecendo a Deus pela felicidade da filha e por Ele haver pensado nela trazendo para seu lado novos e sinceros amigos. Depois, deitou-se e logo adormeceu.

Depois que Romualdo saiu para ir ao casamento, Mercedes ficou pensando. Seria mesmo verdade que ele havia contratado dois homens para impedi-la de entrar na igreja? Ele a proibira de ir, mas, à medida que o tempo foi passando e a hora da cerimônia se aproximava, ela não se conteve: decidiu ir. Aprontou-se, tomou um táxi e foi até a igreja. Talvez Romualdo estivesse blefando. Ele não teria coragem de tomar uma atitude tão drástica. Perto da igreja, não desceu do carro. Achou prudente observar primeiro, pois de onde estava podia ver a porta de entrada. Não queria passar um vexame. Viu os convidados chegando, viu Ronaldo, Romualdo, e notou que havia dois homens parados na porta, um de cada lado. Calados, não falavam com ninguém. Trincou os dentes com raiva. O marido não mentira. Aqueles homens estavam esperando para impedi-la de assistir ao casamento de seu próprio filho.

Revoltada, sentiu vontade de ir lá e fazer um escândalo. Depois pensou melhor e desistiu. Não se prestaria a ser motivo de comentários. Notou que não havia nenhum convidado importante de suas relações.

Viu quando a noiva chegou e entrou. Dentro do carro, Mercedes continuou esperando. Depois, quando saíram e foram para o hotel, ela mandou que o táxi os seguisse. Estava arrasada. Eles tinham casado, estavam sorrindo felizes, enquanto ela se sentia humilhada, destruída.

Deixou-se ficar dentro do carro, sem se importar com o motorista que de vez em quando a olhava pelo retrovisor.

"Certamente, agora Romualdo e a outra estão livres para ficar juntos", pensou. "Vão aproveitar a ausência de Marilda."

Porém, admirada, viu Romualdo sair sozinho e pegar o carro. Imediatamente mandou o motorista levá-la para casa. As ruas estavam desertas e, apressando-o, conseguiu chegar em casa antes do marido.

Pagou o táxi e entrou. Correu para o quarto, tirou a roupa e deitou-se. Escutou Romualdo entrar e ir para o quarto de hóspedes.

Por que ele e Rosana não teriam ficado juntos? Talvez não quisessem dar na vista. Depois de ficarem cientes de que ela sabia da ligação deles, haviam decidido ser discretos.

Chegando à casa de Ângela, Eduardo desceu do carro e acompanhou-a até o portão.

— Que bom que correu tudo bem — disse ela sorrindo.

— Tão bem que a felicidade deles me convenceu a fazer o mesmo. Quero casar com você. Pode marcar a data.

— Eu também quero. Mas não podemos marcar nada ainda. Teremos de esperar a situação em casa ser resolvida.

Eduardo beijou-a com carinho e tornou:

— Diga que aceita casar comigo.

— Casar com você é o que mais quero.

— Nesse caso, amanhã mesmo vou apressar as providências para regularizar meus negócios e cuidar dos preparativos. Espero que seja logo.

— Eu também.

Beijaram-se novamente e Ângela entrou. Como sempre, Marina estava em seu quarto espiando atrás da cortina. Temendo um ataque, ela vivia atenta ao menor ruído. Ouviu quando o carro parou, e foi olhar. Sentiu raiva quando os viu se despedir. Ângela sempre teve tudo na vida, enquanto ela teve de suportar a pobreza, a humilhação, o casamento com um homem que não amava.

De que lhe valera todo o sacrifício se agora vivia reclusa, sem poder usufruir o que havia conquistado? Ângela, além de bonita e rica, conquistara um homem bonito e rico. Marina estava no auge do desespero. Não suportava mais ficar levando aquela vida.

Já tinha elaborado seu plano para escapar. Tinha certeza de que Rogério faria tudo como ela queria. O problema era que ele não tinha como arranjar dinheiro logo. Teriam de esperar pela venda do apartamento, e isso poderia demorar. Dera instruções para que ele o vendesse abaixo do preço. Iludira-o com a promessa de que o importante era ter o suficiente para escapar do País. Uma vez no exterior, teriam muito dinheiro.

Ouviu quando Ângela entrou e subiu para o quarto. A casa estava silenciosa. Marina deitou-se novamente e tentou dormir. Como não conseguiu, tratou de rever seu plano de fuga minuciosamente. Já que teria de esperar para colocá-lo em prática, comprazia-se em imaginar os mínimos detalhes, até o sucesso total. Via-se em um lugar maravilhoso, linda, requestada, rodeada de admiradores. Claro que nos primeiros tempos teria de conformar-se em viver no anonimato. Precisava ter calma para encontrar um lugar onde pudesse viver livre, sem nenhuma possibilidade de que seus inimigos a encontrassem.

Para isso, usaria várias identidades a fim de despistá-los. Pensava viajar com Rogério e ficar com ele o tempo suficiente para localizar-se e planejar aonde iria a seguir. Depois, desapareceria e ele nunca mais a encontraria.

Dando asas à imaginação, Marina não notou que dois vultos escuros a abraçavam, sugerindo idéias e rindo maliciosamente quando notavam que ela as captava.

Sem conhecimento sobre espiritualidade e não acreditando na sobrevivência após a morte, Marina não imaginava que seus pensamentos estavam sendo compartilhados por seres desencarnados que pretendiam aproveitar-se de seus pontos fracos e de suas ilusões para continuar alimentando seus vícios de quando viviam na carne.

19

Duas semanas depois, finalmente Rogério ligou para Marina dando a senha combinada. Ela respondeu que Ângela o esperaria naquela noite no lugar de costume. Mais uma vez Marina se valeu do sonífero que era receitado para Raul e colocou a dose na garrafa de café. Foi com impaciência que esperou por Rogério. Assim que se viu a sós com ele em seu quarto, não conteve a ansiedade:

— E então? O que conseguiu?

— Tudo. Comprei o que me pediu e a venda do apartamento está praticamente fechada.

— Como praticamente?

— Recebi um sinal de compromisso e o dinheiro vai ser dado daqui a três dias, quando formos passar a escritura.

— Quanto conseguiu?

— Menos do que vale. Apenas dois milhões de cruzeiros.

— Dá para irmos embora e nos sustentarmos até pegarmos o dinheiro lá fora.

Ele abraçou-a e beijou-a apaixonadamente. Ela retribuiu com satisfação. Finalmente uma boa notícia. Tudo daria certo e logo estaria livre para fazer o que desejava.

Foi a custo que Rogério desprendeu-se dos braços dela e deixou a casa. Haviam combinado que ele trataria de tudo para a viagem com destino ao Líbano. De lá tomariam um trem para outro lugar.

Marina não quis ir para a Europa conforme Rogério queria porque sabia que seus inimigos mantinham contatos com países daquele continente. Ela deu a ele instruções para que fosse falar com um conhecido seu e obter identidades e passaportes falsos. Depois Rogério deveria comprar as passagens, tomando cuidado para que ninguém o seguisse.

Na manhã seguinte, Marina foi ao quarto de Raul com o produto que ele lhe pedira para comprar. Para não ter de falar sobre Rogério, inventou uma história dizendo que fingira uma dor de dente e um dos vigias a levou ao dentista. Lá, conseguiu ludibriar a vigilância, foi aonde Raul indicara e comprou o produto. Não disse, porém, que lhe entregou apenas a metade, guardando o restante. Raul apanhou o pacote e perguntou:

— Tem certeza de que Ari não percebeu que foi enganado?

— Tenho. Conheço bem o prédio. Fiz tudo sem que ele notasse.

Raul sorriu satisfeito.

— Eu sabia que você encontraria um jeito. Logo estaremos livres e poderemos viver nossa vida longe dos inimigos.

— Poderíamos ter continuado aqui como sempre, se você não tivesse inventado de desistir da sociedade com Martínez. Eu sabia que eles não iriam concordar. Neste negócio é fácil entrar, mas não se pode sair.

— O que está feito está feito. Agora não dá mais para recuar. Temos de seguir em frente. Hoje mesmo falarei com Ângela. Quero que ela vá viajar por uns quinze dias. Assim estará longe quando a bomba estourar. Quero que ela fique fora disto.

— Não sei se vai conseguir. Martínez é vingativo. Ele pode querer vingar-se nela.

Raul cerrou os punhos com raiva.

— Se ele tocar nela, vou matá-lo com minhas próprias mãos.

— Seria mais seguro se você aproveitasse que vamos embora e denunciasse toda a quadrilha antes de partir. Assim eles estarão ocupados e não terão condições de nos seguir.

— Você está louca? Aí, sim, eles vão querer se vingar. De forma alguma! Bom mesmo seria se Ângela voltasse para a Inglaterra. Ela não quer de jeito nenhum.

— Não quer porque arranjou um namorado.

— Namorado? Isso não é nada bom. Pode atrapalhar nossos planos. Quem é ele?

— Não conheço. É filho do Dr. Novais. Ângela diz que você sabe quem é.

— Sei. Se as coisas não estivessem como estão, poderia até ser bom. Mas no momento é complicado. Por isso ela não quer ir.

— Ângela nunca o convidou para entrar aqui. Aliás, ela não convida ninguém.

— Claro. É inteligente e sabe que vivemos momentos difíceis. Falarei com ela. Ficaria mais sossegado se ela fosse para a Inglaterra.

Marina deixou o quarto do marido satisfeita. Tudo estava correndo como ela queria. No corredor, encontrou Ângela.

— Foi bom encontrá-la. Como foi o casamento ontem?

— Bom.

— Casualmente vi quando você chegou. Divertiu-se?

— Sim.

— Você não parece muito entusiasmada. Mas, pelo que vi, estava em muito boa companhia.

— Você ontem disse que queria conversar comigo. O que deseja?

— Seu pai quer falar com você. Ele lhe dirá mais ou menos a mesma coisa.

Ângela bateu levemente na porta do quarto de Raul e entrou. Ele fez sinal que fechasse a porta à chave e desligou o microfone.

— Deseja falar comigo?

— Sim. Está na hora de você fazer aquela viagem que pedi.

— Para quando quer que eu marque?

— Para daqui a três dias. Estou preocupado com sua segurança. Como lhe disse, eu e Marina iremos embora para um lugar ignorado. Nossos inimigos são vingativos e se você ficar podem querer me pressionar fazendo mal a você.

Ângela assustou-se:

— Em que se baseia para pensar isso?

— São suposições. Conheço-os e sei seus métodos. Pode ser que não façam nada, mas eu ficaria mais seguro se você viajasse amanhã mesmo para Londres. Eles sabem que você reside lá, e sua viagem não despertará suspeitas.

— Mas, quando souberem que você fugiu, poderão ir atrás de mim para descobrir onde vocês estão.

— É uma possibilidade remota. Não creio que se dêem ao trabalho de procurá-la. Depois, eles possuem outros meios de investigação que vão acionar para nos encontrar e sabem que nunca a coloquei a par de nossos negócios.

Ângela ficou calada por alguns instantes, depois disse:

— Foi por causa disso que você me internou no colégio e mamãe desapareceu. Ela não concordava com o tipo de trabalho que você faz.

Ele a olhou irritado.

— O que é isso? Você também está me julgando? Estou querendo salvar sua pele e ainda fica contra mim?

— Não estou contra você. Ao contrário: estou querendo ajudá-lo.

— Se deseja de fato me ajudar, faça o que estou pedindo e nunca mais fale na morte de sua mãe. Chega de remoer o passado. Acabou. Está encerrado.

— Você gostaria que fosse assim. Mas a morte é ilusão. Mamãe continua viva no outro mundo e me disse que um dia ainda saberei toda a verdade. Gostaria que você me contasse tudo.

Ele a olhou admirado.

— De onde tirou essa idéia maluca? Quem morre não volta nunca mais. Esse ardil não pega.

— Não é ardil, papai. Mamãe continua viva em outra dimensão. A vida não se resume apenas a este mundo onde estamos. Quem morre continua vivendo em outro lugar, mas continua a mesma pessoa, com os mesmos afetos e idéias que tinha na Terra.

Raul, que a princípio se assustara, começou a rir e respondeu:

— Eu devia ter imaginado que sendo educada na Inglaterra eles colocariam essas fantasias em sua cabeça. Lá eles fazem sessões espíritas e há até pessoas sérias que estudam o assunto. Mas não têm nenhuma prova de que é verdade. Você é inteligente; nunca pensei que se deixasse enganar dessa forma.

— Você tem razão em parte. Eles estudam mesmo os fenômenos espíritas. Freqüentei algumas sessões lá. Mas foi aqui, depois que voltei, que mamãe se comunicou e deu provas irrecusáveis de identidade.

— Não acredito. Então por que ela não lhe contou tudo?

— Porque não pode. Onde ela vive precisa subordinar-se a disciplina. Tem permissão para comunicar-se comigo, mas não para revelar os acontecimentos.

— Quer que eu acredite nisso? Não vou entrar em sua fantasia.

— Estou lhe dizendo a verdade. Um dia você terá provas disso.

— Vamos esquecer este assunto. Arrume suas coisas, compre a passagem e vá. Quero que esteja longe quando eu partir.

Ângela ia responder que se recusava a partir, mas, olhando o rosto conturbado de Raul, resolveu contemporizar.

— Está bem, pai. Vou cuidar disso.

— Hoje mesmo. Assim que tiver as passagens, avise-me.

Ângela deixou o quarto do pai e desceu. Marina esperava-a na sala.

— E então? Combinaram tudo?

— Sim.

— Vai fazer o que ele lhe pediu?

— Vou.

Ângela ia comer alguma coisa, mas mudou de idéia. Subiu, arrumou-se, apanhou a bolsa e saiu.

Marina ficou satisfeita. Com certeza ela compraria a passagem e iria embora logo. Falaria com Raul para confirmar tudo. Era muito bom que Ângela fosse para longe. Assim Marina poderia executar seus planos sem que ninguém suspeitasse.

Ângela foi procurar Eduardo. Não sabia o que fazer. Não queria ir para longe, mas ao mesmo tempo tinha receio de ver-se envolvida e estar correndo riscos.

Sentada no escritório com Eduardo e Ramiro, Ângela relatou a conversa que tivera com o pai e finalizou:

— Não sei o que fazer. Sinto que se ficar estarei me arriscando, mas, por outro lado, ir para a Inglaterra, como papai deseja, não me garante proteção.

— A situação é delicada — concordou Ramiro. — Acho perigoso você ir para qualquer lugar, seja onde for, e ficar sozinha.

— Papai tem razão. Nós não sabemos como esses bandidos vão reagir quando souberem que eles fugiram. Esses indivíduos são vaidosos demais para aceitar que foram ludibriados e passados para trás.

— Não sabemos também que tipo de interesse há entre eles. Deve ser algo importante para se darem ao trabalho de mantê-los sob vigilância cerrada, não permitindo que Marina saia de casa nem veja ninguém. E você? Tem certeza de que não está sendo vigiada?

— Tenho. Como papai sempre fez tudo para que eu nunca soubesse que tipo de negócios ele mantém, pensam que eu ignoro essas coisas. Assim, não se sentem ameaçados. Desde o atentado de papai, eles temem que ele ou Marina os denuncie à polícia. Por isso, a pretexto de nos proteger, vigiam tudo dentro da casa. Têm escuta nos telefones, no quarto de papai, tanto que, para conversar, ele, que já descobriu o microfone, o desliga enquanto conversamos.

— Então é por isso que seu pai pensa que em Londres você estará segura — tornou Ramiro.

— É engano — discordou Eduardo. — Se por alguma razão eles quiserem encontrar os dois, é quase certo que irão procurá-la. Vão imaginar que você pode saber aonde foram. Ou então, mantendo você sob domínio deles, irão obrigá-lo a se entregar. Não estou gostando disso. De todas as formas, você está correndo riscos.

— Temos de encontrar outra solução — concordou Ramiro.

Eduardo pensou um pouco, depois disse:

— Vamos fazer o seguinte: você diz a seu pai que vai fazer o que ele pediu. Compra a passagem, prepara tudo. Despede-se de todos, vamos levá-la ao aeroporto, só que, no momento de embarcar, você não vai.

— Como assim?

— Nós a levaremos para um lugar seguro, onde ficará até que não corra mais nenhum perigo.

— Boa idéia, filho. Mas terá de ser muito bem-feito, para que ninguém desconfie.

— Vamos planejar tudo muito bem. Mílton nos ajudará. Creio que é hora de buscarmos auxílio policial.

— Eu sempre desejei procurar a polícia — disse Ângela.

— Mílton tem os contatos. Trabalha para o serviço de inteligência da polícia. Eles saberão como agir com esse tipo de problema — respondeu Eduardo.

— Poderão nos orientar, uma vez que detêm informações que não temos. Talvez até já estejam investigando esse caso — opinou Ramiro.

— Vou ligar para Mílton e pedir que venha — decidiu Eduardo.

Mílton combinou que estaria lá dali a uma hora. Enquanto esperavam, eles foram pensando nos detalhes.

O almoço foi servido, e diante dos criados eles não tocaram no assunto. Foram tomar café no escritório e Mílton chegou, juntando-se a eles.

Colocado a par dos acontecimentos, ele disse:

— Concordo que Ângela precisa de proteção. Há anos a polícia investiga a quadrilha de Martínez, mas nunca conseguiu as provas de que precisa para prendê-los. Talvez possamos consegui-las agora. Não escondo que a vida de Raul e Marina está por um fio. Como eram sócios, Raul deve saber muitas coisas, pode nos fornecer as provas de que precisamos para prendê-los. Por isso os homens de Martínez estão dentro da casa vigiando.

— A polícia não pode ir lá, prendê-los e forçar Raul a dizer a verdade? Assim, pelo menos, a vida dele estaria salva — considerou Ramiro.

— Nós podemos fazer isso, dar uma batida, dizer que encontramos drogas, mas logo os advogados estariam infernizando a vida da polícia e não teríamos como manter a prisão. Depois, com certeza eles matariam Raul para evitar que desse com a língua nos dentes — esclareceu Mílton.

— Não é simples assim, pai. É preciso muita cautela. Esses homens têm dinheiro, poder, conseguem acionar gente importante. Depois, matam com a maior facilidade. Eles têm gente especializada só para esse tipo de serviço.

— Nesse caso, não poderemos fazer nada — tornou Ângela, desanimada.

— Eu não disse isso — retrucou Mílton. — Temos de nos juntar ao pessoal especializado e trabalhar juntos. Eles, além da experiência, têm como investigar essas pessoas. Pode crer que têm o máximo interesse em colocá-los atrás das grades.

— Temos pouco tempo. Papai deu-me três dias para ir embora. Estou com medo!

— Nós a protegeremos — garantiu Mílton.

— O que vai acontecer a papai? Ele será preso, condenado e ficará com raiva de mim. E me acusará de traição.

— Ele escolheu o próprio caminho. Juntou-se a esses elementos. Você não tem culpa de nada — tornou Mílton.

Ângela não conseguiu impedir que as lágrimas descessem pelo seu rosto.

— Estou desolada! Não quero que nada de mau lhe aconteça! Sei que ele me ama a seu modo e está querendo me proteger. Não posso denunciá-lo à polícia!

— Deixe isso com Mílton. Você oficialmente não sabe de nada. Ele cuidará para que você não precise testemunhar contra seu pai. Você só vai dizer à polícia como tem sido a rotina em sua casa desde que voltou — sugeriu Eduardo.

— Seria muito bom que ela testemunhasse contra ele. Precisamos de provas — disse Mílton.

— Não posso fazer isso!

— Ela nunca presenciou nada. Foi mantida fora o tempo todo. Desconhece nomes, situações. Para ela, a empresa do pai só trabalha legalmente. Vamos escondê-la até que tudo esteja resolvido. Depois, ela volta e diz que ignorava tudo. Afinal, é a verdade — esclareceu Eduardo.

— Esse grupo pode ter grande extensão. Para que ela não sofra nenhum risco, é necessário que eles acreditem nisso.

— Está bem — concordou Mílton. — Vamos afastá-la daqui e protegê-la. Enquanto isso, vou colocar o inspetor-chefe a par do caso.

O delegado que está cuidando do inquérito sobre o atentado de Raul está prestes a encerrá-lo por falta absoluta de provas. Ele sabe que esse atentado foi uma queima de arquivo. Mas, como não tem como provar, nada poderá fazer. Vai encerrar o caso e certamente as investigações vão parar aí.

— E o que acha que vai acontecer depois? — indagou Ângela.

— Vão acabar o que começaram. Simulam outro assalto, o casal aparece morto e eles continuarão agindo livremente — explicou Mílton.

— É revoltante a impunidade desses bandidos! — comentou Ramiro.

— Por isso pedi a Ângela que testemunhasse. Seria a única forma de proteger seu pai e preservar sua vida. Lamento ter de dizer-lhe isso, Ângela. Esses homens não merecem nenhuma consideração. São assassinos cruéis. Só lhes interessa dinheiro e poder. Para isso, não se importam em destruir a juventude, infelicitar famílias, perturbar a sociedade. Não tenho dúvida de que a onda de violência que assola o mundo é causada pelo uso das drogas e do álcool.

Ângela chorava e Eduardo abraçou-a, alisando-lhe os cabelos com carinho.

— Não chore, querida. Temos de enfrentar esta situação com coragem. Aconteça o que acontecer, vamos enfrentar juntos.

— Sinto muito, Ângela — disse Mílton. — Gostaria de poder evitar esta situação. Mas acredito que a verdade, embora doa a princípio, é melhor que a ilusão. — Dirigindo-se a Eduardo, perguntou: — Você pode ausentar-se de São Paulo por algum tempo?

— Posso. Estou tratando da transferência de meu escritório de Nova Iorque para cá. Mas isso pode esperar.

— Muito bem. Faremos o que você sugeriu. Ângela compra passagem para Londres, despede-se de todos, inclusive de você, e embarca. Você volta para casa. Depois de uma hora ou duas você retorna ao aeroporto e viaja para o Rio. Como o avião de Ângela fará escala no Rio, ela desembarca. Lá, teremos um agente nosso à espera dela, com as instruções. Vocês se encontram e vão para um lugar seguro, onde deverão ficar até nova ordem. Entendido?

— Sim — respondeu Eduardo.

— Preciso colocar o inspetor a par de tudo e pedir autorização para cuidar do caso. Ele tem se empenhado e há muito tempo espera oportunidade para prender esses homens. Estou certo de que vai concordar. Em todo caso, depois de conversar com ele, ligarei para você.

Ramiro interveio:

— O que pensa fazer para conseguir as provas de que precisa?

— Não sei ao certo. Vamos reunir a equipe, conhecer detalhes de cada um, avaliar tudo e planejar como conseguir prendê-los. Tudo terá de ser muito bem planejado. Não podemos errar. Qualquer deslize poderá causar uma tragédia. Tudo faremos para evitar derramamento de sangue, mas num caso desses é difícil prever.

Mílton despediu-se. Depois que ele se foi, Ângela considerou:

— O Dr. Adalberto disse que ele era um detetive particular. Mas parece que é policial.

— Ele é detetive particular, mas trabalha com a polícia. Mílton é muito correto e respeitado no meio.

— Estou pensando em falar com Dr. Adalberto. Ele não está sabendo de nada.

— Poderemos ir até lá no fim da tarde.

— Uma coisa está me preocupando...

— O que é, Ângela?

— Rogério está metido nisso e o Dr. Romualdo não sabe de nada. Não seria melhor preveni-lo?

— Se estivesse acontecendo algo com meu filho, eu gostaria de saber — comentou Ramiro.

— O problema é que não sabemos como ele reagirá. Pode pôr tudo a perder — disse Eduardo.

— Ele me parece um homem sensato. Você acha que não cooperaria com a polícia?

— Ele nem sonha que o filho esteja metido nessa encrenca. Mas, pensando bem, não podemos ignorar o fato de que a vida de Rogério corre perigo — tornou Eduardo.

Ramiro ponderou:

— Temos de considerar que esse moço não é um criminoso. Pertence a uma família boa e respeitada. Está apaixonado, infelizmente pela mulher errada. É evidente que está sendo usado por ela e pode acabar mal.

— Tem razão, pai. Falaremos com Mílton e, se ele concordar, iremos procurar o Dr. Romualdo.

— Assim me sinto melhor. Convivi com Rogério, fomos amigos, e não fazer nada me causa uma sensação desagradável — disse Ângela.

Ângela queria voltar para casa, mas Eduardo convenceu-a a ficar e esperar Mílton ligar. Na verdade, ele desejava afastá-la de casa o máximo possível. Sentia que algo estava para acontecer e temia pela sua segurança.

Passava das seis quando Mílton voltou à casa de Eduardo e justificou-se:

— Preferi vir pessoalmente. Certos assuntos não se pode tratar pelo telefone.

Sentados no escritório, eles esperavam que Mílton continuasse:

— O delegado encerrou o inquérito ontem. Falei com o inspetor Braga. Ele está muito bem informado sobre os dois grupos suspeitos de terem cometido o atentado contra Raul.

— Dois grupos? — surpreendeu-se Ângela.

— Sim. O de Martínez, sócio de Raul na empresa, e o de Dino, um traficante de drogas que comanda grande parte desse comércio, rival de Martínez. São grupos inimigos na disputa desse mercado.

— Nesse caso, Martínez pode não ter sido autor da agressão — disse Ângela.

— Pode. Ainda não sabemos qual deles foi. Eu havia informado o inspetor sobre o envolvimento de Rogério no caso e ele o mantém vigiado. Foi visto conversando com um dos homens de Dino. Há alguns dias eles seqüestraram Rogério e o levaram ao lugar onde Dino atua.

— A polícia não podia impedir isso? Esses bandidos poderiam ter matado o rapaz — tornou Ramiro, preocupado.

— Por enquanto a polícia só está de campana. Não vai interferir. Só o fará quando for oportuno. Algumas horas depois, Rogério foi devolvido onde estava seu carro. Apesar de aparentar nervosismo, ele não foi à polícia nem deu queixa, o que faz supor que tenha sido um encontro planejado.

— Marina é mais esperta do que pensávamos. Ela o está usando para tentar um acordo no qual levará vantagem — disse Eduardo.

— É o que a polícia pensa. Essa atitude nos faz supor que Martínez seja o autor do atentado e Marina esteja mesmo tentando negociar com Dino. Ela sabe que ele faria tudo para tirar Martínez de seu caminho. Raul está a par dos negócios de seu sócio, e sua colaboração será muito útil a Dino.

— Meu pai não pode fazer isso! Quem garante que, depois de conseguir o que quer, esse Dino não acabe com ele do mesmo jeito?

— Quem entra nesse negócio está sempre com a vida em risco. Estivemos confrontando as informações, e na noite seguinte Rogério foi recebido por Marina às escondidas. A polícia sabia de tudo. Devem ter feito planos de fuga. Ele vendeu o apartamento para financiar tudo. Raul deve saber que Marina se relaciona com ele — sugeriu Mílton.

— Meu pai não sabe que ela tem um amante. Ele nunca ficaria calado se soubesse.

Eduardo interveio:

— Ele não sabe de nada. Marina está envolvendo Rogério e pretende usá-lo na fuga.

— Como sabe? — perguntou Ramiro.

— Angélica está me dizendo. Ela veio com Ângela e ficou observando. Só interveio agora — tornou Eduardo.

— Quem está aqui? — indagou Mílton olhando em volta.

— O espírito da mãe de Ângela — esclareceu Ramiro.

— Vamos ouvir o que ela tem para nos dizer — sugeriu Mílton.

— Diz que, nos planos de Marina, Raul não está incluído. Rogério pensa que os dois vão fugir juntos, mas ela quer separar-se dele — disse Eduardo.

— Nunca confiei nela — desabafou Ângela. — Pretende fugir com o amante!

— Não — disse Eduardo. — Ela quer fugir sozinha. Pretende enganar a todos.

Os três o olharam surpreendidos. Mílton perguntou:

— O que mais ela diz? Talvez possa nos dar outras informações.

— Diz que não pode fazê-lo. São muitas pessoas envolvidas, todas pensando em seus próprios interesses. Afirma que os acontecimentos vão precipitar-se e nos aconselha prudência e ligação com as forças espirituais. Diz para nos abstermos de julgar ou tomar partido. O melhor agora será ficar no bem incondicional.

— Vou falar com Glória e pedir que nos ajude nas orações — lembrou Ramiro.

— A parte da prudência é a que me compete — tornou Mílton. — Temos de ficar alertas e fazer exatamente tudo que o inspetor exigir.

— O que faremos quanto a Rogério? Não haverá uma maneira de ajudá-lo? — indagou Ângela.

— O conselho de sua mãe é bom: reze. É o que pode fazer — disse Mílton.

— Mas somos amigos do Dr. Romualdo, pai de Rogério. Pensamos em avisá-lo, tentar fazer alguma coisa.

— Você não vai fazer isso! Seria loucura. Um homem apaixonado não ouve ninguém, não está em condições de enxergar a realidade. O pai dele vai querer intervir, impedi-lo de fazer o que planejaram e pode precipitar os fatos de maneira desastrosa. Vocês são pessoas de fé. Confiem em Deus e deixem a parte executiva com a polícia. É o melhor que têm a fazer — aconselhou Mílton.

— Angélica concorda — disse Eduardo.

— Estamos controlando tudo — afirmou o detetive. — Vocês vão tratar de tomar as providências que combinamos. O inspetor achou bom nosso plano para protegê-la. Diz que Ângela é uma testemunha importante para depois que todos estiverem presos. Enquanto isso, Eduardo, você cuida dela. Aliás, acho que para você essa é a melhor parte.

— Farei tudo para cooperar. Desejamos que este assunto fique resolvido. Também temos nossos planos para o futuro.

— Quanto ao senhor, Dr. Novais, deve manter sua rotina normal. Ninguém pode suspeitar que Ângela está no Brasil.

— Está certo. Só quero que me mantenham informado.

— Pode deixar. Eu mesmo farei isso.

— E quanto ao Dr. Adalberto? Poderemos falar com ele? — indagou Ângela.

— Podem, mas sem contar os detalhes. Ele é discreto e de confiança, mas falem apenas o essencial.

— Sei como fazer isso — interveio Eduardo. — Direi que os acontecimentos estão se precipitando, que estamos trabalhando com a polícia e vamos viajar para lugar ignorado a fim de proteger Ângela. Pedirei para que orem por nós.

— Isso mesmo — concordou Mílton. — Amanhã, cuidem da passagem de Ângela para Londres e à noite virei até aqui saber os detalhes para programar tudo minuciosamente. Vai dar tudo certo.

— Confiamos nas forças do bem — disse Eduardo. — Sei que a vida vai fazer acontecer o melhor para todos.

Depois que Mílton saiu, Eduardo segurou a mão gelada de Ângela e disse sério:

— Acalme seu coração. Você sabe que estamos protegidos. Vamos fazer uma prece e agradecer toda a ajuda espiritual que estamos recebendo.

Ângela concordou e, enquanto ele murmurava uma prece, ela sentiu que uma brisa leve a envolvia. Aos poucos percebeu que a angústia havia passado e ela estava em paz.

20

Duas noites depois, Ângela olhou desolada para as duas malas que acabara de arrumar e estavam no canto do quarto. Iria viajar na manhã seguinte e havia combinado todos os detalhes com Mílton.

Oficialmente iria para Londres com uma passagem só de ida e sem tempo marcado para regressar.

Raul fizera questão de conferir a passagem. Observando a tristeza dela, dissera:

— Nossa separação será temporária. Vamos deixar o tempo passar. Quando tudo estiver esquecido, terá notícias minhas.

— Tenho medo de que alguma coisa lhe aconteça.

— Não vai acontecer nada. Mudaremos de identidade. Tenho tudo preparado. Sabendo que você está em segurança, fico tranqüilo. Você é o único bem que possuo nesta vida.

Ângela emocionou-se e não conseguiu evitar algumas lágrimas.

— Não chore antes da hora, filha — pediu ele tentando dissimular a emoção.

— Amanhã, antes de ir embora, virei me despedir.

— Está bem.

Ângela deitou-se, mas estava difícil conciliar o sono. Sentia-se angustiada, inquieta. Sentou-se na cama e rezou pedindo proteção e ajuda. Deitou-se de novo, mas o sono custou a aparecer. Depois de algum tempo, finalmente adormeceu.

A porta do quarto se abriu e ela acordou sobressaltada. Um homem com capuz, empunhando uma arma, estava em pé ao lado da cama.

259

Ângela olhou assustada para ele, sem se dar conta ainda do que estava acontecendo.

Ele disse:

— Se você gritar, eu atiro. Levante-se, vamos. Rápido!

Trêmula, Ângela obedeceu. Ele a empurrou para fora enquanto outro entrou e apanhou as malas. A casa estava às escuras, sem nenhum ruído. Mesmo assustada, ela notou que o vigia não estava no corredor. Quase arrastada pelo homem, Ângela foi levada pela saída dos fundos e colocada dentro de um carro. Enquanto um dava a partida, o outro sentou-se a seu lado no banco traseiro e enfiou-lhe um capuz na cabeça, dizendo em tom ameaçador:

— Fique quieta, senão acabo com você agora.

Ângela sentiu a cabeça rodar e perdeu os sentidos.

— Você bateu nela? O chefe disse para não lhe fazer nada.

— Eu não fiz nada. Ela desmaiou.

— E os outros?

— Tudo certo. Fizeram outro caminho.

— Este foi um trabalhinho bem-feito! Conseguimos enganar aqueles malditos. Devem estar correndo atrás de Betão até agora.

Depois de muitas voltas certificando-se de que não estavam sendo seguidos, chegaram a uma casa assobradada em um bairro afastado. Assim que o carro se aproximou, o portão se abriu e dois homens armados fizeram sinal para que entrassem e depois rapidamente o fecharam.

— Marco já chegou com a carga?

— Sim. Tudo certo.

Eles riram satisfeitos. O homem que surpreendera Ângela carregou-a para dentro da casa e colocou-a em um pequeno quarto sem janelas, deitando-a na pequena cama que havia no cômodo. Saiu e fechou a porta.

— O que vamos fazer com as malas? Devem ter jóias, dinheiro — disse o que dirigira o carro.

— Você não vai mexer em nada. Sabe como André é.

— Não tenho medo dele.

O outro riu:

— Você diz isso, mas treme só em pensar. Não vamos abrir essas malas. Vamos entregar tudo em ordem.

Os dois foram bater à porta de uma das salas. Depois, entraram carregando as malas. Estavam sem capuz e tinham boa aparência. Vendo-os, ninguém suspeitaria de suas atividades.

Atrás de uma escrivaninha lavrada, estava um homem de meia-idade, moreno, cabelos ondulados e vasto bigode.

— Como foi? — indagou.

— De minha parte, tudo certo. Marco pegou os dois e saiu primeiro. Já chegou?

— Já.

— O que fazemos com as malas dela?

— Deixem aqui. Depois veremos. Têm certeza de que ninguém os seguiu?

— Claro. E Betão? Ele despistou aqueles policiais direitinho.

— Ele não virá aqui. Agora saiam e troquem o carro no caminho.

Depois que eles partiram, André pegou o telefone e discou:

— Martínez? Aquele carregamento foi entregue. Conferi a mercadoria e não faltou nada. Tudo conforme você pediu. Quer que eu cuide de tudo aqui mesmo?

— Não. Esse assunto vou tratar pessoalmente. Faço questão.

— Você virá aqui?

— Irei ao depósito conferir como está essa mercadoria. Leve tudo para lá. Cuidado para não estragar nada.

— Sei como fazer. Quando você vem?

— Amanhã à noite. Não sei a hora.

— Estaremos lá.

André desligou. Levantou-se, serviu-se de uma bebida e sentou-se novamente, pensativo. Seria mais fácil se ele pudesse cuidar de tudo. Um lugar ermo no meio da noite, alguns tiros e pronto: tudo liquidado. Mas Martínez tinha outros planos. Precisava levar os três até o lugar combinado.

Achou melhor não esperar pelo dia seguinte. Chamou Ari e deu as instruções.

— Os planos mudaram. Temos de levá-los até o depósito. Será melhor usar a máscara. Dormindo não darão nenhum trabalho.

Eles foram buscar Ângela, que ainda dormia, mas mesmo assim colocaram um lenço com éter sobre suas narinas e a acomodaram no carro de André, que os mandou colocar as malas dela no porta-malas. Logo depois, outros dois trouxeram Marina e Raul adormecidos e os colocaram em outro carro. Tudo pronto, partiram rumo ao depósito.

Chamavam de depósito um lugar secreto que Martínez mandara construir embaixo do galpão onde funcionava a empresa que tinha com Raul.

Quando vinha ao Brasil, era lá que ele se reunia com seus homens para tomar decisões importantes. Além do cofre-forte, havia todo um arsenal de armas e munições, um espaço onde guardava parte das drogas quando queria negociar por um preço melhor ou para ludibriar a fiscalização.

Era madrugada e o dia estava quase amanhecendo quando eles colocaram os três em um pequeno quarto com quatro camas e um pequeno banheiro. Não havia janelas, apenas uma lâmpada para iluminá-lo, uma mesa e duas cadeiras.

Deitaram cada um em uma cama e saíram, fechando a porta. Os três dormiam alheios a tudo. Angélica, porém, estava lá. Sentada ao lado de Ângela, adormecida, alisava-lhe os cabelos com carinho e dizia:

— Calma, filha. Estou aqui para protegê-la. Não tenha medo. Acorde.

O corpo de Ângela estremeceu e ela se projetou fora dele, olhando assustada à sua volta.

Angélica aproximou-se:

— Minha querida! Finalmente nos encontramos frente a frente!

Ângela olhou-a, olhos muito abertos, e respondeu:

— Mãe! É você? Eu morri?

Angélica abraçou-a e beijou-lhe a testa com amor.

— Não, filha. Seu corpo dorme. Não tenha medo.

— Foi horrível, mãe! Olhe: papai e Marina... Estão mortos?

— Dormem também.

— Ele não acreditou que você continua viva.

— Seu pai ainda não sabe muitas coisas. Por isso é que não podemos exigir nada dele.

— Ele desejou me salvar, mas não conseguiu. O que vai nos acontecer agora? Onde estamos?

— Calma. Confie em Deus. Só vai acontecer o que ele permitir.

— Não seria bom acordá-los para ver você? Assim ele acreditaria.

— Ele ficaria mais assustado do que está. Melhor deixá-lo dormir.

— Por que ele se assustaria?

— Lembra-se de quando ele pensou que você fosse eu?

— Ficou apavorado.

— Ele pensa que eu desejo vingar-me. Não sabe que há muito eu o perdoei. O perdão, de coração, liberta do sofrimento.

— Mãe, suspeito que ele a tenha afastado de mim de propósito.

— Sim. Agora posso contar-lhe como foi. Seu pai era um bom negociante e ficou com a empresa que meu pai fundou. Era rendosa, mas ele queria mais; era muito ambicioso. Quando se juntou a Martínez abrindo a empresa de comércio exterior, descobri que aquilo era apenas fachada. Na verdade, eles eram traficantes de drogas. Tentei fazê-lo desistir, mas ele não me ouviu. Com medo de que eu o denunciasse, ministrava-me fortes calmantes, deixando-me atordoada. Levou você para longe, não me permitindo vê-la. Conduziu-me para um sítio onde me manteve prisioneira durante anos. Sempre que eu tentava fugir, eles me dopavam.

— Quem cuidava de você nesse lugar?

— Os caseiros do sítio, um casal que me vigiava sem parar. Eles tinham dois cachorros bravos que vigiavam do lado de fora da casa. Não me permitiam nem sair. Quando eu me desesperava ou tentava fugir, eles me aplicavam injeções e eu perdia a noção das coisas. Até que um dia fiquei muito mal e Raul me levou de volta para casa. Certa noite, eu mesma o vi colocando pó em meu remédio. Foi nesse momento que eu soube que ele estava acabando com minha vida. Foi a maneira que encontrou para ver-se livre de mim e evitar que eu o delatasse.

— Ele a matou?

— Sim. Por isso tem medo de mim. Pensa que desejo vingar-me. No entanto, estou aqui não só para proteger você, mas também para ajudá-lo. Quando eu acordei depois da morte, fiquei revoltada. Embora não desejasse vingar-me, carregava muita mágoa e a dor da impotência. Eu não havia conseguido cuidar de seu bem-estar nem fugir de Raul. Esses pensamentos me atormentavam, e entreguei-me à depressão. Fui auxiliada por assistentes espirituais e conduzida a um lugar de recuperação onde, com o carinho e a ajuda de todos, aos poucos fui melhorando. Então comecei a indagar o porquê do que me acontecera. Descobri que em outras vidas havia me deixado levar pela ambição, me unira a pessoas por interesse, sem amor, usando-as para usufruir de bens materiais e alimentar minha vaidade. Reconheci que me deixara seduzir por muitas ilusões e elas foram causadoras de meus fracassos, porque, apesar de haver conquistado o que desejava, só encontrei a solidão, o vazio, a indiferença, a crítica. Então aprendi que o importante é ouvir o coração, amar. Senti que estava carente, e passei a desejar amar, ser amada, aprender sobre a vida, encontrar a felicidade. Com esses propósitos, voltei a reencarnar.

— E você encontrou novamente o sofrimento!

— Encontrei minha verdade. Estava disposta a ser verdadeira, a não cultivar mais ilusões. E, de fato, nesta vida não cultivei a mesma ambição de outros tempos. Consegui vencê-la, mas em minha inexperiência deixei-me levar pelas regras do mundo. Hoje sei que o que fiz foi trocar de ilusão. Deixei a ambição e agarrei-me ao sonho de amor.

— Como assim?

— Imaginei um amor eterno, construí os detalhes de uma vida afetiva perfeita e esperei encontrar a pessoa que viveria comigo esse sonho. Quando conheci Raul, rapaz bonito, elegante, amável e ao mesmo tempo seguro de si, projetei nele meu sonho de amor. Apaixonei-me e exultei quando fui correspondida. Mergulhei nesse afeto sem tentar conhecer o temperamento dele ou saber se ele era como eu desejava que fosse. Fiquei cega.

Angélica fez ligeira pausa, olhos perdidos no tempo, revivendo os acontecimentos. Notando que Ângela a ouvia atenta, continuou:

— Tarde demais descobri quanto havia me enganado. Raul era completamente diferente do que eu imaginara: ambicioso — o que me assustou muito, porque era exatamente o que eu queria evitar —, maldoso, indiferente, duro... Meu sonho ruiu! Contudo havia você, e lutei como nunca para ter o direito de viver a seu lado. Infelizmente, não consegui.

— Você quis a verdade, e ela dói.

— Não. O que dói é a destruição das ilusões. Nós nos enganamos, e reconhecer essa fragilidade é doloroso. Mas a verdade é sempre um bem. Foi ela quem me fez perdoar Raul e desejar auxiliá-lo.

— Não entendo. Ele a agrediu, manipulou, acabou com sua vida. Essa é a verdade.

— Não. Ele era também prisioneiro das ilusões; por elas ignorou as boas coisas da vida e mergulhou no crime, pensando em ser feliz. Ele estava pior que eu. Analisando nossa vida em comum, cheguei à conclusão de que eu não poderia esperar de Raul senão o que ele fez. Ambos estávamos iludidos. A diferença entre nós era que, enquanto eu carregava o peso da desilusão afetiva, ele acreditava que, quando tivesse dinheiro e poder, seria feliz.

Angélica fez ligeira pausa e continuou:

— Eu não conheci Raul em outra vida. Ficamos juntos pela primeira vez. Sabendo disso, pude analisar melhor meu caso. Lá onde resido, há inúmeras mulheres que em sua inexperiência projetaram suas ilusões sobre a pessoa errada e colheram os resultados dessa atitude. Agora estou trabalhando interiormente para desenvolver o bom senso. Ele nos ajuda a ter lucidez e a escolher melhor nossos caminhos. Olhando o passado, percebo como me iludi, e tenho certeza de que estou mais forte. Hoje sinto-me mais experiente, mais segura. Acredito que posso ser feliz desde já escolhendo ficar no bem, na harmonia e na luz. Essa certeza me faz sentir tão melhor, tão livre, que desejo sinceramente a Raul que consiga descobrir o mesmo que eu.

Ângela abraçou-a comovida.

— Gostaria de ser como você!

— Você tem mais experiência que eu, tanto que encontrou Eduardo novamente e com ele será feliz.

— Eu sinto isso. Estava assustada, mas suas palavras me acalmaram.

— Vem vindo gente. Você precisa voltar. Lembre-se de que estarei aqui, a seu lado. Não tenha medo.

Ângela voltou para o corpo ouvindo as últimas palavras de Angélica e olhou em volta. O quarto estava escuro e ela não sabia se era dia ou noite. A porta abriu-se e um homem entrou carregando uma bandeja. Ângela fechou os olhos e fingiu que dormia. Ele pousou a bandeja sobre a mesa e saiu fechando a porta.

Ângela sentou-se na cama e aos poucos foi se habituando à escuridão. Viu que havia mais duas pessoas deitadas. Levantou-se e foi vê-los de perto. Estremeceu reconhecendo Raul e Marina.

Tateou pelas paredes, encontrou o interruptor e acendeu a luz. Examinou a sala e percebeu que não tinham como sair. A porta estava trancada por fora. Havia uma garrafa de água e um copo. Sentia muita sede e gosto de éter na boca. Bebeu um copo de água. Havia um pedaço de pão, mas Ângela não sentia fome. Estava enjoada.

Onde estavam? Quem eram os homens que os mantinham ali? O que desejavam deles?

Pensou em Eduardo e na polícia. Eles estavam vigiando a casa. Como permitiram que eles fossem levados? Seria um plano para apanhá-los? Nesse caso, eles os teriam seguido e era provável que logo viessem libertá-los.

A esse pensamento, Ângela sentiu-se mais calma.

Marina remexeu-se na cama e resmungou algumas palavras que Ângela não entendeu.

Aos poucos, Marina foi acordando. Raul também se mexeu e Ângela ficou aliviada por ele estar acordando. Aos poucos eles foram retornando à consciência. Marina sentou-se na cama e, vendo Ângela, disse aflita:

— Onde estamos?

— Não sei. Um homem encapuzado me trouxe para cá. Pelo cheiro, usaram éter.

— Posso sentir o gosto horrível na boca. Estou com sede.

— Há água sobre a mesa.

Marina levantou-se e tomou água. Depois, aproximou-se de Raul e sacudiu-o.

— Acorde, Raul. Estamos fritos. Eles nos pegaram.

Raul passou a mão na testa e a custo sentou-se na cama.

— O que aconteceu?

— Você não se lembra?

— Sim, agora estou me recordando. Eu estava no quarto, quando Ari entrou e colocou um lenço com éter em meu nariz.

— Comigo e com Ângela, foi um homem com capuz e armado.

— Ângela? Você também?

— Sim, papai. Estamos todos aqui.

— Desgraçados! Vão querer nos matar!

— Não, se você negociar! — disse Marina.

— Vai ver que descobriram nossos planos — tornou Raul. — Fiz mal em confiar em você. Eles a seguiram, com certeza.

— Você está enganado. Isso nunca aconteceu. Tenho certeza.

— Não sei o que pensar. Temos de conservar a calma e procurar uma saída.

— Nem sabemos onde estamos — disse Marina.

Por alguns instantes ela chegou a pensar que houvessem sido raptados pelos homens de Dino. Nesse caso, ela estaria salva!

Raul olhou em volta e exclamou:

— Conheço este quarto. Estamos no depósito!

Marina sentou-se na cama, desanimada. Estavam presos pelos homens de Martínez. Isso não era nada bom.

— O que vamos fazer? — disse aflita.

— Esperar que apareça alguém e pedir explicações sobre o que está acontecendo. Martínez é meu sócio. Alguém pode ter feito algum mexerico. Ele é muito desconfiado. Pode ser que, conversando, tudo se esclareça.

— Há quanto tempo estamos aqui? — indagou Marina.

— Não dá para saber — respondeu Ângela. — Alguém tem relógio?

Ninguém tinha, uma vez que foram presos enquanto dormiam. Diante disso, não havia outro remédio senão esperar.

Eduardo levantou-se cedo e, quando desceu para o café, seu pai já estava à mesa.

— Tudo pronto? — indagou ele.

— Sim. Fiz a mala ontem mesmo.

— Vou trabalhar normalmente, fazer tudo como Mílton pediu.

— Isso mesmo. Não dormi bem esta noite. Receio que algo saia errado.

— Por quê? Você é sempre otimista.

— Sou e estou me esforçando para banir a preocupação. Não quero que nada aconteça a Ângela.

— Agora entendi. Você está mesmo muito apaixonado. Por isso está apreensivo.

— Eu a amo muito. Se puder, farei tudo para que ela seja feliz.

Depois do café, Ramiro saiu e Eduardo foi para o quarto. Era cedo para buscar Ângela. Verificou se tudo estava em ordem. O telefone tocou e ele atendeu. Era Mílton:

— Eduardo, temos um problema. Encontre-me imediatamente na casa de Ângela.

— O que aconteceu?

— Eles foram seqüestrados.

— Ângela também?

— Infelizmente sim.

Eduardo sentiu as pernas bambearem e sentou-se na cama.

— Meu Deus! E a polícia? Não estava vigiando a casa?

— Venha e conversaremos.

Eduardo saiu imediatamente e foi até a casa de Ângela. Mílton esperava-o na porta e a polícia estava espalhada pela casa.

— Como aconteceu isso? — perguntou Eduardo.

— Acreditamos que eles tenham descoberto que Raul ia fugir e resolveram agir.

— Talvez tenha sido pela viagem de Ângela. Todos na casa sabiam.

— Não creio. Eles querem mesmo é Raul e Marina. Levaram Ângela para pressionar o pai.

Eduardo segurou o braço de Mílton e disse aflito:

— Precisamos fazer alguma coisa. Depois de ter estado com eles, não vão permitir que ela saia viva.

Mílton cerrou os dentes com raiva e não respondeu. Pelos seus olhos passou um lampejo de emoção. Ele também pensava a mesma coisa.

— A polícia não estava vigiando a casa?

— Estava. Havia dois homens à paisana de campana no carro. De onde estavam podiam ver as duas entradas da casa. Passava das duas horas quando um carro parou no portão dos fundos e um homem com capuz, segurando uma arma, desceu e tentou abrir o porão. Aí os policiais acenderam os faróis, aproximaram-se e mandaram-no baixar a arma. Ele se abaixou e fingiu que ia colocá-la no chão, mas rapidamente atirou várias vezes. Depois, de um salto, entrou novamente no carro, onde outro o esperava, e saíram cantando os pneus. Imediatamente os policiais os perseguiram durante mais de uma hora sem conseguir alcançá-los, até que os fugitivos conseguiram ludibriá-los e desaparecer em uma bifurcação. Os policiais voltaram à casa de Raul e verificaram que tudo estava no mais completo silêncio. A casa estava às escuras e em paz. Então ligaram para a delegacia e relataram a ocorrência. O dia estava amanhecendo e às seis da manhã outros policiais os substituíram. Apesar de não terem conseguido prender os dois assaltantes, estavam satisfeitos, certo de ter impedido que eles entrassem na casa e fizessem algum dano.

— Enquanto isso, outros tinham fugido levando os três.

— Isso mesmo. Mas como saber? Tudo parecia em paz. Foi lá pelas oito horas que a empregada foi levar o café para Raul e não o encontrou na cama como sempre. Assustada, foi procurar Marina, mas a porta estava aberta e não havia ninguém. Ângela também não estava, mas, como as malas haviam desaparecido, Lurdes pensou que ela já tivesse viajado. Verificou também que os dois vigias haviam sumido. Ela tinha o telefone do delegado que fizera o inquérito sobre o atentado e ligou para ele contando que Raul havia desaparecido e os outros também. Então viemos para cá e a polícia está vasculhando a casa em busca de uma pista.

— Eles foram mais espertos que a polícia. Enganaram vocês direitinho. Deviam ter notado que a casa estava sendo vigiada e trataram de distraí-los para poder levar os três.

— Foi um erro os policiais os terem perseguido. Nunca deveriam ter deixado a casa sem proteção. Mas eles imaginaram que aqueles homens eram o perigo e tentaram prendê-los.

— O que faremos agora? — perguntou Eduardo, nervoso.

— Vamos lá para dentro ajudar na busca. Talvez encontremos alguma pista.

Eles entraram e Mílton apresentou Eduardo ao inspetor Braga, que estava conduzindo pessoalmente a investigação.

— Eles reviraram o escritório, o quarto de Raul, mas o resto da casa está sem sinal de violência. Há um cofre atrás do quadro no quarto, mas eles não o tocaram.

— O que evidencia que não foi um assalto. Foi um seqüestro. Eles queriam as pessoas.

A um canto da sala, Lurdes chorava e Emília tentava confortá-la.

— Eu bem que desconfiava que havia alguma coisa errada. Aqueles homens estavam nos vigiando.

Eduardo aproximou-se.

— Você deve ser Lurdes.

Ela assoou o nariz, enxugou os olhos e respondeu:

— Sou eu mesma, sim, senhor.

— Sou Eduardo, noivo de Ângela.

— Eu sei. Vi o senhor na porta com ela algumas vezes. Pobre da menina, tão boa. Não me conformo. O que será que vão fazer com ela? Quem será que os levou?

— Vai ver que vão pedir dinheiro — disse Emília.

— Ontem, durante o dia, você não notou nada diferente?

— Eu estava triste porque Ângela ia embora. Para dizer a verdade, se não fosse por ela, eu já teria deixado o emprego. Estava com medo. Ela conversou muito comigo, pediu que eu cuidasse bem do pai dela e garantiu que um dia voltaria para me buscar. Fiquei radiante. Era o que eu mais queria. Mas, agora, não sei o que vai acontecer…

Ela voltou a chorar, desolada.

— Você não notou nada diferente ontem? — repetiu ele.

— Não. Tudo foi como sempre.

Mílton aproximou-se de Eduardo.

— Elas viram alguma coisa?

— Nada. E vocês, acharam alguma pista?

— Sabemos que não foi roubo.

Eduardo sentia o peito oprimido, o estômago enjoado, e não sabia o que fazer. Perguntou para Lurdes:

— Onde fica o quarto de Ângela?

— Eu estive lá — disse Mílton. — Venha comigo.

Eduardo acompanhou-o emocionado.

— Pode olhar, mas não toque em nada.

A cama desfeita, as cobertas espalhadas pelo chão mostravam que

Ângela havia sido arrancada dali com rapidez. No banheiro havia uma frasqueira aberta com produtos de maquiagem que ela deixara preparada para a viagem e não pudera usar.

Eduardo sentiu um nó na garganta e respirou fundo. Tudo ali lembrava Ângela. O perfume, o bom gosto na arrumação. Ele voltou ao quarto e viu a bolsa sobre a cadeira.

— A bolsa dela. Ela não levou nada.

— As malas sumiram. Não estão em parte alguma.

— Gostaria de examinar a bolsa.

— Só depois que a polícia o fizer.

Eduardo ligou para Ramiro contando o que acontecera e pediu que ele fosse procurar Adalberto.

— E você, meu filho, vai ficar aí?

— Por enquanto. Quero acompanhar a investigação.

— Estou desolado. Sua preocupação tinha razão de ser. O que pensa fazer agora?

— Não sei. Não encontraram nenhuma pista. Estou perdido.

— Lembre-se de que não estamos sós. Os amigos espirituais estão do nosso lado. Vamos orar e confiar.

Eduardo suspirou e respondeu:

— É o que farei. Nós não podemos fazer muita coisa, mas Deus pode. Obrigado, papai, por me lembrar disso.

— Deus o abençoe, meu filho.

Eduardo desligou. Mílton conversava com um policial, e Eduardo procurou um lugar sossegado para pedir ajuda espiritual. Mas a casa estava tumultuada e ele foi ao jardim. Sentou-se em um banco, fechou os olhos, esforçou-se para ficar calmo, mentalizou luz e orou pedindo orientação.

Viu quando o espírito de Vera aproximou-se.

— Ângela está bem. Angélica está com ela. Vim para acalmar você.

— Obrigado. Estou angustiado. Onde eles estão?

— Presos em um quarto escuro e pequeno. Estamos intercedendo em favor de todos. Confie. Tudo que acontece é para o melhor. Vamos aguardar. Ajude-nos mantendo a calma e a confiança. Precisamos de sua energia positiva.

— Eu sei. Estou me esforçando.

Ela colocou a mão sobre a testa dele.

— Lembre-se de que Deus pode tudo e está nos auxiliando agora.

Da mão dela saíam energias coloridas que envolviam a cabeça de Eduardo e desciam por seu corpo. Ele sentiu que aos poucos sua angústia ia desaparecendo. O aperto no peito transformou-se em uma sensação boa, de calma e harmonia.

— Agora preciso ir. Contamos com você para nos auxiliar.

— Obrigado — murmurou ele, comovido.

Os espíritos esperavam contar com as energias dele, e Eduardo sentiu que não podia falhar. Tinha de se controlar, ficar positivo e cooperar.

21

Mílton informou Eduardo:

— O Dr. Braga vai em diligência à casa de Rogério. Pediu-me que o acompanhasse.

— Também quero ir.

— Não sei se ele vai permitir.

— Diga que sou o advogado de Ângela e que, juntamente com o Dr. Adalberto, contratamos você.

Ele foi e voltou em seguida:

— Ele concordou. Vamos.

Eduardo entrou no carro em que estavam o inspetor e mais dois investigadores. Pouco depois, tocavam a campainha da casa de Rogério. A criada abriu e Braga apresentou os documentos.

— Sou o inspetor Braga, da Polícia Federal. Preciso falar com Rogério Mendes Caldeira. Ele está?

A criada respondeu assustada:

— Está dormindo.

— Vá chamá-lo. Abra a porta, que vamos entrar.

— Um momento. Vou avisar o Dr. Romualdo.

Pouco depois, ela voltou e disse:

— Façam o favor de entrar.

Foram conduzidos à sala de estar, e Romualdo apareceu pouco depois, seguido de perto por Mercedes.

— Sou Romualdo, pai de Rogério. A criada foi chamar meu filho. Posso saber do que se trata?

— O Dr. Raul Guilherme, a mulher e a filha foram seqüestrados esta noite. Queremos interrogar Rogério.

— Deve haver algum engano — afirmou Mercedes, indignada. — Meu filho é amigo de Ângela, filha do Dr. Raul, mas, pelo que sei, faz tempo que não a vê.

— Por favor, doutor — disse Romualdo, preocupado —, o que desejam com meu filho?

— Conversar com ele. Pode dizer-me a que horas ele chegou em casa ontem à noite?

— Chegou às onze e meia — respondeu Mercedes, nervosa. — Por que está perguntando isso?

— Ele ficou em casa? Não tornou a sair?

— Não, que soubéssemos — interveio Romualdo.

Rogério entrou na sala olhando-os nervoso.

— O que aconteceu?

Foi Romualdo quem respondeu:

— Estes senhores são da Polícia Federal. Raul Guilherme, a mulher e a filha foram seqüestrados esta noite. O inspetor quer falar com você.

— A sós — disse Braga.

— Eu não vou sair — tornou Mercedes, irritada. — Tenho o direito de saber o que desejam com meu filho. Somos pessoas de bem e não estamos habituados a ser visitados pela polícia. Não permito que interroguem meu filho como se ele fosse um marginal. Fiquem sabendo que isso nunca aconteceu em nossa família.

— Já que a senhora não permite, ele irá conosco conversar na delegacia.

— Esperem — interveio Romualdo, preocupado. — Ela está nervosa. — Voltando-se para Mercedes, disse irritado: — Não diga mais nada e saia daqui. Deixe-nos conversar em paz.

Vendo que ela hesitava, Romualdo disse aos policiais:

— Vamos ao meu escritório. Lá os senhores poderão conversar com tranqüilidade.

Romualdo indicou o caminho e todos o acompanharam. Mercedes ficou sozinha na sala e sentou-se no sofá procurando acalmar-se. Rogério não tinha nada mais a ver com a família de Raul, e certamente a polícia descobriria isso logo e iria embora.

Romualdo acomodou-os no escritório e fechou a porta por dentro para não serem interrompidos.

— Fique à vontade, inspetor — disse, sentando-se também.

Braga aproximou-se de Rogério.

— Quero dizer-lhe que sabemos de tudo. Estamos vigiando vocês há algum tempo, de maneira que você pode ir falando para não perdermos tempo. O que você e Marina pretendiam fazer?

Rogério estava pálido. Naquele momento se deu conta de que havia ido longe demais. Ficou desesperado.

— Não sei do que o senhor está falando.

— Sabe, sim. Será melhor para você cooperar com a polícia. O assunto é sério e você está até correndo risco de vida. Se falar, prometo que lhe daremos proteção e nada lhe acontecerá.

Rogério mergulhou a cabeça entre as mãos em desespero:

— Vocês estão aqui perdendo tempo enquanto deveriam estar à procura deles. Se demorarem, pode ser tarde demais. Não tenho nada a ver com esse seqüestro.

— Talvez não. Mas você foi visto conversando com um homem de Dino. O que queria com ele? Por que vendeu seu apartamento à vista por um preço irrisório? Era para fugir com Marina ou estava trabalhando para Raul?

— Ela estava com medo de ser morta. Havia na casa dois homens que a vigiavam e a proibiam de sair. Vivia prisioneira. Desejei ajudá-la. Por isso vendi o apartamento. Íamos embora juntos.

— Não sei se acredito no que me diz. Se ela estava sendo vigiada, como você pôde entrar várias vezes na casa durante a noite e encontrar-se com ela sem que eles soubessem? Para mim, você estava trabalhando para Raul.

— Não. Ela colocava sonífero na garrafa de café da noite e eles dormiam. Eu entrava e saía sem que me vissem.

Romualdo, pálido, não queria acreditar no que estava ouvindo. Braga continuou:

— Você, um moço de família boa, respeitada... Por que se meteu com esses traficantes? Estava precisando de dinheiro?

— Não. Nunca me meti com eles.

— Mas estava falando com homens de Dino.

— Marina me pediu. Ela tinha um plano...

— Que plano?

Ele hesitou um pouco, depois decidiu. Não podia ficar de braços cruzados enquanto Marina corria o risco de ser morta. Decidiu contar tudo: como se apaixonara por ela, o namoro com Ângela para poder vê-la, os encontros furtivos, a compra do produto e os projetos que haviam feito, nos quais Raul não figurava.

Eles ouviam em silêncio enquanto Romualdo, cabeça entre as mãos, sentia-se oprimido, angustiado, arrasado, vendo ruir a imagem que tinha do filho.

Com olhos cheios de lágrimas, descontrolado, Rogério finalizou:

— Não fiz nada de mau. Desejei ajudá-la. E agora? O que vai ser se ela morrer? O que será de minha vida sem ela? Por que vocês ficam aqui, ao invés de correrem atrás deles?

— Acalme-se. Estamos fazendo tudo para encontrá-los. Estávamos vigiando a casa, mas reconheço que eles foram espertos e nos ludibriaram.

— Se vocês sabem quem são, se sabiam que o homem com o qual conversei pertence ao bando de Dino, por que não vão lá e prendem todo mundo?

— Para isso precisaremos de provas. Não se pode prender ninguém sem provas. Por isso estou aqui. Quem você acha que os seqüestrou: Martínez ou Dino?

— Martínez.

— Por quê?

— Porque conversei com o capanga de Dino e disse que queria falar com ele. Certa noite, fui apanhado e levado até onde ele estava. Pelo que conversamos, percebi que ele não tinha muito interesse no plano de Marina. Tive certeza de que quem cometera o atentado foi Martínez.

— Mas ele se associou a Raul, e os negócios estavam indo bem. Por que iria querer livrar-se dele? Era seu testa-de-ferro.

— Marina me disse que Raul se cansou e desejou parar. Então sofreu o atentado.

— Você estaria disposto a testemunhar na Justiça e contar o que sabe?

Rogério hesitou e Braga continuou:

— Nós lhe daríamos toda a proteção. Nada lhe aconteceria.

— Mas eu não vi nada. Apenas sei o que Marina me disse. Quanto ao tráfico, ignoro tudo. Nunca me envolvi com ele.

— Você vai me acompanhar até a delegacia para tomarmos seu depoimento.

Romualdo interveio:

— Por quê, se ele já contou tudo que sabe?

— É apenas para formalizar as declarações. Logo ele estará de volta. Só não vai poder deixar a cidade. Seria bom também que ficasse recolhido em casa por enquanto. Como eu disse, pode estar correndo perigo. É bom não facilitar.

— Pode deixar, doutor. Tomarei conta dele pessoalmente.

— Agora vamos embora — decidiu Braga.

— Vou com vocês — disse Romualdo.

Vendo-os sair do escritório, Mercedes aproximou-se:

— E então?

— Vamos até a delegacia. Rogério tem de prestar declarações. É apenas formalidade. Logo estaremos de volta.

— É preciso mesmo isso? — indagou ela, nervosa.

— É, Mercedes. E, quanto menos você falar, melhor. Agora tenho de ir. Eles estão saindo.

Antes que ela pudesse dizer mais alguma coisa, Romualdo saiu, aproximou-se de Braga, que ia entrar no carro, e disse:

— Estou sozinho no carro e vocês estão apertados. Alguém pode vir comigo.

Um investigador e Eduardo aceitaram o convite. Eduardo sentou-se ao lado de Romualdo, enquanto o policial se sentou no banco de trás.

Durante o trajeto, Romualdo conversou com Eduardo:

— Estou desolado. Nunca imaginei que meu filho estivesse envolvido em um caso desses. Ele deve estar arrasado. Lamento que Ângela esteja passando por isso. Uma moça tão boa... Vocês ajudaram Ronaldo e Marilda. Não esqueço quanto contribuíram para que eles se casassem em paz.

— Vamos conservar a fé e imaginar que vai acontecer o melhor, que eles serão resgatados sãos e salvos.

— Você é um homem de fé. Isso ajuda muito numa hora destas. Eu, infelizmente, há muito deixei de rezar.

— Sempre é tempo. As forças do bem nunca nos abandonam. Mesmo quando nos esquecemos delas, continuam a nos inspirar.

— Você, que fala com espíritos, não poderia perguntar onde eles estão?

— Já perguntei. Mas disseram que precisavam de nossas energias para poderem ajudar. Por isso estou me esforçando para manter o pensamento positivo.

— Quisera ser como você! Embora envolvido no caso, meu filho está aqui, e posso protegê-lo. Nem sei como eu estaria se ele também tivesse sido seqüestrado. Mas, apesar disso, só em saber que ele se envolveu com uma mulher perigosa e está sofrendo, correndo perigo, sinto o peito oprimido, angustiado.

— Ele está recebendo uma lição dolorosa, mas, quando pensar melhor, vai reagir e procurar se equilibrar.

— Espero que tenha razão. Além do mais, há Mercedes, que vai nos infernizar a vida por causa disso. Esse filho sempre foi sua glória, um exemplo que ela vivia exibindo a todo mundo, contrapondo-o a Ronaldo. Você viu no que deu.

— Ela estava iludida. A verdade dói e Dona Mercedes vai sofrer, mas acabará compreendendo que as pessoas têm virtudes e pontos fracos. Todos somos assim. Estamos aprendendo a viver.

Chegaram à delegacia e Rogério novamente contou tudo para que o escrivão anotasse, depois assinou o depoimento e foi liberado após o delegado haver reiterado que ele não saísse da cidade e evitasse sair de casa.

No carro, durante o trajeto de volta, Rogério, sentado ao lado do pai, estava em silêncio. Seu rosto pálido e contraído fez com que Romualdo se sentisse triste e oprimido. Pareceu-lhe que o filho de repente havia envelhecido dez anos. Penalizado, disse:

— Acho melhor não contar à sua mãe o que aconteceu. Vamos poupá-la.

— Sim, é melhor. Estou arrasado. Nunca pensei em passar por tanta humilhação. Sem falar que a estas horas Marina pode estar morta e eu não pude fazer nada! Como vou poder esperar sem saber o que está acontecendo com ela?

— No momento não podemos fazer nada. A polícia está muito empenhada em encontrá-los. Vamos torcer para que consigam.

Assim que entraram em casa, Mercedes cercou-os aflita:

— E então? Por que a polícia veio atrás de você? Sabem que teve um caso com ela?

Romualdo interveio:

— É. Sabem e estão investigando.

— Você não pode permitir que eles abusem da posição que têm invadindo nossa casa e interrogando Rogério como se fosse um marginal.

— Nesse caso, será melhor você não comentar mais nada. Deixe, que eu cuidarei do assunto.

Rogério foi para o quarto. Mercedes fez menção de segui-lo, mas Romualdo impediu-a:

— Ele está abalado. Quer ficar sozinho.

— Vou confortá-lo.

— Deixe-o em paz. Ele precisa pensar no que fez.

— Ele não fez nada.

— Fez, sim. Vendeu o apartamento por uma ninharia e pretendia fugir com Marina.

Mercedes arregalou os olhos e soltou um pequeno grito:

— O quê?! Não acredito. Ele não fez nada disso. É uma calúnia.

— É melhor acreditar, porque é verdade. A polícia sabe de tudo e ele confirmou. Por isso, o melhor que temos a fazer é nos acalmar e tratar de ajudá-lo a sair dessa encrenca perigosa.

— Perigosa por quê? Rogério não tem nada a ver com esse seqüestro. Tenho certeza disso.

— Não tem mesmo, mas Raul Guilherme e a mulher estavam metidos com traficantes de drogas. Eles podem pensar que Rogério estava trabalhando para Raul. Nosso filho está correndo risco de vida.

— Que horror! Não pode ser...

— Eu não ia lhe dizer nada. Mas a polícia proibiu que Rogério deixe a cidade e recomendou-lhe não sair de casa. Por isso estou lhe contando, para que me ajude. Rogério está louco por causa de Marina e pode fazer uma besteira. Teremos de vigiá-lo.

Mercedes abriu a boca e fechou-a de novo sem encontrar palavras para responder. Estava muito assustada. Aquilo não podia ser verdade. Estavam falando de outra pessoa, não de seu querido Rogério. Mas a atitude séria e firme de Romualdo a fazia crer que tudo aquilo era verdade.

— O que vamos fazer agora? — murmurou ela, por fim.

— O que a polícia determinou.

— Não creio que Rogério esteja em seu juízo perfeito. Com certeza Marina o enfeitiçou. Armou alguma macumba para que ele fizesse tudo que ela queria.

Romualdo não se conteve:

— Pare, Mercedes! Está na hora de perceber que nosso filho não é o que gostaríamos que fosse. Tem seus pontos fracos. Apaixonou-se perdidamente e, como todo apaixonado, fez besteira.

— Não permito que fale assim dele.

— Está na hora de você enxergar a verdade! Rogério é um moço mal-acostumado, não faz nada de útil na vida, não trabalha, não estuda, apaixonou-se por uma mulher casada, jogou fora o belo apartamento que lhe compramos e ainda se meteu com traficantes de drogas. Essa é a verdade.

Mercedes soluçava balançando a cabeça, não querendo aceitar o que estava ouvindo.

— Você precisa reconhecer que sempre o incentivamos a ser o que é, valorizando coisas fúteis, achando graça nas críticas maldosas, fazendo-o acreditar que era superior aos outros, que podia tudo desde que brilhasse socialmente. Nunca lhe ensinamos a respeitar os valores éticos que fazem um homem de bem. Nós fracassamos com ele e teríamos fracassado com Ronaldo se ele não fosse digno como é.

Mercedes, sentada em uma poltrona, soluçava sem parar. Uma criada apareceu na porta e ia afastar-se depressa, mas Romualdo chamou-a e pediu-lhe que fizesse um chá para Mercedes. Depois ele se sentou na poltrona ao lado dela e esperou que ela se acalmasse. A criada trouxe a bandeja com o chá e pousou-a na mesinha.

Romualdo levantou-se, colocou o chá na xícara, adoçou-o e aproximou-se de Mercedes.

— Vamos, beba. Vai lhe fazer bem.

Ela levantou os olhos cheios de lágrimas. Ele tirou um lenço do bolso e ficou segurando a xícara enquanto ela enxugava o rosto. Depois entregou-lhe o chá e repetiu:

— Beba, Mercedes.

Ela segurou a xícara com mãos trêmulas e bebeu alguns goles. Estava arrasada. Nada para ela poderia ser pior do que ver ruir a imagem que construíra e alimentara durante anos. Pela primeira vez ela não tinha palavras para rebater o que estava ouvindo. Seu mundo havia ruído e ela havia perdido o rumo.

— É melhor você subir e descansar um pouco — aconselhou Romualdo. — Precisa ser forte; não pode se deixar abater.

— Estou sem forças — lamentou-se ela.

— Reaja. Era nossa responsabilidade ensinar a nossos filhos o caminho do bem. Nós nos omitimos, mas podemos mudar nossas atitudes e ajudar Rogério a aprender a escolher melhor o próprio caminho.

— Eu sempre desejei o bem dele. Nunca me omiti.

— Você não só se omitiu de mostrar o bem como o incentivou a olhar a vida de maneira errada.

— Como pode dizer isso de mim?

— Não a estou acusando. Quero apenas que perceba quanto se iludiu com posição social, dinheiro, aparência, poder, e o incentivou a iludir-se também.

— Eu queria que ele fosse feliz. Isso não é crime.

— Não, mas você o fez de forma errada. Ninguém pode ser feliz iludindo-se com as aparências, não respeitando o direito dos outros, julgando-se melhor, não conhecendo limites quando quer alguma coisa. Você o incentivou e eu me omiti, contemporizei, embora tenha percebido que ele não estava agindo corretamente.

— Eu não podia imaginar que ele iria se apaixonar por aquela mulher. Ele dizia que não tinha mais nada com ela.

— Era mentira. Agora ele já está envolvido. Se estou apontando quanto erramos na educação dele, é para que você perceba e não continue a alimentar as fraquezas dele.

— Do jeito como fala, parece que tenho a culpa de tudo.

— Eu não disse isso. Ele tem alguns lados fracos, é vaidoso, preguiçoso, e nós não fizemos nada para que ele soubesse quanto isso é ruim, tampouco o incentivamos a valorizar suas qualidades, já que ele sempre foi um menino inteligente, carismático, que se relaciona bem com todos.

— Só porque aconteceu isso, você o está criticando.

— Falar com você é difícil. É melhor ir descansar, pensar no que aconteceu e no que eu lhe disse. E, se sabe rezar, seria bom fazê-lo, porque ainda não sabemos aonde tudo isso poderá nos levar.

Mercedes olhou-o assustada e achou melhor ir para o quarto. Ao passar pelo dormitório de Rogério, desejou entrar, mas a porta estava fechada por dentro. Ela desistiu e foi para seu quarto.

Romualdo deixou-se cair em uma poltrona, apreensivo. Alguma coisa lhe dizia que o caso não terminaria ali.

Depois que Romualdo deixou a delegacia com Rogério, Mílton e Eduardo continuaram lá aguardando notícias.

O inspetor Braga reunira alguns policiais do serviço de inteligência e estavam fechados em uma sala estudando o caso.

— O que será que estão fazendo lá? — disse Eduardo, ansioso.

— Calma! Eles estão estudando o caso, e garanto que não perdem tempo. Logo saberemos que providências irão tomar.

Adalberto chegou apreensivo e, depois de abraçar os dois, foi colocado a par dos detalhes do seqüestro.

— Eu pressenti que algo ruim poderia acontecer — disse ele, triste. — Pedi a Ângela que voltasse para Londres, mas ela insistiu em ficar.

— Agora não adianta lembrar isso. O importante é resgatá-la bem — afirmou Mílton. — A polícia está fazendo o que pode para isso.

— Bem, minha presença aqui não será necessária — disse Adalberto. — Se tiverem qualquer notícia ou precisarem de alguma coisa, por favor me avisem. Têm meus telefones.

— Está bem — concordou Mílton, e, voltando-se para Eduardo: — Você também pode ir para casa. Eu o avisarei se tiver qualquer notícia.

— Prefiro ficar. Quero ajudar nas buscas. Talvez consiga algumas orientações de meus amigos espirituais.

Adalberto se foi e Mílton convidou:

— Então vamos até o bar ao lado comer alguma coisa. Estou com muita fome.

— Vamos. Estou com sede.

O tempo foi passando e não surgia nenhuma notícia. Eduardo não conseguia controlar o nervosismo. Estava difícil manter o pensamento positivo e a ligação com os espíritos amigos. Mas, de tempos em tempos, Vera conseguia que ele a visse e fazia-lhe sinal que esperasse com calma.

A tarde ia morrendo quando finalmente a porta do inspetor se abriu e os investigadores saíram. Mílton aproximou-se de Braga:

— E então? Qual o próximo passo?

— Entre e feche a porta. ·

Eduardo, do lado de fora, esperou com impaciência. Pouco depois, Mílton saiu. Pegou no braço de Eduardo e disse:

— Vamos embora.

— Meu carro ficou na casa de Ângela.

— Vamos até lá. No caminho conversaremos.

Mílton informou-se e soube que uma viatura sairia dentro de alguns minutos levando dois policiais para a troca da guarda da casa de Raul. Conseguiu que os levassem até lá.

Entraram na casa e Eduardo foi ter com Lurdes, que, ansiosa, queria saber as notícias.

— Infelizmente, nada ainda. Mas a polícia está agindo.

— Acendi uma vela para Nossa Senhora e estou rezando sem parar para que Ângela seja salva.

— Continue rezando.

— Hoje fui ao porão procurar o retrato da mãe que ela me pediu.

Eu o encontrei. É lindo! Ângela queria tanto esse quadro, e, agora que eu o achei, ela não está mais aqui!

— Onde está ele? Posso vê-lo?

— Coloquei em meu quarto. Estava enrolado em um pano, mas todo empoeirado. Eu o limpei com cuidado. Venha.

Eduardo acompanhou-a. Lurdes estava com os olhos marejados quando virou o quadro que estava no chão, encostado na parede. Eduardo não conteve a admiração. O quadro era grande, e Angélica estava nele linda, igualzinha como ela lhe aparecia.

— É lindo. Por isso Ângela se recordava dele. Precisa tomar cuidado. É um quadro muito valioso, principalmente para Ângela.

— Tenho estado preocupada com ele. Por que não o leva e guarda em sua casa? Assim ficarei mais sossegada.

— Vou falar com Mílton, ver se a polícia permite.

Eduardo foi à procura do detetive. Encontrou-o conversando com os policiais. Eles haviam dado minuciosa busca na casa e no escritório, embalaram todos os documentos em caixas para serem levados à delegacia e examinados. Braga dera essa ordem na esperança de encontrar neles alguma prova contra Martínez.

Mílton conseguiu permissão para Eduardo levar o quadro desde que ele assinasse um documento responsabilizando-se pela guarda. Mílton acompanhou-o até o carro e disse baixinho:

— Vamos dar uma volta. Temos de conversar.

Entraram no carro e saíram. Assim que se distanciaram, o detetive continuou:

— Você não pode dizer a ninguém o que vou lhe contar. Confio em você. Não conte nem a seu pai. Prometa.

— Prometo.

— O Dr. Braga e os companheiros decidiram dar uma batida na empresa de Raul. Por isso o fator surpresa é fundamental. Ninguém pode desconfiar de nada.

— Um policial me disse que haviam ido até lá e não descobriram nada.

— Eles foram na sede da empresa no centro da cidade. Mas eles têm um depósito onde armazenam as mercadorias. É lá que iremos esta madrugada.

— Eu gostaria de ir junto.

— É perigoso. Não sei se o inspetor vai permitir.

— Alguma coisa me diz que estão na pista certa. Não posso ficar de fora. Se Ângela estiver escondida lá, eu saberei. Angélica vai me avisar.

Mílton coçou a cabeça pensativo, depois disse:

— Eu acredito nos espíritos, mas terei de convencer o Dr. Braga.

— Diga-lhe que tenho essa possibilidade. Você mesmo já viu que eu possuo o sexto sentido.

— Eu quero que você vá. Nós vamos precisar muito de proteção espiritual. Sabe de uma coisa? Vamos voltar à delegacia e falar com ele.

Eles foram e Eduardo ficou no carro esperando enquanto Mílton foi falar com o inspetor. Ele voltou quinze minutos depois. Entrou no carro e disse:

— Consegui, mas foi difícil. Tive de gastar todo o meu latim. Ele não queria de jeito nenhum. Alega que você não tem experiência e pode atrapalhar em uma batida como esta. Prometi que você obedeceria a todas as ordens e não faria nada por conta própria. Isso é fundamental. Empenhei minha palavra. Quando contei que você vê os espíritos e conversa com eles, ele se interessou. Disse que uma vez foi curado por uma médium. Você vai conosco.

— Graças a Deus.

— Mas o grupo vai se reunir na delegacia às dez horas para preparação. Você precisa estar presente.

— São quase oito. Vou até minha casa trocar de roupa e avisar meu pai. Estarei aqui no horário.

— Vista-se com roupa escura. É melhor. Não conte a seu pai o que vamos fazer.

— Pode deixar.

Eduardo foi para casa. Ramiro estava esperando-o ansioso. Comoveu-se quando viu o retrato de Angélica.

— Vou guardar para Ângela — disse Eduardo.

— É uma linda mulher.

— Eu a vejo assim: jovem, bela. Tenho certeza de que ela vai nos ajudar. Vera me disse que ela está tomando conta da filha.

— Rezarei para que ela consiga.

— Vou tomar um banho, trocar de roupa e voltar à delegacia com Mílton. Quero acompanhar todas as providências.

Algumas horas antes, na casa dos Mendes Caldeiras, depois que Mercedes foi para o quarto, Romualdo fechou-se no escritório para pensar. Vieram-lhe à lembrança cenas da infância dos filhos nas quais se notavam os pontos fracos de Rogério e o equilíbrio emocional de Ronaldo, tomando conta do irmão, tentando orientá-lo.

Ficou evidente quanto Mercedes incentivava as ilusões de Rogério e ele, Romualdo, concordava, achando que isso era certo. Reconheceu que ele também havia alimentado a vaidade do filho, uma vez que se comprazia, tanto quanto Mercedes, em vê-lo brilhar.

Sentiu-se triste, desanimado. Lembrou-se de Ronaldo. Graças a ele havia conseguido recuperar a própria dignidade. Seu exemplo fizera-o analisar melhor o que estava acontecendo com o restante da família.

Ronaldo sempre foi digno, trabalhador, sincero, respeitoso, um filho bom, amoroso e interessado no bem-estar de todos.

Recordou com saudade os momentos que desfrutara na companhia dele, de Rosana e Marilda. Junto a eles, recebera as mais belas lições de vida.

Romualdo levantou-se e decidiu procurar Rosana. Na casa dela tinha certeza de encontrar um pouco de paz e talvez um conselho amigo.

Colocou o paletó, apanhou a chave do carro e saiu. Mercedes, embora deitada, ouviu o ruído do carro, espiou pela janela e viu-o saindo. Aonde teria ido? Sua cabeça doía muito, mesmo após ter ingerido um comprimido. Deitou-se de novo e fechou os olhos, tentando assim aliviar a dor.

Romualdo chegou na casa de Rosana e tocou a campainha. Ela abriu a porta e, vendo-o, admirou-se:

— O senhor aqui? Alguma coisa com nossos filhos?

— Não. Ontem ainda nos falamos ao telefone e está tudo muito bem. Estão adorando a viagem. Preciso falar com a senhora.

Rosana convidou-o a entrar e acomodaram-se na sala de estar.

— Vim vê-la porque estou arrasado.

— Foi Dona Mercedes? Aconteceu alguma coisa?

— Aconteceu com Rogério. Ela também está inconsolável.

— O que foi?

Romualdo contou-lhe tudo e Rosana sensibilizou-se:

— Ângela seqüestrada!

— Sim, e meu filho envolvido.

Rosana respirou profundamente, esforçou-se para controlar a emoção e disse:

— Várias vezes tivemos vontade de avisá-lo. Eduardo estava investigando sobre a morte da mãe de Ângela e descobriu que Rogério foi algumas vezes às escondidas, no meio da noite, visitar Marina.

— Vocês sabiam que ele mantinha relações com ela?

— Sim. Ângela desejava contar-lhe, mas o detetive não deixou. Disse que essa mulher era perigosa, que o senhor poderia intervir e sem querer provocar uma tragédia. Por isso nos calamos.

— Se eu soubesse, teria feito tudo para que ele a deixasse.

— Não ia conseguir. Pelo que sei, ele estava muito apaixonado. A paixão cegou-o; ele não o ouviria.

Romualdo baixou a cabeça, triste:

— Tem razão. Ele nunca me ouviu. Agora está lá fechado no quarto, triste, angustiado, com medo de que eles a matem. Mercedes está chorando sem parar e eu me fazendo de forte, mas não sei o que fazer. Vim aqui desabafar, pedir um conselho.

Os olhos dele estavam cheios de lágrimas, e Rosana, emocionada, disse apenas:

— Nesta hora, nós, os pais, só podemos rezar. Vamos, vou rezar em voz alta e o senhor me acompanhe.

Ela começou a rezar, e Romualdo ia repetindo palavra por palavra o que ela dizia.

22

Eduardo estava de volta à delegacia às dez em ponto. Mílton esperava-o no saguão e juntos entraram na sala onde o grupo estava se preparando para a batida no depósito de Raul Guilherme.

O inspetor Braga tinha estendido sobre a mesa um mapa do depósito e explicou detalhadamente aos companheiros a estratégia que usariam.

Eduardo, atento, não perdia nenhum detalhe. Conforme o inspetor falava, em sua mente apareciam, como em um filme, cenas do local. Viu o galpão, as divisórias, o mezanino, as mercadorias, os vigilantes noturnos de plantão, mas não notou nada que indicasse qualquer pista.

"Não vai adiantar", pensou. "Eles não estão lá."

Mas viu Vera a seu lado, e, fixando-a, ouviu-a dizer:

— Calma! Fique atento a tudo. Iremos com você.

Eduardo renovou a esperança. Se eles não estivessem lá, poderiam encontrar alguma pista.

Era quase uma hora da manhã quando, sirenes e luzes apagadas, os policiais cercaram o depósito e se posicionaram, empunhando as armas. Então, outro grupo, entre os quais se encontravam Mílton e Eduardo, tendo à frente o inspetor Braga, bateu no portão principal.

A luz de fora se acendeu e o postigo se abriu.

— Abram! É a polícia! Temos um mandado para revistar a área.

Lentamente o portão se abriu. O inspetor identificou-se rapidamente e ordenou a seus homens:

— Confisquem as armas deles.

— Esperem! Vocês não podem nos tirar as armas. Temos porte legal e estamos trabalhando dentro da lei — reclamou um dos vigias.

— Ficaremos com elas enquanto estivermos aqui. Devolveremos ao sair.

Fisionomia cerrada e a contragosto, os vigias entregaram as armas e deixaram-se revistar. Enquanto isso, os investigadores haviam entrado e começado as buscas.

Não encontraram nada. Tudo estava regular. Quiseram ver as notas de compra das mercadorias. Um dos vigias objetou:

— Somos apenas vigias. Não entendemos nada de administração. Não temos ordem de mexer nos documentos da empresa.

— Nós faremos. Vamos dar uma olhada no escritório — disse Braga.

— É no mezanino — respondeu o vigia.

Braga subiu com dois homens, enquanto os outros continuavam percorrendo o galpão. Eduardo o seguiu e fez um sinal para que Mílton também fosse.

Enquanto eles examinavam gavetas e documentos, Eduardo aproximou-se de uma das janelas que dava para o pátio interno e seu coração acelerou as batidas. Alguma coisa naquele lugar chamava sua atenção, mas o quê? Eram os fundos do terreno, um local cimentado. Havia dois caminhões em um dos cantos e nada mais.

Eduardo sentiu as mãos frias, e um sentimento de medo o acometeu. De relance, viu Ângela pálida, assustada. Imediatamente aproximou-se de Mílton e disse baixinho:

— Eles estão aqui perto. Sinto as emoções de Ângela.

— Não pode ser — respondeu Mílton. — Não encontramos nada.

Naquele instante, Eduardo viu Vera atravessar a parede e ir para fora. No pátio apontou para um dos cantos.

Eduardo aproximou-se do inspetor:

— Vamos dar uma busca naquele pátio. Eles estão presos aqui em algum lugar.

— Como sabe? Não vimos nada — tornou Braga.

Eduardo segurou o braço do inspetor:

— Por favor, vamos até lá! Vera está apontando para um lugar.

— Vamos ver — decidiu Braga, que, voltando-se para seus homens, ordenou: — Continuem procurando. Vou descer com eles.

Eduardo foi na frente e os outros o acompanharam. Saíram do galpão e no pátio ele os conduziu ao local que Vera havia apontado. Examinaram tudo, mas não encontraram nada.

— Você se enganou — disse Braga. — Aqui não há nada. Vamos voltar para dentro.

Mas Eduardo viu que Vera continuava lá, apontando para baixo. Foi então que em sua mente, por uma fração de segundo, ele viu um pequeno quarto e os três dentro dele.

— Vamos procurar. Eles estão aqui em algum lugar. Estou vendo um quarto onde estão os três, embaixo do chão.

— Um porão! — exclamou Braga. — Por que não pensei nisso antes? Começaram a procurar uma provável entrada do local. Eduardo aproximou-se de um dos caminhões e começou a examiná-lo. Apesar de estar desligado, havia no painel uma pequena luz vermelha acesa.

Eduardo apertou o botão e imediatamente ouviu-se um ruído metálico, um pedaço do chão se abriu e dois homens na abertura começaram a atirar.

Imediatamente Mílton pulou para dentro do caminhão, enquanto o inspetor e os dois que o acompanhavam entraram no outro.

Os policiais aproximaram-se do local e começou uma ensurdecedora troca de tiros. Mílton obrigou Eduardo a abaixar-se enquanto também procurava proteger-se.

Braga ligou pedindo reforço e o tiroteio continuou. Em meio ao barulho, Eduardo rezava pedindo que nada acontecesse a Ângela.

Quando o barulho diminuiu, Braga pegou o megafone e gritou:

— Saiam todos! Vocês estão cercados. Não adianta resistir. Não vão poder escapar. É melhor se render!

Alguns tiros responderam a essas palavras, mas o inspetor continuou insistindo que tudo estava descoberto. Melhor seria que se entregassem.

Braga estava atrás do caminhão, e Mílton foi até ele:

— Vamos invadir?

— Ainda não. Não sabemos quantos são, mas pelo visto estão bem armados. Vamos ter de esperar, vencê-los pelo cansaço.

Começou então para eles a angústia da espera. Eduardo tinha certeza de que Ângela estava lá dentro. Ansiava para que fosse libertada, mas só podia rezar.

Pouco antes da batida, às onze da noite, Martínez chegara e rapidamente entrara no subterrâneo. André o esperava satisfeito.

— E então? Como vão as coisas?

— Tudo sob controle, chefe, conforme ordenou.

— Tem certeza?

— Sim.

— Vamos tratar do assunto logo. Quero ir embora antes de clarear o dia, como sempre.

Dirigiram-se a uma sala e Martínez quis saber todos os detalhes da operação. No final, comentou:

— Esse cachorro pensava em nos dar o golpe. Vai receber a lição que merece.

— Eu poderia ter resolvido tudo sem que você precisasse se incomodar.

— Nada disso. Esse malandro juntou muito dinheiro fora e eu quero tudo de volta. Ele vai ter de me dar o número das contas.

— E se ele não quiser?

— É para isso que temos a filha. Se ele recusar, vamos acabar com ela diante dele aos poucos. Tenho certeza de que ele vai cantar bonito.

— Bem pensado.

— Depois temos de dar um jeito em Dino. Ele está pondo as manguinhas de fora. Estou ficando cansado dele. Andou investigando em nosso pedaço, fazendo perguntas e tal. Não gosto disso. Alguma ele está planejando, e boa coisa não é.

— Ouvi dizer que o amante de Marina andou procurando Dino para propor um negócio a mando de Raul.

— Dele não, dela. Raul é apaixonado e ciumento; se soubesse do rapaz, ele não viveria para contar nada. Ela é traiçoeira e tramou contra nós e contra o marido. Quer apostar?

— Não duvido. Você a conhece melhor que eu.

— Ela não vale nada. Agora vamos nos divertir um pouco. Antes quero comer alguma coisa e tomar um bom vinho.

André mandou servir e eles comeram e beberam, conversando sobre seus negócios. Depois Martínez tornou:

— Agora vá buscá-los. Vamos jogar com eles; vai ser muito divertido. Traga Raul primeiro e deixe Marina na sala ao lado. Quero que ela ouça nossa conversa.

Pouco depois um dos homens trouxe Raul, que, vendo-o, exclamou:

— Finalmente eu o encontro. O que está acontecendo? Por que nos prendeu aqui? Somos sócios!

— Eu o prendi para que não batesse as asas — respondeu Martínez.

— Vamos conversar. Você quis me passar a perna, e isso não posso tolerar. Você conhece nosso código de honra: todo traidor deve morrer.

— Você não está pensando em acabar comigo? Nós ainda podemos fazer bons negócios juntos. Graças a mim, você ganhou muito dinheiro!

— É verdade, mas naquele tempo você era fiel. Agora está cheio de más idéias. Isso não vou suportar.

— Você está querendo acabar o que começou. Sei que foi um de seus homens que atirou em mim.

— Foi. Você quis acabar com nossa sociedade, e, como sabe, uma sociedade conosco só acaba quando um morre.

— Eu estava cansado. Achei que tinha o suficiente para viver bem o resto de meus dias e desejei parar. Mas não tinha nenhuma intenção de trair ninguém. Nunca contaria nada sobre nossos negócios. Se eu fizesse isso, seria preso também.

— Você sabe: não podemos correr nenhum risco.

— Se quer acabar comigo, não posso fazer nada mesmo. Você está com minha vida nas mãos. Mas quero que solte minha filha. Ela não sabia de nada sobre nossos negócios. Nunca lhe contei. Deixe-a ir e faça comigo o que quiser.

Martínez riu bem-humorado e respondeu:

— Mas agora ela já sabe.

— Ela viveu toda a vida na Inglaterra. Hoje ela iria embora para lá e não voltaria tão cedo. Deixe-a ir. Um de seus homens poderá levá-la direto ao aeroporto e cuidar que ela embarque.

— Vamos ver. Pode ser até que eu faça isso, mas vai depender de você pagar o preço.

— Quanto você quer?

— Tudo.

— Não posso dispor dos bens de família. Ângela é herdeira, e a Justiça não permitiria.

— Esses não me interessam. Quero dinheiro vivo. Sei que há muito nas contas no exterior. Quero o número de todas elas.

— Não sei de cor. Preciso ir buscá-los em meu escritório.

— Nesse caso, nada feito. A polícia já esteve lá e levou todos os documentos.

Raul sentiu a cabeça tonta e teria caído se André não o tivesse obrigado a sentar-se. Ele estava cansado de tanto sofrimento. Se fosse apenas ele, pouco se importaria em deixar que o matassem e acabassem com tudo de uma vez. Mas havia Ângela e Marina. Não se conformava que elas pagassem com a vida por sua ambição.

— Podem levá-lo e trazer Marina — ordenou Martínez, piscando intencionalmente para André.

Eles fizeram a troca. Colocaram Raul na sala ao lado e puseram Marina frente a frente com Martínez. Raul sentou-se em uma cadeira tentando descobrir o que faria para livrar a mulher e a filha.

— Finalmente vejo você — disse Marina tentando aparentar calma.

— Cansei de mandar-lhe recados. Penso que seus homens não os deram.

Raul, na outra sala, notou que havia um rádio ligado e ele podia ouvir o que conversavam. Prestou atenção e ficou atento.

— Deram, sim. Mas eu não estava disposto a falar com você.

— Eu queria propor-lhe um bom negócio. Você ganharia muito dinheiro.

— Estou ouvindo. Que tipo de negócio?

Ela fez ligeira pausa, olhou em volta e continuou:

— Eu dividiria com você tudo que Raul tem guardado no exterior. É muito dinheiro. Tenho certeza de que lhe interessa.

— Digamos que sim O que você quer em troca?

— Você me tiraria do Brasil com nova identidade. No exterior, eu continuaria trabalhando para você. Raul queria deixar o negócio, mas eu sempre fui contra. Quero continuar trabalhando para você.

— E seu amante?

— Claro que não irá.

— Você propôs a ele que fugiriam juntos e acabariam com Raul. Ele vendeu um apartamento para conseguir dinheiro. Como pretende livrar-se dele?

— Eu não agüentava mais ficar presa em casa, sem ver ninguém, sem poder sair. Raul me disse que foi um de seus homens que tentou matá-lo. Você não respondia a meus recados... O que queria que eu fizesse? Estava com medo. Temia que a qualquer momento você mandasse nos matar. Tentei encontrar uma forma de fugir dali, mas eu pensava em procurá-lo para reatar nossos negócios. Assim que eu estivesse fora do País, pretendia deixar Rogério.

— Você está se justificando, mas eu penso que o plano da fuga era de Raul. Ele queria usar esse moço para vocês fugirem.

— Você o conhece: ele nunca aceitaria. Se soubesse que tenho um amante, Raul me mataria.

— A esta hora ele já está sabendo com quem casou. Está ouvindo nossa conversa.

Marina empalideceu. Percebeu que ele estava apenas provocando Raul e não iria ceder. Eles estavam perdidos. Desesperada, disse:

— Você não pode acabar comigo, Martínez. Sou jovem, farei o que quiser. Leve-me com você. Garanto que não vai se arrepender.

— Você é bonita, mas não presta. Mulher para mim tem de ser fiel. Não gosto de traidoras.

Ela se aproximou dele:

— Não deseja nem experimentar? Sou muito boa quando quero. Você iria gostar muito.

Ele riu e disse a André:

— Vá ver nosso homem. Ele pode fazer uma loucura. Mas é bom que escute até o fim. Leve alguém com você.

André saiu, chamou dois homens e foi ter com Raul, que andava de um lado para o outro da sala, desesperado. Vendo-os, gritou nervoso:

— É mentira! Vocês a obrigaram a dizer isso. Ela nunca teve um amante!

— Teve vários. Todos jovens e bonitos. Você pensou que ela o amasse? Que ilusão!

Raul quis avançar sobre André, mas foi impedido pelos outros dois. Amarraram-no na cadeira e André disse:

— É hora de saber tudo. Vamos ouvir.

Impotente para fazer alguma coisa, as lágrimas corriam pelo rosto de Raul enquanto Marina se oferecia para Martínez.

— Vamos ver se você é boa mesmo — disse Martínez. — Conforme for, posso mesmo levá-la comigo.

Ela se aproximou dele e beijou-o nos lábios. Ele a segurou pelos ombros:

— Você sabe que vamos acabar com Raul. Ainda assim quer ficar comigo?

— Eu me casei com ele por causa do dinheiro. Nunca o amei. Acabando com ele, está me fazendo um favor. Se você não o fizesse, eu mesma o faria. Estou farta dele. Sou jovem, quero viver, aproveitar a vida. Você pode me oferecer tudo de que preciso.

Na outra sala Raul, encolerizado, sentiu um calor muito forte e perdeu os sentidos.

— Acho que Martínez exagerou na dose. Ele não suportou — disse André.

— Está morto? — tornou um dos homens.

André aproximou-se, colocou os dedos no pescoço dele e respondeu:

— Não, só desmaiou.

Na outra sala, Marina entregava-se a Martínez, fazendo tudo que sabia para dar-lhe prazer. Sentia que essa era sua única chance de sair com vida daquele lugar.

Foi quando ouviram tiros e um dos homens procurou André:

— A polícia deu uma batida e descobriu a entrada do porão. Temos de reagir.

Assustado, André respondeu:

— Estamos fritos! Vamos nos organizar. Chame José e mande pegar munição. Temos de acabar com eles! Quantos são?

— Não deu para ver. Mas são muitos. Braga está na chefia e gritou que estamos cercados e é melhor nos entregarmos.

— De forma alguma. Eles não podem entrar aqui. Vá ajudar José.

Martínez apareceu na porta:

— O que ouvi foram tiros?

— Sim. Batida policial. Eles acharam a entrada e ameaçam invadir.

— Prenda Marina e Raul de novo. Vou tomar pulso da situação.

Os tiros haviam parado e Braga tornou:

— É melhor você saírem. Estão cercados. Não têm nenhuma chance de escapar.

Eles dispararam uma saraivada de balas, mostrando que não pretendiam entregar-se.

A porta do quarto de Ângela abriu-se e Marina foi empurrada para dentro. Logo depois, Raul, ainda desacordado, foi atirado sobre uma das camas.

Ângela aproximou-se do pai desesperada.

— Meu Deus! O que fizeram com você?

Colocou a mão sobre a teste dele: estava gelada. Sua respiração estava diferente, e ela disse a Marina:

— Por que ele está assim? O que aconteceu?

— Não sei. Estou tentando salvar minha pele. A polícia está lá fora.

— Finalmente! Logo seremos salvos!

— Não seja idiota! Eles nunca nos deixarão sair vivos. A qualquer hora podem entrar e nos matar.

Ângela estremeceu assustada. Pensou em Angélica e pediu ajuda. Só Deus poderia salvá-los naquele momento. Colou o ouvido na porta e ouviu o barulho dos tiros, que depois cessou repentinamente.

— Será que acabou? Os tiros pararam.

— Precisamos sair daqui. Temos de abrir essa porta e aproveitar a confusão para fugir.

— Meu pai está mal. Não podemos abandoná-lo.

— Fique você, então. Vou dar o fora assim que puder. Cada um que cuide de si. Isso foi um azar. Eu estava quase conseguindo o que queria.

— Você não disse o que aconteceu. O que eles lhe disseram?

— Isso não importa agora. Eles querem mesmo é nos matar. Isso ficou claro.

Enquanto isso, do lado de fora a polícia continuava esperando. Os reforços haviam chegado e mantinham comunicação pelo rádio.

O dia havia amanhecido e Mílton foi buscar uma garrafa de café e alguns pães.

— Tome, Eduardo. É bom para espantar o sono.

— Quanto tempo a polícia vai esperar para invadir?

— Depende. Querem vencê-los pelo cansaço. Isso pode demorar. Não sabemos quantos são, nem o que têm de munição, comida, etc. Melhor você ir descansar um pouco e voltar mais tarde.

— Vou ficar. Não descansarei enquanto Ângela não for libertada.

Serviram-se de café e acomodaram-se dispostos a esperar.

Mercedes acordou indisposta. Sua cabeça doía e ela desceu para tomar café. Não queria ingerir comprimidos com o estômago vazio. Assim que desceu, viu que as empregadas e o motorista estavam cochichando na copa e, vendo-a, dispersaram-se.

Ela se sentou, serviu-se de café com leite e perguntou à criada:

— Vocês estavam cochichando e correram quando entrei. O que foi?

— É o jornal de hoje, Dona Mercedes. Traz uma foto de Rogério.

— O quê? Onde está?

A criada entregou-lhe o jornal e ela estremeceu. A manchete dizia: *Raul Guilherme Maciel foi seqüestrado com a mulher Marina e a filha Ângela. O amante de Marina, Rogério Mendes Caldeira, filho de tradicional família de São Paulo, é suspeito de envolvimento no caso. A polícia está agindo, mas pede sigilo para não atrapalhar as investigações.*

Mercedes empalideceu. Aquilo não podia ser verdade! Seu filho querido, orgulho da família, colocado no jornal como suspeito? Era calúnia. Precisava fazer alguma coisa.

Correu ao quarto de hóspedes e bateu.

— Abra, Romualdo. Aconteceu uma desgraça!

Ele abriu assustado:

— O que foi?

— Você tem de fazer alguma coisa. Veja este jornal. Nosso filho tratado como bandido, com retrato e tudo.

Preocupado, Romualdo pegou o jornal e leu a manchete.

— Você leu o que dizem?

— Essa manchete é ofensiva. Preferi nem ler a notícia completa. Mas os criados estavam comentando.

Ele não respondeu. Sentou-se na cama e disse:

— Vou ler tudo.

A matéria contava toda a história, desde as suspeitas sobre o enriquecimento de Raul Guilherme, seu casamento com Marina, o atentado, o seqüestro e o envolvimento de Rogério como amante de Marina e a fuga que pretendiam realizar.

A polícia estava investigando sob sigilo para não atrapalhar as investigações, porquanto havia traficantes perigosos envolvidos.

Estava tudo lá minuciosamente, com nome, sobrenome e idade de todos. As declarações de Rogério estavam transcritas com destaque, o que fez Romualdo dizer irritado:

— Se Rogério fosse um joão-ninguém, eles não teriam feito isso.

— Você precisa fazer alguma coisa! Vamos processar esse jornal.

— Não podemos fazer isso, Mercedes.

— Como não? Eles estão insinuando coisas terríveis. Não podemos deixar que caluniem nosso filho desse jeito.

— Eles estão dando um toque maldoso no caso, mas não podemos fazer nada porque o fato em si é verdadeiro. Rogério declarou isso na polícia.

— Você também está contra ele?

— De forma alguma. Ele errou e temos de ajudá-lo, contudo não podemos evitar a maledicência de divulgarem os fatos pelo lado pior.

— Não podemos deixar que Rogério veja isso. Vamos rasgar esse jornal.

— Isso não muda nada. Há milhares deles circulando pela cidade.

Mercedes deixou-se cair sentada na cama, desalentada.

— Meu Deus! A esta hora todos os nossos amigos já sabem.

— Isso era de se esperar. O que me preocupa é Rogério. Ele está muito envolvido por essa mulher. Está desesperado com medo do que pode acontecer com ela.

— Não acredito que numa hora dessas ele ainda esteja pensando nela. Deve estar muito arrependido, isso sim, procurando um jeito de sair de forma discreta dessa situação.

— Pois ele não se mostrou nem um pouco arrependido pelo que fez. Estava só pensando nela, no perigo que ela está correndo.

— Em todo caso, é melhor não mostrarmos esse jornal.

— Ao contrário. Ele precisa ler e saber como estão as coisas. É hora de Rogério enfrentar o resultado de suas atitudes. Vou falar com ele.

— Não faça isso. Deixe-o descansar.

— Desta vez não vou contemporizar. Ele tem de assumir o que fez.

Romualdo levantou-se e, empunhando o jornal, dirigiu-se ao quarto do filho. Mercedes foi atrás, tentando segurá-lo.

— Deixe-o em paz. Não basta o que está passando?

— Largue meu braço. Vou fazer o que deveria ter feito há muito tempo.

Ele abriu a porta e Rogério sentou-se na cama assustado:

— Que barulho é esse? Posso saber o que está acontecendo?

— Nada, meu filho. Seu pai queria entrar no quarto para acordá-lo e eu estava tentando impedir.

— Vou falar com ele a sós. Saia, por favor.

— Está me expulsando? Está vendo, meu filho, como seu pai mudou? Agora está contra nós.

Sem se alterar, Romualdo pegou Mercedes pelo braço, conduziu-a para fora e fechou a porta do quarto à chave.

— Precisava tudo isso, pai? Mamãe está nervosa.

— Todos estamos. Precisamos conversar. Você se envolveu em um caso muito sério. Precisamos enfrentar os fatos e decidir o que fazer.

— Ainda não sei. Não consigo pensar. Quase não dormi. Quero fazer alguma coisa, ajudar Marina, mas não sei o quê.

— Quanto a isso, você não pode fazer nada. É preciso esperar. Sua mãe descontrolou-se porque os jornais de hoje publicaram o caso, com foto sua, e, como sempre fazem, olhando os acontecimentos pelo lado negativo.

Rogério passou a mão pelos cabelos em um gesto desesperado.

— Imagino como mamãe deve ter ficado.

Romualdo aproximou-se da cama onde Rogério estava sentado, puxou uma cadeira e sentou-se diante dele.

— Ela queria que mais uma vez eu me omitisse, que escondesse o jornal para que você não soubesse, tentando poupá-lo. Sinto que isso é errado e ao invés de ajudá-lo acaba prejudicando-o. Seja o que for que você tenha feito de errado, o melhor será enfrentar as conseqüências. E a primeira coisa a fazer é analisar os motivos que o levaram a agir assim.

— Eu me apaixonei por ela, pai.

— Seu erro começou muito tempo antes.

— Como assim?

— Começou quando perdeu o respeito por si mesmo procurando uma aventura com uma mulher casada.

— Não entendo o que quer dizer. Em sociedade esse comportamento é comum. Conheço vários casos.

— Sei disso. Mas o fato de muitos pensarem dessa forma não muda o caso em si. Trair tornou-se tão comum em nosso meio que aquele que não trai passa por careta. Mas, se você fosse o marido enganado sofrendo a dor da traição, pensaria diferente.

Rogério baixou a cabeça e não respondeu. Romualdo continuou:

— Depois, quando você desrespeita o direito dos outros, está negando a própria dignidade e não se respeita mais. Para enganar a consciência, passa a cultuar valores permissivos e falsos. Daí para o resvalar pela desonestidade, pelas ilusões, é muito fácil. Foi o que aconteceu com você.

— Se eu não tivesse me apaixonado, não teria feito o que fiz.

— Quem inicia um relacionamento amoroso nunca pode prever o que vai acontecer. O que era uma atração pode se transformar em amor, ou, o que é pior, em paixão, o que sempre traz infelicidade.

— Se eu soubesse o que iria me acontecer, não teria me envolvido com ela.

— Você superestimou a própria força. Julgava-se invulnerável. Nós o criamos fazendo-o acreditar que era mais do que qualquer pessoa: o melhor, o mais bonito, o mais atraente, o mais tudo. Estou muito arrependido por isso. Nós, como pais, nos deixamos levar pela vaidade, pelo desejo de que nossos filhos fossem pessoas maravilhosas, admiradas por todos. Mas esquecemos que somos apenas pessoas, com qualidades mas com pontos fracos que precisam ser melhorados a cada dia.

— Vocês não tiveram culpa de nada. Eu fiz tudo sozinho.

— Fez. Algumas vezes notei que seu comportamento deixava a desejar, mas não quis ver a verdade. Era cômodo acreditar que você continuava maravilhoso como sempre. Eu nunca lhe disse quanto o trabalho é gratificante, quanto os comentários maldosos sobre os outros são ruins porque encobrem nossas próprias falhas fazendo-nos acreditar que somos melhores do que eles, nem como o estudo, o conhecimento abre nossa mente, alarga nossos horizontes e enche nossa vida de prazer.

Romualdo falava como que para si mesmo, olhos brilhantes revelando convicção, e Rogério fixava-o admirado, como se o estivesse vendo pela primeira vez. Ele continuou:

— Hoje creio que, se houvesse agido assim, sua vida teria sido muito diferente. Você não estaria nessa deplorável situação.

Rogério suspirou desalentado.

— Agora é tarde, pai. Estou perdido e não sei o que fazer.

— Não, meu filho. Nunca é tarde para aprender. Estou aqui, a seu lado, não para alisar-lhe a cabeça e alimentar suas ilusões, mas para apoiá-lo. Juntos vamos procurar um caminho melhor, mais verdadeiro, e estou certo de que venceremos.

Rogério baixou a cabeça tentando esconder as lágrimas que teimavam em descer pelo rosto. Romualdo levantou-se, abraçou o filho com amor e não disse mais nada. Ficou ali enquanto Rogério soluçava, extravasando a tensão dos últimos dias.

23

Sentada na cama onde Raul gemia de vez em quando, Ângela só fazia rezar. Havia quanto tempo estavam ali? Ela não saberia dizer. De vez em quando, um dos homens de Martinez entrava, colocava água e pão com queijo na bandeja e saía.

Marina corria para a bandeja, dizendo para Ângela:

— Trate de se alimentar. Temos de ficar fortes para poder fugir.

Mas Ângela não tinha vontade. Sentia o estômago enjoado, e o cheiro que vinha do vaso sanitário a deixava pior. Não havia nenhuma abertura para renovar o ar e ela se sentia sufocar.

Ângela sentara-se ao lado do pai. Quando ele soltou o primeiro gemido, ela tentou conversar com ele, mas, apesar de gemer, Raul não estava consciente.

Várias vezes Ângela perguntara a Marina o que tinha acontecido com eles, mas ela não explicava. Respondia apenas que haviam sido ameaçados.

Raul abriu os olhos assustado e Ângela debruçou-se sobre ele:

— Pai, como se sente?

Ele não respondeu logo. Pareceu alheio, tentando situar-se. De repente, viu Marina e seu rosto congestionou-se.

— Sua víbora imunda! — gritou furioso. — Falsa, traidora! Vou acabar com sua raça!

Marina encolheu-se em um canto, assustada. Raul parecia ter recuperado as forças. Avançou sobre ela, olhos arregalados, tentando agarrá-la. Marina esquivou-se e tentou explicar-se:

— Você ouviu nossa conversa. Nada daquilo era verdade. Martínez fez de propósito; sabia que você estava ouvindo. Eu menti para tentar nos salvar.

— Não creio. Você me enganou. Recebia o amante em nossa casa. Não vou perdoar nunca.

Atirou-se sobre ela enquanto Ângela puxava-o, tentando impedir que ele a agredisse.

— Não faça isso, pai. Acalme-se. Não é hora de brigar.

Ele não parecia ouvir. Colocou a mão no pescoço de Marina, apertando enquanto ela se debatia. Sentindo-se sufocar, ela vibrou violento soco na região onde ele fora ferido no atentado. Raul gritou de dor e a soltou. Ela aproveitou o instante e esmurrou novamente o local do ferimento com tal violência que o sangue jorrou e Raul cambaleou.

— Você vai matá-lo! — gritou Ângela, tentando segurá-la.

Mas não conseguiu. Raul havia escorregado pela parede e sentado no chão e Marina atirou-se sobre ele distribuindo socos e pontapés. Vendo que não conseguia contê-la, Ângela pegou a jarra de água e despejou-a sobre Marina, que, assustada, parou.

Depois Ângela colocou-se entre os dois e disse com voz firme:

— Chega, Marina!

— Ele quis me matar. Se não reagisse, estaria morta. Você viu.

— Mas agora chega! Não vê que ele está fora de si?

— Por isso mesmo tenho de me defender.

— Ele descobriu que você tem um amante e perdeu o controle.

— Por causa de Raul, estou aqui correndo risco de vida. Espero que ele não saia vivo deste lugar.

Ângela não respondeu. Abaixou-se e procurou ajudar o pai, que colocara a mão sobre o peito tentando conter o sangue e murmurava frases sem sentido.

"Meu Deus!", pensou Ângela, angustiada. "O que posso fazer para ajudá-lo?"

Tentou fazê-lo levantar-se para levá-lo até a cama, mas não conseguiu. Ele não colaborava e estava muito pesado.

— Venha, Marina. Ajude-me a levá-lo até a cama.

Ela o olhou com raiva e respondeu:

— Que morra. Eu não levantarei um dedo para ajudá-lo.

Ângela colocou as mãos nas axilas dele e arrastou-o até a cama, e com muita dificuldade conseguiu colocá-lo sobre ela. Depois, rasgou a manga de seu próprio pijama, umedeceu-a, abriu a blusa do pijama de Raul e limpou a cicatriz que sangrava.

Sentia-se no limite de suas forças. Sentou-se na cama, colocou a mão na testa dele e implorou ajuda de Deus. O espírito de Angélica, que estava ali orando com ela, viu quando uma luz muito clara as envolveu e uma voz lhe disse:

— Viemos ajudar.

Ângela, que estava vigilante e não queria dormir, não viu nem ouviu nada, mas recostou-se na cabeceira da cama. A tensão foi acalmando e ela adormeceu.

Angélica ficou ali, observando o espírito de Ângela adormecido sobre o próprio corpo e enviando energias de amor e de luz.

Do lado de fora, tudo continuava na mesma. Fazia mais de vinte horas que a polícia estava tentando convencer Martínez e seus homens a se entregarem, sem obter êxito. Os policiais revezavam-se, mas Braga, Eduardo e Mílton não haviam saído de lá. De vez em quando, nos momentos de silêncio, vencidos pelo cansaço, tentavam relaxar e dormir no caminhão, mas ao menor ruído acordavam em sobressalto.

Nesse meio tempo, a polícia havia estudado o local tentando encontrar uma forma de invadir o porão sem colocar em risco a vida dos três prisioneiros. Eduardo estava preocupado com Ângela, mas, mesmo que ela não estivesse com eles, o inspetor faria tudo para prendê-los com vida. Tinha certeza de que todas as provas de que precisavam estavam naquele subterrâneo. Não queria precipitar-se, porquanto temia que eles as destruíssem.

Mas estava difícil. Aquela abertura era a única ligação com o lado de fora. Se houvesse outra saída, eles certamente já a teriam utilizado.

A cada tentativa de Braga de negociar, eles respondiam com tiros, mostrando que ainda estavam lá.

Eduardo recostou-se no caminhão novamente, buscando no silêncio um contato maior com os espíritos. Com a ajuda deles, haviam localizado o subterrâneo; talvez o ajudassem a encontrar a saída.

Ele viu o espírito de Vera aproximar-se:

— Calma. Estamos cuidando. Tenha paciência. Continue firme na prece.

Foi quando ele observou movimento desusado à sua volta. Um grupo de homens fortemente armados, com capacetes e escudos, aproximou-se e um deles procurou Braga. Conversaram alguns minutos e eles se postaram ao lado da entrada do subterrâneo.

Os homens de Martínez haviam fechado a entrada, mas Braga a abria novamente para falar com eles, que, depois dos costumeiros tiros, a fechavam de novo.

Eduardo sacudiu Mílton, que a seu lado cochilava.

— Mílton, acorde. Veja o que está acontecendo.

Imediatamente ele abriu os olhos, olhou em volta e respondeu:

— É o grupo especializado. Acho que vão tentar invadir.

Na mesma hora desceu e foi ter com o inspetor. Eduardo acompanhou-o.

Braga dizia:

— Não dá mais para esperar. Eles não vão sair. Temos de tentar.

— Podemos começar?

— Como pensam fazer isso?

Ele explicou a estratégia e finalizou:

— O êxito vai depender da rapidez da execução. Não podemos dar-lhes tempo para pensar. Posicione seus homens atrás dos nossos e, quando eu der o sinal, abra a porta.

Enquanto alguns homens, sem fazer ruído, colocaram-se ao lado da abertura da porta, abaixados, outros postavam-se em pé em linha dupla rente à abertura. Os outros estavam mais atrás e, por fim, os policiais de Braga, todos pronto para atirar.

Braga dirigiu-se ao caminhão onde se situava o botão que abria a porta e, antes de entrar, disse a Mílton e Eduardo:

— Vocês dois fiquem fora disso.

— Eu quero entrar — disse Eduardo.

— De forma alguma. Pode nos atrapalhar. Não quero ter de socorrê-lo. Você nos ajudará muito indo para dentro do depósito.

— É melhor mesmo — concordou Mílton. — Você vai, eu fico fora observando.

— Eu quero ajudar.

— Você tem mérito com os seres lá de cima. Pode ajudar mais rezando — tornou Mílton.

— Faça isso. Vamos precisar. Agora vá. Não temos tempo para conversar — ordenou Braga.

Mílton segurou o braço de Eduardo, conduzindo-o para o depósito.

— Deixe-me ficar na porta — pediu ele, ansioso. — Prometo que não vou atrapalhar.

— Ficaremos aqui. O inspetor não quer eu participe da invasão. Sabe que não sou chegado ao uso de arma.

Da porta do depósito, apesar de a noite estar escura, eles podiam ver perfeitamente os homens em posição esperando o sinal.

Dentro do subterrâneo, todos estavam inquietos, nervosos. Quando fora surpreendido com os tiros, Martínez procurara André furioso:

— Você disse que tomou cuidado! Seu incompetente! Os homens foram seguidos. Como não notou?

André, lívido, gaguejava sem encontrar explicação.

— Não sei como isso foi acontecer... Tomamos todas as precauções.

Mandou chamar um dos homens que tomavam conta da entrada e perguntou como ocorrera a batida.

— Não sei. De repente a porta se abriu e vimos os policiais em frente. Atiramos e eles correram a esconder-se. Então fechamos a porta.

— De que adianta fechar, se eles podem abrir de novo? — retrucou Martínez, irritado.

— Bom... Pelo menos tentamos nos proteger...

Martínez não se conteve e voltou-se para André:

— Você vai pagar caro por me envolver desta forma. Você não merecia a confiança que eu sempre lhe depositei. Saiba que, se algo me acontecer, se a polícia entrar, você não vai viver para ver o resto.

André estremeceu. Quem Martínez pensava que era para tratá-lo daquela forma? André sempre o havia servido com lealdade, e Martínez, ao invés de o auxiliar a encontrar uma maneira de sair dali, ameaçava-o.

Em um gesto instintivo, apalpou o revólver que trazia na cinta. Tinha de ficar atento. Ao menor sinal de perigo, atiraria primeiro. Procurou controlar a raiva e tentou justificar-se:

— Bem que eu quis resolver tudo sozinho. Se você tivesse concordado, a estas horas estaríamos em casa e em paz. Mas você não quis e nos colocou a todos em perigo. Em um caso desses, por mais cuidado que se tome, sempre pode ocorrer algum imprevisto.

— Que imprevisto? Vocês não tomaram cuidado, isso sim.

— Nunca me conformei de este lugar não ter uma saída de emergência. Foi um erro, e não foi meu. Foi você quem o construiu. Nunca pensou que algum dia poderíamos precisar disso para salvar a pele?

Martínez segurou André pelo colarinho, gritando irritado:

— Quer salvar a pele atirando a culpa em cima de mim? Você nunca falou em construir outra saída. Em mais de vinte anos, nunca precisamos dela. Vocês erraram. Não tomaram as providências que ensinei, isso sim.

Um dos homens aproximou-se com uma garrafa dizendo:

— É melhor nos acalmarmos. Brigar não vai nos ajudar a encontrar uma saída. Temos de ter um plano. Eles podem invadir. Temos de nos preparar.

Martínez praguejou novamente, mas concordou:

— Vamos fazer uma barricada em frente à porta, preparar a munição e esperar. Quem entrar morre!

Tomaram alguns goles de uísque puro e os homens foram preparando a resistência sob os olhos de Martínez, que os comandava.

De vez em quando abria-se a porta, o inspetor recomendava que se entregassem e eles reagiam com tiros. Gastaram bom tempo nas providências da defesa. Estavam em quinze homens, havia muita munição, água e comida.

Depois disso, começou a espera. Martínez, inquieto, andava de um lado para o outro. A certa altura, disse a André:

— Vou descansar um pouco em meus aposentos. Se tiver qualquer novidade, avise-me.

Ele se recolheu ao quarto com banheiro onde algumas vezes dormia quando chegava cansado de viagem ou tinha de esperar anoitecer para deixar o subterrâneo.

Fechou a porta, sentou-se na cama e respirou fundo. Precisava escapar dali de qualquer jeito. Abriu o guarda-roupas onde guardava alguns disfarces que usava quando precisava circular pelo depósito ou ir à cidade.

Escolheu um macacão de faxineiro, depois foi ao banheiro e estudou seu aspecto. Decidido, ensaboou o bigode e raspou-o. Pegou o sabonete e alisou os cabelos, repartindo-os ao meio e deixando-os fixos. Depois abriu uma gaveta e escolheu um par de óculos de grossas lentes e o colocou.

Olhou no espelho com satisfação: parecia outra pessoa. Ninguém o reconheceria. Quando a polícia invadisse, tentaria escapar fingindo-se de vítima.

Enquanto esperava, precisava tomar algumas providências. Abriu outra gaveta e escolheu uma nova cédula de identidade, pegou uma sacola de lona como as que os operários usam e colocou todo o seu dinheiro no fundo falso dela. Pegou os documentos de identidade, um pente usado e velho, algumas chaves, uma vasilha para lanche e algumas notas de pequeno valor e guardou tudo na sacola. Estava preparado para a fuga. Faltava apenas verificar e destruir documentos que o pudessem incriminar.

Sabia que a polícia encontraria a droga armazenada e que ele seria responsabilizado. Por isso precisava desaparecer. Ele adotaria nova identidade, assim como fizera quando fora obrigado a trocar seu nome verdadeiro pelo de Martínez.

Por isso, pouco lhe importavam as provas contra Martínez. Talvez fosse bom aproveitar o momento para uma desforra pessoal. Seria um prazer acabar com Raul. Talvez fosse bom levar Marina consigo. Apesar de falsa e traidora, ela sabia o número das contas de Raul e, além do dinheiro que iriam dividir, ela era bonita, havia se insinuado e não haveria mal algum em se divertir um pouco.

Decidiu fazer uma boa refeição. Ficava mais calmo depois de comer. Chamou um dos homens, que, vendo-o, assustou-se.

— Quem é você?

— Sou eu, burro. Seu chefe. Quero que me prepare uma boa refeição. O que tiver de melhor. Estou com fome.

— Sim, senhor. Desculpe, não vi que era o senhor.

— Estou me preparando. Se a polícia entrar e formos presos, eles não podem saber quem eu sou. Assim, eu ficarei livre e tirarei vocês todos da cadeia. Entendeu?

— Puxa! Acha que eles não vão lhe reconhecer?

— Você não reconheceu.

— É verdade. Só acreditei que era o senhor pela voz.

— Vá logo, que estou com fome.

O capanga saiu e em seguida apareceu André.

— Zeca me disse que você tem um plano. Nossa, como está diferente! Não o reconheci. Até me assustou.

— Tenho um plano, sim. Só há uma maneira de sairmos daqui com vida.

— Como?

— Deixar que a polícia invada o lugar e prenda todos.

— Acha isso bom? Não quero ser preso.

— O que prefere? Que a polícia entre atirando, mate a maioria e leve o resto preso? Pensei, pensei e não vi outra saída.

— Os homens não vão aceitar isso.

— Vão, sim. Quando eles invadirem, vocês reajam fracamente, mas me dêem cobertura. Vou tentar fugir. É a mim que eles querem. Se eu estiver preso, nada poderei fazer. Mas, estando livre, mexerei os pauzinhos para libertá-los. Tenho amigos influentes, até alguns na polícia, que me devem favores. Tenho certeza de que conseguirei. É melhor do que reagir, perder a vida e os que ficarem apodrecerem na cadeia.

André coçou a cabeça indeciso.

— Você tem outra solução? Temos de tentar a única chance. Você sabe que a prisão é melhor do que a morte. Temos muitas formas de conseguir nos livrar dela. Só a morte não tem remédio.

— É... de fato... não sei. E se você não conseguir fugir?

— Tenho certeza de que vou conseguir. Se a polícia me pegar, tenho tudo preparado. Vocês dizem que me prenderam porque eu descobri a entrada do subterrâneo, e eles vão me soltar. Já estou com novos documentos. Vai dar tudo certo. Vou tirar vocês todos daqui, sem que ninguém seja morto.

André suspirou resignado.

— Nesse caso, não será melhor nós nos entregarmos?

— Não. Vou aproveitar a confusão para fugir. Estou preparado. Confie em mim, que vai dar tudo certo. Reúna os homens e vamos combinar tudo.

Depois que André saiu, ele foi ao quarto dos prisioneiros. Ângela continuava sentada na cama de Raul e Marina fixou-o. Vendo que ela não o reconhecera, disse satisfeito:

— Sou eu.

Ela deu um salto:

— Martínez?

Ele não respondeu e aproximou-se da cama de Raul:

— Acorde!

Ângela levantou-se assustada.

— Ele não está bem — disse nervosa. — Precisa de um médico.

Martínez riu e meneou a cabeça como se ela estivesse pedindo algo impossível. Colocou as mãos nos ombros de Raul e sacudiu-o:

— Vamos, acorde! Não adianta fingir.

— Ele não está fingindo. Está mal mesmo — esclareceu Ângela.

Martínez voltou-se para Marina e perguntou:

— É verdade?

— É. Você conseguiu aquilo que queria. Raul ouviu nossa conversa e, quando chegou aqui, quase me enforcou. Reagi como pude e o esmurrei. Ele caiu e perdeu os sentidos. Depois ficou assim, meio inconsciente.

— Venha comigo, então. Temos de conversar.

Ele saiu em companhia de Marina, fechou a porta por fora e levou-a até seu quarto. Um dos homens apareceu trazendo a comida e Martínez mandou que a colocasse sobre a mesa.

— Vamos comer. Você deve estar com fome.

— Estou. Mas não foi para isso que me trouxe aqui.

— Não. Você me fez uma proposta e estou inclinado a aceitar.

— Ótimo. Olhando seu disfarce, sei que já tem um plano de fuga.

— Tenho.

— Quero ir com você.

— Sozinho já é difícil fugir; juntos, será pior.

— Se pensa em ir e me deixar aqui, não faremos negócio.

— Você não é procurada pela polícia.

— A polícia sabe de tudo. Tenho certeza de que vão me prender.

— Tenho um plano que é a única saída para meus homens e poderá ser também para você, se fizermos negócio.

— Fale.

Martínez contou o mesmo que dissera a André e finalizou:

— Lá fora, sei como tirá-los da prisão. Tenho elementos para isso.

— Não quero ser presa!

— Na presente situação, é o melhor que pode acontecer. Eu, estando fora, poderei libertá-la.

— Isso se conseguir fugir.

— Estou certo de que consigo. Sempre tive sorte.

— Leve-me com você.

— É muito arriscado. Poderia pôr tudo a perder. Só que você vai me dar o número daquelas contas de Raul. Para fugir, preciso de dinheiro vivo. Não vou poder lançar mão do que tenho em meu nome fora do Brasil. A polícia vai bloquear.

— Você acha que sou doida? Se eu lhe der o que quer, nunca mais o verei.

— Para mostrar que pode confiar em mim, dê-me apenas o número de uma ou duas contas. Quando você estiver livre, iremos buscar o restante.

Ela pensou um pouco, depois disse:

— Infelizmente, mesmo que quisesse, não sei de cor.

— Nesse caso, nada feito.

— Mas anotei os números e estão guardados em lugar seguro. Quando sair, eu os terei.

Ele se sentou e serviu-se de comida.

— Estou com fome. Vamos comer enquanto conversamos.

Marina sentou-se e serviu-se. Martínez continuou:

— Você disse que há muito dinheiro nessas contas.

— Sim. Vários milhões de dólares. Dou-lhe trinta por cento.

Ele riu, serviu-se de vinho e considerou:

— Não vou correr o risco por menos de sessenta por cento.

Estavam no meio da discussão quando ouviram o barulho de uma explosão e Martínez deu um salto. Apanhou a bolsa que havia preparado e correu para a entrada ver o que estava acontecendo.

Havia muita fumaça e ele não conseguia enxergar nada. Sentiu um cheiro forte, que ele reconheceu logo:

— Gás lacrimogêneo!

Apanhou um lenço e tapou o nariz. Seus homens havia recuado, atirando e tossindo, e Martínez pensou que era o momento de fugir. Ele conhecia bem onde estavam e foi segurando-se na parede rumo à saída.

Os policiais entraram com máscaras e arma em punho, e alguns foram desmontando a barricada. Os homens de Martínez, encurralados, haviam recuado. O caminho ficou livre e o segundo grupo de policiais entrou. Martínez escondeu-se atrás de um lado da barricada que ainda não havia sido desmontada.

Ele viu quando os policiais foram atrás dos homens e achou que era o momento de escapar. Não havia ninguém na porta. Correu para lá. Seus olhos lacrimejavam e ardiam, mas ele não se deteve.

Saiu correndo, mas foi agarrado pelos homens que estavam fora. Vendo que não poderia escapar, disse nervoso:

— Ainda bem que chegaram! Eles iam me matar. Graças a Deus!

Os policiais o levaram até Braga, que indagou:

— Quem é você?

— Fui seqüestrado por esses bandidos! Pensei que fosse morrer! Eu sou um trabalhador honesto, tenho família.

— Levem-no para dentro. Não o deixem escapar.

— Eu tenho de ir. Minha família deve estar desesperada.

— Resolveremos na delegacia. Levem-no.

Dois homens o levaram até o carro da polícia, colocaram-no dentro e um deles ficou tomando conta.

Tudo aconteceu muito rápido, e depois de alguns minutos todos estavam presos.

Ângela, ouvindo o barulho, tentou acordar o pai, mas ele estava semiconsciente. Gemia e não entendia o que ela dizia. Ela começou a bater na porta com força.

Um policial gritou:

— Afaste-se que vamos atirar para abrir a porta.

Ângela obedeceu. Ouviu-se um estampido e a porta abriu-se. Dois policiais entraram e um deles perguntou:

— Você está bem?

— Estou. Meu pai está muito mal. Precisa de um médico.

— A ambulância está lá fora. Vou mandar entrar para levá-los.

Um deles ficou no quarto enquanto o outro saiu às pressas para buscar socorro.

— Estão todos presos? — indagou ela.

— Sim, todos os que estavam aqui.

Ela suspirou aliviada. Foi até a porta, olhou o corredor e viu Marina sendo levada por dois policiais. Ela chorava fazendo-se de vítima, e Ângela teve medo de que ela conseguisse ludibriar a polícia.

Os homens entraram trazendo uma maca, e com eles estava Eduardo, rosto abatido, aparência cansada, lenço no nariz. Abraçou-a comovido:

— Você está bem?

— Agora estou — murmurou ela enquanto as lágrimas lavavam seu rosto.

Ele lhe ofereceu um lenço e caminharam o mais rápido que podiam para a saída. Uma vez fora, Ângela aspirou profundamente a brisa da madrugada que se aproximava. Sentia-se fraca mas serena.

O inspetor Braga aproximou-se para informar-se do estado dela.

— Estou fraca mas bem. Meu pai está mal. Quero ir com ele na ambulância.

— A ambulância já saiu. Você também precisa de atendimento médico. Outra ambulância a levará. Eduardo irá com você.

Mílton aproximou-se e abraçou-a.

— Felizmente tudo terminou bem. Você pode descansar.

— Ainda não. Meu pai está mal. O que vai acontecer com ele agora?

— Acalme-se. Ele está sendo medicado. Depois veremos o que se pode fazer.

Eduardo levou-a à ambulância e Mílton aproximou-se do inspetor, dizendo admirado:

— Estou preocupado. Estava certo de que Martínez estava com eles, mas não o vi entre os homens que foram presos.

— Agora não dá para saber. Vou mandar lacrar tudo aqui e deixar uma equipe tomando conta do local. Estamos todos muito cansados.

— Está certo. Estou muito satisfeito. Foi um milagre termos conseguido prendê-los sem derramamento de sangue. Acho que os amigos espirituais de Eduardo tiveram alguma coisa a ver com isso.

— Também acho. Além de os três estarem vivos, não tivemos nenhum homem ferido. Em um caso destes, é mesmo um milagre. Se você quiser, pode ir. Ainda tenho de ir à delegacia e cuidar dos prisioneiros.

— Irei com você. Todo cuidado é pouco. Eles são muito perigosos.

Quando os dois chegaram à delegacia, os homens de Martínez já estavam encarcerados.

— Onde está o homem que disse ser prisioneiro deles?

— Eu o coloquei com outros presos. Ele protestou, mas, como o senhor ordenou que não o deixasse sair, uma cela era o único lugar seguro.

— Verificou os documentos dele?

— Sim. Tem carteira de trabalho e de identidade regulares. Sem passagem pela polícia.

— Estou muito cansado para cuidar disso agora. Falarei com ele amanhã. Por esta noite, ele ficará lá.

O médico na ambulância fez Ângela deitar-se e examinou-a cuidadosamente. Constatou apenas sinais de fraqueza e nervosismo, o que era natural. Ele ia aplicar-lhe uma injeção, mas ela pediu:

— Se for calmante, não quero tomar.

— Você precisa dormir para se recuperar. Tem de tomar.

— É bom, Ângela — reforçou Eduardo.

— Posso tomar. Mas antes quero ver meu pai e saber como ele está.

— Nesse caso, vou dar-lhe apenas um relaxante muscular e mais tarde você tomará a injeção. Está bem assim?

Ela concordou. Assim que chegaram ao hospital, ela quis ver o pai. Ele havia sido levado a uma enfermaria e Eduardo conseguiu que o transferissem para um quarto que permitisse a Ângela ficar ao lado dele. Para isso o policial pediu autorização ao inspetor Braga, que a concedeu determinando que o quarto dele fosse bem vigiado.

Raul continuava gemendo de vez em quando e dois médicos o examinaram minuciosamente. Um deles chamou Eduardo para fora do quarto e disse:

— Ele tem de ser removido para a UTI. Sofreu um infarto e, como não foi medicado, não sei como ainda está vivo. Além disso, suspeito de que esteja com hemorragia interna. Soube que foi agredido e o local está muito traumatizado. Temos de agir o mais depressa possível. Esperar pode ser fatal.

— Doutor, faça tudo que puder. Arcaremos com todas as despesas.

— Está bem. Vamos removê-lo para a UTI imediatamente.

Eduardo entrou no quarto e pediu a Ângela que se deitasse para descansar um pouco.

— O que o médico disse? Por que ele o chamou lá fora?

— Para falar do estado de seu pai. Você tinha razão. Ele sofreu um infarto. Vão removê-lo para uma sala de terapia intensiva, onde poderá ser mais bem atendido.

— Eu bem sabia que ele estava mal — respondeu ela, com os olhos cheios de lágrimas.

— De fato. Mas ele agüentou sem ser socorrido, e o médico disse que isso é sinal de que ele pode se recuperar — mentiu ele, para acalmá-la.

— Quero ficar com ele.

— Na UTI não é permitido ficar ninguém. Toda a atenção é para o doente. Você terá de permanecer aqui.

— Quero vê-lo.

— Poderá vê-lo mais tarde e ficar com ele alguns minutos. Mas agora você precisa se cuidar. Tem de ficar bem para poder cuidar dele.

— Foi horrível o que ele passou! — disse ela, angustiada.

— Acabou, Ângela. Vamos pensar em coisas boas para que ele possa melhorar.

A enfermeira entrou para aplicar uma injeção e Ângela tentou recusar. Mas a moça insistiu:

— São ordens do médico. Você vai ter de tomar.

— Vamos, Ângela. Prometo que ficarei aqui, a seu lado.

— Você irá saber de meu pai quando eu estiver dormindo?

— Farei tudo que puder para ajudá-lo. Tenho uma notícia boa para você: Angélica estava o tempo todo com vocês três, nos acompanhou e está ao lado dele agora, dizendo-me que vai ficar tomando conta.

Ângela sorriu e suspirou aliviada. A enfermeira aplicou a injeção e ela, ainda sonolenta, viu quando vieram e levaram seu pai. Depois, enquanto Eduardo carinhosamente alisava sua cabeça, ela adormeceu.

Ele recostou-se ao lado dela na cama e fez silenciosamente uma calorosa prece agradecendo a Deus pela ajuda que receberam.

Então ele viu Vera aproximar-se e colocar a mão sobre sua testa.

— Você também precisa dormir. Relaxe. Tudo está sob controle agora. Não há mais nenhum perigo.

Ele sentiu um calor brando e agradável no peito, inclinou sua cabeça ao lado da de Ângela e adormeceu. Vera sorriu e sentou-se na cadeira ao lado deles, velando pelo descanso dos dois.

24

Na manhã seguinte, passava das dez quando Mercedes desceu para o café. Perguntou por Romualdo e soube que ele havia saído. Aonde teria ido àquela hora da manhã? Sentou-se para tomar café. A criada, colocando o bule na mesa, perguntou:

— A senhora viu o jornal de hoje?

— Ainda não. Por quê?

— A polícia encontrou o Dr. Raul Guilherme, que foi seqüestrado com a família.

Na mesma hora Mercedes pediu o jornal. A manchete estava na primeira página:

A polícia desbaratou famosa quadrilha de traficantes. Eles armazenavam as drogas em um lugar secreto na empresa do Dr. Raul Guilherme Maciel, que há dois dias foi seqüestrado com a mulher e a filha. Os três estavam presos no local. Há suspeita de tratar-se de uma briga pelo poder.

No final da notícia havia uma indicação da página em que estava a matéria em todos os detalhes.

Nervosa, Mercedes procurou a página e inteirou-se das minúcias das negociações que culminaram com a invasão. Informavam que Raul Guilherme havia sofrido um infarto e fora hospitalizado com a filha. O jornal, no entanto, não falava nada sobre Marina.

Rogério dormia e Mercedes pensou em esconder o jornal, mas não teve tempo: ele estava agora à sua frente, perguntando nervoso:

— Alguma notícia?

— Sim. Eles foram encontrados esta madrugada.

Ele arrancou o jornal das mãos dela, sentou-se em uma poltrona e leu. Apesar de aliviado, estranhou:

— Eles não falam nada sobre Marina. Teria acontecido alguma coisa com ela?

— Deve estar no hospital ao lado do marido. Por isso o jornal não diz nada. Eles adoram dar as más notícias.

— É. Mas tenho de saber.

— Acho bom você não se envolver mais no caso.

— Não posso ficar aqui sem saber o que aconteceu. Preciso ir até a delegacia.

— É loucura! Já chega ter feito aquele depoimento comprometedor na polícia. Eles suspeitam de que você trabalha para aqueles bandidos.

— Isso não é verdade, mãe. Você sabe disso.

— Eu sei, mas eles não. Se for lá agora, vai arranjar problemas.

Ele se levantou e ela perguntou nervosa:

— Aonde você vai?

— Telefonar para a casa deles. Quero saber se ela está bem.

Ele ligou, mas não obteve nenhuma informação. Lurdes havia ido ao hospital e Emília não sabia como as coisas estavam.

— Vou sair e procurar notícias.

— Não vá à polícia.

— Fique tranqüila. Vou tentar descobrir o hospital. Se ela estiver ao lado do marido, saberei.

Mercedes quis impedir, mas ele não a ouviu. Arrumou-se rapidamente e saiu. Desanimada, ela se deixou cair em uma poltrona. Se ao menos Romualdo estivesse em casa!

Ligou para o escritório, mas ele não estava. Aonde teria ido? O relacionamento deles ia de mau a pior. Conversavam o essencial diante dos empregados. Ele saía muito e, quando estava em casa, fechava-se no escritório.

Mercedes sentia-se abandonada e traída. Evitava os amigos, envergonhada pelo que Rogério havia feito e também porque não queria que ninguém soubesse que seu casamento estava para acabar.

Culpara Rosana e a filha pela mudança do marido e jurava que haveria de vingar-se.

Na delegacia, Marina não escondia o nervosismo. Ao ser levada pela polícia, logo notou que não estava sendo libertada, mas detida. Colocaram-na em uma cela com cinco mulheres de aparência desagradável e deixaram-na lá.

De nada valeu dizer que queria conversar com o delegado, saber do marido, ir para casa. Por fim, sentou-se no chão e encostou-se na parede tentando encontrar uma solução.

Martínez foi colocado com alguns de seus homens em uma cela onde já havia outros presos. Fazendo sinal para que os seus ficassem quietos, fez cena, protestou, dizendo-se uma vítima, mas não foi ouvido. Teve de esperar pelo dia seguinte.

Passava das onze quando o inspetor Braga com o delegado voltaram à delegacia para as averiguações. Depois de examinar os documentos de Martínez, levaram-no para uma sala, onde Braga pediu:

— Conte o que aconteceu.

— Sou um trabalhador. Atualmente estou desempregado, mas tenho certeza de que logo encontrarei trabalho. Sou bom no que faço.

— Continue.

— Três dias atrás, saí para procurar emprego. Fui até aquele depósito ver se havia vaga. O encarregado conversou comigo e disse que no momento não estavam precisando. Mas fiquei desconfiado de que alguma coisa lá estava errada.

— Por quê?

— Em todas as firmas há muito movimento durante o dia. Eu notei que lá não havia ninguém, era parado, o telefone não tocava... Confesso que fui burro, porque ao invés de ficar calado e ir embora eu comentei que achei estranho a falta de movimento. Perguntei se ali era uma firma de verdade ou era só fachada. Então ele respondeu dizendo que ia me dar um emprego. Chamou outro homem, conversou com ele e depois me levaram para aquele porão, onde fiquei preso. Quase morri de medo. Disseram que eu era um investigador disfarçado. Ameaçaram me matar, e só não fizeram isso porque logo chegaram mais três, que, pela movimentação, deviam ser gente importante. Cuidaram deles e esqueceram de mim, mas tenho certeza de que, se vocês não aparecessem, eles acabariam comigo.

Braga o fez repetir a história novamente e saiu com o delegado, deixando um investigador para continuar o interrogatório.

— Há qualquer coisa mal contada nesta história — disse Braga. — É simples demais.

— Pode ser verdade. Mas o que me intriga é que ele tem um sotaque diferente.

— Também notei. Em sua carteira de trabalho diz que é argentino; pela data, foi tirada há mais de quinze anos. Mas há algo nele que não me agrada.

— Vamos segurá-lo mais um pouco e averiguar melhor.

No hospital, uma enfermeira entrou no quarto e Eduardo acordou.

— O médico quer lhe falar.

Ângela dormia e Eduardo foi ter com o médico.

— Como está ele?

— Mal. Como eu temia, está com uma hemorragia interna. Veja esta radiografia. Ele foi agredido no local onde havia sido operado, e os pontos internos arrebentaram. Chamei-o porque seu estado é muito grave.

— O que se pode fazer para salvá-lo?

— Podemos tentar uma cirurgia, mas, como ele está muito fraco, temo que seu coração não resista.

— Quais as probabilidades?

— Se ficar como está, o pré-coma vai aprofundar-se e ele não vai resistir. Se operarmos, há alguma probabilidade de salvá-lo.

— Ângela dorme. Temos de acordá-la.

— Ela tomou um remédio forte. Não sei se está em condições de decidir. Esperar pode ser fatal.

— Vou até o quarto ver se consigo acordá-la. Voltarei dentro de cinco minutos.

Ele chegou ao quarto e chamou:

— Ângela, acorde. Temos de decidir o que fazer com seu pai.

Ela se remexeu e não acordou. Aflito, ele notou que ela não ia acordar. Mas ele não queria tomar aquela decisão sozinho. Fechou os olhos e pediu a ajuda dos amigos espirituais.

Viu Angélica aproximar-se:

— Uma cirurgia agora não vai salvar-lhe a vida. Deixe-o morrer em paz. É o que pode fazer.

— O que direi a Ângela?

— A verdade. Ela entenderá. Ele já entrou em coma profundo. Dentro de algumas horas estará comigo. Prometo ajudá-lo no que puder.

Eduardo agradeceu e voltou à sala do médico.

— Não consegui acordá-la. Mas sinto que ele não vai suportar uma cirurgia agora. Já entrou em coma profundo.

— Quem lhe disse isso? Não é verdade.

Antes que Eduardo pudesse responder, uma enfermeira entrou dizendo:

— Doutor, venha! O paciente Raul Guilherme entrou em coma profundo.

O médico olhou admirado para Eduardo e saiu apressado ao lado da enfermeira. Eduardo, mais calmo, voltou para o lado de Ângela. Haviam trazido café e ele tomou uma xícara com leite. Depois de bater levemente na porta, Mílton entrou:

— Como está ela?

— Dormindo. Tomou um calmante forte.

— Era preciso. E Raul Guilherme?

— Está em coma. Acho que não vai escapar.

— Braga não vai gostar. Ele esperava obter dele muitas informações sobre Martínez.

— Ele não foi preso com os outros?

— Não. Ele não estava lá.

— Tem certeza?

— Pelo menos não está entre os presos. E não teria como fugir.

Eduardo ficou pensativo por alguns instantes, depois disse:

— Vera está me dizendo que ele estava lá e está preso com os outros.

Mílton coçou a cabeça pensativo. Confiava nas informações que Eduardo recebia dos espíritos, mas ele conhecia Martínez e não o vira entre os presos.

— Acho que desta vez ela se enganou. Eu o conheço e não o vi entre os homens que foram presos.

— Ela diz que ele está se fazendo passar por outra pessoa. Pediu para você dizer isso ao inspetor Braga, que ele saberá quem é.

— Espere! Parece que havia lá um homem que jurava ter sido seqüestrado. Ele tinha os documentos em ordem e nenhuma passagem pela polícia.

— Ela insiste para você ir lá dizer a ele. É bom não perder tempo, se quer impedir que o deixem escapar.

— Vou agora mesmo.

No trajeto, Mílton pensava que se isso não fosse verdade ele cairia no ridículo. Eduardo era sincero, havia provado que de fato conversava com os espíritos, mas não se podia esperar que acertasse sempre.

Por outro lado, se fosse verdade, eles seriam enganados mais uma vez. Lembrou-se de ter ouvido contar que Martínez, quando ameaçado de prisão, costumava desaparecer e suspeitavam que se disfarçava.

Mílton chegou à delegacia e foi ter com o inspetor, procurando um jeito de entrar no assunto. Informou-se de como iam os interrogatórios e, a certa altura, perguntou:

— Já interrogou aquele homem que afirma ter sido seqüestrado também?

— Já. Ele contou uma história simples, seus documentos estão em ordem. Nada há contra ele.

— Ainda está aqui?

— Sim. Há alguma coisa nele que me incomoda. Talvez porque seja estrangeiro. Mas não posso prendê-lo por isso.

— Estrangeiro? Ele tem sotaque espanhol?

— Ele é argentino, trabalha no Brasil há mais de quinze anos.

— Agora começa a fazer sentido. Eduardo mandou-lhe um recado. Aliás, quem o mandou foi o espírito de Vera, a mesma que nos mostrou a entrada do subterrâneo.

Braga segurou o braço de Mílton, sacudindo-o:

— Que recado? Diga logo.

Ele repetiu as palavras dela e os olhos do inspetor brilharam alegres:

— É ele! Martínez é ele! Como não percebi isso antes?

Na mesma hora chamou o delegado, pediu que levassem o homem para a sala de interrogatório, colocassem-no de costas para a porta e o deixassem sozinho.

Depois, o inspetor abriu a porta devagar e gritou:

— Martínez, você está preso!

Ele estremeceu. Voltou-se assustado, fez menção de negar, mas Mílton entrou em seguida com o delegado.

— André contou tudo, inclusive sobre seu disfarce. Você não vai mais escapar.

Martínez deu um salto e gritou nervoso:

— Maldito! Eu devia ter acabado com ele antes de sair.

Satisfeito, o delegado mandou fotografá-lo e tirar as impressões digitais. Depois começaram um interrogatório cerrado. Com as provas encontradas, ele não tinha condições de escapar. Ficaria muitos anos na prisão.

Naquele dia, Romualdo havia acordado cedo. Quando tomava o café, a criada entregou-lhe um telegrama. Ele abriu: era de Ronaldo, avisando que ele e Marilda chegariam naquele dia, às nove da manhã.

Estavam voltando uma semana antes do combinado. O que teria

acontecido? Marilda nunca havia se separado da mãe, talvez tenha sentido saudade. Olhou no relógio e percebeu que não daria tempo de avisar Rosana e ir buscá-la para irem ao aeroporto. Engoliu o café rapidamente e saiu apressado.

Quando chegou ao aeroporto, o avião já havia aterrissado, mas Romualdo teve de esperar mais de meia hora para que eles saíssem. Abraçou-os com alegria, e depois dos cumprimentos Ronaldo disse sério:

— Anteontem vimos o retrato de Rogério no jornal, lemos as notícias e não pudemos continuar a viagem. Fiquei pensando em você e mamãe enfrentando uma situação dessas e decidimos voltar. É verdade o que estava no jornal?

— Infelizmente. Rogério mentiu dizendo que tinha acabado seu relacionamento com Marina. Não só continuou com ela como estava perdidamente apaixonado.

— Marina é uma mulher perigosa. Além disso, parece que ela e o marido estão mesmo envolvidos com traficantes.

— A polícia suspeita disso. Rogério afirma que Marina estava correndo perigo, que poderia ser morta de uma hora para outra. Quando ela lhe pediu ajuda, ele fez tudo que ela mandou. Chegou a ir falar com um traficante não sei onde.

— Que perigo! Então aquele depoimento dele que eu li era verdadeiro?

— Era. Ele ficou tão desesperado com a notícia do seqüestro dela, que foi difícil evitar que fizesse uma loucura.

— E mamãe, como está?

— Você pode imaginar. Não sai mais de casa, com medo de encontrar algum conhecido. Mas falemos de vocês. Estão bem? Fizeram boa viagem?

— Maravilhosa — respondeu Marilda. — Mamãe está bem?

— Sim. Recebi o telegrama hoje pela manhã e precisei correr para chegar no horário. Não tive tempo de buscá-la.

— Como antecipamos o regresso, preferimos não avisá-la para não a preocupar — disse Ronaldo.

— Meu carro está aí fora. Vou deixá-los em casa e depois irei buscar Rosana.

— Não. Vamos direto à casa dela e depois iremos juntos para nossa casa.

Quando tocaram a campainha da casa de Rosana, ela abriu a porta e deu um pequeno grito de susto.

— Meu Deus! São vocês! Que alegria!

Abraços, beijos. Rosana não se cansava de olhar para Marilda. A filha estava ainda mais bonita, elegante, rosto corado de prazer, olhos brilhantes de felicidade.

Sentaram-se na sala, onde o jovem casal falou da viagem, dos lugares que haviam visitado, da felicidade que sentiam. Por fim, mencionaram o motivo de haverem antecipado a volta.

Rosana levantou-se e disse:

— Eu estava inconformada por causa de Ângela. Felizmente ela foi encontrada e parece que está bem. Eu estava lendo essa notícia no jornal de hoje quando vocês chegaram.

Eles deram rápida olhada no jornal e souberam que Raul Guilherme e Ângela haviam sido internados no hospital.

— Tenho de ir embora — disse Romualdo, preocupado. — Preciso segurar Rogério. Se ele ler a notícia, pode querer ir à delegacia. Está tão descontrolado, que vai acabar se complicando ainda mais.

— Vou com você — disse Ronaldo.

— Você está cansado, acabou de chegar. Não dormiu direito. É melhor ir para sua casa descansar. Rogério não acorda cedo e não gosta de ler jornal. É possível que não saiba de nada. Posso deixá-los lá antes de ir para casa.

Ronaldo hesitava, mas Romualdo disse com voz firme:

— Sei como lidar com ele. Posso fazer isso sozinho. Vocês vão para casa descansar. Posso levá-los, é quase caminho.

— Se é assim, é melhor irmos — concordou Ronaldo. — Mas só iremos se Dona Rosana for conosco. Estamos com muita saudade dela.

Marilda sorriu feliz. Rosana concordou de boa vontade e em poucos minutos estavam todos no carro de Romualdo. Quando chegaram, Rosana disse:

— Tínhamos combinado encher a casa de flores, fazer um almoço gostoso para recebê-los, mas não tivemos tempo para isso. Nem compramos mantimentos, nada.

— O que importa é que estamos juntos — disse Ronaldo. — Passarei na padaria e comprarei um lanche. Não será bom como quando a senhora prepara, mas por outro lado teremos mais tempo para conversar.

Romualdo despediu-se.

— Quando chegar em casa, ligarei para contar como Rogério está.

— Se precisar de mim, pai, chame seja a hora que for. Temos de ajudar Rogério a sair dessa situação.

Romualdo foi para casa e encontrou Mercedes sentada na sala, abatida, nervosa. Vendo-o, disse angustiada:

— Aonde você foi logo cedo? Eu precisava falar com você. Já leu os jornais?

— Acalme-se, Mercedes. Onde está Rogério?

— Ele acordou cedo, viu o jornal e disse que ia ao hospital tentar descobrir notícias de Marina.

— Qual é o nome do hospital onde estão?

— O jornal não fala nada.

— Vou ver se consigo alguma informação.

— Você pretende ir à delegacia saber?

— Não. Vou telefonar para o namorado de Ângela. Ele deve saber o nome do hospital.

Ele ligou para casa de Eduardo. A criada atendeu:

— Ele não está.

— Sabe onde poderei encontrá-lo? É urgente.

— O pai dele está aqui. Quer falar com ele?

Romualdo concordou. Quando Ramiro atendeu, ele disse:

— Sou Romualdo, pai de Ronaldo. Lembra-se de mim?

— Claro! Como vai?

— Bem. Soube que Ângela foi encontrada e está no hospital.

— Ela está bem, mas Raul está em coma. Estive lá ontem à noite e ele estava muito mal.

— Lamento. Certamente Marina, a mulher de Raul, está ao lado dele.

— Não. Ela está detida. A polícia não a liberou. Raul também está sob a guarda da polícia o tempo todo.

— Isso quer dizer que as suspeitas do envolvimento do casal com traficantes são verdadeiras.

— Lamento dizer, mas são.

Romualdo suspirou desalentado e Ramiro continuou:

— Imagino sua preocupação. Estou a par de tudo que aconteceu.

— Rogério está muito envolvido, apaixonado por essa mulher. Foi ao hospital em busca de notícias. Estou pensando como vou lhe contar que ela está presa. Temo que não controle suas emoções e faça alguma besteira.

Ramiro ficou silencioso por alguns instantes, depois disse:

— Quando não sei o que fazer, rezo e entrego tudo nas mãos de Deus. Ele sempre consegue uma solução melhor que a nossa.

— É um bom conselho. Faz tempo que não rezo. Receio que eu esteja sem nenhum prestígio lá em cima.

— O fato de você não ter se lembrado d'Ele não quer dizer que Ele não esteja olhando por você e tentando orientá-lo. Experimente. Antes de conversar com Rogério, converse com Deus, abra seu coração e peça ajuda.

Os olhos de Romualdo estavam marejados quando respondeu:

— Farei isso. Gostaria de visitar Ângela e falar com Eduardo. Ela vai ficar no hospital até quando?

— Ela ficará enquanto Raul estiver.

Ele agradeceu e desligou. Mercedes ficara ao lado dele e olhava-o admirada.

— E então? — indagou.

— Raul Guilherme está no hospital sob vigilância policial. Marina está detida na delegacia.

Mercedes deixou-se cair assustada em uma poltrona.

— Quer dizer que ela tinha mesmo ligação com esses bandidos?

— Claro que tinha.

— Rogério está enfeitiçado por essa mulher. Você tem de impedi-lo de vê-la. Seria bom se ele fosse para o exterior por uns tempos.

— O delegado o proibiu de sair da cidade.

— Mas ele não tem culpa de nada.

— Confessou que se envolveu. Agora temos de arranjar um bom advogado e tentar livrá-lo.

— Você vai contar a ele?

— Vou procurá-lo e contar tudo. Mas antes seguirei o conselho do Dr. Novais. Vou rezar e pedir a ajuda de Deus.

— Vai o quê?

— Rezar. Foi o que eu disse, e seria muito bom que fizesse o mesmo. Rogério está encrencado e não sabemos o que vai acontecer.

Mercedes baixou a cabeça e não respondeu. Romualdo foi ao escritório, fechou a porta e pensou em Deus. Lembrou-se dos tempos de criança, quando sua mãe o fazia rezar todas as noites antes de dormir.

Tempo bom aquele, quando não precisava tomar decisões como agora. Mas ao mesmo tempo reconhecia que é muito bom ser adulto, ter liberdade de fazer o que lhe aprouvesse.

Mas a lembrança da mãe o emocionou. Ela falecera quando ele cursava a universidade, e seu pai pouco tempo depois casara-se novamente. Era um homem prático mas muito materialista, enquanto a mãe era suave, doce, delicada, mas ao mesmo tempo firme. Ela o educara com muito amor.

Eduardo falava que via e conversava com os espíritos dos mortos e estes muitas vezes ajudavam os vivos. Romualdo nunca se detivera nesse assunto, mas, apesar disso, imaginava que os que morriam poderiam estar em algum lugar.

Era uma crença indefinida. Na igreja, aprendera que havia o céu e o inferno, mas tinha suas dúvidas. Em sua roda de amigos, muitos caçoavam quando alguém mencionava os espíritos, raros atreviam-se a dizer que acreditavam na vida após a morte.

Se Eduardo estivesse certo, o espírito de sua mãe deveria estar em algum lugar. Lembrou-se dela com carinho. Era-lhe mais fácil conversar com ela do que com Deus. Por isso, imaginou que ela estava à sua frente e abriu o coração: reconhecia que havia se omitido na educação dos filhos e queria corrigir esse erro. Pediu que ela o inspirasse naquele instante difícil.

Se Romualdo pudesse ver, saberia que Marta estava ali, acariciando-lhe a cabeça com amor. Era por isso que ele a recordava com tanta emoção. Quando ele se calou, deixando que as lágrimas descessem pelo rosto, ela lhe disse:

— Filho, estou aqui! Estamos ajudando dentro do possível. A lição foi dura mas necessária.

Romualdo não ouviu o que ela lhe disse, mas pensou:

— O que devo dizer a ele?

— Seja sincero. Fale com o coração. O amor faz milagres. É hora de você se interessar pela vida espiritual. Ela lhe abrirá as portas da eternidade e lhe dará muita alegria. Descobrirá as maravilhas do Universo e aprenderá a confiar na vida e a ouvir as mensagens que ela lhe dá. Estarei sempre a seu lado, rezando por sua felicidade.

Romualdo sentiu-se mais calmo. Precisava sair, encontrar Rogério. Alguém bateu na porta e ele foi abrir. Rogério estava em sua frente, nervoso:

— Precisamos fazer alguma coisa. Marina não está no hospital. Uma atendente me disse que não sabe nada dela.

— Eu sei. Ela está na delegacia. Ela e o marido estão sob vigilância policial. A polícia acredita que estejam envolvidos com os traficantes.

Rogério sentou-se na cama.

— Preciso ir até lá, ver o que se pode fazer por ela.

— Calma. Ainda não sabemos os detalhes. O importante é que ela está bem e não corre mais nenhum perigo. Todos os bandidos que os seqüestraram foram presos. Portanto, é preciso ter calma. Você está muito envolvido por causa daquele depoimento. Temos de procurar um bom advogado e ver o que se pode fazer.

— Marina também vai precisar de um.

— Ela tem posses e é esperta o bastante para tomar todas as providências. Em todo caso, se for preciso, arranjaremos um para ela também.

— Quero vê-la, falar com ela.

— Agora não é aconselhável. Antes de tomarmos qualquer providência, precisamos saber toda a verdade.

— Eu sei a verdade.

— Você sabe o que ela quis que soubesse.

— Ela me ama e confia em mim. Sei que ela não mentiu.

— Se você estiver certo, logo saberemos. Enquanto esperamos a poeira assentar, trate de se recuperar. Emagreceu, está abatido. Tem de reagir.

Rogério levantou-se e olhou no espelho.

— É — concordou, passando a mão no rosto. — Parece que envelheci dez anos.

— Trate de se cuidar. Você não pode aparecer, mas eu posso.

— O que vai fazer?

— Investigar. Tenho amizade com o namorado de Ângela. Ele participou das buscas com a polícia e está com Ângela no hospital. Nem foi para casa. Deve saber de tudo.

— Você tem amizade com ele?

— Sim. Eles se tornaram muito amigos de Ronaldo e Marilda. Estiveram no casamento. Estou pensando em ir ao hospital conversar com ele.

— Nesse caso, irei com você. Também sou amigo de Ângela. Acho que não haverá nenhum mal nisso.

Romualdo hesitou, depois concordou:

— É. Acho que não, mesmo. Vamos, então. Mas antes você precisa se alimentar.

Rogério concordou. Vestiu-se e, quando desceram, Mercedes esperava-os na sala e olhou interrogativa para ambos. Romualdo disse:

— Rogério vai comer alguma coisa e depois iremos ao hospital visitar Ângela.

Mercedes não contestou. Notou que Rogério estava mais calmo e o marido também. Quando Rogério foi à copa comer, ela disse a Romualdo:

— Acho que ele não deveria sair de casa ainda. Pode haver comentários desagradáveis.

— Ele precisa enfrentar a situação. Esconder-se não vai ajudar. Ao contrário: se ele aparecer, os boatos vão diminuir. Você também, Mercedes, não deve ficar fechada em casa. Precisa retomar sua rotina e enfrentar as más línguas. Depois de tanto falar mal dos outros, acho que saberá fazer isso muito bem.

— Você não perde ocasião para me ofender.

— Só quero que perceba que é hora de mudar a maneira de pensar. O que estamos passando é desagradável, fere nosso orgulho, mas por outro lado vai nos mostrar quem são nossos verdadeiros amigos. Nessa hora é que os identificamos. Tenho certeza de que você vai se surpreender!

Rogério voltou e ambos saíram. Mercedes chamou a criada, mandou tirar o carro, apanhou a bolsa e saiu. No automóvel, mandou o motorista tocar para a igreja. Talvez rezar fosse bom mesmo naquela hora e lhe trouxesse um pouco de paz.

Romualdo e Rogério chegaram ao hospital no fim da tarde. Depois de informarem-se sobre o número do quarto de Ângela, foram até lá. Bateram levemente na porta e entraram.

Ela estava sentada na cama e Eduardo em uma cadeira ao lado. Vendo-os entrar, ambos se levantaram.

Depois dos cumprimentos, Romualdo disse:

— Soubemos pelos jornais o que aconteceu. Estávamos aflitos e viemos saber como estão as coisas.

— Queremos ajudar no que for possível — disse Rogério.

— Obrigada — respondeu Ângela. — Estamos muito preocupados. Meu pai está em coma. Seu estado é desesperador.

— Sentem-se, por favor — pediu Eduardo, indicando o pequeno sofá que havia no quarto.

— Vocês passaram um momento difícil — disse Romualdo.

— Felizmente acabou bem — completou Rogério.

Ângela não respondeu. Estava constrangida com a presença dele. A briga entre Marina e seu pai acontecera porque Raul descobrira a verdade. Estava claro para ela que Rogério não se importava nem um pouco com a saúde de seu pai; estava lá para saber notícias de Marina.

Sentiu vontade de gritar sua revolta e dizer-lhe quanto Marina era falsa, desprezível e mercenária. Mas conteve-se. Ela havia contado tudo a Eduardo e ele a aconselhara a perdoar. Marina relembrou com clareza o diálogo com Eduardo:

— Não se deixe envolver pela mágoa. Ela machuca e acaba com

sua paz. Esses fatos são lamentáveis. Mas seu pai, quando se uniu a Marina, escolheu esse caminho. Não nos compete julgar.

— Mas Rogério se prestou a fazer o que ela queria. Não respeitou a presença de meu pai naquela casa, planejou fugir com ela e certamente entregar meu pai à sanha de seus inimigos para ficarem livres.

— Tudo isso é verdade, minha querida, mas você precisa compreender que tanto Marina quanto Rogério fizeram o que eles pensavam ser melhor. Estavam iludidos, e a vida vai lhes destruir essas ilusões. Eles terão um longo caminho a percorrer até que descubram quanto estavam enganados. Mas você já possui discernimento, tem mais sensibilidade, desenvolveu valores éticos que a fazem escolher melhor. Por isso, peço-lhe que se abstenha de julgar.

— Confesso que não é fácil.

— Eu sei. Mas também sei que você quer o melhor e tem um profundo senso de justiça. Pense que Marina está presa em cela comum, longe do conforto, tendo de dividir o espaço com pessoas desagradáveis. Ela já está começando a colher o que plantou. Acabaram-se as festas, o brilho social, as jóias, tudo. Quanto a Rogério, apaixonou-se por uma mulher como ela e estará também colhendo os resultados de sua leviandade. Portanto, ambos são dignos de compaixão.

Ela se comoveu:

— Você é melhor que eu. Nem sequer mencionou que meu pai também está colhendo o que plantou.

Diante de Rogério sentado à sua frente, Ângela, notando o abatimento dele, compreendeu que Eduardo estava certo. Rogério estava sofrendo e ela não deveria aproveitar-se da situação para pedir-lhe contas.

Eduardo contava detalhes de como a polícia havia conduzido as investigações, e os dois visitantes ouviam atentos.

Uma enfermeira entrou e todos voltaram-se para ela, que disse:

— Ângela, o médico disse que você pode ver seu pai agora.

Ângela levantou-se apressada e, olhando para Eduardo, pediu:

— Reze para ele melhorar.

Depois que ela saiu, Rogério foi direto ao assunto:

— Vim aqui saber de Marina. Depois de meu envolvimento no caso, meu pai achou melhor eu não ir vê-la na delegacia. Como ela está?

— Quando a polícia os tirou de lá, estive o tempo todo com Ângela. Mas o detetive Mílton contou-me que Marina está presa em uma cela comum, com outras detentas.

— Do que a acusam?

— De cumplicidade com o marido e Martínez. O depósito de Raul Guilherme era de fachada para encobrir o tráfico de drogas. Eles construíram um subterrâneo onde guardavam a mercadoria ilegal. Havia uma entrada secreta. Lá eles colocaram os prisioneiros. As provas contra eles são muitas.

— Não haverá um jeito de provar que ela não sabia de nada? — insistiu Rogério.

— Acho difícil. Como você sabe, a polícia já investigava o caso havia tempo, inclusive vigiava a casa. Eles sabem de tudo que você fez, inclusive seu envolvimento com Dino.

— Por isso fui forçado a contar.

— Quem é Marta?

— Minha avó — disse Rogério, admirado.

— Ela está me dizendo que você vai descobrir a verdade e não vai gostar. Pede para você pensar no que está fazendo de sua vida. Ela está cantando uma canção que fala de flores e fadas. Disse que, quando achar que as coisas estão difíceis, é para lembrar dessa música e ela o ajudará.

Romualdo não continha as lágrimas e Rogério, chocado, não sabia o que responder. Lembrava-se perfeitamente da música que sua avó cantava sempre que ele estava contrariado, para fazê-lo sorrir.

Vendo que os dois não diziam nada, Eduardo perguntou:

— Vocês entenderam o recado?

— Como pode ser? Minha avó está morta, e os mortos não voltam.

— Sua avó está viva, só que mora em outro mundo. Ela está aqui.

— Não pode ser...

— É uma mulher muito doce, muito bonita, elegante. Estatura média, magra, cabelos curtos e muito bem penteados, está usando um vestido verde com gola branca e está me mostrando um anel de rubi.

— É ela! — exclamou Rogério emocionado.

— É, sim, meu filho. Ainda hoje pedi a ela que nos ajudasse. Agora sei que fui atendido.

— Ela está dizendo que tem procurado ajudá-los, mas que só poderá fazê-lo se vocês fizerem a parte que lhes cabe.

— Tenho tentado, mas não consigo — reclamou Rogério.

— É hora de você deixar as crenças do mundo e seguir os valores da alma.

— O que ela quer dizer com isso? — indagou Rogério.

— Ela diz que até agora você tem conduzido sua vida privilegiando as coisas do mundo e ignorando os valores espirituais. Se deseja conquistar paz e felicidade, terá de inverter essa prioridade.

— Não sei como se faz isso — respondeu Rogério.

— Terá de aprender. Devo esclarecer que, se não quiser ir pela inteligência, irá pela dor. Só há esses dois caminhos. Portanto, é melhor você não resistir; estude a espiritualidade, paute sua vida pela ética, busque o equilíbrio.

— Sei o que ela quer dizer — interveio Romualdo.

— Ela diz para você meditar em suas palavras, e, na medida do possível, ela vai procurar esclarecê-lo, inspirando-o. Mas pede que procure ligar-se com Deus por meio da prece. Tem certeza de que assim você se sentirá melhor e aos poucos irá saindo dessa inquietação.

Rogério suspirou triste pensando que não conseguiria deixar de pensar em Marina. Eduardo continuou:

— Se você fizer o que ela está falando, não será tão difícil quanto está pensando. Ela precisa ir. Está mandando um beijo para vocês e diz que estará por perto sempre que puder.

Eduardo calou-se e Rogério passou a mão pelos cabelos, assustado. Como Eduardo sabia o que ele estava pensando? Era difícil acreditar que a alma de sua avó estivera ali, conversando com eles.

Romualdo estava muito emocionado. Não tinha nenhuma dúvida sobre o ocorrido: como se não bastasse o fato de ele haver rezado pedindo a ela que os auxiliasse, enquanto Eduardo falava havia sentido o perfume dela.

— Ela sempre usou esse perfume — disse ele. — Vocês sentiram?

Eduardo acenou que sim e Rogério respondeu:

— Eu não senti.

— É uma mulher muito agradável. Faça o que ela disse e vai ficar melhor. Você será posto à prova nos próximos dias.

— Sinto isso e temo não resistir.

— Quando estiver inquieto, faça o que ela aconselhou: reze, lembre-se da música que ela cantava, pense que você é dono de seu corpo e não vai ceder às influências do mal.

— Você acha que Rogério está rodeado pelos espíritos do mal? — indagou Romualdo, preocupado.

— Estamos todos rodeados por espíritos desequilibrados, o que é natural neste mundo, mas convém lembrar que os bons também estão do nosso lado. Trata-se de uma questão de sintonia. Quando você alimenta pensamentos negativos, sua energia torna-se mais densa e você sintoniza com espíritos perturbados, doentes, que se aproveitam de suas fraquezas, induzindo-o a fazer o que eles querem.

— Sei como é. Tenho lido a respeito — concordou Romualdo.

— Sua defesa é preservar seu mundo mental. Sempre que tiver um pensamento desagradável, de tristeza, de raiva, de incapacidade, perceba e procure ir para o lado oposto. No início pode ser difícil, mas com o tempo você irá aprendendo e por fim se sentirá muito melhor.

Ângela entrou no quarto. Seu rosto mostrava vestígios de lágrimas que ela se esforçava para conter. Eduardo abraçou-a com carinho e ela desabafou:

— Ele está pior. Seus sinais vitais estão diminuindo, o que significa que está morrendo.

— Coragem, Ângela. Talvez seja melhor para ele se libertar agora. A vida o está poupando de uma dor maior.

Ela se sentou na cama, puxou Eduardo para que se sentasse a seu lado e, olhando para Rogério, disse:

— Quero conversar com você. Hoje, quando chegou aqui, meu primeiro impulso foi mandá-lo embora. Mas, quando olhei e notei seu abatimento, me controlei. Lembrei que Eduardo me pedira para não julgar. E agora, naquela UTI, vendo meu pai, sempre tão forte, determinado e cheio de poder, mergulhado na inconsciência, entregue ao sofrimento, vivendo seus últimos momentos, pensei na fragilidade das coisas do mundo.

Vendo que eles a ouviam atentos, ela continuou:

— Por isso cheguei à conclusão de que você precisa saber o que de fato aconteceu. A verdade às vezes dói, mas nos torna mais lúcidos. O que vou lhe dizer é a pura verdade. Juro pelo nome de minha mãe, que está me inspirando agora.

— Fale, estou ouvindo — pediu Rogério.

Com palavras emocionadas, Ângela relatou tudo que sabia. Falou de sua infância solitária, de como o usara como pretexto para ficar mais tempo no Brasil, como conhecera Eduardo e se interessara pela espiritualidade. As pesquisas para descobrir o passado, o seqüestro, em todos os detalhes. Suas desconfianças quanto ao comportamento de Marina. Como Raul soubera que ela tinha um amante. A briga deles e a libertação. E finalizou:

— Marina é egoísta e má. É capaz de chegar ao crime para conseguir dinheiro e poder. Estou lhe contando tudo para que veja as coisas como são e consiga libertar-se dessa paixão que só lhe trará sofrimento. Essa é a maneira que encontrei de ajudá-lo. Sei que você pode refazer sua vida e encontrar alguém que de fato mereça seu amor.

Ele suspirou fundo sem encontrar palavras para responder. Romualdo, comovido, disse:

— Obrigado, Ângela, por haver confiado em nós. Eu lhe serei eternamente grato. Coloco-me à sua disposição para ajudar em tudo que precisar.

— Obrigada, Dr. Romualdo.

— Agora temos de ir. Se precisarem de alguma coisa, é só ligar.

Eles se levantaram e Rogério apertou a mão de Eduardo.

— Você é um homem de sorte. Desejo que sejam muito felizes.

— Você também é. Tem uma família que o ama e deseja seu bem.

Em seguida, Rogério apertou a mão de Ângela.

— Obrigado. Embora as coisas estejam complicadas ainda, sinto que você me ajudou. Estou mais calmo. Aquela inquietação horrível desapareceu. Vou esforçar-me para conseguir um pouco de paz.

— Espero que consiga — respondeu ela.

— Se desejar informar-se mais sobre os fenômenos da mediunidade ou conversar um pouco, aqui está meu cartão. Teremos prazer em recebê-lo.

Depois que eles saíram, Eduardo beijou Ângela com carinho:

— Gostei de sua atitude. Você conseguiu enxergar as coisas como elas são e enfrentou a situação com sinceridade. Nos próximos dias, Rogério vai pensar muito sobre sua vida e decidir. Faço votos de que escolha o melhor caminho.

Romualdo e Rogério deixaram o hospital em silêncio: um, comovido pela presença de sua mãe; o outro, pensando em tudo que Ângela lhe contara. Por isso ela não gostava de falar sobre sua vida pessoal e não queria que ele entrasse em sua casa.

Embora Ângela tenha procurado contar os fatos sem paixão, não lhe passou despercebida a rejeição que ela sentia por Marina. De certa forma, era natural, uma vez que havia ficado claro que Marina não amava o marido e havia se casado por dinheiro.

Lembrou que Marina havia planejado fugir e entregar o marido para ser morto por seus inimigos. Esse pensamento o incomodou:

"Marina é egoísta, má. É capaz de chegar ao crime para conseguir dinheiro e poder."

Horrorizado, recordava-se de que havia concordado. Agora Raul estava morrendo. Sentiu-se aliviado por não ser responsável por isso.

A esse pensamento, remexeu-se no banco do carro, inquieto, e Romualdo perguntou:

— O que foi, Rogério?

— Nada. Estava pensando na vaidade. É uma ilusão idiota.

— De fato. A vaidade alimenta a pretensão e faz a pessoa imaginar-se mais do que é.

— Só que um dia a fantasia desmorona.

— E a pessoa descobre que não era tão poderosa quanto pensava.

Mesmo a contragosto, Rogério havia notado quanto Marina era fútil e vaidosa. Mas tentava justificar essas atitudes dela pensando que ele também, embora não fosse interesseiro, era muito vaidoso. De que lhes valera toda aquela pose? Ele nos jornais como suspeito de um seqüestro; ela, além do escândalo nos jornais, presa entre ladras e prostitutas.

— Você acredita mesmo que vovó apareceu a ele?

— Sim. Você nunca questionou sobre a morte?

— Eu nunca acreditei nessa história de céu e inferno.

— Essa é uma maneira de a igreja explicar a diferença entre o bem e o mal e mostrar a vantagem de sermos bons.

— Geralmente os bons são enganados pelos maus.

— Não. Os ingênuos são enganados. A bondade não tem nada a ver com isso.

— Pode ser.

— Chegamos. Temos de conversar com sua mãe.

— Não sinto vontade de conversar com ninguém. Preciso pensar no que vou fazer.

— Cuidar de você. Meditar sobre tudo que ouviu hoje.

— Não posso deixar Marina desamparada. Ângela não vai fazer nada para ajudá-la.

— Ela tem suas razões. Marina casou com o pai dela por interesse, traiu-o e ainda tentou matá-lo. Depois, ela é traficante de drogas. A Justiça não vai perdoar, e Marina terá de responder pelo que fez. Não acho que você tenha de fazer nada. Ela é esperta; com certeza já deve estar ligando para um bom advogado.

— Estou penalizado com sua situação. Logo ela, jovem, bonita, acostumada ao luxo e a ser bajulada, tendo de ficar presa naquela cela.

— Ela escolheu o próprio caminho. Você terá de escolher o seu. Reflita em tudo que ela fez, coloque-se no lugar do marido, e essa piedade irá embora. Raul Guilherme deu tudo a ela: nome, posição, dinheiro, carinho. Ele era famoso pelo amor que sentia por ela. Ele pode ser o que for, mas, se havia alguém no mundo que deveria ter pelo menos respeito por ele, era Marina. A meu ver, ela não merece nenhuma consideração.

— Mas ela me ama. Prometeu ficar comigo para sempre.

— Você acredita nisso? Não seja ingênuo. Se ela fez o que fez com o marido que lhe deu tudo, fará o mesmo com você. Ela não é confiável!

Rogério lembrou-se novamente das palavras de Ângela: "Marina é egoísta e má. É capaz de chegar ao crime para conseguir dinheiro e poder."

Estremeceu recordando que ela o havia induzido a concordar com um crime.

O carro havia entrado na garagem e Rogério saiu do automóvel dizendo:

— Estou moído. Vou para meu quarto descansar um pouco.

— Isso, meu filho. Relaxe, tente descansar. Não precisa decidir nada agora. Deixe a poeira assentar. Mais tarde conversaremos.

Rogério foi direto para o quarto e Romualdo para a copa. A hora do jantar havia passado e ele estava com fome. A criada já se tinha recolhido. Ele abriu a geladeira e Mercedes apareceu na porta.

— Onde está Rogério?

— Foi para o quarto. Estava cansado. Vim comer alguma coisa, estou com fome.

— Como sempre, o jantar ficou todo. Ninguém comeu. Vou esquentar para você.

— Diga-me onde está, que eu mesmo o faço.

— De forma alguma. É minha obrigação.

Ele saiu para lavar as mãos e ela arrumou tudo. Romualdo sentou-se para comer e ela se sentou do lado.

— Bati na porta do quarto de Rogério, mas ele não quer descer para comer. Se continuar assim, ele vai acabar doente. Não tem comido nada.

— Teve um dia difícil. Melhor deixá-lo sozinho. Quando sentir fome, vai descer.

— O que está acontecendo? Vocês não me contam nada. Eu sou a mãe dele, tenho o direito de saber.

— Você já sabe de tudo. Marina está presa. Raul Guilherme está em coma; acho que não vai resistir. Viemos do hospital agora. Estivemos conversando com Ângela, que nos contou todos os detalhes.

— Como foi?

— Como estava nos jornais.

— Temo que Rogério vá atrás daquela mulher.

— Estou tentando evitar que isso aconteça.

— Ele não pode fazer isso. Será sua ruína. A polícia vai pensar que ele é cúmplice deles.

— Ele sabe de tudo isso.

— Aonde você foi hoje cedo?

— Esperar Ronaldo e Marilda no aeroporto. Ele viu o jornal com o retrato de Rogério e decidiu voltar antes.

— Vieram bisbilhotar o caso.

— Não seja maldosa. Voltaram para tentar ajudar.

Ela mordeu os lábios nervosa.

— Mas ele nem apareceu aqui.

— Acabaram de chegar. Eu havia combinado de voltar lá esta noite para colocá-los a par de tudo, mas estou cansado. Vou telefonar. Amanhã conversaremos. Temos de arranjar um bom advogado para Rogério.

Mercedes baixou a cabeça, pensativa.

— Várias pessoas ligaram tentando falar comigo. Como não atendi, fizeram perguntas aos criados. Dei ordem para dizerem que não sabem de nada.

— Eles anotaram os nomes? Talvez alguns amigos queiram nos dar apoio.

— Atendi o primeiro e alguém me disse coisas desagradáveis. Desliguei e não quis mais atender. O telefone quase não parou, e eram trotes. Fiquei com vontade de mandar desligar de vez.

— Era de esperar. Há sempre alguém maldoso querendo divertir-se com a desgraça alheia. Não vou desligar nosso telefone. Vamos enfrentar isso com coragem. Vou atender a todos e responder à altura. Quero saber quem tem coragem para se identificar.

— Isso é loucura. Sinto vontade de desaparecer.

— Faça o que eu disse: procure uma agência de turismo, escolha uma excursão e vá viajar. É o melhor que tem a fazer por enquanto.

— Você vai comigo?

— Não. Tenho de ficar com Rogério. Mas você deve ir; fará bem. Não adianta ficar aqui sofrendo, sem sair de casa, tendo de aturar a maldade das pessoas. Quando voltar, tudo terá passado.

— Você voltará a ser como antes?

— Não sei, Mercedes. As pessoas mudam. É bom que você aprenda a viver sem se pendurar em ninguém.

— Você está pensando em me abandonar?

— Não foi isso que eu quis dizer. Você tem vivido para a família, mas seus filhos estão criados. Ronaldo está casado, independente, e Rogério também vai seguir o próprio caminho. É da vida. Está na hora de você procurar novos interesses, ocupar seu tempo com alguma coisa que lhe dê prazer, tornar sua vida mais agradável.

— Não sei como pode dizer isso com tudo que está acontecendo. Ronaldo nos abandonou, preferiu a companhia daquelas duas, e Rogério está com nome sujo na polícia. Acha que posso pensar em mim? Sou uma mãe extremosa, disposta a me sacrificar pelos filhos e pela família. Está querendo que eu me torne indiferente e egoísta.

Ele suspirou desanimado. Mercedes nunca iria entender.

— Tentei ajudá-la. Você não quer enxergar. É pena. Mas vou cuidar de minha vida. Quando o caso de Rogério acabar, farei o que sempre quis.

— E o que é que você sempre quis?

— Não vamos falar sobre isso agora. Estou muito cansado. Vou dormir. Trate de fazer o mesmo. Está com olheiras, e isso a faz parecer mais velha.

Mercedes correu ao espelho e, de fato, as olheiras estavam mais fundas. Precisava se cuidar. Foi para o quarto procurar seus cremes, olhando atentamente com o espelho de aumento para ver se descobria alguma ruga a mais.

Romualdo foi para o quarto de hóspedes e preparou-se para dormir. Lembrou-se da mãe e rezou agradecendo a ajuda que lhe dera e pedindo que inspirasse Rogério para que ele conseguisse resolver bem seus problemas.

Rogério, estendido na cama, não conseguia esquecer a conversa com Ângela. Lembrava-se de cada palavra que ela lhe dissera. Quanto mais pensava nela, mais a considerava digna. Seu tom sincero o convenceu de que ela estava convicta do que afirmava.

O rosto de Marina aparecia em sua lembrança e as dúvidas o assaltavam. Ela seria mesmo tão má quanto Ângela dissera?

Mas ela o amava e prometera viver com ele para sempre. Estaria mentindo? As palavras do pai voltaram-lhe à lembrança:

"Se ela fez o que fez com o marido, que lhe deu tudo, fará o mesmo com você. Ela não é confiável!"

Ele se esforçava para encontrar respostas, entretanto as dúvidas continuavam atormentando-o. Se conseguisse dormir, descansar, talvez no dia seguinte estivesse mais calmo e pudesse raciocinar melhor. Afinal, teria mesmo de esperar que Marina fosse libertada. Quanto a isso não tinha dúvida: um bom advogado, dinheiro para amolecer resistências, e ela estaria fora. O problema seria depois. Raul logo estaria fora do caminho. O problema era saber quais os planos dela para o futuro. Estaria livre para decidir ficar ou não com ele. A esse pensamento, sentiu certo alívio. Ela o amava e, guardadas as aparências, talvez eles se casassem. Eles viajariam, receberiam o dinheiro guardado no exterior e percorreriam vários países para dar tempo a que no Brasil as pessoas esquecessem.

Ele precisava se acalmar, dormir. Levantou-se, tomou uma dose dupla de calmante, acomodou-se e, recordando os momentos de paixão que vivera com Marina, finalmente adormeceu.

Na manhã seguinte, passava das dez quando Romualdo desceu para o café. Encontrou Ronaldo e Marilda conversando com Mercedes na sala. Abraçou-os com carinho, e Ronaldo explicou:

— Decidimos vir vê-los e saber como estão as coisas. Ontem à noite, quando você me ligou, pareceu-me cansado, triste.

— Estou bem. É preciso enfrentar os problemas com serenidade e coragem.

— Assim é que se fala. E Rogério, como está?

— Reagindo. Eduardo e Ângela conversaram muito com ele, contando-lhe como as coisas aconteceram.

— Ele precisa esquecer aquela mulher — desabafou Mercedes.

— Ele está tentando, mãe. Temos de ajudá-lo a reagir. A paixão torna a pessoa cega e não a deixa raciocinar com clareza.

— Não acredito que ele esteja envolvido a esse ponto. Não pode ser! Logo ele, tão cobiçado pelas mulheres.

— Vamos deixar que ele reflita e encontre o melhor caminho — disse Romualdo. — Mas vocês ainda não falaram nada sobre a viagem.

— Foi maravilhosa, pai. Vivemos momentos inesquecíveis, não foi, Marilda?

— Sim. Batemos muitas fotos. Quando estiverem prontas, traremos para vocês.

Mercedes não tirava os olhos dela, examinando-a atentamente. Quando eles chegaram, ela se sentiu constrangida ao lembrar-se da cena que fizera com ela e a mãe antes do casamento.

Contudo, os dois a abraçaram com naturalidade. Ronaldo perguntou se ela estava bem e Mercedes respondeu:

— Como posso estar bem com tantos problemas acontecendo? Estou arrasada. Não tenho nem coragem de sair de casa. Sei que há pessoas que estão contentes com nossa desgraça, mas quem ri por último ri melhor. Nós vamos dar a volta por cima. Rogério vai provar que é inocente.

Marilda entendeu a indireta. Ia responder, mas Ronaldo falou primeiro:

— Não devemos nos incomodar com a maldade dos outros. Os verdadeiros amigos certamente estão torcendo por nós.

— Desde que saiu o retrato de Rogério naquele jornal, eles sumiram. Recebemos só trotes no telefone.

Marilda, com voz firme, olhando-a nos olhos, disse:

— Estamos aqui com vocês para enfrentar a situação e fazer o que for possível para ajudar.

Quando Ronaldo pediu que o acompanhasse à casa da mãe, ela pensou em recusar.

— Ela não vai gostar de me ver — explicou. — Vai ser muito desagradável depois do que houve entre nós.

— Peço-lhe que esqueça o passado. Você agora faz parte de nossa família. Mamãe foi atingida no que ela tinha de mais forte: a vaidade e a preferência por Rogério. Deve estar sofrendo. Eu agradeceria muito se você fosse comigo e mostrasse que, apesar do que houve, não guarda nenhum ressentimento. Não pretendo estreitar relações com ela ou Rogério. Mas por papai gostaria de manter com eles um relacionamento pelo menos cordial.

Marilda concordou e, ao chegar, notou logo quanto ela estava abatida, emagrecera e havia perdido aquela postura ereta. Foi com sinceridade que ela disse aquelas palavras.

Mercedes olhou-a admirada, sem saber o que dizer, mas Romualdo chegou e ela ficou aliviada. Era-lhe difícil acreditar que Marilda não estivesse ressentida com ela.

Romualdo convidou-os para tomar café na copa e eles foram. Mercedes acompanhou-os. Não queria perder nada daquela conversa. Romualdo fora muito comedido e por certo não lhe contara tudo.

Meia hora depois, quando Rogério desceu para o café, surpreendido encontrou-os sentados à mesa, tomando café e conversando animadamente.

Parou na porta meio sem jeito. Ronaldo levantou-se imediatamente e foi abraçá-lo:

— Estou contente em vê-lo bem — disse sorrindo.

— Estou reagindo...

Marilda também se levantou e o abraçou.

— Que bom vê-lo. Ficamos preocupados com você.

Ele a abraçou admirado e respondeu:

— Os jornais exageram. Lamento que tenham interrompido a lua-de-mel por minha causa.

— Estávamos com saudade. Foi bom voltar — disse ela sorrindo.

Ela estava linda, exuberante, cheia de vida, e sua alegria fez Rogério esquecer momentaneamente seus problemas.

— Mas sentem-se, por favor. Continuem seu café.

Mercedes olhava-os pensativa. Habituada a emitir a última palavra, naquele momento não encontrava nada para dizer. Romualdo, emocionado, lembrava-se de que, na véspera, havia pedido ao espírito de sua mãe que o auxiliasse a harmonizar a família. Observando aquela cena, teve certeza de que mais uma vez seu pedido fora atendido.

26

Encolhida em um canto da cela, Marina olhava com raiva as mulheres à sua volta. Ela havia feito de tudo, gritado, implorado, ameaçado, exigido falar com um advogado, mas em vão. A resposta era sempre a mesma: ela estava incomunicável por ordem superior. No dia seguinte à sua prisão, havia sido interrogada e negou que tivesse conhecimento das atividades do marido.

Eles lhe disseram que Martinez estava preso e havia provas de que ela não só sabia como participava ativamente do tráfico de drogas.

Apesar disso, ela se negava a confessar. Achava que eles estavam blefando e que, se continuasse firme, teriam de libertá-la por falta de provas.

Aqueles quatro dias que estava na cela pareceram-lhe uma eternidade. Como ela fora presa em trajes de dormir, o inspetor mandou alguém apanhar algumas roupas na casa dela. Lurdes atendeu e, além das roupas, mandou alguns produtos de higiene e maquiagem.

Na cela havia pequena pia onde ela lavava o rosto e penteava os cabelos, mas não conseguira um lugar para um banho. Sentia-se suja e desconfortável.

O carcereiro aproximou-se dizendo:

— Você! Venha, me acompanhe.

Ela se levantou e o seguiu. Foi levada a uma sala onde se encontrava o inspetor Braga.

— Um advogado veio vê-la. Vou mandá-lo entrar.

— Finalmente — respondeu ela.

Um homem elegante, de meia-idade, entrou e o inspetor disse:

— Vocês têm cinco minutos.

Depois que ele se foi, Marina disse:

— De onde o conheço? Quem o mandou?

— Um amigo que se interessa em ajudá-la.

— Como ele se chama?

— Ele prefere ficar no anonimato.

Ela pensou em Rogério, mas não insistiu. Só ele poderia ter feito aquilo.

— Você precisa me tirar daqui. Não agüento mais ficar neste lugar.

— Sente-se, vamos conversar. Não é tão fácil assim. A polícia encontrou muitas provas contra você. Sua situação é complicada.

— Que provas podem ter? Meu marido é que era sócio de Martínez.

— Mas você participava das reuniões no depósito. Analisaram o material que encontraram no subterrâneo e está tudo lá, inclusive o fato de você comandar alguns negócios de que seu marido nem sabia.

— Eu tinha direito de pensar em meu futuro.

— Eu sei. Mas as provas agora estão nas mãos da polícia.

— Meu marido está com raiva de mim e vai tentar me culpar. Até tentou me matar naquele subterrâneo por ciúme.

— Seu marido morreu há dois dias. Não lhe disseram?

— Não... Ainda bem... Estou livre dele. O que interessa agora é que você me tire daqui. Faço qualquer coisa para conseguir minha liberdade.

— O delegado ainda não formalizou o inquérito, mas verei o que posso fazer. Como você é primária, vou ver se consigo que aguarde o julgamento em liberdade.

— Faça isso! Olhe, enquanto eu estiver aqui, gostaria de ficar em um lugar melhor, sem aquelas mulheres me olhando e ameaçando.

— Isso não é possível. Não há lugar e, pelo que sei, você não tem curso superior.

— Mas tenho dinheiro. Posso pagar o que eles quiserem.

— Cuidado com o que fala. Não posso oferecer dinheiro ao delegado. Agora tenho de ir. Nosso tempo acabou. Voltarei assim que estiver mais informado para planejarmos sua defesa.

— Não me deixe sem notícias. Quero saber como vão as coisas.

— Tente se acalmar e procure não criar problemas com ninguém.

O inspetor entrou avisando que era hora de sair. Ele se foi e Marina, ao passar no corredor para ser levada novamente à cela, encontrou-se com Ângela, acompanhada por Eduardo e o inspetor Braga.

Apesar de abatida e mais magra, Ângela estava muito elegante em seu costume azul. Marina gritou irritada:

— Você se faz de santa, mas está dentro de tudo isso como eu. Se estou presa, você também deveria estar. É uma injustiça!

O policial empurrou-a para a cela enquanto o inspetor fazia Eduardo e Ângela entrarem na sala onde iam prestar depoimento.

Ângela sentou-se no lugar que lhe foi indicado e o inspetor tornou:

— Lamento tê-la chamado no dia seguinte ao enterro de seu pai, mas seu depoimento é fundamental para esclarecer os fatos.

— Também estou ansiosa para acabar logo com tudo isso.

O inspetor começou a interrogá-la:

— Sei que você foi criada longe de seu pai. Alguma vez desconfiou da ligação dele com traficantes?

— Não. Como o senhor sabe, aos cinco anos fui internada no colégio, primeiro no Brasil, depois em Londres, e só retornei quando meu pai sofreu um atentado. Não voltava para casa nem nas férias.

— É estranho que ele houvesse se separado de sua única filha. Está claro que ele desejava protegê-la. Nunca desconfiou que ele mantivesse negócios perigosos?

— Nunca.

— Então como explica que, com seus amigos, tenha contratado um detetive para vigiá-lo?

— Nós contratamos o detetive Mílton para descobrir o que havia acontecido com minha mãe. Vou contar-lhe tudo.

Com palavras simples, Ângela relatou os acontecimentos, sem mencionar que Raul havia assassinado Angélica. E finalizou:

— O Dr. Adalberto e sua mulher, Dona Aurora, amigos íntimo de minha mãe, que como eu desejavam esclarecer tudo, sugeriram contratar o detetive.

O inspetor olhou-a pensativo. Se a mulher de Raul não concordava com o tipo de negócios com que ele se envolvera, era muito provável que eles a tivessem assassinado.

— Gostaria que nos detalhasse tudo que aconteceu em sua casa depois que voltou. Viu alguma coisa estranha? Os dois vigias que estavam na casa a ameaçaram de alguma forma?

— Eles nunca se envolviam comigo. Diziam que estavam lá para nos proteger, mas o tempo todo eu tinha a sensação de que isso não era verdade. Eles estavam lá para nos vigiar. Apesar disso, eu tinha toda a liberdade de sair, o que não acontecia com Marina. A esse tempo eu já desconfiava de que havia alguma coisa errada lá dentro.

— Continue. Como foi seu relacionamento com seu pai durante esse tempo?

Ângela contou tudo: como ele havia recuperado a lucidez, como se comunicavam por escrito, a descoberta do microfone, as conversas que mantivera com ele até a véspera do seqüestro e tudo que havia ocorrido no subterrâneo.

Apesar do sofrimento causado pelas recordações daqueles momentos, ela falava sem omitir nenhum detalhe.

— Em dado momento, eles levaram os dois e fiquei sozinha. Horas depois, trouxeram meu pai de volta. Ele estava inconsciente, delirava, dizendo coisas sem sentido. Percebi que estava mal e não pude fazer nada para socorrê-lo. No hospital, fiquei sabendo que ele sofrera um infarto.

Ângela fez uma pausa, tomou alguns goles de água que haviam colocado em sua frente, respirou fundo e continuou:

— Quando Marina voltou, fiquei sabendo que Martínez conversou com ela em uma sala mas na outra, onde meu pai estava, havia uma escuta. Papai ficou sabendo que ela o traía dentro da própria casa. Por isso, quando recuperou a lucidez, lembrou-se disso e atirou-se sobre ela apertando seu pescoço. Tentei separá-los, mas, como estava muito fraca, não consegui. Então Marina, desesperada, sem ar, deu violentos socos na cicatriz do ferimento, que começou a sangrar. Foi horrível.

— Estou sabendo disso. No material que recolhemos no subterrâneo encontramos a gravação da conversa de Martínez e Marina. Qualquer um ficaria furioso.

— O que aconteceu depois o senhor já sabe.

— Sei. Você deixou tudo muito claro.

— O que vai acontecer com Marina agora?

— Será julgada com a quadrilha de Martínez. Felizmente prendemos todos os que trabalhavam no Brasil. Com os documentos apreendidos, esperamos prender outros elementos no exterior.

Voltando-se para Eduardo, que ouvia em silêncio, ele continuou:

— Você não tem idéia de como nos ajudou. Sem suas informações, não teríamos encontrado o esconderijo e Martínez teria conseguido nos enganar. Quando aparecer outro caso misterioso, irei procurá-lo.

— Seria mais fácil se você mesmo pedisse ajuda a eles.

— Não obteria o mesmo resultado.

— Se, diante de um caso difícil, você se lembrar de fazer uma prece, vai se surpreender com o resultado.

— Talvez tenha razão. Vou tentar.

Eles foram liberados e já no carro Ângela tornou:

— Ainda bem que acabou.

— Receio que não. Você terá ainda de depor algumas vezes.

— Para quê? Já fiz o reconhecimento dos dois vigias e dos homens que consegui ver no subterrâneo.

— Precisa ser paciente. A polícia pode querer interrogá-la novamente até terminar o inquérito, e você ainda terá de depor no julgamento dos culpados.

Ela suspirou triste:

— É doloroso contar o que aconteceu; faz recordar, sofrer. É triste ver meu pai naquela UTI, nosso nome enxovalhado. Não sei o que seria de mim sem você.

— O pior já passou. As pessoas esquecem. Logo estaremos casados e farei tudo para vê-la sorrir novamente.

— Foi difícil voltar à nossa casa. Lurdes tem cuidado de mim com carinho. Ontem, vendo meu abatimento, foi dormir no sofá de meu quarto para não me deixar sozinha.

— Por que não se muda para minha casa? Ficaríamos muito felizes em recebê-la.

— Obrigada, mas não posso. Há muitas coisas que preciso resolver. O Dr. Adalberto e Dona Aurora prontificaram-se em ajudar-me com os documentos para o inventário e as providências que terei de tomar.

— Se você quiser, posso cuidar da parte legal.

— Será um grande favor.

— Também preciso de sua ajuda.

— Você?

— Sim. Quero que vá comigo agora ver as salas que aluguei para meu escritório. Estou indeciso com a decoração. Pode fazer-me esse favor?

O que ele queria mesmo era que Ângela esquecesse um pouco a tristeza dos últimos dias. Ela o acompanhou de boa vontade.

No escritório de Romualdo, ele, juntamente com Rogério, conversavam com o advogado que contrataram para defender Marina. O Dr. Bernardes, que fazia parte da equipe de advogados de seu escritório, era um bom criminalista.

Romualdo colocara-o no caso para que o filho desistisse de ir visitá-la na cadeia. Rogério, preocupado com Marina, só aceitou que Bernardes a defendesse depois de conhecê-lo e ver seu currículo.

— Ele é um dos melhores do País. Ela estará em boas mãos e você não será envolvido.

— Não posso abandoná-la agora.

— Você não a está abandonando. Ele cuidará de libertá-la e depois, quando ela estiver livre, você poderá vê-la.

Rogério aceitou. Um dia antes, Romualdo havia conversado com Bernardes, colocando-o a par dos fatos e pedindo:

— Faça o que puder por ela, mas o que quero mesmo é que Rogério perceba como essa mulher é perigosa e não a procure mais.

Enquanto Bernardes conversava na delegacia com Marina, Rogério ficou com o pai no escritório aguardando sua volta para saber as notícias. Quando o advogado retornou, ele perguntou ansioso:

— Como ela está?

— Nervosa, o que é natural.

— Quero saber tudo.

— Bem... O caso está complicado, inclusive você é suspeito de cumplicidade. Foi muito bom não aparecer lá para vê-la. A polícia dispõe de muitas provas contra ela. O marido está morto e, portanto, livre, mas ela e os homens de Martínez estão mal. Podem pegar muitos anos de prisão.

— Não é possível! Você tem de fazer alguma coisa para libertá-la.

— Farei o que puder. Mas receio que ela não corresponda. É voluntariosa, tem temperamento difícil. Isso também depõe contra ela. Notei que os policiais a tratavam com impaciência. Temo que arranje encrenca. Ela está encarcerada com outras mulheres. Queria que lhe arranjasse uma cela especial, mas, como ela não tem curso superior, não posso fazer nada. Aconselhei-a a ser paciente e não se envolver com ninguém. Faço votos de que me atenda.

— Quero que providencie para que nada lhe falte: roupas, comida, remédio, seja o que for. Soube que ela foi presa em traje de dormir.

— Ela estava vestida decentemente. Foram buscar roupas na casa dela. Mas fique tranqüilo. Mandarei uma assistente cuidar disso. Temos também de pensar em sua defesa. Para isso preciso colher informações, saber como vão as investigações. Depois falaremos. A você também peço paciência. Não faça nenhuma loucura. Eu cuidarei dela e farei o que você quiser.

— Enquanto isso, meu filho, cuide de você, de sua saúde. Precisa ficar bem. Vamos vencer essa parada.

— Isso mesmo, Romualdo. Vamos vencer.

Apesar de haver feito o que podia para ajudar Marina, Rogério sentia-se angustiado, nervoso, agitado. À noite não dormia e, quando pegava no sono vencido pelo cansaço, acordava sobressaltado, coração batendo descompassado, sentindo-se sufocar.

Levantava-se assustado, tomava água, deitava-se novamente, mas não queria dormir com receio de acontecer a mesma coisa de novo. No dia seguinte, ficava andando o tempo todo pela casa, não queria comer nem falar com ninguém.

Mercedes, assustada, foi falar com o marido:

— Você precisa chamar o médico. Rogério está cada dia pior. Se continuar assim, vai acabar mal.

— Tenho conversado com ele, mas sem resultado. O médico vai aumentar a dose de calmante, e não sei se isso é bom.

— Você precisa fazer algo. Há três dias ele não faz outra coisa. Não agüento mais ver meu filho andando de um lado para o outro, nervoso, abatido, sem querer comer. Ele perdeu a vontade de viver!

— Vou conversar com ele novamente.

Romualdo chamou-o, tentou conversar, mas Rogério só se interessava quando o pai falava de Marina. Desanimado, Romualdo não sabia mais o que fazer. Por isso, naquela noite rezou muito pedindo inspiração para encontrar uma saída.

Esperou um pouco, mas ela não veio. Apesar disso, sentiu-se mais calmo, deitou-se e logo adormeceu. Foi de madrugada que ele acordou ouvindo um grito terrível.

Assustado, saltou da cama e prestou atenção: era Rogério, que continuou gritando. Correu para o quarto dele e no corredor esbarrou com Mercedes, que também ouvira o barulho. Ambos entraram no quarto.

Rogério estava sentado na cama, pálido, tremendo muito, olhos esbugalhados, gritando:

— Socorro! Acudam! Ele quer me matar. Levem-no daqui!

Romualdo correu para ele:

— Calma, filho. Sou eu. Você teve um pesadelo.

— Não. Eu vi. Era Raul! Quer se vingar de mim. Apertou meu pescoço e quase me matou. Chamem a polícia! Ele não está morto!

— Será? — disse Mercedes, assustada.

— Ele está vivo, mãe. Quer me matar! Chamem a polícia.

— Isso não é verdade. Raul está morto e enterrado. Você teve um pesadelo.

Rogério tremia e sacudia a cabeça, dizendo apavorado:

— Não foi pesadelo, não. Olhem: ele está aqui, me ameaçando. Diz que vou pagar. Chamem a polícia.

— Ele está delirando — disse Mercedes, colocando a mão na testa dele para verificar a temperatura.

Rogério levantou-se de um salto e foi para um canto do quarto gritando nervoso:

— Fora daqui! A polícia vai chegar e você será preso!

Romualdo aproximou-se dele tentando acalmá-lo, jurando que Raul havia morrido mesmo, mas nada conseguiu. Rogério gritava fora de si, apontando ora para um lado ora para outro, conversando com Raul.

Romualdo começou a pensar que aquilo podia ser verdade, que o espírito de Raul Guilherme estava mesmo lá. Fechou os olhos e tentou fazer uma prece mental, mas Rogério gritou:

— Ele está rindo. Diz que não adianta rezar, que ele vai se vingar de qualquer jeito!

Romualdo teve certeza de que o espírito de Raul estava realmente lá, cheio de rancor, prometendo vingar-se. Precisava agir depressa. Disse a Mercedes:

— O espírito de Raul está aqui. Vou chamar uma pessoa que sabe lidar com isso. Enquanto telefono, você reze.

— Espírito?! Que horror! Não é possível! Não acredito nisso!

— Não é hora de dar sua opinião. Estou dizendo para rezar. Pense em Deus, peça ajuda.

Ela tremia assustada.

— Cuide de Rogério para que não saia deste quarto.

Romualdo procurou o telefone de Eduardo e ligou. Assim que ele atendeu, contou o que estava acontecendo. Eduardo prontificou-se em ir até lá.

Romualdo voltou ao quarto do filho e encontrou-o caído no chão.

— Ele desmaiou. O que vamos fazer? Chame o médico! — disse Mercedes.

— Acalme-se. Ajude-me a colocá-lo na cama.

Colocaram-no no leito e Mercedes, inconformada, aos prantos, sacudia-o chamando:

— Filho, acorde! Volte a si. Estamos aqui.

Romualdo apanhou um copo com água e deu-o a ela.

— Acalme-se. Ele logo estará bem. Beba esta água.

— Como pode ser tão indiferente? Nosso filho está mal. Temos de chamar uma ambulância, levá-lo a um hospital.

— Desse jeito você não está ajudando. Sei que é difícil para você, mas o melhor é se acalmar. Embora você não acredite nessas coisas, tenho certeza de que a vida continua depois da morte. E, se Rogério disse que Raul estava aqui, eu acredito.

Ela soluçava nervosa:

— Não é possível que você, um homem culto, acredite em uma coisa dessas! Está negando socorro a seu próprio filho! Se algo acontecer a ele, você será o responsável. Vou chamar uma ambulância. Não posso compactuar com essa omissão. Vou socorrer meu filho!

— Eu a proíbo de tomar qualquer providência. Já chamei a pessoa que poderá ajudá-lo. Se não quiser rezar, saia do quarto. Deixe-me só com ele.

— Isso não! Vou ficar.

— Então faça alguma coisa útil. Reze por ele.

A campainha tocou e imediatamente Romualdo foi abrir: Eduardo entrou acompanhado pelo pai.

— Desculpe incomodá-los a esta hora.

— Não se preocupe com isso. Como está ele?

— Depois que lhe telefonei, ele perdeu os sentidos.

— Vamos vê-lo.

Os três subiram e, enquanto Mercedes os olhava surpreendida, Eduardo aproximou-se de Rogério e colocou a mão sobre a testa dele.

— Calma, Rogério. Vamos ajudá-lo.

Rogério estremeceu, mas não respondeu. Eduardo pediu:

— Ajudem-me fazendo uma prece para Raul Guilherme.

Mercedes ia dizer alguma coisa, mas Romualdo fez-lhe um sinal enérgico para que ficasse calada. Eduardo fechou os olhos por alguns instantes. Depois, olhando os pés da cama de Rogério, disse com voz firme:

— Deixe-o em paz. Você está mal, precisa de ajuda. A vingança só vai agravar seu estado... Quem é você para julgar? Largue-o. Deixe-o voltar para o corpo.

Na cama, o corpo de Rogério estremecia de vez em quando. Depois de ligeira pausa, Eduardo continuou:

— É hora de você pensar no que fez de sua vida, nos sofrimentos que causou para Angélica e Ângela. Elas merecem encontrar a paz.

Eduardo conversava com Raul ouvindo suas respostas, sem que

os demais ouvissem. Raul tentava justificar-se acusando Rogério pela traição.

Eduardo argumentava tentando convencê-lo a seguir seu caminho, mas ele não atendia. Foi então que Angélica apareceu diante de ambos, cheia de luz. Na mesma hora, Raul calou-se assustado.

— Você vem pedir-me contas do passado?

— Não — respondeu ela. — Sei que você estava iludido. Vim para mostrar-lhe o caminho do perdão. Assim como eu há muito o perdoei e encontrei minha paz, quero que você também perdoe a quem o feriu. Esse será o preço de sua libertação. Perdoe agora e poderemos aliviar seu sofrimento, ajudá-lo a encontrar a felicidade.

— Não. Não posso. Não quero esquecer. Eles vão pagar.

Dizendo isso, ele desapareceu e Angélica voltou-se para Eduardo:

— Precisamos ser pacientes. Um dia ele vai entender. Agradeço o que estão fazendo por nós. Que Deus os abençoe.

Ela desapareceu e Eduardo colocou a mão na testa de Rogério, chamando:

— Acorde, Rogério. Volte. Ele não está mais aqui.

No mesmo instante Rogério abriu os olhos, examinando em volta, tentando se situar.

— Está tudo bem, Rogério. Ele se foi. Vamos agradecer a Deus a ajuda que recebemos.

Eduardo fez uma prece comovida e, quando acabou, Rogério havia recuperado os sentidos.

Mercedes, admirada, observava calada.

— E então, sente-se melhor? — indagou Eduardo.

— Sim. Estou aliviado, mas com muito medo. Tem certeza de que ele se foi mesmo?

— Tenho.

— Foi horrível. Eu estava sonhando e Raul estava correndo atrás de mim. Acordei e vi que não era sonho. Ele estava mesmo aqui. Pálido, magro, olhos cheios de ódio...

— Vi que ele tinha duas feridas no peito que sangravam.

— Isso mesmo. Como pode ser? Ele não morreu. Temos de chamar a polícia.

— O corpo dele morreu, mas seu espírito continua vivo. A morte é apenas uma mudança de estado e de lugar.

— Ele sabe de tudo, quer vingar-se. Estou apavorado. Ele pode voltar. O que devo fazer para evitar isso?

— Pedir a ajuda espiritual, aprender a lidar com as energias que estão à sua volta.

— Como fazer isso?

— Posso emprestar-lhe alguns livros, trocar idéias com você sobre as leis de influências.

Enquanto conversavam, Mercedes observava admirada que as cores haviam voltado ao rosto de Rogério, que se mostrava muito interessado em continuar a conversa.

O dia estava amanhecendo e Romualdo convidou Ramiro para descer e tomar um café na copa. Mercedes foi com eles para chamar a criada e preparar um bom lanche. Ela, sempre tão falante, estava muda. Não se atrevia a dizer nada. Quando a mesa estava posta e o café sendo servido, ela perguntou ao marido:

— Vamos mandar servir os dois lá em cima?

— É melhor esperar que eles venham. Sinto que essa conversa que estão tendo é muito importante.

Mercedes olhou para o marido e não disse nada. Ele estava mudado: mais seguro, havia em seus olhos um brilho novo, e ela foi forçada a reconhecer que, em meio àquela confusão, ele sabia o que estava fazendo.

No quarto, Rogério sentia-se bem. Suas preocupações eram evitar que Raul não lhe aparecesse de novo e saber quando Marina estaria livre. Dizia admirado:

— Nunca vi ninguém como você. Sempre pensei que essa história de espíritos fosse ilusão de pessoas ignorantes. Ainda bem que meu pai sabia desse seu dom e o chamou.

— Há muitas pessoas como eu. Estamos rodeados de espíritos iluminados que se esforçam para nos inspirar bons pensamentos.

— Estou preocupado com Marina. Gostaria que perguntasse a seus amigos espirituais o que fazer para libertá-la.

Eduardo sorriu e respondeu:

— Os espíritos são muito disciplinados. Só falam ou fazem o que têm permissão de seus superiores. Devo esclarecer que a óptica deles é diferente da nossa.

— Mas, se eles estão do nosso lado para auxiliar, certamente vão querer libertar Marina.

— Eles vêem além de nossos sentidos e sabem o que será melhor. Possuem uma visão ampla que engloba o passado e o futuro. Enquanto nosso objetivo é conseguir alguma coisa no presente, o deles é o progresso, o amadurecimento do espírito.

— Eles vão querer libertar Marina. Na situação em que se encontra, ela nunca vai progredir.

— Depende. Se a vida a colocou lá, foi porque é hora de Marina arcar com as conseqüências de suas atitudes. E, se for assim, ninguém conseguirá libertá-la.

— Isso seria um castigo! Ela não merece. É jovem, deixou-se seduzir pela vontade de ser rica e casou com Raul. Esse foi seu crime.

— Não vamos entrar no julgamento. Não sabemos como as coisas aconteceram. O que posso dizer é que, quando a pessoa entra no erro, a vida procura chamar a atenção para que ela se corrija. Mas, se ela não atende, a vida vai apertando o cerco, colocando em seu caminho situações mais duras, até sensibilizá-la para uma atitude melhor.

— Nenhum espírito lhe disse o que vai acontecer com ela?

— Não. Estou apenas dizendo como as coisas são. No momento, o melhor que tem a fazer é rezar por ela.

— Isso me parece ingênuo. Será que funciona?

— Experimente. A prece nos liga com os espíritos do bem, e a ajuda é imediata, nem sempre da forma que desejamos, mas do jeito que é melhor na visão deles. Tenha calma. Espere as coisas se acalmarem. Seja otimista. Agora preciso ir.

Rogério desceu com ele e Romualdo os chamou para um café. Rogério sentiu fome e sentou-se para comer. Mercedes o observava atenta. De fato, ele estava melhor. Rosto distendido como havia tempos ela não via, amável com Eduardo e muito interessado em falar sobre espiritualidade.

O espírito de Marta, que os observava, sorriu contente. Rogério estava se recuperando. Havia em seus olhos um brilho de interesse ao fazer perguntas sobre vários assuntos da vida espiritual, as quais Eduardo respondia com boa vontade.

N os dias que se seguiram, Rogério achegou-se mais ao pai. Acordava cedo, tomava café com ele, depois o acompanhava ao escritório, onde esperava obter notícias de Marina por intermédio de Bernardes. O inquérito estava em andamento e na delegacia os interrogatórios continuavam. Pai e filho almoçavam juntos e voltavam ao escritório, onde Romualdo conversava com os outros advogados, informando-se sobre os processos em andamento. Embora ele não advogasse, interessava-se em ouvir os casos e dar opiniões. Rogério ouvia com interesse, fazendo perguntas.

No fim da tarde voltavam juntos para casa. Depois que o escândalo saíra nos jornais, Romualdo deixara de ir ao clube fazer hora para o jantar.

Rogério comentou:

— Você gostava de ver os amigos no clube e deixou de ir. Sei que sente vergonha, mas a culpa é minha.

— Não, meu filho. Não é culpa de ninguém. Errar é humano e acontece em todas as famílias. Não tenho ido ao clube porque mudei. Cansei daquelas conversas. Lá só ficávamos comentando sobre a vida alheia, falando banalidades. Eu saía entediado. Prefiro ir para casa estudar meus novos projetos.

Rogério interessou-se e Romualdo falou com entusiasmo sobre esses planos.

— Quando você fala nisso, parece que rejuvenesce. Gostaria de sentir esse entusiasmo.

— Decidi que não vou levar sua mãe em minhas viagens. Quero ficar livre para dedicar-me o tempo todo a meu projeto. Talvez você queira ir comigo.

— Não posso. Quando Marina sair, estarei esperando.

Romualdo olhou-o triste, mas não disse nada. Ele esperava que com o correr do tempo Rogério mudasse de opinião.

Uma manhã, alguns dias depois, ao descer para o café, Rogério encontrou um oficial de Justiça à sua espera. A polícia estava intimando-o a comparecer à delegacia no dia seguinte. Rogério imediatamente ligou para o advogado, que se prontificou a acompanhá-lo.

Mercedes, que presenciara a visita do oficial, comentou temerosa:

— O que será que a polícia ainda quer de você? Já falou tudo que sabia.

— Isso é assim mesmo — tornou Romualdo. — Rogério terá de comparecer à delegacia quantas vezes o chamarem. E também comparecerá ao julgamento até o encerramento do caso.

Eles chegaram à delegacia e foram conduzidos a uma sala onde o inspetor Braga os esperava. Mílton estava com eles.

Depois dos cumprimentos, Braga disse:

— Chamei-o aqui para que esclareça alguns detalhes.

— Eu já disse tudo que sabia.

— Há um ponto que preciso esclarecer. Você vendeu seu apartamento para financiar a fuga. Recebeu uma boa importância que daria para os primeiros tempos. Sei que Marina é ambiciosa e nunca se conformaria em viver modestamente. Que planos ela tinha para o futuro?

— Bom, ela garantiu que o dinheiro do apartamento serviria para nos tirar do País. Quando acabasse, não sei... Teríamos de trabalhar.

— Você não está dizendo a verdade. Parece que não se deu conta de que está muito encrencado. Poderá ser considerado cúmplice de Raul e pegar de dez a quinze anos de prisão.

— Não tenho nada a ver com aqueles traficantes.

— Até acredito, mas terá de provar isso na Justiça. Se cooperar conosco, posso dar um jeito.

— Não quero prejudicar Marina. Ela é inocente; Raul é que tinha negócios com Martínez.

— Você está equivocado em relação a ela. Afirmo que ela também é culpada. Descobrimos provas de que Marina mantinha negócios com Martínez escondido do marido. Ela não merece que você se prejudique para ajudá-la. Marina usou você para fugir e pretendia abandoná-lo assim que estivessem fora do País.

— Não acredito. Ela me ama! O senhor está dizendo isso para me convencer.

— Posso provar o que estou dizendo. Mílton, traga a fita.

Mílton saiu e voltou em seguida. Colocou o gravador sobre a mesa e apertou um botão. Primeiro ouviram a conversa de Raul com Martínez, depois a de Martínez com Marina.

À medida que ouvia, Rogério foi modificando a expressão do rosto. Suas pernas bambearam e as mãos tremiam. Teria caído se não estivesse sentado. Quando a fita acabou, Braga indagou:

— E então?

Com voz trêmula, Rogério revelou tudo que sabia. Falou sobre as contas no exterior. Garantiu que Marina sabia os números e que era muito dinheiro. O inspetor prometeu que no inquérito ele não figuraria como suspeito mas como um inocente útil.

Rogério saiu da sala de cabeça baixa, envergonhado. Como pudera ser tão ingênuo? As palavras de Ângela voltaram à sua mente: "Marina é egoísta e má. É capaz de chegar ao crime para conseguir dinheiro e poder."

Na porta da delegacia, o advogado tornou, satisfeito:

— Foi bom você ter cooperado. Tenho certeza de que sairá livre de qualquer culpa. Ficou claro que você foi enganado, iludido. O que faremos quanto a ela?

— Depois de hoje, não quero mais ouvir falar nessa mulher. Você tinha razão, pai: ela é esperta o bastante para arranjar um advogado e se defender. Não precisa de nós.

— Concordo. Vamos nos retirar do caso.

No carro, ao lado do pai, Rogério estava calado e triste. Sentia-se arrasado. Chegou em casa e foi para o quarto. Romualdo, preocupado, foi atrás. Vendo-o entrar, Rogério disse:

— Não se preocupe, pai. Estou bem. Só quero pensar no que aconteceu, tentar entender como me tornei uma presa fácil dessa mulher. Eu, que sempre me gabei de ser inteligente, esperto, disputado pelas mulheres, caí no conto dessa vigarista.

— Como eu disse, meu filho, errar é humano, e você é apenas um homem com pontos fortes e fracos, como todo mundo.

Romualdo desceu. Mercedes esperava-o na sala, ansiosa.

— Rogério voltou abatido, triste. O que fizeram com ele na delegacia?

— Mostraram-lhe a verdade, e foi o melhor que poderia acontecer.

— Mas ele não me parecia bem.

— A verdade dói, mas coloca as coisas na dimensão certa. Ele está sofrendo porque descobriu que foi enganado, mas tenho certeza de que depois de hoje ele nunca mais vai querer falar nessa mulher.

Mercedes sorriu aliviada.

— Conte-me: o que foi que ela fez?

— A polícia possui uma fita com a gravação de uma conversa entre Marina e o chefe dos traficantes. Ficou claro que ela não amava Rogério. Ela estava usando-o para fugir e pretendia deixá-lo assim que estivessem fora do País.

— Que horror!

— Não ficou nenhuma dúvida quanto a seu caráter. É falsa, interesseira, perversa.

— Meu Deus! Ele deve estar arrasado. É melhor eu falar com ele. Receio que faça alguma besteira.

— Ele não vai fazer nada. Está envergonhado por ter sido enganado. Nós nos retiramos do caso a pedido dele.

— Mas... e ele?

— Está tudo bem. O delegado sabe que ele não é cúmplice de Raul. Será chamado apenas para contar o que sabe. Bernardes acha que tudo vai acabar bem. Agora só nos resta esperar que ele reaja e trate de recuperar o tempo perdido.

— Recuperar como?

— Rogério precisa dar um rumo à sua vida. Não vou permitir que continue sem fazer nada. Já conversamos e ele decidiu deixar a faculdade.

— Naturalmente você tentou convencê-lo a não fazer isso.

— De forma alguma. Ele não gosta de estudar. Não se sente motivado a continuar fazendo aquele curso. Resolveu dar um tempo, e eu achei bom.

— Ninguém gosta de estudar, mas é preciso. Vocês estão errados.

— Não, Mercedes. Ele estava errado e você ainda está. Não se pode forçar a vocação. Estudar por obrigação é terrível, mas estudar assuntos de que você gosta, pelos quais sente motivação, é muito prazeroso. Espero que um dia Rogério descubra isso. Depois, ele foi educado valorizando regras sociais de aparências, e agora percebeu como elas enganam. Os valores nos quais ele acreditava eram falsos. Terá de rever suas crenças, suas prioridades, procurar novos caminhos. Isso requer tempo, mas espero que ele consiga dar um rumo melhor à sua vida.

Mercedes baixou a cabeça, pensativa. As crenças dele fora ela quem as ensinara. Fora educada dessa forma e nunca as questionara. Pensara estar certa, mas agora reconhecia que aquelas crenças não foram suficientes para torná-la feliz. Ela estava enganada. As pessoas que considerava importantes foram as primeiras a tripudiar sobre sua desgraça.

Em meio ao tumulto dos acontecimentos, ninguém aparecera para confortá-la. Sentia-se amargurada, triste.

— Sabe, Mercedes, eu também me senti assim como ele e acredito que você esteja sentindo o mesmo. Mas foi bom ter percebido como as coisas são e como me tornei um homem entediado, iludido, obrigando-me a fazer tudo que não gosto. Foi por isso que tomei a decisão de cuidar da minha vida do meu jeito. Daqui para a frente, farei apenas o que gosto. Não vou escrever mais romances. Não tenho prazer nem capacidade para fazer isso.

— O que vai fazer, então?

— Procurar minha verdadeira vocação. Quando tiver certeza, farei o que for preciso. Também não vou mais freqüentar a sociedade. Não como antes.

— Ficará isolado, como eu fiquei por causa do escândalo.

— A opinião dos outros não me interessa. Nunca prejudiquei ninguém, e sinto-me bem assim. Sou um homem digno. Pretendo conhecer pessoas boas e tenho certeza de que as encontrarei. Sabe, Mercedes, quando somos sinceros e apreciamos as pessoas pelas qualidades que possuem, independentemente da situação financeira, da posição social e do nome que ostentam, encontramos verdadeiros amigos.

— Eu nunca mais confiarei em ninguém.

— Não adianta você se isolar a pretexto de evitar a maldade alheia. Há muitas pessoas sinceras, cuja amizade pode nos trazer alegria e conforto. Conheço algumas assim...

— Quem, por exemplo?

— Eduardo e o pai. Ângela, Rosana, Marilda, Ronaldo...

Mercedes estremeceu:

— Aquelas duas não! Você está enganado.

— Você é quem está perdendo, por não conviver com elas. Naquela casa simples, aprendi grandes lições de dignidade e respeito. Se você não fosse tão implicante, poderia usufruir da amizade deles todos. Tenho certeza de que encontraria conforto e carinho. Mas, para isso, teria de se despir do preconceito.

— Não sou preconceituosa.

— É, sim. Desde o primeiro dia implicou com elas, sem as conhecer. O que é isso, senão preconceito? Elas sempre a trataram com respeito e nunca lhe fizeram mal.

— Ela estava dando em cima de você!

— É mentira. Se a conhecesse, não diria isso. Aquele detetive lhe disse que nunca houve nada entre nós. Estávamos apenas ajudando nossos filhos nos preparativos do casamento. Os quatro passamos momentos muito agradáveis juntos e você, se não estivesse tão maldosa, poderia ter desfrutado conosco aquelas alegrias. Muitas vezes falamos sobre isso, lamentando você não estar participando.

— Você diz isso agora, mas nunca me convidou para ir junto.

— Do jeito que você estava, não podia.

— O que sei é que você mudou depois que começou a ir àquela casa.

— Mudei mesmo. Encontrei lá um ambiente de família tão bom que me fez recordar a infância. Estou lhe falando isso porque as pessoas que mencionei foram as únicas que nos apoiaram em nossos momentos de dificuldade. Ronaldo e Marilda voltaram antes da viagem de núpcias para nos confortar. Eduardo, seu pai e Ângela, que tinham tudo para sentir raiva de Rogério, uma vez que ele estava conluiado com Marina, fizeram tudo para nos auxiliar. Todos, inclusive Rosana, rezaram, conversaram com Rogério, tentando ajudá-lo.

— Do jeito que você fala, a ruim sou eu...

— Não, Mercedes. Você não é ruim, mas ainda está iludida. Continua acreditando que nosso filho não tem pontos fracos, que as pessoas que nos reverenciavam em sociedade eram sinceras. Abra os olhos antes que seja tarde demais. Ainda é tempo de revermos os velhos conceitos e buscarmos um relacionamento mais verdadeiro.

— Você se separou de mim. Está dormindo no quarto de hóspedes. Não me ouve mais, está fazendo planos e sinto que não me incluiu neles.

— Casei com você por amor, gosto muito de você. Mas mudei. Não pretendo continuar levando a vida que tivemos até agora. Quero ser feliz, viver melhor. Incomoda-me olhar as pessoas pelo lado ruim. Quero aprender a ser generoso, alegre. Contudo não tenho o direito de obrigá-la a viver a meu lado fazendo coisas que não lhe agradam.

— Você quer a separação.

— Não foi isso que eu disse. Mudei o rumo de minha vida. Não quero obrigá-la a me seguir. Deixo você livre para escolher seu caminho. Pode continuar a ser como sempre foi, mas, se compreender tudo que eu lhe disse e desejar mudar, poderemos fazer uma tentativa. Estou disposto a ajudá-la a descobrir qual caminho a fará feliz.

Os olhos de Mercedes encheram-se de lágrimas e Romualdo continuou sério:

— Pense, Mercedes. Pense, analise sua vida, suas crenças, procure distinguir as falsas e as verdadeiras. Temos tempo. Enquanto Rogério não estiver liberado pela Justiça, não tomarei nenhuma decisão.

Mercedes foi para o quarto. As palavras do marido mexeram com seu emocional. Naqueles dias de solidão e apreensão, muitas vezes se perguntara por que estavam envolvidos naquela situação.

O que levara seu filho querido a proceder de forma tão leviana, a mentir, a descer tão baixo por causa de uma mulher? Não encontrara respostas.

Era-lhe difícil admitir que havia se equivocado com Rogério, que ele não era como ela havia imaginado. Esperava que alguma coisa acontecesse que viesse a provar que todos estavam enganados, que ele era inocente. Mas os fatos provaram o contrário. A vergonha, o descrédito, a crítica, a mudança do marido machucaram sua vaidade. Mergulhou na depressão e chegou à conclusão de que não haveria mais saída para ela.

Nunca mais seria feliz. Seu marido iria embora, seu filho poderia ser preso, ela acabaria sozinha e triste, trancada em casa, sem ninguém que a confortasse.

Havia se enganado com relação ao filho, mas, depois do que Romualdo lhe dissera, começou a pensar que poderia estar enganada também com relação a Rosana e Marilda.

Romualdo mencionara o assunto com naturalidade, afirmara que nunca houve nada entre ele e Rosana. O detetive dissera o mesmo. Estaria enganada? Romualdo não a havia traído?

Precisava pensar melhor, encontrar a verdade. Romualdo deixara claro que respeitaria sua decisão, mas que, para viver ao lado dele, ela precisaria mudar.

Enquanto Mercedes pensava e Rogério fazia o mesmo, Romualdo foi para o escritório, apanhou suas pesquisas de viagem e sentou-se para estudá-las. Sentia-se aliviado. Conseguira se colocar com sinceridade e notou que Mercedes o ouvira.

Estava seguindo o rumo que lhe pareceu mais adequado. Rogério se achegara mais e ele tinha oportunidade de ajudá-lo a encontrar o próprio caminho.

Pensou em sua mãe e fez uma prece de agradecimento. Tinha certeza de que ela os estava auxiliando.

Na manhã seguinte, passava das nove quando Rogério desceu para o café e encontrou os pais à mesa. Cumprimentou-os, sentou-se, serviu-se. Ninguém tocou nos assuntos da véspera. Quando terminaram de comer, Rogério perguntou:

— Pai, poderia emprestar-me aquele livro?

— Sim. Vamos subir.

No escritório, Romualdo entregou a ele *O Livro dos Espíritos*.

— É um livro fascinante. Você vai gostar.

— Não conheço o autor.

— Foi um professor francês que escreveu livros didáticos e quando pesquisou os fenômenos espíritas usou o pseudônimo de Allan Kardec, para separar uma coisa da outra. Já o escritor Arthur Conan Doyle, criador do detetive Sherlock Holmes, após pesquisar os mesmos fenômenos escreveu o livro *História do Espiritismo*, mas não usou pseudônimo.

— Conan Doyle acreditava em espíritos?

— Claro, senão não teria escrito essa obra.

Foi à estante, pegou o livro.

— É este.

— Acho que o lerei primeiro. Pensei que houvesse lido tudo de Conan Doyle.

— É um livro muito bom. Mas não deixe de ler o outro.

— Lerei os dois.

Rogério sentou-se em uma poltrona e começou a ler. Romualdo, satisfeito, apanhou seus roteiros, sentou-se e começou a estudá-los.

Rogério, à medida que lia, crivava o pai de perguntas. A certa altura, Romualdo disse:

— Vou ligar para Eduardo e convidá-lo para jantar aqui em casa. Assim você poderá fazer todas as perguntas que quiser. Eu li, gostei, mas não sei responder tudo que quer saber.

— Faça isso. Vou anotar as dúvidas.

Romualdo foi ao telefone e fez o convite. Eduardo estava com

Ângela arrumando o novo escritório para onde havia transferido sua empresa de consultoria.

Eles aceitaram e Romualdo, satisfeito, ligou para Ronaldo, convidando-o também. Ele prometeu ir, juntamente com Marilda.

— Gostaria que trouxessem Rosana.

— Ela não vai aceitar, pai. Depois, mamãe pode ficar zangada.

— Estive conversando com sua mãe. Não creio que seja indelicada. Insista com Rosana para vir. Diga-lhe que lhe peço este favor. Espero que possamos acabar com esta situação desagradável. Afinal, somos uma família.

— Vou tentar.

Romualdo desligou e procurou Mercedes. Bateu na porta do quarto e, quando ela abriu, ele tornou:

— Esta noite teremos convidados para o jantar: Ângela, Eduardo e o pai, Ronaldo, Marilda e Rosana.

Mercedes estremeceu, mas perguntou apenas:

— A que horas?

— Às oito.

— Deseja algum prato especial?

— Deixo a seu critério.

Satisfeito, Romualdo retornou ao escritório e recomeçou os estudos.

Rosana chegou à casa de Marilda levando alguns biscoitos que havia feito e notou logo que ela estava pensativa, mais calada que o habitual. Quando se sentaram na sala para conversar, Rosana perguntou:

— Aconteceu alguma coisa? Você me parece preocupada.

— Bem, esta noite tive um sonho que me deixou pensando...

— O que foi?

— Sonhei que uma moça muito bonita entrou em meu quarto e me disse: "Sou Vera. Lembra?" Ela me parecia muito familiar e eu me lembrei que Eduardo várias vezes me falou nela. E respondi: "Lembro do que Eduardo disse sobre você". Então, mãe, ela me contou uma história muito triste. Disse que, em minha última encarnação, eu e Ronaldo nos apaixonamos. A mãe dele não queria nossa união, então fugimos para casar. Os familiares dele eram nobres e muito ricos; eu era filha de uma artista famosa. Naquele tempo, uma artista era vista como uma mulher leviana, e por isso a mãe dele não queria o casamento.

— Acho que sei quem é essa mulher — comentou Rosana.

— É Dona Mercedes. Vera me disse. Ela fingiu que nos perdoava e aceitava nosso casamento, mas era mentira. Depois de certo tempo, armou uma cilada para mim. Uma noite, serviu-me um chá no qual havia colocado um sonífero e eu adormeci. Ela pagou um rapaz para ir se deitar comigo. Ronaldo havia viajado e, ao chegar naquela noite, nos encontrou desnudos, dormindo juntos em nossa cama. Ficou louco, quis nos matar, mas sua mãe estava preparada e o impediu. Fui expulsa daquela casa e Ronaldo nunca me perdoou. Só descobriu a verdade quando morreu e voltou ao astral. Ela disse que você também foi minha mãe naquele tempo.

— Por isso sentia tanto medo desse casamento. Precisamos estar alertas para que ela não volte a fazer o mesmo. Pelo que já tentou fazer, dá para notar que não mudou nada.

— Não é o que Vera diz. Ela garantiu que o espírito de Mercedes está amadurecendo. Disse que ela preferia Rogério porque Ronaldo nunca fez o que ela queria. Já naquele tempo, depois que ele se separou de mim, nunca mais foi feliz. Viveu amargurado, triste. No astral, quando descobriu a verdade, ficou revoltado contra ela. Levou muito tempo para perdoar, e foi a custo que concordou em renascer tendo-a como mãe. Ela jurou estar arrependida, mas, quando chegou aqui, retomou antigos hábitos. Quando nos conheceu, mesmo sem se lembrar, sentiu raiva e fez o que pôde para impedir o casamento.

— Mas desta vez ela não conseguiu.

— Vera garantiu que ela está sofrendo muito com o caso de Rogério. Tudo em que ela acreditava ruiu e ela sabe que precisa mudar. E agora vem a parte mais difícil.

— Qual é?

— Vera nos pediu para cooperar na recuperação dela.

Rosana meneou a cabeça negativamente.

— Não sei. Nós nunca lhe desejamos mal. Ela é que fez tudo.

— Foi isso que eu disse. Mas Vera alega que ela amadureceu, e nos pede para ajudar.

— Ela disse o que temos de fazer?

— Não. Disse apenas: "A oportunidade vai surgir; espero que não a recusem". Ela repetiu essas palavras várias vezes. Acordei ouvindo-a dizer isso. Foi tão forte! Tenho certeza de que não foi um sonho comum. Eu estive com ela.

— Eu acredito. Bom, vamos esperar e ver o que acontece.

Ronaldo chegou para o almoço, abraçou-as com carinho e depois disse:

— Meu pai nos convidou para jantar na casa dele esta noite. Eduardo e Ângela também estarão lá. Por isso eu aceitei. Sei que você gosta deles.

— Gosto muito.

— Papai está tentando ajudar Rogério. Por isso quer aproximá-lo de nós. Principalmente de Eduardo.

— É bom.

Ronaldo hesitou um pouco, depois disse dirigindo-se a Rosana:

— Meu pai pediu que a senhora também fosse, como um favor especial a ele.

Rosana trocou olhares com Marilda e perguntou:

— O que mais ele disse?

— Que conversou com mamãe e gostaria de acabar com o desentendimento entre ela e nós. Respondi que ia tentar, mas sei que a senhora não vai querer ir depois do que ela lhe fez.

Rosana ficou calada por alguns instantes, depois respondeu:

— Pois eu vou. É preciso dar a ela uma oportunidade de nos conhecer melhor e saber que somos pessoas de bem.

Ronaldo abraçou-a emocionado:

— Puxa, Dona Rosana, a senhora sempre me surpreende.

Mercedes passou a tarde cuidando dos preparativos. Afinal, fazia tempo que não recebia ninguém. Mas perguntava-se se Rosana iria. Tinha quase certeza de que não. Se estivesse no lugar dela, certamente recusaria o convite.

Fez questão de cuidar de sua aparência. Queria mostrar a Romualdo quanto era capaz. Seus convidados seriam tratados regiamente.

Faltavam dois minutos para as oito quando Ronaldo chegou com Marilda e Rosana. Romualdo e Rogério receberam-nos afetuosamente e Mercedes, embora sentindo o coração bater descompassado, beijou a nora, abraçou o filho e estendeu a mão a Rosana.

— Como vai, Rosana?

— Bem. Obrigada pelo convite.

Romualdo e Ronaldo respiraram aliviados. Afinal, o gelo fora quebrado. Pouco depois, Ramiro, Eduardo e Ângela chegaram.

Acomodados na sala, a conversa fluiu com naturalidade. Rogério crivava Eduardo de perguntas sobre a comunicação dos espíritos. Romualdo e Ramiro tomavam parte na conversa. Marilda sentou-se ao lado de Ângela e perguntou:

— Como vão as coisas?

— Ainda estou me recuperando. Não vejo a hora em que tudo acabe, para que eu possa esquecer.

Mercedes, que se sentara ao lado delas, disse:

— Eu também. Nunca pensei em passar o que estamos passando.

Rosana acomodara-se ao lado de Marilda e disse pensativa:

— Felizmente o tempo suaviza a ferida. Nós também não esperávamos passar pelo que passamos, mas tivemos de enfrentar.

— O que me ajudou muito foi ter conhecido a espiritualidade — comentou Ângela. — Eduardo deu-me provas de que a vida continua depois da morte, e isso me confortou. Fez-me olhar a vida de maneira diferente. Apesar disso, sei que o espírito de meu pai ainda não encontrou paz.

— Como sabe? — indagou Mercedes, curiosa.

— Ele está muito revoltado. Pensa em vingança. Veio atormentar Rogério e depois foi atrás de Marina na prisão.

— Foi? — indagou Marilda, admirada.

— Sim. O detetive Mílton nos contou que anteontem de madrugada Marina teve uma crise gritando e se debatendo, pedindo que tirassem Raul da cela. Como ela não parava, foi preciso dopá-la. Disseram que ela teve um ataque de loucura, mas Eduardo disse que era o espírito dele que a estava atacando.

— Que horror! — disse Mercedes. — Então ele pode voltar a atacar Rogério!

— Eduardo disse que Rogério está protegido. Ele foi envolvido. O caso de Marina é diferente. A maldade dela a torna vulnerável. Eduardo me disse que, mesmo que meu pai desista dessa vingança e a deixe em paz, ela atrairá outros espíritos perturbadores.

— Para mim ainda é difícil acreditar que tudo isso seja verdade! — tornou Mercedes.

— Pois eu acredito — disse Rosana, em seguida contando que Eduardo não só falou o nome como descreveu o espírito de seu marido.

A criada anunciou que o jantar estava sendo servido, e todos se dirigiram para a sala. Mercedes sentiu-se feliz em ver que tudo estava na mais perfeita ordem.

Durante o jantar, Marilda elogiou a comida e Romualdo tornou:

— Mercedes cuidou de tudo com muito carinho. Estamos felizes por ver nossa família reunida. — Ergueu a taça de vinho e continuou: — Quero brindar pela união de nossa família. Que momentos tão bons quanto este se repitam muitas vezes.

Mercedes ergueu a taça tentando conter as lágrimas. Depois do que tinham passado, era bom mesmo ter a família reunida. Naquele momento, para ela, as palavras do marido tinham um significado especial. Ela o amava, amava os filhos e não desejava perdê-los. Queria que eles a admirassem, amassem. Faria tudo para conseguir. Por isso, sorriu, foi amável com todos, delicada.

Depois do jantar, foram para a sala conversar e Rogério estava muito interessado em continuar a conversa com Eduardo. Romualdo via com satisfação que o filho havia recuperado o bom humor, fazia perguntas inteligentes e Eduardo respondia com prazer.

Enquanto os homens se entretinham na sala, Mercedes convidou Ângela, Rosana e Marilda para conhecerem a casa. Ela colecionava objetos de arte e ficou encantada com o conhecimento que Rosana demonstrou do assunto.

Ela não esperava aquilo. Notou que Rosana falava com simplicidade mas sabia o que estava dizendo.

O casamento de Ângela e Eduardo estava marcado para dali a dois meses e logo Ângela e Marilda interessaram-se mais em conversar sobre os preparativos.

Ângela não queria, depois do casamento, morar na casa que fora de seu pai. Pensava em vendê-la; ela lhe trazia tristes recordações. Ramiro gostaria que fossem morar com ele, mas o jovem casal não desejava tirar sua privacidade. Ramiro era um homem ainda moço e poderia acontecer de querer casar novamente.

Eduardo vendera uma propriedade que possuía nos Estados Unidos e estava procurando uma casa para comprar.

Mercedes mostrava a Rosana sua coleção de porcelanas e ela estava maravilhada.

— Fazia muito tempo que eu não via coisas tão lindas! Sua coleção é belíssima!

— Este prato da Boêmia trincou. É raro, pertenceu à minha bisavó, eu o adoro. Preciso encontrar um lugar para restaurá-lo.

— Conheço um restaurador ótimo; vou lhe mandar o telefone. Tenho certeza de que ele vai resolver esse caso.

— Obrigada!

Quando voltaram à sala, Rosana vinha na frente conversando

animadamente com Mercedes; Ângela e Marilda vinham mais atrás. Romualdo dissimulou a admiração. Não queria que Mercedes notasse. Quando Ângela mostrou intenção de ir embora, Rogério protestou:

— É cedo. Logo agora que Eduardo está me falando sobre materialização!

Eduardo levantou-se:

— É tarde. Continuaremos outro dia.

— Podemos continuar o assunto — disse Ronaldo. — Estão todos convidados para jantar em minha casa amanhã.

Romualdo olhou para Mercedes, que respondeu:

— Iremos com prazer.

Despediram-se cordialmente. Depois que todos se foram, Rogério comentou:

— Que gente encantadora. Havia muito tempo não passava momentos tão interessantes.

— De fato — concordou Mercedes. — Foi uma noite muito agradável.

Romualdo aproximou-se dela e disse:

— Você foi encantadora.

Mercedes corou de prazer. Naquela noite, tinha certeza de que Romualdo não iria dormir no quarto de hóspedes.

Ronaldo prontificou-se a levar Rosana para casa, mas Ramiro não permitiu:

— Eu quero ter esse prazer.

Marilda olhou para Ronaldo e sorriu. Havia um certo tempo que eles desconfiavam que Ramiro estava muito interessado em Rosana. Cercava-a de amabilidades, seus olhos brilhavam quando a via. Quando Marilda sugeria que ele a admirava, Rosana sorria e respondia:

— Você está enganada. Ramiro é um homem muito educado.

Durante o trajeto de volta, Ângela estava pensativa.

— O que foi, Ângela, está triste? — perguntou Eduardo.

— Passamos uma noite muito agradável. Mas agora pensei em papai sofrendo. Se ao mesmo ele entendesse...

— Angélica e Vera estão prontas para ajudá-lo, mas precisam esperar o momento certo. Um dia ele vai entender. Enquanto isso, ele vai rever seus valores, descobrir a causa de todo o seu sofrimento. Quando ele perceber que foi o único responsável pelos fatos que atraiu em sua vida, procurará novos caminhos. Angélica o ajudará a recomeçar. Mostrará a ele como conquistar a felicidade, e então, quando ele finalmente a encontrar, reconhecerá que tudo que sofreu valeu a pena! Agora, Ângela, é tempo de pensarmos em nós.

Eduardo parou o carro em frente à sua casa. Ângela sorriu. Eduardo estava certo. Dali em diante não iria mais chorar por causa do pai. O tempo colocaria tudo nos devidos lugares.

— Eu o amo! — disse ela, abraçando-o e beijando-o longamente.

Angélica, que estava com Vera observando a cena, sorriu contente. Entrelaçou o braço com a amiga, dizendo:

— Desta vez conseguimos! Graças a Deus, daqui para a frente eles reencontrarão a alegria de viver!

— Vamos embora — respondeu Vera.

As duas abraçadas elevaram-se volitando com alegria, admirando as estrelas que luziam no firmamento e sentindo ao mesmo tempo gratidão e amor pelo Criador.

Fim

Sucessos de ZIBIA GASPARETTO

Crônicas e romances mediúnicos.
Mais de cinco milhões de exemplares vendidos.
Há mais de dez anos Zibia Gasparetto vem se mantendo na lista dos mais vendidos, sendo reconhecida como uma das autoras nacionais que mais vende livros.

● Crônicas: Silveira Sampaio
PARE DE SOFRER
O MUNDO EM QUE EU VIVO
BATE-PAPO COM O ALÉM
● Crônicas: Zibia Gasparetto
CONVERSANDO CONTIGO!

● Autores diversos
PEDAÇOS DO COTIDIANO
VOLTAS QUE A VIDA DÁ

● Romances: Lucius
O AMOR VENCEU
O AMOR VENCEU *(em edição ilustrada)*
O MORRO DAS ILUSÕES
ENTRE O AMOR E A GUERRA
O MATUTO
O FIO DO DESTINO
LAÇOS ETERNOS
ESPINHOS DO TEMPO
ESMERALDA
QUANDO A VIDA ESCOLHE
SOMOS TODOS INOCENTES
PELAS PORTAS DO CORAÇÃO
A VERDADE DE CADA UM
SEM MEDO DE VIVER
O ADVOGADO DE DEUS
QUANDO CHEGA A HORA
NINGUÉM É DE NINGUÉM
QUANDO É PRECISO VOLTAR
TUDO TEM SEU PREÇO
TUDO VALEU A PENA

Sucessos de LUIZ ANTONIO GASPARETTO

Estes livros irão mudar sua vida!

Dentro de uma visão espiritualista moderna, estes livros irão ensiná-lo a produzir um padrão de vida superior ao que você tem, atraindo prosperidade, paz interior e aprendendo acima de tudo como é fácil ser feliz.

ATITUDE
SE LIGUE EM VOCÊ *(adulto)*
SE LIGUE EM VOCÊ - nº 1, 2 e 3 *(infantil)*
A VAIDADE DA LOLITA *(infantil)*
ESSENCIAL *(livro de bolso com frases para auto-ajuda)*
FAÇA DAR CERTO
GASPARETTO *(biografia mediúnica)*
CALUNGA - "Um dedinho de prosa"
CALUNGA - Tudo pelo melhor
CALUNGA - Fique com a luz...
PROSPERIDADE PROFISSIONAL
CONSERTO PARA UMA ALMA SÓ *(poesias metafísicas)*
PARA VIVER SEM SOFRER

série CONVERSANDO COM VOCÊ *(Kit contendo livro e fita k7):*
1- Higiene Mental
2- Pensamentos Negativos
3- Ser Feliz
4- Liberdade e Poder

série AMPLITUDE:
1- Você está onde se põe
2- Você é seu carro
3- A vida lhe trata como você se trata
4- A coragem de se ver

INTROSPECTUS *(Jogo de cartas para auto-ajuda):*
Modigliani criou através de Gasparetto, 25 cartas mágicas com mensagens para você se encontrar, recados de dentro, que a cabeça não ousa revelar.

OUTROS AUTORES

Conheça nossos lançamentos que oferecem a você as chaves
para abrir as portas do sucesso, em todas as fases de sua vida.

LOUSANNE DE LUCCA:
- ALFABETIZAÇÃO AFETIVA

MARIA APARECIDA MARTINS:
- PRIMEIRA LIÇÃO - "Uma cartilha metafísica"
- CONEXÃO - "Uma nova visão da mediunidade"

VALCAPELLI:
- AMOR SEM CRISE

VALCAPELLI e GASPARETTO:
- METAFÍSICA DA SAÚDE:

vol.1: sistemas respiratório e digestivo

vol.2: sistemas circulatório, urinário e reprodutor

vol.3: sistemas endócrino *(inculindo obesidade)*, e muscular

MECO SIMÕES G. FILHO:
- EURICO um urso de sorte (infantil)
- A AVENTURA MALUCA DO PAPAI NOEL
E DO COELHO DA PÁSCOA (infantil)

ELISA MASSELLI:

- QUANDO O PASSADO NÃO PASSA
- NADA FICA SEM RESPOSTA
- DEUS ESTAVA COM ELE
- É PRECISO ALGO MAIS

RICKY MEDEIROS:

- A PASSAGEM
- QUANDO ELE VOLTAR
- PELO AMOR OU PELA DOR...
- VAI AMANHECER OUTRA VEZ

MARCELO CEZAR (ditado por Marco Aurélio):

- A VIDA SEMPRE VENCE
- SÓ DEUS SABE
- NADA É COMO PARECE
- NUNCA ESTAMOS SÓS

MÔNICA DE CASTRO (ditado por Leonel):

- UMA HISTÓRIA DE ONTEM
- SENTINDO NA PRÓPRIA PELE
- COM O AMOR NÃO SE BRINCA
- ATÉ QUE A VIDA OS SEPARE

LUIZ ANTONIO GASPARETTO

Fitas K7 gravadas em estúdio, especialmente para você!
Uma série de dicas para a sua felicidade.

• PROSPERIDADE:
Aprenda a usar as leis da prosperidade.
Desenvolva o pensamento positivo corretamente.
Descubra como obter o sucesso que é seu por
direito divino, em todos os aspectos de sua vida.

• TUDO ESTÁ CERTO!
Humor, música e conhecimento em busca do
sentido da vida.
Alegria, descontração e poesia na compreensão
de que tudo é justo e Deus não erra.

• série VIAGEM INTERIOR (1, 2 e 3):
Através de exercícios de meditação mergulhe
dentro de você e descubra a força da sua essência
espiritual e da sabedoria.
Experimente e verá como você pode desfrutar de
saúde, paz e felicidade desde agora.

• TOULOUSE LAUTREC:
Depoimento mediúnico de Toulouse Lautrec, através
do médium Luiz Antonio Gasparetto, em entrevista
a Zita Bressani, diretora da TV Cultura (SP).

• série PRONTO SOCORRO:
Aprenda a lidar melhor com as suas emoções, para conquistar um maior domínio interior.
1. Confrontando o desespero
2. Confrontando as grandes perdas
3. Confrontando a depressão
4. Confrontando o fracasso
5. Confrontando o medo
6. Confrontando a solidão
7. Confrontando as críticas
8. Confrontando a ansiedade
9. Confrontando a vergonha
10. Confrontando a desilusão

• série CALUNGA:
A visão de um espírito, sobre a interligação de dois mundos, abordando temas da vida cotidiana.
1. Tá tudo bão!
2. "Se mexa"
3. Gostar de gostar
4. Prece da solução
5. Semeando a boa vontade
6. Meditação para uma vida melhor
7. A verdade da vida
8. "Tô ni mim"
9. Quem está bem, está no bem
10. Sentado no bem
11. O poder de construção do bem

• série PALESTRA
1- A verdadeira arte de ser forte
2- A conquista da luz
3- Pra ter tudo fácil
4- Prosperidade profissional (1)
5- Prosperidade profissional (2)
6- A eternidade de fato
7- A força da palavra
8- Armadilhas do coração
9- Se deixe em paz
10- Se refaça
11- O teu melhor te protege
12- Altos e baixos
13- Sem medo de errar
14- Praticando o poder da luz em família
15- O poder de escolha

PALESTRAS GRAVADAS AO VIVO:

• **série PAPOS, TRANSAS & SACAÇÕES**
1- Paz emocional
2- Paz social
3- Paz mental
4- Paz espiritual
5- O que fazer com o próprio sofrimento?
6- Segredos da evolução
7- A verdadeira espiritualidade
8- Vencendo a timidez
9- Eu e o silêncio
10- Eu e a segurança
11- Eu e o equilíbrio

• **série PALESTRA AO VIVO**
1- Caia na real *(fita dupla)*
2- Casamento e liberdade *(fita dupla)*
3- Segredos da auto-estima *(fita dupla)*
4- A vida que eu pedi a Deus *(fita dupla)*

• **LUZES**
Coletânea de 8 fitas k7. Curso com aulas captadas ao vivo, ministradas através da mediunidade de Gasparetto.
Este é um projeto idealizado pelos espíritos desencarnados que formam no mundo astral, o grupo dos Mensageiros da Luz.

LUIZ ANTONIO GASPARETTO EM CD:

• *Títulos de fitas k7 que já se encontram em CD:*

- Prosperidade
- Confrontando a ansiedade
- Confrontando a desilusão
- Confrontando a solidão
- Confrontando as críticas
- Confrontando a depressão

• **série REALIZAÇÃO:**

Uma coleção de cds para todas as pessoas que estão sinceramente interessadas em aprender a melhorar.

LUIZ ANTONIO GASPARETTO
em vídeo

• SEXTO SENTIDO

Conheça neste vídeo um pouco
do mundo dos mestres da pintura,
que num momento de grande ternura
pela humanidade, resolveram voltar
para mostrar que existe vida além da vida,
através da mediunidade de Gasparetto.

• MACHU PICCHU

Visite com Gasparetto a
cidade perdida dos Incas.

• série VÍDEO & CONSCIÊNCIA

Com muita alegria e arte, Gasparetto
leva até você, numa visão metafísica,
temas que lhe darão a oportunidade de
se conhecer melhor:

O MUNDO DAS AMEBAS

JOGOS DE AUTO-TORTURA

POR DENTRO E POR FORA

ESPAÇO VIDA & CONSCIÊNCIA

Acreditamos que há em você muito mais condições de cuidar de si mesmo do que você possa imaginar, e que seu destino depende de como você usa os potenciais que tem.

Por isso, através de PALESTRAS, CURSOS-SHOW e BODY WORKS, GASPARETTO propõe dentro de uma visão espiritualista moderna, com métodos simples e práticos, mostrar como é fácil ser feliz e produzir um padrão de vida superior ao que você tem. Faz parte também da programação, o projeto VIDA e CONSCIÊNCIA. Este curso é realizado há mais de 20 anos com absoluto sucesso. Composto de 8 aulas, tem por objetivo iniciá-lo no aprendizado de conhecimentos e técnicas que façam de você o seu próprio terapeuta.

Participe conosco desses encontros onde, num clima de descontração e bom humor, aprenderemos juntos a atrair a prosperidade e a paz interior.

Maiores informações:

Rua Salvador Simões, 444 • Ipiranga • São Paulo • SP

CEP 04276-000 • Fone Fax: (11) 5063-2150

E-mail: espaco@vidaeconsciencia.com.br

Site: www.vidaeconsciencia.com.br

Gasparetto

INFORMAÇÕES E VENDAS:

Rua Agostinho Gomes, 2312
Ipiranga • CEP 04206-001
São Paulo • SP • Brasil
Fone / Fax: (11) 6161-2739 / 6161-2670
E-mail: editora@vidaeconsciencia.com.br
Site: www.vidaeconsciencia.com.br